# 中國歷代故事詩

邱燮友 著

三民書局

國家圖書館出版品預行編目資料

中國歷代故事詩／邱燮友著.－－二版二刷.－－
臺北市：三民，2007
面；　公分.－－(文苑叢書)
參考書目：面
ISBN 957-14-4167-8　(平裝)

831　　93020864



著作人　邱燮友
發行人　劉振強
著作財產權人　三民書局股份有限公司
臺北市復興北路386號
發行所　三民書局股份有限公司
地址／臺北市復興北路386號
電話／(02)25006600
郵撥／0009998-5
印刷所　三民書局股份有限公司
門市部　復北店／臺北市復興北路386號
重南店／臺北市重慶南路一段61號
初版一刷　1969年4月
初版六刷　1993年10月
二版一刷　2006年3月
二版二刷　2007年5月
編　號　S 820270
基本定價　伍元捌角
行政院新聞局登記證局版臺業字第〇二〇〇號



ISBN　957-14-4167-8　(平裝)

http://www.sanmin.com.tw 三民網路書店

# 序

## 一、前言

我國詩歌繁富，世代相傳，如同四季花開，各有姿態。歷代詩歌，就形式而言，多采多姿；就內容而言，錯綜綺麗，反映了人生的悲歡離合，表現了語文的靈活魅力。從商（約西元前一七一一年）周（西元前一〇六六年）以來，至於秦代（西元前二四一年），便流行四言為主的四言詩，漢代（西元前二〇六年）以後，發展成五言詩，唐代（西元六一八年）以後，開展成七言詩。至於長短句的發展，不以「詩」為名，戰國時代（西元前四〇三～前二二一年）有楚辭，兩漢魏晉南北朝（西元前二〇六～五八九年）有辭賦，而後有唐（西元六一八～九〇六年）宋（西元九六〇～一二七九年）詞，元（西元一二八一～一三六七年）曲，明清（西元一三六八～一九一一年）時調曲，以及民國以來的新詩或現代詩。從詩歌的形式而言，可區分為古體詩、樂府詩、近體詩和現代詩四大類。如從詩歌的內容而言，在《詩經》中分風、雅、頌，漢以後，陸續有了因主題而形成的組詩，如詠懷詩、玄言詩、游仙詩、詠史詩、邊塞詩、山水詩、田園詩、宮體詩、詠物詩等名稱的成立，名目繁多，各自表現一方的領域。

## 二、故事詩的意涵

晚清以來，西學東漸，於是詩歌的分類，有抒情詩、敘事詩和哲理詩的區分，然尚無故事詩的名目。而故事詩一詞的由來，始見於胡適的《中國白話文學史》，其中第二章有「漢代故事詩的起來」一節，對「緣事而發，感於哀樂」的樂府詩，如〈上山採蘼蕪〉、〈孤兒行〉、〈孔雀東南飛〉等，用西洋詩歌 Epics 的名稱，稱之為故事詩。因此我從《大英百科全書》或《大美百科全書》，查閱 Epics 這條，參閱它的內涵，發現我國的詩歌，雖未有稱故事詩者，但其實有些詩歌，早已具有故事詩的實質。

所謂故事詩，便是用詩歌的方式，來鋪述一則故事的長篇敘事詩。而我國的故事詩，則多採用音樂的方式來傳唱一則故事，因此故事詩多為樂府詩。在民國五十五年間，我以我國故事詩為主軸，遍閱歷代詩歌，取其合乎故事詩的條件，共得六十二首，探討其發生的原因、流傳的地區、報導的主題內容，以及詩中所反映的民俗、服飾和故事的情節、思想主題等，用兩年的時間，撰寫成《中國歷代故事詩》，凡二十七萬字，並獲得國科會兩年的補助，經三民書局收入《三民文庫》中。當時該書出版時，我還用此書作為升教授的論文，經教育部學審會通過。我深信學術研究用新觀念、新方法所完成的論著，往往會有新的創見而被學術界所肯定。因此在我長期從事教學工作時，便倡導以新觀念、新方法、新批評來研究學術，也能獲得學生們的支持和採用。

## 三、故事詩的分類

《中國歷代故事詩》一書，自民國五十八年四月出版以來，迄今已三十七年，甚受讀者的愛好，暢銷無阻。由於《三民文庫》改版，三民書局董事長劉振強先生，希望我在修訂本出版以前，對該書做一次修訂。於是我將先秦的故事詩增列其中，並將故事詩做分類，以彰顯我國故事詩的特色。今將我國故事詩分類如下：

㈠神話故事詩：神話是民族的夢，而神話往往產生在早期的文學中，如《詩經》中的〈玄鳥〉和〈生民〉篇，便是很美的神話故事詩。其實《楚辭》中的〈九歌〉，也有不少的神話，如〈山鬼〉和〈河伯〉，可視為神話的山水文學，由於它不稱為詩，因此便沒列入本書中。

㈡英雄故事詩：我國的英雄故事詩，不是報導英雄救美的故事，而是能帶領全民進入富裕的生活和安和樂利的境地。如《詩經》中的〈生民〉、〈公劉〉、〈緜〉、〈皇矣〉、〈大明〉五篇，讚頌周代的祖先后稷、公劉、古公亶父、王季、文王、武王等開國英雄，歌頌他們對周民族的貢獻和成就等事蹟，受後人所敬仰。可惜後代詩歌中，缺乏這類雄渾壯觀的英雄事蹟故事詩。

㈢社會故事詩：這類的故事詩最多，誠如《漢書・禮樂志》所說的「感於哀樂，緣事而發」的詩歌，是帶有情感的敘事詩，它重點在於描寫民間疾苦或小人物的悲劇。詩人希望借這類的故事，引起人們的關懷和同情，使悲劇不再在人間重演。如〈孤兒行〉、〈婦病行〉、〈上東門〉、〈孔雀東南飛〉，杜甫的〈三吏〉、〈三別〉等，都是上乘的社會故事詩。

㈣歷史故事詩：昨日的事實，便是今日的歷史，在我國的故事詩中，描述歷史故事的詩篇，還算不少。如石崇的〈王昭君詩〉、白居易的〈長恨歌〉、元稹的〈連昌宮詞〉、鄭嵎的〈津陽門〉、吳偉業的〈圓圓曲〉等，都是膾炙人口的歷史故事詩。

㈤寓言故事詩：《莊子．寓言》有云：「寓言十九，重言十七，卮言日出，和以天倪。」《莊子》書中的小故事很多，其中寄寓之言的，便佔了百分之九十。在我國故事詩中，以寓言為主的，如〈木蘭詩〉，因木蘭代父從軍，以一女子寄身軍中十二年，而不被同伙所發覺，它是一則表彰孝道的寓言故事，故不能以寫實作品來看待。又如陶淵明的〈桃花源詩〉、王維的〈桃源行〉，也是寓言故事詩，桃花源是理想中的人間淨土，在現實社會中，是找不到的地方。但它卻是中國人的心目中，永遠嚮往的一塊淨土。

其實我國的故事詩中，還有一些以方言寫成的故事詩，如用藏語寫的故事詩，又如用臺語寫成的〈陳辦歌〉、〈海翁宣言〉等，拘於方言的局限，只好放棄不予以收錄。

故事詩的分類，由於國情的不同，各國的分類有所不同，例如我國沒有宗教故事詩，在西方往往有基督教故事詩；此外尚有拉丁故事詩，或圓桌武士的故事詩等，我國卻沒有這類的詩篇。

## 四、故事詩的特色

我國的故事詩，大抵用音樂或樂曲來說故事，因而故事詩多為樂府詩的形式。如以散文的方式來說故事，便成小說了。換言之，將小說的題材，用詩歌的方式來表達，便成為故事詩。

其次，從詩歌的主題來看，故事詩和其他主題的詩歌，如詠物詩、游仙詩、田園詩、山水詩、邊塞詩、宮體詩等，各有發揮的領域和園地。故事詩適合表達喜怒哀樂的真實人生，以前人的生活經驗，做為後人生活的借鏡。尤其是詩中對人性、倫理、孝道的表揚，對民間疾苦的描述和關懷，展開了東方人文思想的特色，尤為顯著。因此故事詩中，人物的遭遇，具有警世、喻世、醒世的作用，可以作為世代相傳引以為戒的先例，就如〈孔雀東南飛〉的結句所說的：「多謝後世人，戒之慎勿忘。」我國歷代故事詩，畢竟紀綠了前人的生活經驗和智慧，成為我國文化的資產和瑰寶。

## 五、結論

細讀歷代故事詩，可知每個時代都有動人的故事在發生，這些有血有淚、有情有義的故事，經民間詩人或文人將它用詩歌、用音樂紀錄下來，就如同四季的風，催開每季不同的花朵，然後在和熙的陽光下，展現婀娜繽紛的姿態，令人搖蕩情靈，吟誦不已。

邱燮友

二〇〇六年三月十日在臺北師大

# 中國歷代故事詩

## 目次

# 第一章　緒論

## 一、詩歌的起源和意義

我華夏民族，建邦立社，已有五千年的歷史，也建立了傳統的、燦爛的文化。就拿詩歌的發展來說，自三代以來，先民的謳歌詠誦，多少總留存在史籍上，流傳下來。

詩歌的起源，與生民俱來。只要有人煙的地方，便有人歌唱，不論男女的相誘，母親的兒歌，宗廟的祭祀，臣民的頌讚，以及勞人遊子的歎吟，征夫嫠婦的哀音，閭巷小民的謠歌，樵夫漁子的互答，在在都是受了內中喜、怒、哀、樂諸情緒的鼓蕩，在不知不覺中，自然會搖擺歌詠，引吭高歌，甚至於手舞足蹈，於是詩歌便產生了。就像《禮記．檀弓》上所說的：

人喜則斯陶，陶斯咏，咏斯搖，搖斯舞，舞斯慍，慍斯戚，戚斯歎，歎斯擗，擗斯踊矣。

朱光潛在《詩論》上說：「詩或是表現內在的感情，或是再現外來的印象，或是純以藝術形相產

生快感，都是以人類天性為基礎。所以嚴格的說，詩的起源，當與人類的起源一樣久遠。」西方美學海德格在《思想·語言·詩》上說：「最真實的語言便是詩。」換句話說，自有人類就有了詩歌，而詩歌的發生，起源於人類真實的語言、真情的流露。

一般人探討早期詩歌的形態，必然認為詩歌與音樂、舞蹈結合為一體，成為一種混合的藝術。因此構成詩歌的因素，不外語言、音樂和動作三者。後世藝術的演進，漸趨於分析的發展，詩講求文字的美，樂講求音調的美，舞講求體態的美，於是三者各成獨立的藝術了。這三者的關係，正如朱自清《中國歌謠》中所說的：「後世的文學猶且常與音樂、舞容發生連帶的關係，而與音樂的關係則尤為密切。這因語言與動作之間，以音樂為其樞紐之故。——欲使其語言有節奏，不可不求音樂的輔助；欲使其音樂更有力量，不可不藉動作以表示：所以詩歌並言，歌舞亦並言。以音樂為語言動作的樞紐，正和以歌為詩與舞的樞紐一樣。」音樂既為詩歌、歌舞的樞紐，那麼後世的詩歌，便直接受到音樂的影響。我國歷代詩體的演變，莫不因音樂的轉變而改變詩體。

詩歌的意義，歷代都有不同的注腳。《尚書·舜典》說：「詩言志，歌永言，聲依永，律和聲。」〈詩序〉云：「詩者，志之所之也。在心為志，發言為詩。」詩傳統的解釋，認為是「言志」的，「志」是指「心之所之也」，說清楚些，便是指詩人內心的動向，包括內心所知、所欲、所感、所思、所願、所為等活動。詩是文學作品的一種，利用文字語言和聲律結合，來表達吾人心靈的活動。後來陸機〈文賦〉上說：「詩緣情而綺靡。」認為詩是「言志」的，範圍太廣，應該縮小為：

詩是抒情的文學作品，著重富麗的詞藻和想像。後人固然也為詩下了不少的定義，但都不出「言志」和「緣情」的範疇。

從古人對詩歌所下的定義，它究竟是具有怎樣特質的文學作品，我們不難歸納出下面的一些結論：

(1) 詩歌是詩人表現情志的一種文學作品。

(2) 詩歌要有韻律，可以長歌吟誦。

(3) 詩歌要用綺麗的辭彙，豐富的想像，創造美好的境界。

詩是創造的，詩人就是創造者。詩人把自然和人生調和，使所知、所感、所思、所願、所為的，用優美的文字，表現出人生經驗中至真、至情、至美、至善的境界，來搖蕩我們的心靈，來流露我們的人性，進而從高尚的情操、思想上，啟迪人生，指導人生。

## 二、什麼是故事詩

在這裡我所要討論的是故事詩。什麼是故事詩呢？故事詩 (Epic) 是屬於敘事詩的一種。詩的主題，從頭到尾，著重在鋪敘一個完整的故事；寫詩的人，只站在客觀的立場，用比較自由的詩律，描寫一些民間傳誦的故事，或重大歷史事件為題材的故事；古代流傳下來的神話，或是一些傳奇的事實，這種以鋪述故事為主的詩歌，便可稱為故事詩。因此，故事詩多半是些長篇的敘事詩。

故事詩的形成，必定先有個故事，然後經詩人用詩體渲染而成的。故事的來源：有來自民間的，來自神話的，來自歷史的，來自個人的遭遇或構想的。據於人們有愛聽故事的本性，更有說故事的本能。夏天的夜晚，老一輩的喜歡把他們美麗的回憶，或古代相傳下來的故事，講述給下一代的聽；有時年輕人聚在一起，便講述他們親身冒險、獵奇的經歷；做母親的哄孩子入睡，把那些老得長滿鬍子的故事，重複地給孩子們催眠。後來便有人把它寫成了詩歌，流傳各地，也流傳下來。更有些在娛樂場所，街頭市井，歌詠這些故事，於是這些驚心動魄的、柔情千種的、豪情神奇的故事詩，便成了人們生活上不可或缺的精神食糧。

## 三、故事詩的幾種類型

我國歷代的敘事詩，約可分為兩類：一類是本事詩，另一類是故事詩。本事詩在每個時代中，作品很多，它雜揉了抒情詩和諷諭詩的特色，詩的篇幅不長，像電影的主題歌一樣，在詩的本身外，往往附帶有一個本事，可供人傳誦。像隋煬帝的〈迷樓歌〉，唐崔護的〈桃花詩〉便是。而故事詩，在詩中便具備了一個完整的故事。因此這類客觀鋪述故事的詩歌，便得用較長的篇幅，來講述故事中的人物和動人的情節。我國這類的詩歌，比起本事詩來，的確少得多了，但歷代被人傳誦的故事詩，合攏起來，也就為數不少。這些詩大半是敷衍民間傳說和歷史故事的，像羅敷、秋胡子、孟姜女、王昭君、楊貴妃、崔鶯鶯、陳圓圓、蔣檀青等，他們的遭遇，也都是一般人所愛聽的故事。

一首故事詩，往往有一個本事，也就是有一個母題。每一時代的詩人，都喜歡將他個人不凡的遭遇和見聞，或前人流傳的故事，重新賦予它一些新的意義，然後鋪述成詩歌。文學脫離不了生活，他們運用各種不同的題材，表現他們這一代的生活。同時也表現了詩人的寫作技巧，反映出時代的意識和民族特有的氣質。因此，我們就依照故事詩的母題（也就是本事），大致可分為五種類型：

㈠神話故事詩：這類作品，是每個民族最先創始的詩歌，含有原始宗教的成分，詩中鋪述的故事，有靈異的、神怪的、非理性的。神話是人們用想像和借助想像以征服自然力，把自然力加以形象化的幻想性很強的故事。像《詩經》中的〈生民〉、〈玄鳥〉篇，〈董永變文〉，蘇軾的〈芙蓉城詩〉。〈生民〉、〈玄鳥〉敘述感生的故事，其中的人物，不過祖先與上帝，借神話的力量，闡述商周始祖是由天意安排所產生的，屬於本事詩，仍脫不了祀神歌的風格。〈董永變文〉是佛教徒為了弘揚教義，編製了董永以孝行感動仙女，仙女與他結為夫婦的故事，屬於變文的格式，所以本書只收〈芙蓉城詩〉。

㈡英雄故事詩：在我國的敘事詩中，有一類報導開國英雄的史詩，最為突出，因此從歷史故事詩中，特別另刊一類，稱之為英雄故事詩。由於周代是我國歷代最長久的朝代，所謂「八百載，最長久」，又云：「周雖舊邦，其命維新。」周代的臣民於是編寫了五首周代的開國史詩，以讚頌為民意歸向的君主，領導周民族走向以農立國的康莊大國，使四夷歸順。在《詩經・大雅》中，有〈生民〉、〈公劉〉、〈大明〉、〈緜〉、〈皇矣〉五首，報導周代的開國英雄，這些出色的英雄故事詩，是後代歷朝中，唯一僅有的故事詩。

㈢社會故事詩：這類作品，多半屬於風謠或樂府詩。詩中鋪述的故事，有志怪的、寓言的、俠義的，且多為民間的疾苦，或一些小人物的悲劇。故事的主題大抵來自民間所發生的事，充分地流露出鄉土的本色，發自民間的歌謠，表現詩人的關懷，民族固有的特性，以及忠孝節義的精神。因此構成社會故事詩必具的要件：

(1)詩的本身可以詠唱。後來文人的仿作，卻多半屬於徒歌的，只可諷誦，不一定能唱。

(2)詩旨簡單，帶有濃厚的鄉土本色。

(3)故事的性質，不離志怪、愛情、忠貞、戰爭、俠義等民間感人的故事或小人物的悲劇。

(4)詩的格律很寬。間以問答，疊句，用韻不怕重複。

我國社會故事詩，表現愛情的，像《詩經》中的〈氓〉，漢詩中的〈上山采蘼蕪〉，漢樂府中的〈白頭吟〉、〈孔雀東南飛〉，唐顧況的〈棄婦詞〉，白居易的〈琵琶行〉，道述棄婦的遭遇，男女的永愛，女子的貞亮，雖哀怨愁苦，但不怨天尤人，表現了我國典型女子的美德。表現寓言的，像〈木蘭詩〉、〈桃源行〉等。表現諷諭的，像樂府中的〈孤兒行〉、〈婦病行〉、〈陌上桑〉、〈羽林郎〉、〈秋胡行〉、〈新豐折臂翁〉等，反映當時一般的現象，社會的風尚，像孤兒的遭遇，病婦的被棄，貞婦的拒絕登徒子，以及民間的疾苦，流露詩人的關懷與同情。表現俠義的，像樂府中的〈秦女休行〉，李白的〈東海有勇婦〉，敘述女子為親人報仇的義行，表現民間忠孝的義風。這些感人的故事詩，都是上好的作品。

㈣歷史性的故事詩：這類的故事詩，詩體莊嚴雄奇，超乎其他的敘事詩。詩中講述的故事，不是個人不凡的遭遇，而是歷史上發生的事，作抽樣似的報導，前人稱之為「史詩」。裡面有歷史上傳奇的人物，戰爭和愛情，代表了民族的遭遇，時代的精神。構成這類詩，必須具備的幾項要件：

⑴詩的題旨是有關政治的或軍事的，且與一民族的福利有關；或題旨偏於時代的反映，且與民族精神有關。

⑵詩中的故事，必須為一般人所熟悉的，或採自於歷史、經典，或出自於自傳。

⑶詩人講述故事時，往往站在客觀的立場，使詩中的人物，在行為對話上，漸次表現詩中人物的動機和情感，使所描寫的人物，顯出獨特的性格。

⑷全篇的故事要完整。

我國歷史性的故事詩，有些記敘個人親身所見聞，遭遇的事，像東漢蔡琰的〈悲憤詩〉、魏嵇康的〈幽憤詩〉，唐杜甫的〈兵車行〉、〈麗人行〉、〈三吏〉、〈三別〉，五代時韋莊的〈秦婦吟〉，都足以反映一個動亂的時代，尤其記敘離亂的場面，更為動人。同時，也反映出不屈、忠貞、亮節的操守。其次，詩中的題材採自歷史和經典的，像晉陶潛的〈詠三良〉、〈詠荊軻〉，石崇的〈王昭君〉，南朝宋吳邁遠的〈杞梁妻〉，唐白居易的〈長恨歌〉，元稹的〈連昌宮詞〉，鄭嵎的〈津陽門詩〉，明朱由檢的〈賜秦良玉詩〉，清吳偉業的〈圓圓曲〉，王闓運的〈圓明園宮詞〉，楊雲史的〈檀青引〉。這些詩中的人物，都是歷史上的傳奇人物，本身就有一個動人心魄的故事，經詩人渲染後，更是膾炙人口，為人們所樂道了。但歷史性的故事詩，往往因傳誦而增加了一些情節，與史實往往不盡相同，經詩人重新的布局後，在情節上更使人感到驚奇和完滿。

㈤寓言性的故事詩：這類的故事詩，不注重事實，它是超乎現實的，由詩人心目中所構想成的事，呈現出一種完美的理想；或寄寓某種事實而說明更深一層的道理。所以這類的詩，詩中必須具備一則寓言，使人讀罷有所警惕，信以為真而嚮往不已。像晉陶潛的〈桃花源詩〉，唐王維的〈桃源行〉，說明避秦的故事，引導人走向「世外桃源」的勝境，使人昕夕嚮往。可惜這類的故事詩，我國的作品不多。

## 四、我對故事詩所研究的範圍

讀胡適之先生的《白話文學史》，在第六章〈故事詩的起來〉中，討論到我國故事詩起來得很遲，因此引起我研究故事詩的動機。

「故事詩」這名詞，我國向來是沒有的。但每個時代，仍然產生了不少偉大的、動人的故事詩，只是它們沒有被單獨地提出來而雜在古詩、樂府詩、或總集、別集裡。我國早期有「本事詩」的名稱，然而本事詩和故事詩是不同的，本事詩只是一首附帶有個故事的詩歌，詩的本身並不在敘述一則完整的故事，就好比今日的一部電影或電視劇裡的一首主題歌一樣，讀這首詩，就聯想到還有一個故事。至於故事詩，詩的本身便在鋪述一則完整感人的故事。西洋人對故事詩也沒有明確的解釋，在《大英百科全書》中，對故事詩所作的定義，只是說：「採用比較自由的形式，敘述一些動人的情節而用長的敘事詩來寫成的。」所以故事詩的名稱，是隨著作品的產生而來。

我國秦以前的故事詩，或許由於文字的困難，沒有被記錄下來。但卻有不少的本事詩產生，像箕子朝周過殷墟時，見商代宮室的毀壞，生滿了禾黍，有感而作的〈麥秀〉歌；寧戚困窮時，想替齊國的朝廷做點事，又沒人舉薦，便扮做商人，在城下餵牛，待齊桓公夜間出城迎客時，擊牛角唱〈飯牛歌〉，終於被桓公所賞識。在《詩經》中，也有幾首故事詩，如〈氓〉、〈生民〉、〈玄鳥〉等篇便是。

漢以後，也許詩歌受漢賦的影響，樂府中，也用鋪陳直敘的手法，偶爾也有些動人的故事詩，被樂府官署所採集而流傳下來，於是故事詩便漸漸多起來了。基於人們愛聽故事，愛說故事的天性，民間閭里小民歌唱中，活潑潑地詠唱了一些美麗動人的故事詩。所以我研究我國歷代的故事詩，便從兩漢開始，迄於清代，舉凡五、七言，雜言，新體詩或歌謠之類的故事詩，都在收集和考證之列，並加以論述，定名為：「中國歷代故事詩」。但漢賦、唐代變文、宋詞、元曲，卻不在收集的範圍內。

從歷代的詩集中，如梁蕭統的《文選》、梁徐陵的《玉臺新詠》、宋郭茂倩的《樂府詩集》、明馮惟訥的《古詩紀》、清沈德潛的《古詩源》、清王闓運的《八代詩選》、近人丁福保的《全漢三國晉南北朝詩》、清康熙敕編的《全唐詩》、清吳之振等的《宋詩鈔》、清顧嗣立的《元詩選》、清朱彝尊的《明詩綜》、近人徐世昌的《清詩匯》（一名《晚晴簃詩匯》）等詩總集，以及歷代主要詩家的別集中，摘錄出故事詩來，共得六十四首，今依作者的時代前後，排列如下：

先秦：無名氏〈玄鳥〉、無名氏〈生民〉、無名氏〈公劉〉、無名氏〈緜〉、無名氏〈皇矣〉、無名氏〈大明〉、無名氏〈氓〉。

西漢：無名氏〈上山采蘼蕪〉、無名氏〈白頭吟〉。

東漢：無名氏〈孤兒行〉、無名氏〈婦病行〉、辛延年〈羽林郎〉、無名氏〈陌上桑〉、蔡琰〈悲憤詩〉二首、無名氏〈孔雀東南飛〉。

魏：嵇康〈幽憤詩〉、左延年〈秦女休行〉。

晉：傅玄〈秦女休行〉、〈秋胡行〉、石崇〈王昭君〉、陶潛〈桃花源詩〉、〈詠三良〉、〈詠荊軻〉。

北朝：無名氏〈木蘭詩〉。

北魏：高允〈詠貞婦彭城劉氏〉。

南朝宋：顏延之〈秋胡行〉、吳邁遠〈杞梁妻〉。

隋：薛道衡〈昭君辭〉。

唐：王維〈桃源行〉、李白〈長干行〉、〈襄陽曲〉、〈襄陽歌〉、〈東海有勇婦〉、杜甫〈兵車行〉、〈麗人行〉、〈自京赴奉先詠懷五百字〉、〈三吏〉（〈新安吏〉、〈潼關吏〉、〈石壕吏〉）、〈三別〉（〈新婚別〉、〈垂老別〉、〈無家別〉）、顧況〈棄婦詞〉、劉禹錫〈泰娘歌〉、白居易〈長恨歌〉、〈新豐折臂翁〉、〈琵琶行〉、元稹〈會真詩〉、〈連昌宮詞〉、鄭嵎〈津陽門詩〉、杜牧〈杜秋娘詩〉、〈張好好詩〉。

五代：韋莊〈秦婦吟〉。

宋：王安石〈明妃曲〉二首、蘇軾〈芙蓉城詩〉。

元：方回〈木綿怨〉。

明：高啟〈西臺慟哭詩〉、朱由檢〈賜秦良玉詩〉。

清：吳偉業〈圓圓曲〉、鄭燮〈孤兒行〉、王闓運〈圓明園宮詞〉、楊圻〈檀青引〉。

在這些故事詩中，我以下列幾項作為研究的範圍：

(1)探討故事詩的源流。

(2)蒐集故事詩的本事。

(3)考證故事詩的作者、作品年代，沒有作者的，考證作品的年代、流傳的區域。

(4)研究故事詩在文學上的影響及其在文學史上的地位。

(5)分析故事詩的用韻、用語，以及名物、制度的出處。

以上這些故事詩，大半是屬於歌行類的樂府詩，或長篇的敘事詩，有些是由國外輸入的，有些是從民間採進的，也有些是作者抒寫自己的遭遇和見聞的。很明顯地，這些作品由於故事的本身動人，於是各時代的詩人每每加以渲染，他們的作品雖然不同，但取材是相同的。像〈釣竿詩〉演變成〈白頭吟〉，辛延年的〈羽林郎〉演變成〈陌上桑〉，〈豔歌何嘗行〉演變成〈孔雀東南飛〉，〈折楊柳枝歌〉演變成〈木蘭詩〉，其他像〈秦女休行〉、〈秋胡行〉、〈杞梁妻〉、〈王昭君〉，都是極好的題材，每個時代的詩人，都喜歡為這類可歌可泣的故事，重新給予時代的精神，鋪寫成詩。就如今日流行歌曲中的〈王昭君〉，臺灣民歌中的〈桃花過渡〉與《樂府詩集．吳聲歌曲》的〈子夜四時歌〉、〈月節折楊柳歌〉，都有同工異曲之妙。魏晉以後的詩人，喜歡依仿樂府詩歌的風格來寫詩，因此，自此以後的故事詩，已有作者可尋。他們歌唱意款情濃的豔事，像〈長干行〉、〈麗人行〉、〈會真詩〉便是；也歌唱滄海桑田的離變，像〈三吏〉、〈三別〉、〈長恨歌〉、〈連昌宮詞〉、〈津陽門詩〉便是；也歌唱驚天動地的民族魂，像〈西臺慟哭詩〉、〈圓明園宮詞〉便是。

總之，好的故事，依然活生生地流傳在民間，被廣大的人們所喜愛著、所歌唱著。這些詩歌，都足以代表我民族特有的氣質，從每一時代中，歌唱出他們的心聲。他們的作品，在文學史上，都有他們不朽的地位，也足以激發人們的情志，供後人作為諷誦傳播的資料，喚醒國魂。同時，我參照先賢的研究所得，再進一步的探討歸納，使我國歷代故事詩的發展，有明顯的線索可尋。

# 第二章　先秦的故事詩

中國文學起源於神話、傳說和歌謠，最早是口傳文學，有了文字以後，才有寫定文學或書寫文學。今天我們所看到的古代文學，大半由文字紀錄，輾轉傳抄刊印所傳下來的寫定文學。由於中國的幅員遼闊，加以年代久遠，在時間和空間上，以及組成的民族和文化背景不同，所展現的文學也互有差異。

所謂先秦時代，是指西元前二〇六年以前，從太古到秦的滅亡、漢的開國，在這其間，包括黃帝（西元前二五五〇年）以來，經歷唐堯、虞舜，以及夏、商、周、秦等久遠的年代。

先秦時代組成的民族，有黃河流域的周民族，陝西、甘肅一帶的秦民族和長江流域的楚民族；就文學而言，以黃河流域的周文學為主體，它也攝取了西方秦文學和南方楚文學的特色，形成先秦多元性的文學。

中國古代文學起源於神話和傳說，便是個美的開端。在炎黃時期，他們建立了龍、鳳圖騰的

標誌，由真實生活中的蛇和鳥，衍化為飛騰的龍和鳳，如今「龍飛鳳舞」已代表了吉祥的中國。

在神話中，龍是人面蛇身，鳳是神鳥。《山海經．大荒北經》記載：

西北海之外，赤水之北，有章尾山，有神，人面蛇身而赤，……是謂燭龍。

又云：

大荒之中，……有神九首，人面鳥身，名曰九鳳。

作為中華民族的象徵──龍，牠的形象是以蛇為主體，再加上其他動物而形成的，牠接受了獸的四腳，羊的鬍子，意味著華夏氏族，不斷戰勝其他部落，融合了其他氏族或部落，使蛇圖騰不斷合併其他圖騰而演變為龍。其次，《詩經．商頌．玄鳥》：「天命玄鳥，降而生商。」玄鳥有二說：一說是燕子，一說是鳳凰。鳳凰，為五彩的鳥，少皞氏摯即位時，鳳鳥來儀，因此少皞氏以鳥命官，「龍」、「鳳」的圖騰，便含有超越性的美感，在中國神話中，啟開了中國文學的首頁，也啟開了文學美學超越的象徵美。

在先秦時代流傳下來的詩歌，有《詩經》和《楚辭》，《詩經》代表黃河流域、北方的詩歌，發生的年代是周朝，從〈豳風〉、〈周頌〉的背景來看，是西周初期（西元前一一二二年）的詩，最晚的是〈陳風．株林〉，詩中嘲諷陳靈公淫夏姬事，時約在周定王八年（西元前五八九年）。《詩經》共三百十一首，其中包括〈風〉、〈雅〉、〈頌〉三部分。〈風〉，代表黃河流域為主的民間歌謠；〈雅〉，分〈大雅〉、〈小雅〉，為公卿士子所獻的詩歌；〈頌〉，是宗廟祭祀所用的祭歌。《詩經》

是經魯國樂工所增飾過的樂章，經孔子的編訂，作為教弟子用的教材，稱之為《詩》。戰國時，人們尊孔，把他編訂的書稱為經，因此《詩經》連用。這本詩集，從孔子（西元前五五一—四七九年）時流傳至今，已有兩千五百年之久，是我國一部最早的詩歌總集。

《楚辭》代表長江流域南方一帶的歌謠，發生的年代是戰國時代，戰國時代的楚國，以屈原（西元前三四三—二七七年）的作品為主，還有宋玉、景差等人的作品。這兩部古代的詩歌總集，便如日月經天，江河行地，成為我國歷代詩攝取詩歌養分的泉源。

《詩經》中便有為數不少的故事詩，如以類分，有神話故事詩、開國英雄故事詩和社會故事詩，也是歷代長篇故事詩的源頭。今將其篇目開列如下：

《詩經》中神話故事詩：

〈商頌・玄鳥〉

〈大雅・生民〉

《詩經》中開國英雄故事詩：

〈大雅・生民〉

〈大雅・公劉〉

〈大雅・緜〉

〈大雅・皇矣〉

〈大雅・大明〉

《詩經》中社會故事詩：

〈國風・衛風・氓〉

至於《楚辭》中的神話故事，材料甚豐富，例如〈九歌〉中的〈山鬼〉、〈河伯〉，便是最早的神話山水文學。〈山鬼〉描寫巫山神女，全身被滿香草，騎著赤豹，乘著香草車從山中來到山下尋找男友的浪漫故事，後來演變成宋玉的〈高唐賦〉，寫宋玉介紹頃襄王在陽臺會見巫山神女的韻事，以及曹植的〈洛神賦〉，描寫曹植在洛水之濱與洛水之神宓妃約會的美談，形成了中國文學中人神之戀的辭賦，甚至開展為人與妖之戀的《白蛇傳》，人與仙女之戀的《董永變文》。由於辭賦和變文，在體類而言，不列入詩的範疇，因此本書不引述其原文加以申論。

今將《詩經》中的故事詩，分述於下，首先以《詩經》中的神話故事詩講起，神話是民族的夢，而一切文學的發端，都由神話開始，《詩經》是周代文學中重要之作品，講述周代文學，便從神話故事詩發端。《詩經》中有兩首神話故事詩：

## 商頌玄鳥

《詩經》中的〈商頌〉共五篇，依王國維的〈商頌考〉，認為這五篇創作的年代，是周代，武王伐紂後，將商的後代封於宋，是宋國祭祀商代祖先的頌歌，如果是商代，他們稱自己的國家為「殷」或「中商」，如今稱「商」是周代稱前朝的稱謂。其實〈商頌〉也可稱為〈宋頌〉。〈玄鳥〉篇是商代的後裔祭祀商代第一始祖契的祭歌，其詩句如下：

## 玄鳥

天命玄鳥，降而生商。宅殷土芒芒，古帝命武湯，正域彼四方。方命厥后，奄有九有。商之先后，受命不殆，在武丁孫子。武丁孫子，武王靡不勝。龍旂十乘，大糦是承。

邦畿千里，維民所止。肇域彼四海，四海來假。來假祁祁，景員維河。殷受命咸宜，百祿是何。

玄鳥，就是燕子，也有說是鳳凰。《史記・殷本紀》云，高辛氏（帝嚳）的妃子有娀氏之長女簡狄，參加禖祭求生子，吞食了燕子的蛋而生下契。契是商代的第一始祖，其後世遂為有商氏，以有天下。

〈詩序〉云：「〈玄鳥〉，祀高宗也。」可見此詩是商王武丁以後的子孫，祭祀並頌揚殷高宗武丁的宗廟樂歌。詩的開端，「天命玄鳥，降而生商」，指商的始祖契誕生的神話，契的母親簡狄因吞食玄鳥的蛋而生契。契長大後，助大禹治水有功，任司徒，封於商。契在殷土建國，政治勢力日益強大，才出現「宅殷土芒芒」的局面。這也是承天之命，契傳至十四代至成湯，推翻夏桀，統治中原，開創商朝五百多年的基業。成湯傳至十代孫、第二十二代王武丁，說明成湯上承天命，使商的王業不斷，全靠子孫武丁。武丁用傅說為相，內修政績，外伐鬼方、大彭等，因而聲威大盛，所以說武王成湯的子孫中武丁是戰無不勝的，被譽為商代的中興主。於是才出現後人祭祀武丁時，十輛大車上插著龍旗，諸侯載著米糧來助祭的場面。接下來讚頌中興後的商朝，國土千里，是適宜人民居住的地方，而且四方的諸侯來朝貢，國土沿著黃河而發展，說明殷受天命，並蒙受百福，從而祝頌商朝的昌隆和長久。

全詩分兩大段：首段敘述商的來源，成湯的立國，武丁的中興。次段寫武丁中興後，帶來商朝的繁榮強大。全詩以天命為線索，帶有濃厚的神話色彩。

## 大雅生民

《詩經．大雅》中有五篇，在讚頌周代的開國史詩，而〈生民〉篇是其中的第一首，是周人尊祖配天的祭祀，祭祀的對象是周民族的始祖后稷。然而后稷的誕生，充滿了神話傳說與英雄開國的史蹟，因此這是一首記述周人祭祀始祖后稷出生的靈異，以及其開發有邰功德的祭祀詩。其詩句如下：

## 生民

厥初生民，時維姜嫄。生民如何？克禋克祀。以弗無子，履帝武敏，歆。攸介攸止，載震載夙。載生載育，時維后稷。

誕彌厥月，先生如達。不坼不副，無菑無害。以赫厥靈，上帝不寧。不康禋祀，居然生子。

誕寘之隘巷，牛羊腓字之。誕寘之平林，會伐平林。誕寘之寒冰，鳥覆翼之。鳥乃去矣，后稷呱矣。實覃實訏，厥聲載路。

誕實匍匐，克岐克嶷。以就口食，蓺之荏菽，荏菽旆旆。禾役穟穟，麻麥幪幪，瓜瓞唪唪。

誕后稷之穡，有相之道。茀厥豐草，種之黃茂。實方實苞，實種實褎。實發實秀，實堅實好。實穎實栗，即有邰家室。

誕降嘉種，維秬維秠。維穈維芑。恆之秬秠，是穫是畝。恆之穈芑，是任是負，以歸肇祀。

誕我祀如何？或舂或揄，或簸或蹂。釋之叟叟，烝之浮浮。載謀載惟，取蕭祭脂，取羝以軷。載燔載烈，以興嗣歲。
卬盛于豆，于豆于登。其香始升，上帝居歆。胡臭亶時，后稷肇祀。庶無罪悔，
以迄于今。

全詩共分八章，前三章敘述后稷出生的靈異神話，後五章敘述后稷在有邰善於種植，對農業的偉大貢獻。古人對偉大人物的誕生，往往加以神化，就如同〈商頌．玄鳥〉篇，商代的後裔對他們的始祖契的誕生，加以神化，同樣地周民族對他們始祖后稷的出生，也編了一些神話，因此〈詩序〉云：「〈生民〉，尊祖也。后稷生於姜嫄，文武之功起於后稷，故推以配天焉。」詩中首章開端：「厥初生民，時維姜嫄。」便已概括全詩的內容。朱熹《詩經集註》對此詩說道：

姜嫄出祀郊禖，見大人跡而履其拇，遂歆。歆然如有人道之感，於是即其所大所止之處，而震動有娠，乃周人所由以生之始也。周公制禮，尊后稷以配天，故作此詩，以推本其始生之祥，明其受命於天，固有以異於常人也。

這是說明有邰氏的女子姜嫄，因無子而去郊外禖祭求子，踩了巨人的腳拇指印，心中歡欣被震動而懷孕，生下后稷。后稷是周民族的始祖，他的誕生，是靈異的神話，也是天意，所以異於常人。

第二章敘述姜嫄首生后稷，如母羊生小羊那樣順遂，產門無坼副，沒有裂痕，無災無害，母

子平安，豈不是上天顯赫其靈，感應她的精誠，而讓她「居然生子」。

第三章敘述后稷出生後的種種奇蹟，把后稷丟棄在隘巷，牛羊來養育他；把他丟棄在平林中，伐木工人來照顧他；把他丟棄在寒冰上，鳥類來覆翼他。鳥類飛走了，他哇哇大哭，哭聲響徹道路，最後被路人救起。因而后稷名「棄」。

第四章敘述后稷成長後會爬，會尋找食物。長大後，他懂得種植，所種的豆類、麻、麥、瓜類，都結實累累，茂碩豐收。

第五章敘述后稷教人民種植五穀，運用十個「實」字，形容從開花結果到堅實繁茂，使有邰的家家戶戶富足，故堯以其有功於民，將有邰封給后稷，使有邰一地，成為周室的開山基地，而后稷成為周的始祖。

第六章敘述后稷在農業上的貢獻，於是天降「嘉種」，使黑黍粱粟，得以依時序而收穫。豐收後，必須祭天，以示報答，故云：「以歸肇祀。」

七、八兩章，敘述周民族尊祖配天祭祀的事。第七章開端，以「誕我祀如何」呼應前文，描寫人民準備祭品，忙於舂米、簸去糠皮，然後淘米、蒸米，做成祭品，並取香和油脂，燒烤公羊，做為對尊祖配天的獻禮，以祈求來年的豐收。最後寫各項祭器，配合與祭者的誠心，使祭品的香氣，騰升通達於天，使上帝欣喜享用。同時尊崇周人的始祖后稷，永遠祭祀不絕。至今世人仍尊崇后稷為五穀神。

# 大雅公劉

《詩經》中有五首歌頌周代開國英雄的故事詩：第一首是〈生民〉篇，也是神話的故事詩，對后稷的推崇，教民耕稼，立下稼穡之功，奠定周民族以農建國的精神，從有邰發跡。繼而，第二首是〈公劉〉篇，讚頌后稷的曾孫公劉，帶領周民族從有邰遷至豳，並在京的土地上，聚眾立國，後稱京師為國都，便始於此。公劉率領周人，開拓疆土，干戈戚揚，使西戎不敢入侵。今將〈公劉〉篇抄錄如下：

## 公劉

篤公劉！匪居匪康。迺埸迺疆，迺積迺倉。迺裹餱糧，于槖于囊。思輯用光，弓矢斯張。干戈戚揚，爰方啟行。

篤公劉！于胥斯原。既庶既繁，既順迺宣，而無永歎。陟則在巘，復降在原。何以舟之，維玉及瑤，鞞琫容刀。

篤公劉！逝彼百泉，瞻彼溥原。迺陟南岡，乃覯于京。京師之野：于時處處，于時廬旅，于時言言，于時語語。

篤公劉！于京斯依。蹌蹌濟濟，俾筵俾几，既登乃依。乃造其曹，執豕于牢；酌之用匏。食之飲之，君之宗之。

篤公劉！既溥既長，既景迺岡，相其陰陽，觀其流泉，其軍三單。度其隰原，徹田為糧。度其夕陽，豳居允荒。

篤公劉！于豳斯館。涉渭為亂，取厲取鍛。止基迺理，爰眾爰有，夾其皇澗，遡其過澗。止旅迺密，芮鞫之即！

〈公劉〉是周代開國史詩第二首，詩中盛讚公劉的功業，他帶領周民族從有部（今陝西省武功縣）遷居到豳（今陝西邠縣），然後在豳建立了以農立國的基石。《詩經》中的〈豳風〉，尤其是〈七月〉那首，便是描寫周民族在豳地開發農耕社會的寫實詩。公劉是后稷的曾孫，他帶領族人開發豳地，成為周代第二號開國英雄。

〈公劉〉全詩共分六章，每章開端都以「篤公劉」為始，讚頌忠厚篤實的公劉，為周民族帶來了以農立國的安定生活，在豳的土地上，也就是在渭水之濱建立他們的家園。

〈公劉〉的首章，描寫公劉在有部治田備糧，準備干戈武備，然後啟行到豳地來，是有計畫的整體遷徙。次章描寫初到豳，全民上下奔忙，公劉相土定居，開發平原，人民歸順，民情舒暢。三章描寫公劉選擇京地，作為京師的所在地，相互討論，營建都邑聚眾居住的首善地。從此「京師」一詞，便始於此。四章描寫公劉領導族人建造宮室落成，以飲食宴勞群臣，作為他們的君長和宗主。五章描寫公劉相土宅民，測量田畝，制定以私田養公田的軍賦和稅法，使豳人日益壯大。六章描寫公劉帶領族人取石築宗廟宮室，安居在渭水之濱。

# 大雅緜

周代開國英雄的故事詩，第三首是〈緜〉篇，全詩描述文王的祖父古公亶父率領周民族由豳遷徙到岐山之下，使周民族強大，天下臣民歸附。今將〈緜〉詩引錄於下：

## 緜

緜緜瓜瓞，民之初生。自土沮漆，古公亶父，陶復陶穴，未有家室。
古公亶父，來朝走馬。率西水滸，至於岐下。爰及姜女，聿來胥宇。
周原膴膴，堇荼如飴。爰始爰謀，爰契我龜。曰止曰時，築室于茲。
迺慰迺止，迺左迺右。迺疆迺理，迺宣迺畝。自西徂東，周爰執事。
乃召司空，乃召司徒。俾立室家，其繩則直。縮版以載，作廟翼翼。
捄之陾陾，度之薨薨。築之登登，削屢馮馮。百堵皆興，鼛鼓弗勝。

迺立皐門，皐門有伉。迺立應門，應門將將。迺立冢土，戎醜攸行。
肆不殄厥慍，亦不隕厥問。柞棫拔矣，行道兌矣。混夷駾矣，維其喙矣。
虞芮質厥成，文王蹶厥生。予曰有疏附，予曰有先後。予曰有奔奏，予曰有禦侮。

周民族的成長，經過兩次大遷徙：一次是公劉率領周民族由有邰遷至豳。第二次是由古公亶父率領族人，由豳遷居到岐山之下。而〈緜〉這首詩，便是描寫古公亶父帶領周人開發岐山下的經過，因此，他成為周代開國史詩的第三號英雄。

〈緜〉全詩共分九章，一至七章，寫古公亶父率領周人在岐山下營建廟宇宮室，帶來一片興國氣象。八九兩章，寫周民族強大，天下臣民歸附。首章由「緜緜瓜瓞」啟端，象徵周民族的繁衍，如大瓜小瓜緜緜不絕的蔓生。古公亶父帶領周人自土至漆，挖窰洞建立家室。次章敘述他與妻子太姜，帶領部眾，走避狄人入侵，從豳來到岐山之下。三章敘述岐山下周原肥沃廣闊，周民同甘共濟，占卜定居。四章連用八個「迺」字，形容在岐山下安心定居，丈量土地，翻土開墾，男女老少忙於工作。五章描述建立司空、司徒制度，司空掌管工程，司徒掌管土地人丁，然後建居屋、建宗廟。六章形容建造家室宮室的聲勢，詩中連用「陾陾」、「薨薨」、「登登」、「馮馮」等重言，形容鏟土、倒土、搗土、刮刀削平牆面的聲勢。這些造屋的氣勢，還勝過大鼓的聲勢。七章描述周人建城門、宮殿大門，堆土作祭壇，然後列隊成行祈禱祝福。八章寫文王聲聞大振，使混夷北狄遁逃。九章寫虞國芮國受感化，文王有賢臣輔佐，有人才參與國政，有良士效命，有猛將克敵。〈緜〉一詩，從古公亶父的引領周人遷徙到岐山下定居，建宮室宗廟，以及到文王時，諸侯鄰邦歸順誠服，天下歸附。詩中「迺」字和重言的不斷出現，使詩的氣勢與描寫周室的朝氣蓬勃，相互襯托，有如音樂中的進行曲，使人鼓舞，使人振奮。

## 大雅皇矣

周代開國英雄的故事詩，第四首是〈皇矣〉篇，此詩描述大王、大伯、王季之德，以及文王伐密、伐崇的經過。今錄原詩如下：

### 皇矣

皇矣上帝，臨下有赫。監觀四方，求民之莫。維此二國，其政不獲。維彼四國，爰究爰度。上帝耆之，憎其式廓。乃眷西顧，此維與宅。

作之屏之，其菑其翳，修之平之，其灌其栵。啟之辟之，其檉其椐。攘之剔之，其檿其柘。帝遷明德，串夷載路。天立厥配，受命既固。

帝省其山，柞棫斯拔，松柏斯兌。帝作邦作對，自大伯王季。維此王季，因心則友，則友其兄，則篤其慶，載錫之光。受祿無喪，奄有四方。維此王季，帝度其心，貊其德音，其德克明。克明克類，克長克君，王此大邦。克順克比，比于文王。其德靡悔，既受帝祉，施于孫子。帝謂文王，無然畔援。無然歆羨，誕先登于岸。密人不恭，敢拒大邦，侵阮徂共。王赫斯怒，爰整其旅，以按徂旅。以篤周祜，以對于天下。依其在京，侵自阮疆。陟我高岡，無矢我陵，我陵我阿，無飲我泉，我泉我池，度其鮮原。居岐之陽，在渭之將。萬邦之方，下民之王。帝謂文王，予懷明德，不大聲以色，不長夏以革，不識不知，順帝之則。帝謂文王，詢爾仇方，同爾兄弟，以爾鉤援。與爾臨衝，以伐崇墉。臨衝閑閑，崇墉言言，執訊連連，攸馘安安。是類是禡，是致是附。四方以無侮，臨衝茀茀。崇墉仡仡，是伐是肆。是絕是忽，四方以無拂。

全詩讚揚大王、大伯、王季之德，並頌讚文王能遵祖訓，團結邦國，伐密伐崇，壯大周室。因此王季和他的長兄大伯，其父大王，其子文王，均成為周代的開國英雄。而〈皇矣〉共分八章，首章言上帝監臨下土，夏、商之末不得民心，故求四方之國，眷顧西土，此即周之地岐下，使佑周王。次章寫周人闢草萊，拓田地，開拓道路，清除雜樹，上帝擁戴明德之主，犬戎逃遁，使周室政權鞏固。三章言大伯、王季開創周室，受祿安康，擁有四方。四章言王季有德，作為君長，後文王接王位，仍得人民愛戴，上帝降福其子孫。五章言文王伐密國，以安定天下。六章言周京軍隊強壯，從阮凱旋班師，定國岐山之陽，渭水之旁，作為萬邦的榜樣。七章言文王有德，團結邦國，以伐崇國。八章言文王伐崇，俘虜成串，殺敵割耳盈筐，祭祀天神，祈禱勝利，安撫四方，使四方歸順。

## 大雅大明

周代開國英雄的故事詩，第五首是〈大明〉篇，敘述王季與太任，文王與太姒，佳偶天成的故事，以及王季和文王並能行德政，應天道而授命於天，推翻商朝，建立周邦。今引原詩如下：

### 大明

明明在下，赫赫在上。天難忱斯，不易維王。天位殷適，使不挾四方。

摯仲氏任，自彼殷商。來嫁于周，曰嬪于京。乃及王季，維德之行。大任有身，生此文王。

維此文王，小心翼翼。昭事上帝，聿懷多福。厥德不回，以受方國。

天監在下，有命既集。文王初載，天作之合。在洽之陽，在渭之涘。文王嘉止，大邦有子。

大邦有子，俔天之妹。文定厥祥，親迎于渭。造舟為梁，不顯其光。

有命自天，命此文王。于周于京，纘女維莘。長子維行，篤生武王。保右命爾，燮伐大商。

殷商之旅，其會如林。矢于牧野，維予侯興。上帝臨女，無貳爾心。

牧野洋洋，檀車煌煌。駟騵彭彭，維師尚父。時維鷹揚，涼彼武王。肆伐大商，會朝清明。

〈大明〉一詩，在說明天命無常，惟德是與，殷商失去民意而失國，而由於王季、文王、武王三代能行德行善，能得民心以配天，終於使武王伐商，天下清明。而〈大明〉便成為周代開國史詩的第五首，詩中盛讚王季、文王、武王三人為周代的開國英雄。全詩共分八章：首章寫天道無親，惟德是輔，殷商不得民心，使其失去天意。次章寫王季之妻，為摯國任氏二女，王季和太任能配天行德，因生文王。三章寫文王行事小心，得天保佑，招來幸福，並得各國歸順。四章寫文王行德事，使大邦莘國大姒嫁與文王，天賜良緣，舉行婚禮。五章寫文王娶莘國之大姒，經文定、親迎、隆重婚禮完成。六章寫文王有命自天，婚後生下武王，武王成長後，領兵伐商。七章寫武王伐商紂，在牧野誓師，上下一心，終於以寡敵眾。八章寫武王克商，得力於呂尚姜太公的輔佐，在牧野之戰，推翻商朝。結句以「會朝清明」，指一朝之間而天下清明，以應首章之義。這也是文末點題的寫法，是《詩經》各篇常用的手法。

## 衛風氓

《詩經》中社會故事詩，以〈國風・衛風・氓〉一首為例。所謂社會故事詩，其內容多以報導民間的疾苦為主，也是描述小人物的悲劇。後代如〈孔雀東南飛〉、〈孤兒行〉、〈婦病行〉之類。今將《詩經》中的〈氓〉，包括它的本事，產生的地點和時代，以及該詩表現的特色，敘述如下：

### 氓

氓之蚩蚩，抱布貿絲。匪來貿絲，來即我謀。
送子涉淇，至于頓丘。匪我愆期，子無良媒。
將子無怒，秋以為期。
乘彼垝垣，以望復關：不見復關，泣涕漣漣；
既見復關，載笑載言。爾卜爾筮，體無咎言。

以爾車來，以我賄遷。
桑之未落，其葉沃若。于嗟鳩兮，無食桑葚。
于嗟女兮，無與士耽！士之耽兮，猶可說也；
女之耽兮，不可說也。
桑之落矣，其黃而隕。自我徂爾，三歲食貧。
淇水湯湯，漸車帷裳。女也不爽，士貳其行。
士也罔極，二三其德。
三歲為婦，靡室勞矣；夙興夜寐，靡有朝矣！
言既遂矣，至于暴矣。兄弟不知，咥其笑矣。
靜言思之，躬自悼矣。
及爾偕老，老使我怨。淇則有岸，隰則有泮；
總角之宴，言笑晏晏，信誓旦旦，不思其反。
反是不思，亦已焉哉！

這是一首棄婦的怨詩，用第一人稱寫成。詩中的女主角自敘自己怎樣認識那個男子，由相愛、結婚，到被休棄的經過，流露出女子的真心與男子的負情，使她怨怒悔恨不已。由於這是一首民間的歌謠，它的本事，沒有史實可據，只是發生於民間的一件實事，加以鋪敘而已。所以〈詩小序〉便依據該詩的大意，作個題要：

> 氓，刺時也。宣公之時，禮義消亡，淫風大行，男女無別，遂相奔誘，華落色衰，復相棄背；或乃困於自悔喪其妃耦，故序其事以風焉。

全詩共分六段，意思是說：首段，女子自述那個傻兮兮的男子，抱著布來換我的絲，原來他不是來換絲，是來打我的主意。後來，我送他涉過淇水，到了頓丘，告訴他：「不是我拖延日期，是你沒請媒人來呀！但你不要生氣，我們訂在秋天結婚吧！」次段，敘述女子登牆眺望男子所住的地方，看到了便高興，看不到，便悲傷。男方也占卜過，對這門婚事沒有不好的卦象，那麼就派車子來吧，好讓她早點嫁過去。三段，寫桑葉的茂密，比喻男子的濃情蜜意。據說鳩鳥吃了桑甚會醉，女子耽於愛情，便會自陷情網。男的溺於愛情，還能解脫；女的耽於愛情，便無法解脫了。四段，道出女子被棄，對男子的負心，表示怨恨：首句拿桑葉的黃落，比喻情意的衰竭。她說：「自從我來到你家，三年過著貧苦的日子。被你休棄後，我渡過淇水，回到娘家，車上的布幔都被水浸濕了。」女的自省並無差錯，只是男的用情不專，甚麼壞事都敢做，前後幾乎判若兩人。五段，她自敘遭到不幸：回憶三年來，她不僅為家務操勞，甚至早起晚睡，天天如此；但甘心跟他在一起，換來的卻是一些打罵。回娘家後，兄弟不諒解，還加以譏笑，她私下靜想，不勝傷悼。末段，寫她無可依託，在悔恨的情景下作結：本來她想和他白頭偕老，但老來卻使人怨。

看那淇水有岸，隰水也有邊際，唯獨她沒有依託。回想他們青梅竹馬時的歡樂，他曾對她真誠的發誓，表示永愛不渝，如今他不再念及過去，過去的情誼既然不念，那也就只好算了。

從詩中所提及的地名，可以推知這首詩發生的地點，是產生在河南淇水一帶的民歌。詩中云：「送子涉淇，至于頓丘。」又云：「淇水湯湯。」「淇則有岸，隰則有泮。」淇水，又名淇河，今沿用，源出於今河南省淇縣，流經湯陰縣，進入衛河。淇縣在河南汲縣的東北，是商代紂王京都的舊址——朝歌。隰水，在河南的武陟縣南，流入黃河。武陟，在淇縣西南數十里的地方。因此〈氓〉這首民歌，便產生在今河南省，靠近河北和山西交界的地方，在周代是屬於衛，所以才被採到〈衛風〉裡。

《詩經》中的〈衛風〉，可以包括〈邶風〉和〈鄘風〉，因為邶鄘是衛的屬國。衛地，其先是商代紂王的舊都，武王伐紂後，才封康叔於衛，所以衛是康叔的後代所建立的諸侯。《毛詩音義》上引鄭玄的話，說：「邶、鄘、衛者，殷紂畿內地名，屬古冀州。自紂城而北曰邶，南曰鄘，東曰衛，在汲郡朝歌縣。時康叔正封於衛，其末子孫稍并兼彼二國，混其地而名之。作者各有所傷，從其本國而異之，故有邶、鄘、衛之詩。」在西元前七世紀左右，衛國前後遭受西北狄人的侵擾共兩次，一次在西元前六六〇年，一次在西元前六四二年，加以當時政治的不良，使衛地的民歌，也充滿了悲觀的情調。所以魏源在《詩古微》中說：「蓋衛自渡河徙都以後，其河北故都胥淪戎狄。山河風景，舉目蒼涼。是以泉源淇水，曩所游釣於斯，笑語於斯，舟楫於斯者，望克復以何時，思舊遊兮不再，一篇之中，三致意焉。詞出一人，悲同隔世。」因此，〈邶風〉〈鄘風〉〈衛風〉中的風謠，時常流露著悒鬱哀傷的調子。

如依據〈詩小序〉的說法，〈氓〉這首詩，是衛宣公時的作品，為周桓王時代，相當於西元前七百年左右。歐陽脩的《詩本義》也以為是。據此推測，那麼這首詩發生的時代，是在狄人未侵衛地以前的作品了。由於詩中並無史實可推算，只有從前人的說法。

《詩經》中，鄭衛之音，一向被視為淫風、變風。所謂淫風，前人便指為靡靡之樂。同時〈詩序〉上對變風的解釋是：「王道衰，禮義廢，政教失，國異政，家殊俗，而變〈風〉變〈雅〉作矣。」其實這是音樂上的變化所引起的問題，詩與樂有連帶關係，〈雅〉〈頌〉之音，是雍和中正的古典樂，而〈國風〉中除了〈周南〉〈召南〉以外，大抵是新興的新聲，與古典樂不同，便被目為變風。〈鄭風〉是採自河南新鄭一帶的民歌，與〈衛風〉同屬纏綿哀怨的新聲，才被視為淫風，並非歌詞的內容，有甚麼不良的字眼。

如果從歌詞來看，〈衛風〉與〈周南〉〈召南〉的歌詞，大致無別。今就〈衛風〉中的十首內容來分析，〈淇奧〉篇是讚美衛武公有德，生質溫潤，又能以禮自防。《禮記．大學》篇，尚且引用其中的詩句，來稱揚有德的君子。〈考槃〉篇是刺衛莊公的詩，說他不能繼承先公的德業，使賢人失位，退居窮處。〈碩人〉篇是讚美衛莊公夫人莊姜的詩。因為莊姜美而無子，衛人歌〈碩人〉篇，用「手如柔荑，膚如凝脂，領如蝤蠐，齒如瓠犀，螓首蛾眉」等句子，來稱揚莊姜的美，對女性美的描述，確具慧心。〈氓〉篇是棄婦的怨詩。氓，就是民，指那個男子。〈竹竿〉篇是衛女遠嫁異國，而思歸的詩。〈芄蘭〉篇是刺衛惠公驕而無禮的詩。〈河廣〉篇是宋襄公的母親想回到衛國所作的詩。〈伯兮〉篇是妻子思念征夫的情詩。如：「自伯之東，首如飛蓬；豈無膏沐，誰適為容？」寫丈夫東征，妻子在家，頭髮亂得像蓬草，難道沒有化粧的膏沐嗎？打扮起來給誰看呢！寫妻子思夫之情，何等地迫切。〈有狐〉篇是女子擔憂她所喜歡的男子，因為太窮困而沒有衣服衣帶好穿的情歌。〈木瓜〉篇是寫情人贈答的詩。如「投我以木瓜，報之以瓊琚；匪報也，永以為好也。」道情是何等地明快。在〈衛風〉的十首詩中，屬於男女道情的情歌，只有〈氓〉、〈伯兮〉、〈有狐〉、〈木瓜〉四首，並無淫佚的內容，〈氓〉和〈伯兮〉，在結構上最為完整，刻劃女子的心理，也能入微。〈有狐〉和〈木瓜〉，在音節上、抒情上，調和而明快，採用輪迴式的句法，在〈衛風〉中均不失為好詩。

〈氓〉全詩共六十句，分六章，每章十句，章法整齊，結構十分完整。首章起，次章承，用賦，採白描手法，突起鋪敘，勾畫出男女歡愛的情景。三章四章題意轉，用興，用比，採暗示法和象徵手法，以「桑之未落，其葉沃若」，「桑之落矣，其黃而隕」，暗示男子的情意濃盛和衰竭。進而引鳩鳥啄食桑葚比喻男女溺於愛情的後果。「于嗟女兮，無與士耽！」以下數句，詩人有所諷諭。同時，暗示女主角的悲劇，果然「淇水湯湯，漸車帷裳」，過淇水，回娘家，景中有哀情。「女也不爽，士貳其行。士也罔極，二三其德」句，有所教訓。五章用賦，平鋪直敘，言三年為婦的勞苦，仍不得歡心；回娘家後，又不得家人的同情，真是進退失據，無所依託，難怪要「靜言思之，躬自悼矣」。末章用賦，採倒敘法收結，追憶小時結識，男的雖屢次向她信誓，尚不念舊情。既然不念舊情，又有甚麼話好說呢！悲涼中竟無怨言，合乎孔子所主張的「溫柔敦厚」的精神。詩可入樂，可以弦歌詠唱，今僅得其辭，便能使人流連哀思、低徊不已，如加上樂曲，不知要如何感人了。

無論從詩的主題、情韻、結構上來看〈氓〉，在三百篇中，的確是非常出色的一首。

# 第三章　兩漢的故事詩

兩漢文學，承詩騷之後，在韻文上有辭賦，樂府詩，五、七言詩。要寫兩漢的故事詩，只有從漢人的樂府和五、七言詩去尋找純粹的故事詩。

兩漢是從劉邦得天下（西元前二〇六年），到漢獻帝建安二十五年（西元二二〇年）曹丕篡漢為止。包括了西漢和東漢，凡四百二十六年，史稱為兩漢時代。

兩漢的文學主流是賦。賦的特色，在「登高能賦，可以為大夫」的原則下，「鋪采摛文」，著重諷諭，在當時的韻文中，已成獨立的一種文體。雖然辭賦中，也不乏鋪敘故事的作品，像〈大人賦〉的講述神仙故事，〈上林賦〉的講述雲夢澤打獵的故事，但末了作者又回到諷諭媚主的主題上去，表現作者的才思和文藻。辭賦類的作品是韻文而不是詩，因此我寫兩漢的故事詩，不收辭賦類的作品。

漢代的故事詩，自然多來自於樂府。漢代的樂府，我們可以作一次概略性的了解，其中有不少的故事詩，便是受漢賦的影響，以樂府詩的格調，客觀鋪敘故事而完成的長篇鉅著。

考漢代的樂府詩，開始於〈房中歌〉、〈郊祀歌〉。其先只是三言、四言、雜言的樂歌，五言的樂辭還沒有入正樂的。其後，五言樂辭才從民間採進，於是三言、五言、雜言的詩，為漢人所創立。

〈房中歌〉是漢高祖唐山夫人所作。孝惠二年，使樂府令夏侯寬配以簫管，更名為〈安世歌〉。可見〈房中歌〉開始是徒歌的。〈郊祀歌〉是漢武帝時設立樂府官署，舉司馬相如等數十人所造的。《漢書．禮樂志》上載道：

> 武帝定郊祀之禮，祠太一於甘泉，就乾位也。祭后土於汾陰，澤中方丘也。乃立樂府，采詩夜誦，有趙、代、秦、楚之謳。李延年為協律都尉，多舉司馬相如等數十人造為詩賦，略論律呂，以合八音之調，作十九章之歌。

「樂府」本來是漢惠帝時的官名，到漢武帝時，才設置樂府官署，而變成了一種官署的名稱。由於這項官署的職守，在搜集民間的歌謠，增損其聲律，使適合宮廷演唱時用的，因此樂府又成為民歌的代稱。當時李延年被任為協律都尉，擅長聲律，替漢武帝編造了許多郊祀、宴樂時所唱的新歌，其中也改編了不少民間舊有的歌辭，統稱為「新聲曲」，於是五言的樂歌，也被收入樂府詩中。《漢書．李延年傳》說：

> 延年善歌，為新變聲，是時上方興天地諸祠，欲造樂，令司馬相如等詩頌，延年輒承意弦

歌，所造詩，為之新聲曲。

又《史記・佞幸列傳・李延年傳》云：

李延年，中山人也。父母及身，兄弟及女，皆故倡也。

李延年的世家便是樂官。後來他的妹妹李夫人被武帝所寵幸，延年侍上起舞，歌云：

北方有佳人，絕世而獨立。一顧傾人城，再顧傾人國，寧不知傾城復傾國，佳人難再得。

這是李延年所作的一首五言樂歌，描寫李夫人是個傾國傾城貌的佳人。

樂府的成立，大規模的收集民歌，在文學史上是一件大事。於是民間傳頌的故事詩，自然也在收集之列。當時採集的地區，包括了「趙、代、秦、楚之謳」。

趙：略有今河北省南部及山西省東部，河南省黃河以北的地方。

代：今河北省蔚縣北的地方。

秦：略有今陝西、甘肅等地方。

楚：略有今湖南、湖北、安徽、江蘇、浙江及四川巫山以東，廣東蒼梧以北，陝西洵陽以南等地方。

據《漢書・藝文志》所載，搜集的作品，有一百三十八篇，包括：吳楚汝南歌詩十五篇、燕代謳、雁門雲中隴西歌詩九篇、邯鄲河間歌詩四篇、齊鄭歌詩四篇、淮南歌詩四篇、左馮翊秦歌詩三篇、京兆尹秦歌詩五篇、河東蒲反歌詩一篇、雒陽歌詩四篇、河南周歌詩七篇、周謠歌詩七十五篇、周歌詩二篇、南郡歌詩五篇。

樂府官署的組織，甚為龐大，工作人員多達八百二十九人，其中包括專唱各地民歌及演奏各地土樂的，如《漢書・禮樂志》所載：

邯鄲鼓員二人。江南鼓員二人。淮南鼓員四人。巴俞鼓員三十六人。楚嚴鼓員一人。梁皇鼓員四人。臨淮鼓員三十五人。茲邡鼓員三人。鄭四會員六十二人。沛吹鼓員十二人。陳吹鼓員十三人。東海鼓員十六人。楚鼓員六人。秦倡員二十九人。秦倡象人員三人。詔隨秦倡一人。楚四會員十七人。巴四會員十二人。齊四會員十九人。蔡謳員三人。齊謳員六人。

從這裡可以看出當時樂府所集的人員和所採的歌謠，包括了黃河長江兩流域的地方。這些詩歌，反映出各地民間的生活方式，唱出大眾的心聲，其中必定有不少客觀鋪述故事的故事詩。

此外西漢的五言詩，也由於樂府詩的發展而形成。西漢最早的五言詩，屬於民謠一類的詩歌，像《漢書・五行志》載漢武帝時的童謠云：

邪徑敗良田，讒口亂善人。桂樹華不實，黃雀巢其顛。昔為人所羨，今為人所憐。

摯虞《文章流別論》說：「五言者，誰謂雀無角，何以穿我屋之屬是也。於俳諧倡樂多用之。」摯虞認為《詩經》中已有五言的句子，畢竟非純粹的五言詩。至於「俳諧倡樂」的樂府詩多五言詩，也證明了樂府詩直接影響西漢五言詩的興起。後人多以〈古詩十九首〉、李陵蘇武的和答詩為西漢五言詩的肇始，歷代各有爭訟，莫衷一是。

由於西漢成帝時的《品錄》，沒錄五言詩，造成李蘇的詩被後人疑為贋品，甚至蘇東坡還懷疑東漢蔡琰的〈悲憤詩〉，也是後人擬作的。這些論調，都是沒有注意樂府詩的影響所造成的觀念。黃侃先生在《文心雕龍札記》中已明確地指出西漢五言詩的作者和作品，因此西漢有五言詩，是可確定的。他在《明詩篇札記》中說：

> 今考西漢之世為五言有主名者，李都尉班婕妤而外，李延年歌（前四語），蘇武詩四首。其無主名者，樂府有〈上陵〉（前數語）、〈有所思〉（篇中多五言）、〈雞鳴〉、〈陌上桑〉、〈長歌行〉、〈豫章行〉、〈相逢行〉、〈長安有狹邪行〉、〈隴西行〉、〈步出夏門行〉、〈豔歌何嘗行〉、〈豔歌行〉、〈怨歌行〉、〈上留田〉（里中有啼兒一首）、〈古八變歌〉、〈豔歌〉、〈古咄唶歌〉（此中容有東漢所造，然武帝樂府所錄宜多存者）、歌謠有〈紫宮諺〉、〈長安為尹賞作歌〉、無名人詩八首（〈上山采蘼蕪〉一、〈四坐且莫諠〉二、〈悲與親友別〉三、〈穆穆清風至〉四、〈橘柚垂華實〉五、〈十五從軍征〉六、〈新樹蘭蕙葩〉七、〈步出城東門〉八，以上諸篇或見《樂府詩集》，或見《詩紀》），古詩八首，大抵淳厚清婉，其辭近於〈國風〉，不雜以賦頌，此乃五言之正軌矣。自建安以來，文人競作五言，篇章日富。然閭里歌謠，則猶遠同漢風。試觀所載〈清商曲辭〉，五言居其什九。託意造句，皆與漢世樂府共其波瀾。以此知五言之體肇於歌謠也。

〈古詩十九首〉，其中也有西漢人的作品。近人隋梅森輯《古詩十九首集釋》四卷，證明為兩漢人的作品，也非出一人之手，理由充足。因此我認為五言詩起源於西漢，是可相信的。近人陸侃如、馮沅君合著的《中國詩史・五言詩的起源》一章，認為建安時才有純粹的五言詩，這是我們所無法同意的論調。

七言詩始於漢武帝在柏梁臺與群臣聯句的「柏梁體」。歷代著述，謂七言起於「柏梁」的，有宋尤袤《全唐詩話》、高承《事物紀原》、嚴羽《滄浪詩話》，明王世貞《藝苑卮言》，以及丁福保的《全漢三國晉南北朝詩》中，也錄有〈柏梁臺詩〉。其實七言詩源於楚歌，今漢人的七言詩多亡佚，而流傳下來的，像〈董桃行〉，桓帝時〈童謠歌〉，仍然雜有七言的句子，直到魏文帝的〈燕歌行〉，才算純粹的七言詩。所以兩漢的七言詩已存在，但並不很流行。

我所以要首先探討西漢的樂府，並確立西漢已有五、七言詩，然後再去考證下面幾首兩漢的故事詩，在故事詩創作的時代，作品產生的區域，才不致在詩體的發展上，失去依據。今將兩漢的八首社會故事詩，列篇目如下：

西漢：〈上山采蘼蕪〉（無名氏）、〈白頭吟〉（無名氏）。

東漢：〈孤兒行〉（無名氏）、〈婦病行〉（無名氏）、〈羽林郎〉（辛延年）、〈陌上桑〉（無名氏）、〈悲憤詩〉（蔡琰）、〈孔雀東南飛〉（無名氏）。

# 上山采蘼蕪

〈上山采蘼蕪〉是一首漢代的五言古詩，《文選》和《樂府詩集》都沒有收錄，徐陵《玉臺新詠》將此詩放在第一首，屬於古詩八首中的第一首。《玉臺》所選的詩，多半是《文選》所不錄的。此外沈德潛《古詩源》、王闓運《八代詩選》也都收有此詩，並視為漢人的作品。〈上山采蘼蕪〉雖僅八十字，它已具備了故事詩的雛型。

## 上山采蘼蕪

上山采蘼蕪，下山逢故夫。長跪問故夫：「新人復何如？」「新人雖言好，未若故人姝。顏色類相似，手爪①不相如。新人從門入，故人從閤去。新人工織縑，故人工織素，織縑日一匹，織素五丈餘，將縑來比素，新人不如故。」

注：①沈德潛《古詩源》謂手所織。

這是一首民間的敘事詩，用客觀的鋪述，對話的方式寫成，已具備了故事詩的初型。它已包含了一則故事，只是詩中沒有能將故事有頭有尾的表達出來。漢詩的特色，便在用字樸實，詩意簡約，流露著濃厚的鄉土意味。

這首詩在描述一個棄婦，從山上採蘼蕪下來，在路上遇到自己的丈夫，便問起丈夫新娶來的女人怎樣？從他的口中道出：「新來的女人長得雖不難看，仍比不上妳好看呀！尤其在織絲的手藝上，更是比妳差得遠呢！」

在我國舊社會中，這類的故事是屢見不鮮的。男的耕田，女的蠶桑，各人都有活可幹，並不閒著。有時男的藉口家裡的人手不夠，再討個小老婆進來，造成一夫多妻的現象。當丈夫娶進小老婆來，髮妻便很知趣的搬出去，不願住在一起，但她依然關心這個家，正像詩中所描寫的情形一樣，很耐人尋味。

歷代文家也評述此詩的特色很多，如清人王闓運《八代詩選》上說：「寬和。出語尖刻，而用意溫厚。」近人胡雲翼《中國文學史》第五章〈漢代的詩歌〉中，對此詩分析道：「這首詩雖僅八十字，卻活繪出夫婦三口子的一幕劇，是一篇描寫極經濟的短篇小說。」胡適之《白話文學史》第三章〈漢朝的民歌〉，對這詩評道：「這裡只有八十個字，卻已能寫出一家夫婦三個人的性格與歷史，寫的是那棄婦從山上下來遇著故夫時幾分鐘的談話。然而那三個人的歷史與那一個家庭的情形，尤其是那無心肝的丈夫沾沾計較錙銖的心理，都充分寫出來了。」

因為它是產自民間的一首詩，作者和詩的本事，無從考徵，只是一位民間詩人，將社會上普遍發生的事，鋪述成詩。從「上山采蘼蕪」句，可知該詩是屬於南方的楚歌，因蘼蕪是南方的產物，它是一種香草。《楚辭・九歌・少司命》有「秋蘭兮蘼蕪，羅生兮堂下」。又司馬相如〈子虛賦〉有「芎藭菖蒲，江蘺蘼蕪」的句子，這四種香草，多屬於楚地的產物，《詩經》中沒有提到過「蘼蕪」的名物，從這個辭彙，便可證明這首詩不屬於北方而屬於南方的作品。

詩中寫婦人上山採蘼蕪，然採此物不知何用？恐怕是詩人賦物，不過寫當時情景罷了，並無其他深意。清馬位的《秋窗隨筆》便觸及此問題，他說：

> 古詩上山采交藤，交藤，何首烏也。服之令人多慾生子。有采采芣苢之意。〈衛風〉云：「伊其相謔，贈之以芍藥。」陸師農說：「芍藥破血，欲其不成子。」不知真有此意否？予謂詩人賦物，不過寫一時之情，豈必有深意，如古詩〈上山采蘼蕪〉，按《本草》蘼蕪，久服通神，與下山逢故夫，有何關照？又有「涉江采芙蓉」，豈芙蓉為遺遠道之物乎？彥周此說殊穿鑿。

詩中有「長跪問故夫」句，「長跪」一禮，係漢人的禮節。《太平御覽》「長跪」作「回首」，丁福保《全漢詩》引文瑩《玉壺清話》證明古婦人有跪禮，故以「回首問故夫」為誤。「長跪」一辭，古人以兩膝跪地，上身挺直，表示敬意。宋吳聿《觀林詩話》云：「每疑古樂府有『長跪問故夫』之語，一日讀《隋志》至冊后之禮，皇后先拜後起，皇帝後拜先起，乃知古婦人亦伏拜也。」其實漢人早已有此禮，不僅限於婦人。張良曾長跪替圯上老人穿鞋，《史記・留侯世家》云：「因長跪履之。」又漢樂府〈飲馬長城窟行〉有「長跪讀素書」語。《後漢書・李善傳》、〈焦仲卿妻詩〉

（即〈孔雀東南飛〉），也有長跪的辭句，足見長跪之禮，是漢人通用的禮節，從詩中用「長跪」一辭，也足證〈上山采蘼蕪〉是漢人的作品。

至於此詩是屬於西漢或東漢的作品，由於本詩資料有限，很難推斷，倘依《玉臺新詠》的編例來看，將此詩放在全冊的第一首，便視此詩為西漢人的作品。據此〈上山采蘼蕪〉便可斷定為西漢時的作品了。

在用韻的習慣上，也可約略了解作品的時代。近人王力《南北朝詩人用韻考》云：

用韻的寬嚴，似乎是一時的風尚：《詩經》時代用韻嚴，漢魏晉宋用韻寬，齊梁陳隋用韻嚴。初唐用韻寬（尤其是對於入聲）。

像這首的韻腳為「夫」、「如」、「姝」、「如」等字，是用模、魚、虞等平聲韻來叶韻的，黃節《漢魏樂府風箋》在〈西門行〉中釋音說：魚、虞古通，而前幾句詩中已是模、魚、虞通用了。接著用「去」、「素」、「餘」、「故」等字叶韻，又是御、遇去聲韻，且其中夾有「餘」字是平聲魚韻。古人押韻，沒有固定的規則，平聲韻可以隨去聲韻夾雜一起來叶韻，足見此詩用韻之寬，以王力的結論來看，也合乎漢人寫詩用韻的風尚。

根據歷代詩集的選本，以及詩中的用詞、用韻上來推斷，把〈上山采蘼蕪〉這首詩，視為西漢南方楚地的詩歌，大致是可相信的。

# 白頭吟

〈白頭吟〉，又名〈皚如山上雪〉。根據《宋書・樂志》的記載，〈白頭吟〉是漢代街陌的歌謠。在漢代的樂府中，〈相和歌〉、〈清商曲〉和〈雜曲〉，都是從民間採進的詩歌。《宋書・樂志》說：

> 凡樂章古詞今之存者，並漢世街陌謠謳，〈江南可采蓮〉、〈烏生十五子〉、〈白頭吟〉之屬是也。

〈江南可采蓮〉、〈烏生十五子〉是〈相和歌〉，〈白頭吟〉是屬〈清商曲〉中的〈楚調曲〉。所謂〈楚調曲〉，是楚地區的樂歌，用笙、笛、弄、節、琴、箏、琵琶等樂器來伴奏。《唐書・樂志》說：「漢世三調皆周〈房中曲〉之遺聲。又有〈楚調〉、〈側調〉，則漢〈房中樂〉也。高祖樂楚聲，故〈房中樂〉皆楚聲，〈側調〉生於〈楚調〉者也。」又《樂府詩集・楚調曲》引《古今樂錄》曰：

> 王僧虔《技錄》：〈楚調曲〉有〈白頭吟行〉、〈泰山吟行〉、〈梁甫吟行〉、〈東武琵琶吟行〉、〈怨詩行〉。其器有笙、笛、弄、節、琴、箏、琵琶七種。

《玉臺新詠》將這詩收在古樂府中，題作〈皚如山上雪〉，也不視為卓文君所作。

## 白頭吟

皚如山上雪，皎若雲間月。聞君有兩意，故來相決絕。
今日斗酒會，明旦溝水頭。躞蹀御溝上，溝水東西流。
淒淒復（一作重）淒淒，嫁娶不須啼。願得一心人，白頭不相離。
竹竿何嫋嫋，魚尾何簁簁。男兒重意氣，何用錢刀為？

這是一首何等美好的五言故事詩，以一個棄婦的口吻，用鋪述、倒敘將故事鋪展出來，全詩可分為四段：

第一段，寫一個棄婦，比喻自己對丈夫的情感是純潔的，有如山上的雪、雲間的月那樣潔白，但後來發覺自己的丈夫三心兩意，另有別歡，所以特地來和他決絕。

第二段，寫未分離前好比同一杯的酒，分不出那個是你，那個是我。但明日分手後，便像大溝開叉的水一樣，男婚女嫁，各不相干。誰說分離不是痛苦的？但誰又能挽回這分情感呢！好比溝水東西流一樣。

第三段，寫她回想起出嫁時的情景。那晚，她哭了又哭。後來她想：真傻，既然要出嫁了，還有什麼好哭呢？只要能嫁給一個知心人，白頭偕老也就滿足了。

第四段，她又想起她的丈夫當初追求她的情景。他用一絲微妙的情感來釣取她，果然，她上鉤了，像河邊的漁翁用嫋嫋的竹竿，釣取大魚一般。當時他還向她海誓山盟過，表示永愛不渝。

男子應該重義氣，說話算話呀，又何必留一筆贍養費來責斷我的心呢？

這首詩描寫的手法實在太高妙了，使人讚賞不已。寫棄婦的純情、分離、過門前夕的許願，初見時的蜜言，末了責備男子的負心，想以金錢作為仳離的條件，多麼感人的一首詩歌。它的感人，已不是情感上的感人，那理智的感動，才是真切的呀！

這詩的本事，各家的說法很多，其實詩中已明白地指出是一首棄婦的詩。這是社會普遍的現象，詩人攝取了這一則感人的情節鋪敘成故事詩，因此，它的本事，便是來自民間常見的一段悲劇。但歷代的說法，各有不同。唐吳兢《樂府古題要解》說：

> 〈白頭吟〉，古辭。皚如山上雪，皎若雲間月。又云：願得一人心，白頭不相離。始言良人有兩意，故來與之相決絕。次言別於溝水之上，敘其本情。終言男兒當意氣，何用於錢刀也。一說：司馬相如將聘茂陵人女當妾，文君作〈白頭吟〉以自絕，相如乃止。

吳氏對本詩本事的探索，前說就原詩加以說明，可取；後說源於《西京雜記》的說法，只增加故事的傳奇性罷了，但不足信。郭茂倩《樂府詩集》卷四十一徵引《西京雜記》的文字，說明這詩的本事，是西漢司馬相如想聘娶茂陵人的女子為妾，妻子卓文君因作〈白頭吟〉，相如讀後，便打消娶妾的念頭。《樂府詩集》云：

> 《古今樂錄》曰：「王僧虔《技錄》曰：〈白頭吟行歌〉，古〈皚如山上雪〉篇。」《西京雜記》曰：「司馬相如將聘茂陵人女為妾，卓文君作〈白頭吟〉以自絕，相如乃止。」

《西京雜記》是本偽書，相傳為劉歆撰，或題晉葛洪撰，實際上是梁吳均所託名而作的。如依《西京雜記》的說法，那麼〈白頭吟〉便是卓文君的作品了。玩索詩意，似與卓文君無關，也許卓文君另有一篇〈白頭吟〉，但歌辭已失傳，後來便把這首民歌〈白頭吟〉，附會到司馬相如和卓文君的事上。

的確，司馬相如與卓文君的結合，很富傳奇性。故事是這樣的：相如有個朋友王吉，在四川臨邛縣當縣令。有一次，他跟王吉到當地的首富卓王孫家去玩，大家知道相如彈得一手好琴，便請他表演。當時卓文君新寡，住在娘家，聽了相如的琴歌後，便同他情奔了。細觀〈白頭吟〉的情節，與相如、文君的故事不配合，因此卓文君作〈白頭吟〉的說法，便不可信了。馮舒《詩紀匡謬》也匡正此事，他說：

《宋書．大曲》有〈白頭吟〉，作古辭；《樂府詩集》，《太平御覽》亦然。《玉臺新詠》題作〈皚如山上雪〉，非但不作文君，並題亦不作〈白頭吟〉也。唯《西京雜記》有文君為〈白頭吟〉以自絕之說，然亦不著其辭。或文君自有別篇，不得遽以此詩當之也。宋人不明其故，妄以此詩實之，如黃鶴《杜詩注合璧事類》引《西京雜記》之類，並入此詩。《詩紀》因之，《詩選》刪之。今人（指譚元春）遽云：「有此妙口妙筆，真長卿快偶。」可笑，可憐！

馮舒的看法是對的，他認為宋人黃鶴注杜詩時，始將古樂府的〈白頭吟〉與卓文君的〈白頭吟〉混合為一，其實唐人已如此，可見唐人是上《西京雜記》的當，認為這首〈白頭吟〉是卓文君作的。李白〈白頭吟〉云：

相如作賦得萬金，丈夫好新多異心。一朝將聘茂陵女，文君因贈〈白頭吟〉。

〈白頭吟〉的本事，還有一說，《樂府詩集》卷四十一引《樂府解題》云：「〈白頭吟〉疾人相知，以新間舊，不能至於白首，故以為名。」這種說法，還是從詩本身的情節，來作題解。其實，〈白頭吟〉是從〈釣竿詩〉演變來，〈釣竿詩〉的本辭已亡，但後人的擬作，痕跡猶存。魏文帝（曹丕）有〈釣竿〉一首，見《樂府詩集》卷十八：

東越河濟水，遙望大海涯。釣竿何珊珊，魚尾何簁簁。行路之好者，芳餌欲何為？

晉人崔豹《古今注》說：「〈釣竿〉者，伯常子避仇河濱為漁者，其妻思之而作也。每至河側，輒歌之。後司馬相如作〈釣竿詩〉，遂傳為樂曲。」（按：伯常子，《莊子‧則陽》篇所說的一個隱者伯常騫是也，春秋時人。）

從伯常妻思念隱居河濱而漁的丈夫所唱的〈釣竿歌〉，演變為棄婦之作的〈白頭吟〉，其間的線索已明，可惜〈釣竿歌〉不傳，僅曹丕的擬作，算是最古，其中有：「釣竿何珊珊，魚尾何簁簁。」與〈白頭吟〉中的「竹竿何嫋嫋，魚尾何簁簁」。句法相同而詩意不同。可見〈白頭吟〉是〈竹竿歌〉演變來的，〈竹竿歌〉是春秋或戰國時的民歌，西漢司馬相如也有擬作的〈竹竿詩〉，今已不傳，因此〈白頭吟〉可能是西漢時南方楚越一帶的民歌。

後人模擬〈白頭吟〉的詩歌，而另造新詞的大有人在，像晉樂所奏的〈白頭吟〉，便較本辭繁雜。這類傳誦民間的故事詩，東添一句，西改一句，久而久之，便與原來的本辭異趣。誠如胡適之《白話文學史》（第三章）所說的：

韻文的歌曲卻越傳越遠，你改一句，他改一句；你添一個花頭，他翻一個花樣，越傳越有趣了，越傳越好聽了，遂有人傳寫下來，遂有人收到樂府裡去。

所以好的民歌，流行在民間，是會被人們增改的。

今取晉樂所奏的〈白頭吟〉對照一下，也可發現這些道理：

皚如山上雪，皎若雲間月；聞君有兩意，故來相決絕。平生共城中，何嘗斗酒會。今日斗酒會，明旦溝水頭；蹀躞御溝上，溝水東西流。郭東亦有樵，郭西亦有樵，兩樵相推與，無親為誰驕？淒淒重淒淒，嫁娶亦不啼，願得一心人，白頭不相離。竹竿何嫋嫋，魚尾何離簁！男兒欲相知，何用錢刀為？䶑（恐為齕字）如馬噉萁，川上高士嬉。今日相對樂，延年萬歲期。

晉樂的〈白頭吟〉，已與本辭加了許多情節：說兩人雖同住一個城中，又何嘗聚會過呢？又加上兩個砍柴的樵夫，互相應答唱道：自己還打光桿，可向誰去驕傲？末了又加一段，意思與本辭原意全然不同，指女子所想得到的，是男子對她的愛心，不在金錢，馬吃草喝水，還知道交頸相愛，男女在川上約會，卻不能相知，以致談判雖決裂，但心裡仍然祝福他延年益壽。這可看出民歌中有分割或拼湊的現象。

唐人張籍、李白也有〈白頭吟〉的詩歌，仍然寫棄婦的哀怨。但到唐劉希夷的〈白頭吟〉，反而指男的被女子所拋棄，倒類似今日的流行歌曲中的〈男性的復仇〉，寫男子失戀的悲苦，與原來所描寫的棄婦的怨歌，詩的主題，已完全走樣了。宋葛立方《韻語陽秋》說：

《西京雜記》載司馬相如將聘茂陵人女為妾，卓文君作〈白頭吟〉以自絕，相如乃止。《樂府詩集》謂〈白頭吟〉者，疾人以新間舊，不能至白首，故以為名。余觀張籍〈白頭吟〉云：「春天百草秋始衰，棄我不待白頭時，羅襦玉珥色未暗，今朝已道不相宜。」李白〈白頭吟〉云：「妾有秦樓鏡，照心勝照井，願持照新人，雙對可憐影。」其語感人深矣。至劉希夷作〈白頭吟〉乃云：「寄言全盛紅顏子，須憐半死白頭翁。此翁白頭真可憐，伊昔紅顏美少年。」則是言男為女所棄而作，與文君〈白頭吟〉之本意遠矣。

〈白頭吟〉古辭，既與卓文君無關，它是從〈竹竿歌〉演變而來的，那麼該詩的作者為誰？是無法考得了。該詩的時代，當屬西漢時流行楚越間的民歌，且《宋書・樂志》也視為漢代街陌的歌謠。又宋鮑照最喜歡擬古，也有〈擬白頭吟〉。明謝榛《四溟詩話》便指出原詩是漢代詩家的技巧。在卷三中云：「卓文君〈白頭吟〉：『皚如山上雪，皎如雲間月。』其古雅自是漢人語。鮑明遠擬之曰：『直如朱絲繩，清如玉壺冰。』此亦用漢人機軸。」

《古今樂錄》指〈白頭吟〉為〈楚調曲〉，〈楚調〉是楚地的民歌，那麼這首詩歌是屬於南方的歌謠，當無可疑。

此外民歌中，多用重言，漢人詩歌中，也不例外。如〈豔歌行〉：「翩翩堂前燕。」〈古詩十九首〉中，甚至有連用六組重言的，如：「青青河畔草，鬱鬱園中柳，盈盈樓上女，皎皎當窗牖，娥娥紅粉妝，纖纖出素手。」而〈白頭吟〉中「淒淒復淒淒」，與〈古詩十九首〉的「行行重行行」，句法相同。〈白頭吟〉中，還有「嫋嫋」、「簁簁」等重言，足證此詩與漢樂府的風尚有相同之處。

由此觀之，〈白頭吟〉是西漢時，產生於楚越間的一首民歌。

## 孤兒行

〈孤兒行〉是一首雜言的樂府詩，在風格上，與〈婦病行〉、〈雁門太守行〉相同。郭茂倩《樂府詩集》將此詩收在〈瑟調曲〉中，《古詩源》、《漢魏樂府風箋》、《八代詩選》、《全漢三國晉南北朝詩》都收有〈孤兒行〉，並視為漢人的作品。

郭茂倩《樂府詩集》將〈瑟調曲〉誤入〈相和歌辭〉中。據《宋書・樂志》所載：漢〈清商〉經「荀勗撰舊詞施用者」，分〈平調〉、〈清調〉、〈瑟調〉、〈大曲〉及〈楚調〉。近人梁啟超在《中國之美文及其歷史》中已考訂詳盡。此外《樂府古題要解》以〈吟嘆曲〉、〈王昭君〉列入〈清商〉。又《樂府詩集》說：「〈側調〉者，生於〈楚調〉，可見〈清商曲〉應分七種。」故〈瑟調曲〉只是〈清商歌辭〉中的一種，也是由民間採進的樂府詩。

所謂〈瑟調曲〉，是指伴奏的樂器，有笙、笛、筑、琴、瑟、箏、琵琶等七種。今日流傳下來的漢代的〈瑟調曲〉，著名的只有〈善哉行〉、〈飲馬長城窟行〉、〈婦病行〉、〈孤兒行〉、〈上留田〉、〈公無渡河行〉等數首。

〈孤兒行〉是漢代民間的歌謠，後被樂府官署採去配以絲竹的詩歌，因此它最能活潑潑地表現閭里小民的心聲。胡適之《白話文學史》在〈漢代的民歌〉一章中，也舉這首詩說明民歌的特色。他說：「在這種寫社會情形的平民文學中，最動人的自然要算〈孤兒行〉了。」所以民歌除了真實、樸質外，還最富音樂性。

## 孤兒行

孤兒生，孤子遇生，命獨當苦！父母在時，乘堅車，駕駟馬，父母已去，兄嫂令我行賈。南到九江，東到齊與魯，臘月來歸，不敢自言苦。頭多蟣蝨，面目多塵（土）①。大兄言辦飯，大嫂言視馬。上高堂，行取殿下堂，孤兒淚下如雨，使我朝行汲，暮得水來歸，手為錯，足下無菲，愴愴履霜，中多蒺藜。拔斷蒺藜腸肉②中，愴欲悲。淚下渫渫，清涕纍纍。冬無複襦，夏無單衣。居生不樂，不如早去，下從地下黃泉。

春氣動，草萌芽。三月蠶桑，六月收瓜。將是瓜車，來到還家。瓜車反覆，助我者少，啗瓜者多，「願還我蔕，兄與嫂嚴，獨且急歸，當興校計。」

亂曰：里中一何譊譊，願欲寄尺書，將與地下父母：「兄嫂難與久居！」

注：①據潘重規先生《樂府詩粹箋》認為塵下脫「土」字。②謂腳肚也。

這是一首兄嫂虐待孤弟的故事詩。全篇的故事，鋪敘一個孤兒父母雙亡後，寄養在大哥家中，吃大哥大嫂的苦頭，做些打雜的粗活，跟僮僕一樣。兄嫂要他到九江（今安徽壽縣一帶）、山東一帶去做小生意，風塵僕僕，嚐盡了人間的辛酸。過年回家，兄嫂使喚他，叫東喚西的，天寒地凍，手腳凍裂，連一雙草鞋穿都沒有，活著真不如死。

描寫最精彩的一段，是六月天，要他上瓜田去收瓜，回來瓜車翻了，路上的人圍著吃瓜，他急了，要他們把瓜蒂留下，回去好交代啊！果然兄嫂大罵。最後他想寫信告訴地下的爸媽：「大哥大嫂太兇了，很難跟他們一起住下去。」這故事真實又動人，末了一句，使人含淚而笑，不失鄉土民歌的率真本色。

〈孤兒行〉，又名〈孤子生行〉、〈放歌行〉。詩的本事，是來自民間一般的現象，已如上面所述的。「行」是一種歌謠的名稱。所謂「放歌」，指心遇不平，長歌來傾吐憂憤。孤兒備受兄嫂虐待，詩人感傷，寫下〈放歌行〉。後人沿用此名。像宋鮑照的〈放歌行〉，寫遭遇聖君盛世，小民有一言片善，都能分得一官半職，而今賢人反而流落道野，為此放歌以抒心頭的憤慨。郭茂倩《樂府詩集》卷三十八對〈孤兒行〉的解題和本事說：

〈孤子生行〉，一曰〈孤兒行〉。古辭。言孤兒為兄嫂所苦，難與久居也。《歌錄》曰：「〈孤子生行〉，亦曰〈放歌行〉。」《樂府解題》曰：「鮑照〈放歌行〉云：蓼蟲避葵堇，言朝廷方盛，君上好才，何為臨歧相將去也。」

又舊題唐吳兢《樂府古題要解》說：

〈放歌行〉，鮑照蓼蟲避葵堇之類，言朝廷方盛，君上愛才，何為臨路相將而去也。

朱秬堂《樂府正義》曰：

〈放歌行〉者，不平之歌也。孤兒兄嫂惡薄，詩人傷之，所以為放歌也。宋鮑照詩則言，盛時，一言片善，俱能分珪爵，辭草萊；而賢人獨臨路遲徊，亦為之不平焉。

〈孤兒行〉是一首雜言的樂府詩，又叫〈放歌行〉，在記敘孤兒的遭遇，作者無從考徵，但此詩的產生時代與地域，我們從詩中，或可以尋得一些線索。

朱秬堂《樂府正義》曰：「宋玉〈笛賦〉云：『歌〈伐檀〉，號〈孤兒〉。』則此曲來已久矣。」

朱秬堂認為戰國時代已有這首〈孤兒行〉，現在我們參照《古文苑》宋玉〈笛賦〉所說的：

「歌〈伐檀〉，號〈孤兒〉。」注：「〈伐檀〉，魏國之詩，刺在位貪鄙。〈孤子〉，亦歌曲，蓋伯奇申生之倫，遭讒放逐，見之吟詠者。《楚辭》（指〈橘頌〉）：『孤子唫而抆淚。』」

可知在戰國時，便有〈孤兒〉的歌曲，但仍然不能斷定宋玉所提到的〈孤子〉，便是〈孤兒行〉。

從《樂府詩集》中，我們可以發現〈孤兒行〉、〈婦病行〉、〈雁門太守行〉這三首都是雜言的樂府詩，在行文措句上，三首的章句極其相似，我認為這三首作品，在時代上一定很相近。〈雁門太守行〉在詩中已明顯指出，是東漢和帝時（西元八九－一〇五年）的民歌，而〈婦病行〉也是東漢時的作品，因此從行文的句法上，我認為〈孤兒行〉是東漢時的作品，而戰國時，宋玉所提的號〈孤子〉，一定不是這首〈孤兒行〉。

漢人一向輕視商賈，從漢高祖及呂后頒布過的「賈人不得衣絲乘車」、「市井子孫不得仕宦為吏」等禁令。文帝時賈誼、鼂錯有過重農抑商的建議，所以風尚所及，漢人視商賈為賤者。詩云：「父母在時，乘堅車，駕駟馬，父母已去，兄嫂令我行賈。」從這裡可知這孩子當他的父母在世時，他有車可坐；父母死後，他成了孤兒，兄嫂虐待他，要他操賤業，讓他「行賈」——做小生意，視同僕役。潘重規先生《樂府詩粹箋》云：

行賈，謂往來販賣，蓋兄嫂奴役之也。漢世富人常命僮僕從事販賣。王褒〈僮約〉云：「奴當從役使，……上至江州下到湔……往來都洛，當為婦女求脂澤，販於小市。」蓋其明證。

依此事看來，此詩與漢人輕視商人的風氣，可以配合。

詩中有「上高堂，行取殿下堂」句，要他趨走上下堂殿，一會辦飯，一會看馬。稱住屋為「堂」「殿」，漢人有此稱呼。《漢書・黃霸傳》：「先上殿。」注曰：「古者屋之高嚴，通呼為殿。」

因此〈孤兒行〉的用語，為漢人口語，足證為漢代的作品。

進一步考證〈孤兒行〉產生的地區，詩中已明確的指出：「南到九江，東到齊與魯。」那麼孤兒的家，當在齊魯之西，九江之北的河南商邱一帶地域了。齊魯在今山東省，九江不是指江西的九江，而是秦時所置的郡名，西漢郡治在壽春，即今安徽省壽縣。東漢郡治在陵陰，在今安徽省定遠縣西北。更加上「使我朝行汲，暮得水來歸」「履霜」等，說明汲水不易，有冰霜凍結的現象。因此這首歌的發源地，顯然是在北方河南商邱一帶的地方。

此外，「面目多塵」下當有「土」字，才能叶韻，潘重規、逯欽立二先生均認為如此。逯欽立先生在《古詩紀補正敘例》（見中央研究院《歷史語言研究所集刊》第十二本）一文中云：

〈孤兒行〉篇中有云：「兄嫂令我行賈，南到九江，東到齊與魯。臘月來歸，不敢自言苦。頭多蟣蝨，面目多塵。大兄言辦飯，大嫂言視馬。」案大兄之大為土之譌，（土，唐人多寫作厺，形近易譌。）本屬上句，作面目多塵土，土與賈魯苦馬叶，若斷塵為句，則失其韻矣。（塵下有土字，則魯苦土三句皆上四下五句法亦同。）下文原作兄言辦飯，嫂言視馬，（四言偶句也，篇中此例亦多，如冬無複襦，夏無單衣，三月蠶桑，六月收瓜，皆是。）稱兄稱嫂，全篇辭例一致；（如兄嫂令我行賈，兄與嫂嚴，及兄嫂難與久居皆是。）土譌作大，連下讀為大兄，後人遂於嫂字上，亦添大字，求其比稱，失其韻，並亂其辭例矣。

這詩的用韻：苦、馬、賈、魯、苦、土、馬、雨，以上姥、馬、麌通。汲、錯，為緝、鐸韻通。菲、藜、悲、纍、衣，為尾、脂、微通。泉字不為韻。芽、瓜、家，為麻韻。多，為歌韻。以上歌、麻韻通押。蒂、計為霽韻。書、居，為魚韻。用韻甚寬，如末了歌韻與麻韻通，霽韻與魚韻通。黃節《漢魏樂府風箋・釋音》引《左傳》、《詩經》的例子來證明。從用韻寬的習慣，也可知是漢人的手筆。

〈孤兒行〉是反映社會現象的故事詩，作者姓氏已無可考，它是一首民歌，當屬東漢時，河南一帶流行的民歌。

## 婦病行

郭茂倩《樂府詩集》、朱止谿《樂府廣序》、朱秬堂《樂府正義》、黃節《漢魏樂府風箋》、丁福保《全漢三國晉南北朝詩》都收有〈婦病行〉，並視為漢代的古辭。《樂府詩集》視此詩為〈瑟調曲〉，由民間採進的樂府詩。原辭如下：

### 婦病行

婦病連年累歲，傳呼丈人前一言。當言未及得言，不知淚下一何翩翩：「屬累君兩三孤子，莫我兒飢且寒。有過慎莫笪笞！行當折搖，思復念之！」

亂曰：抱時無衣，襦復無裡。閉門塞牖，舍孤兒到市。道逢親交，泣坐不能起，從乞求與孤買餌。對交啼泣，淚不可止。——我欲不傷，悲不能已。探懷中錢持授。交入門，見孤兒啼，索其母抱。徘徊空舍中，行復爾耳，棄置勿復道！

這是一首很好的雜言故事詩，大意是說：一個逃避責任的丈夫，不照顧家中久病的妻子和兩三個孩子，使妻子臨終時，叫人把她丈夫找回來，囑咐他好心照顧幾個孩子。接著描敘孤兒饑寒難熬，大孤兒不得已把門戶堵塞好，到街上去想辦法。路上正好遇到親友，要求親友買些吃的給他的小弟妹們。這位好心的親友跟著到孤兒的家，看到一群嗷嗷待哺的孤兒，掏錢給他們買吃的，那最小的孤兒還不知道母親已去世，哭吵著要媽媽抱。那個狠心的爸爸，尚且不管自己的孩子，親友能幫得上多少呢！使他徘徊空屋中，心寒鼻酸，還是丟開罷，別再提這樁事吧！

〈婦病行〉題解和本事，前人解說的不多，由於此詩是民間歌謠，又不是依據史實而寫的，它只是記載民間的一則故事，所以這詩的本事，只有從詩中所述的故事加以說明。張玉穀《古詩賞析》分析此詩說：

此刺為父者不恤無母孤兒之詩。然「不恤」意卻在病婦口中，親交眼中顯出，絕不一語正寫。蓋斥父不慈，非以教孝，此詩人忠厚得體處也。婦病已久，夫不在傍，欲言必待傳呼，未言先已下淚，寫景淒苦。「抱時」二句，指孤兒之小者，無衣無裡，應前寒字；「閉門」

七句，指孤兒之大者，乞錢買餌，應前飢字。後八句敘親交見而悲傷，與錢送歸，空舍徘徊，顯出其父不在。「行復爾」「勿復道」言母死幾時，竟至於此，父已不顧，我且奈何。

《樂府詩集》所載〈瑟調曲〉古辭，只有〈善哉行〉、〈飲馬長城窟行〉、〈婦病行〉、〈孤兒行〉、〈上留田〉、〈公無渡河行〉六首，均視為漢代的樂府。因此〈婦病行〉是漢人的作品，是無可疑的。

詩中有「棄置勿復道」句，與〈古詩十九首．行行重行行〉中的「棄捐勿復道」，句法相似，由於用句的習慣相同，這兩首詩的時代也應該相近。「棄捐勿復道」，《文選》李善無注，五臣注呂延濟云：「勿復道，心不敢望返也。」呂延濟的注，頗可懷疑，所謂「棄捐勿復道」，應該是「丟開罷，不再說了」。〈婦病行〉也用這口語，意思相同。其他如魏文帝〈雜詩〉：「棄置勿復陳，客子常畏人。」曹子建〈雜詩〉：「去去莫復道，沉憂令人老。」意思是相同的。從這詞中，我們可以推想：「勿復道」這辭語是東漢三國時通用的口語。那麼〈婦病行〉，也應該是東漢的作品了。

同時〈古詩十九首．行行重行行〉依徐中舒《五言詩發生時期的討論》，被視為東漢的作品，理由是西漢只有「代馬」「飛鳥」對舉的成語，然並不工切；東漢則有「胡馬」「越燕」對舉的，〈行行重行行〉，以「胡馬依北風，越鳥巢南枝」對偶，已極工穩，可證此詩為東漢人的手筆。因〈婦病行〉與〈行行重行行〉時代相近，那麼〈婦病行〉也該為東漢人的作品。

魏阮瑀也有一首寫孤兒的詩，可以作為比較，詩題作〈駕出北郭門行〉：

駕出北郭門，馬樊不肯馳。下車步踟躕，仰折枯楊枝。顧聞丘林中，噭噭有悲啼。借問啼者出，何為乃如斯。親母舍我歿，後母憎孤兒。饑寒無衣食，舉動鞭捶施。骨消肌肉盡，體若枯樹皮。藏我空室中，父還不能知。上塚察故處，存亡永別離，親母何可見，淚下聲正嘶。棄我於此間，窮厄豈有貲。傳告後代人，以此為明規。

像〈孤兒行〉、〈婦病行〉、〈駕出北郭門行〉，可算是反映社會民間疾苦的社會詩，都是寫孤兒失恃，鋪敘孤兒生活悲涼的詩篇，依然留下樂歌的痕跡，末了似由寫詩的人告語世人一些警惕的話，借鋪敘故事而有所諷諭，仍不失為溫柔敦厚的詩風。

此篇用韻寬：言、言、翩、寒，為先、寒、元通用；笞、之、裡、市、起、餌、止、已、授、抱、道，為支、紙、寘、宥、皓等韻通用，合乎漢人用韻寬的風尚。

## 辛延年的羽林郎

是詩始見於徐陵的《玉臺新詠》，題作〈羽林郎詩〉，作者辛延年。郭茂倩《樂府詩集》將它收在〈雜曲〉中，謂辛延年為後漢時人。《八代詩選》、《古詩源》、《全漢三國晉南北朝詩》均以為是。

所謂雜曲，是民間的謳謠。《樂府詩集》卷六十一說：

雜曲者，歷代有之，或心志之所存，或情思之所感，或宴游懽樂之所發，或憂愁憤怨之所興，或敘離別悲傷之懷，或言征戰行役之苦，或緣於佛老，或出自夷虜，兼收備載，故總謂之雜曲。

所以舉凡人心至情所感發的歌謠，都在此範圍內。

## 羽林郎

昔有霍家奴，姓馮名子都，依倚將軍勢，調笑酒家胡。胡姬年十五，春日獨當鑪。長裾連理帶，廣袖合歡襦。頭上藍田玉，耳後大秦珠。兩鬟何窈窕，一世良所無。一鬟五百萬，兩鬟千萬餘。「不意金吾子，娉婷過我廬，銀鞍何煜爚，翠蓋空踟躕。就我求清酒，絲繩提玉壺。就我求珍肴，金盤鱠鯉魚。貽我青銅鏡，結我紅羅裾。不惜紅羅裂，何謂輕賤軀。男兒愛後婦，女子重前夫。人生有新故，貴賤不相踰。多謝金吾子，私愛徒區區。」

這首五言豔歌，也是一首很好的故事詩，借往事來諷諭今人，但詩中僅將故事鋪述而已，不作任何說教。故事是說：從前有個霍家奴，叫馮子都的，仗他主人的聲勢，調笑胡商賣酒的女子。

這女子年輕美豔，穿著入時。春天，正在當壚賣酒。馮子都騎馬經過胡姬的酒店，看上了她，便下馬要酒要菜的。後來他送她一面青銅鏡，要掛在她的紅羅裙上，但被她拒絕了，甚至胡姬不惜紅羅裙撕裂，並願以死保全她賤軀的貞潔。最後，表明她已許人，願對她的丈夫忠誠，並不因貴賤而改變她的心意。於是感謝他的私愛。

王闓運《八代詩選》評此詩說：「〈羽林郎〉，樂府。『一鬟五百萬，兩鬟千萬餘。』二句入妙。四『我』字情意昵昵。忽云：『不惜紅羅裂』，紙上如聞霹靂聲，不意豔詩中得此！『夫』韻譏之，『踰』韻教之，『區』韻揶揄之。」

今分別考證此詩的本事、作者，以及其創作的時代和地區，該詩以「羽林郎」為標題，詩中又提到霍家奴——馮子都，因此詩的本事，與羽林侍衛軍有關。

羽林郎，最初是漢代的水軍，後來變成了宮廷的侍衛隊。秦制已有，漢沿此制，稱為羽林郎，或黃頭羽林，或旄頭騎士等名稱。《漢書・枚乘傳》：「漢遣羽林黃頭郎循江而下。」師古注：「黃頭郎，習水戰者也。」故漢初羽林黃頭郎是水師，著黃色的帽子，被稱為羽林黃頭郎。至於旄頭騎士的由來，相傳秦文公時，梓樹化為牛，命旄頭騎擊之，騎不勝，或墜地髻散披髮，牛畏之入水。故秦制旄頭騎，擔任先驅的工作。這種騎士，頭髮向上梳，使它直立。漢代也選羽林為旄頭騎，作為皇帝出行時，在輿前先驅的衛士。《漢書・東方朔傳》：「羿為旄頭。」應劭注：「今以羽林（即羽林軍）為之，植髮上向而長，衣繡衣，在乘輿車前。」

張未元《漢朝服裝圖樣資料》據漢墓壁畫、漢俑、漢代石刻所繪的虎賁羽林和旃頭衣裝圖，可略窺漢代羽林郎的服裝的梗概。羽林，又名虎賁羽林，冠上插有鶡尾，稱為「鶡冠」。漢代的羽林軍，便是守衛皇城或皇宮的禁衛軍。

羽林衣裝

旃頭衣裝

郭茂倩《樂府詩集》對「羽林郎」的說明，引前、後《漢書》指出羽林郎為宿衛侍從之類的官員，卷六十三上說：

《漢書》曰：「武帝太初元年，初置建章營騎，後更名羽林騎，屬光祿勳。又取從軍死事之子孫，養羽林官，教以五兵，號羽林孤兒。」顏師古曰：「羽林，宿衛之官。言其如羽之疾，如林之多。一說，羽所以為主者羽翼也。」《後漢書・百官志》：「羽林郎，掌宿衛侍從，常選漢陽、隴西、安定、北地、上郡、西河六郡良家補之。」〈地理志〉曰：「漢興六郡良家子選給羽林是也。」

考漢代的兵制，京師有南北軍，地方有輕車、騎士、材官（指步兵），樓船（指水師），邊地有屯田兵。而京師南北軍的職務，南軍掌宮城門內的守衛，北軍掌京城門內的守衛，這些京師的羽林軍，都是選自六郡的良家子弟，應該不會有馮子都一類惡劣的行為。到了東漢以後，兵制崩壞，和帝時，以竇憲為大將軍，竇氏兄弟驕橫，像執金吾竇景，更是仗勢凌人，胡作胡為。因此〈羽林郎〉，便成了反映當時社會的一首樂府詩，雖然詩中是寫西漢時霍光的家奴馮子都，其實，是對當時羽林軍的專橫有所諷諭。朱乾《樂府正義》對此事有所考證，他說：

> 漢以南北二軍相制。南軍，衛尉主之，掌宮城門內之兵。北軍，中尉主之，掌京城門內之兵。武帝增置期門羽林，以屬南軍。增置八校，以屬北軍。更名中尉為執金吾。南軍掌宿衛，當時以二千石以上子弟及明經孝廉射第甲科博士弟子高第及尚書奏賦軍功良家子充之。期門羽林亦以六郡良家子選給。未有如馮子都其人者。自太尉勃以北軍除呂氏，於是北軍勢重。武帝用兵四夷，發中尉之卒，遠擊南粵。後又增置八校，募知胡事者為胡騎，知越事者為越騎。武騎紛然，將驕兵橫，殆盛於南軍矣。光武所以有仕宦當至執金吾之云也。題曰〈羽林郎〉，本屬南軍，而詩云金吾子，則知當時南北軍制俱壞，而北軍之害為尤甚也。案：後漢和帝永元元年，以竇憲為大將軍，竇氏兄弟驕縱，而執金吾景尤甚。奴客緹騎，強奪財貨，篡取罪人妻，略婦女，商賈閉塞，如避寇讎。此詩疑為竇景而作，蓋託往事以

諷今也。

由於詩中鋪述昔有霍家奴，仗勢調笑胡商賣酒的女子，其實是寫東漢和帝時的羽林軍。從詩的本事，可以推斷〈羽林郎〉應屬於東漢和帝（西元八九—一〇五年）年間的作品。

《玉臺新詠》、《樂府詩集》都指出該詩的作者是辛延年，郭茂倩更指出辛延年是東漢人，我想郭氏必有所依據。在漢代的樂府詩中，標明有作者姓名而生平不詳的只有兩首：一首是辛延年的〈羽林郎〉，另一首是宋子侯的〈董嬌饒〉，他們都是後漢人，同樣地，這兩人的生平，也無處可查考。根據上面的推斷，以及下面從詩中用語的習俗，〈羽林郎〉是東漢和帝時的作品，似可成立，那麼辛延年也該是東漢和帝年間的一位民間詩人了。他看不慣當時羽林軍的胡作專橫，尤其在酒店裡對胡姬戲謔的那一幕，給他印象最深。於是他便以客觀的口吻，鋪敘成一首〈羽林郎〉，既不指責羽林軍的專橫，也不說一句民間對羽林軍的不滿，只把活生生的一幕實情，細細地道述出來，合乎了詩人敦厚的精神，因此這篇頗富戲劇性的故事詩，便被後人所樂道。

其次，從詩中寫胡姬的衣著及職業，來找證據，以證明此詩確為東漢和帝時的作品。

漢人對商賈輕視，在〈孤兒行〉中已說明過。漢代是個帝國，由於隴西西域一帶也歸附漢朝，因此隴西、北地、西域一帶的胡人，也到京都來做買賣，他們的職業多半從事販賣馬匹、開酒店等行業。詩中云：「胡姬年十五，春日獨當鑪。」當鑪，是賣酒的地方，累土為鑪，掌鑪賣酒。《漢書·司馬相如傳》，也記載相如貧賤時，把車騎賣掉，在臨邛開了一家酒店，讓卓文君當鑪，自己穿犢鼻褌充酒保。可知漢朝在較大的都邑，到處有酒店。酒店中少不了以一兩位姿色嬌俏的女子來掌鑪賣酒，招徠生意。

詩中寫胡姬的衣著裝扮，對仗工巧，決非西漢時的作品所能做到的。「長裾連理帶」對「廣袖合歡襦」，「頭上藍田玉」對「耳後大秦珠」。「兩鬟何窈窕，一世良所無。一鬟五百萬，兩鬟千萬餘。」像這類句子，近乎俚俗，卻自然樸質，合乎民歌的本色，流露鄉土風謠的真味。下面就這些名物上、裝著上，加以分析：

(1)長裾連理帶，廣袖合歡襦

漢代婦女平日的衣著，多半上身穿襦，下身穿長裙。襦是有裡的短衣，袖口廣一尺二寸，有時長及腰或過膝。裾，是下裳，古人穿深衣，上衣下裳連在一起。或者裾是像長袍的下幅，在此詩中，裾是裙子。漢代婦女華貴的衣服，又有一種叫做褂袍，形式像襦而長，用緣邊作衣飾，或披長帶，帶為燕尾形。在瞿宣穎所編的《中國社會史料叢鈔》指出漢代婦人的服裝，也引此詩和〈陌上桑〉的服飾為證。漢時童謠〈城中歌〉云：「城中好廣袖，四方用匹帛。」說明漢婦女流行穿廣袖的上衣。

(2)頭上藍田玉，耳後大秦珠

漢人有佩玉的習慣，婦女頭飾，也多玉器。藍田產玉，玉可作佩飾用。《長安志》：「藍田山在長安縣東南三十里。」大秦珠，是指于闐昆岡的玉，可以作耳環和飾物。《後漢書．西域傳》：

「大秦土多金銀奇寶，有夜光璧明月珠。」從「耳後大秦珠」，可以看出胡姬穿耳戴耳環，王闓運對古人穿耳的習尚，曾有過一段考證的文字。《湘綺樓日記》同治八年（己巳）二月初四日：

> 《魏都賦》：「鏤耳之傑。」（李善）注引《山海經》曰：「青要之山魋武羅司之穿耳以鐻。」郭璞曰：「鐻，金銀之器。」蓋外夷始穿耳，而《山海經》所見神已穿耳也。《莊子》曰：「為天子之諸御不穿耳。」又〈陸允傳〉：「華覈稱允內無粉黛附珠之妾。」則周末猶以穿耳為恥，漢末乃以穿耳為美耳。

可知我國民間穿耳，在《山海經》中只有神才穿耳，東周時，天子妃嬪不穿耳。而《三國志・吳志・陸胤傳》（《通志》胤作允）引華覈的上表，稱陸胤家中無敷粉、畫眉、戴耳環的妻妾。足證東漢時代，婦女多半敷粉、畫眉、穿耳戴耳環以為美。所以戴耳環的習尚，是東漢婦女普遍的裝飾。由於胡姬也戴耳環，足證〈羽林郎〉是東漢末年的作品，跟上面所說的：這詩是東漢和帝年間的作品是可以吻合的。

(3)兩鬟何窈窕，一世良所無。一鬟五百萬，兩鬟千萬餘

這是描寫胡姬頭上所梳的兩個髻，這一代裡就難找到第二個，一鬟可值五百萬，兩鬟不是一千萬嗎？兩鬟，是漢代婦女的髮型，把頭髮梳成兩個鬟髻。〈城中歌〉有云：

> 城中好高髻，四方高一丈。城中好大眉，四方眉半額。城中好廣袖，四方用匹帛。

從張末元《漢朝服裝圖樣資料》中所收集漢代婦女的服飾來看，便明白漢婦女的一般裝束。今附

漢仕女衣裝圖如下：

仕女衣裝

詩中所提「金吾子」，是漢代的官名，屬北軍，掌京城門禁的職務。金吾，中尉手中所執的棒，後稱「執金吾」。在詩中通稱豪貴者的美名。《漢書．百官公卿表》：「中尉，秦官，掌徼巡京師。武帝太初元年，更名執金吾。」《東觀漢記》曰：「光武歎曰：『仕宦當作執金吾，娶妻當得陰麗華。』」又《漢官儀》云：「執金吾緹騎二百人。」崔豹《古今注》：「金吾，棒也，以銅為之，黃金塗兩頭，謂之金吾。」由於詩題作羽林郎，詩中又引金吾子，可見在東漢時，南北軍制已亂，才會把南軍的羽林郎與北軍的執金吾混在一起。

(4)貽我青銅鏡

在詩中金吾子把青銅鏡送給胡姬。由於銅器作為日常用品，應該在東漢。勞榦在〈秦漢時期的中國文化〉一文中，指出我國的銅器，在周秦間都非常寶貴，所以稱為「重器」，只有王家和貴族用於祭祀或戎器上。到漢代的青銅器，才推廣到一般的日用上去。那麼此詩的時代，也該在東漢了。

至於詩的發端：「昔有霍家奴，姓馮名子都。」可知辛延年引西漢霍光家奴的事，依仗霍將軍的聲勢，狐假虎威，記往事來諷諭今人。詩中用「昔」字，便可推斷作者距西漢霍光時代久遠；否則他大可用「今有霍家奴」的字眼了。因此辛延年應是屬於東漢人。歷代版本，首句有作「昔有霍家姝」的，丁福保還加以考證「奴」為「姝」的訛誤。今據商務《四部叢刊》縮印明活字本《玉臺新詠》仍作「昔有霍家奴」，且潘重規先生《樂府詩粹箋》也證明「奴」字是對的，他說：

黃晦聞曰：「奴字，《玉臺新詠》（明趙寒山覆刻本）、《樂府詩集》皆作姝。《古樂府》作奴。近人丁福保《全漢三國晉南北朝詩・緒言》謂古時士之美者亦曰姝，如〈鄘風・干旄〉之詩『彼姝者子』是。案毛傳：姝，順貌。姝指賢者。子都何人，乃以干旄之賢者當比之乎？《漢書・霍光傳》云：『霍氏奴入御史府，欲躢大夫門。』又曰：『光愛幸監奴馮子都。』又曰：『使蒼頭奴（漢僕隸所戴的幘為深藍色。）上朝謁，莫敢譴者。』是霍氏諸奴明具《漢書》，如馮子都王子先等，服虔曰：『皆光奴。』以此證之，當為奴字。」重規案：據晉灼引《漢語》，子都名殷。

所以本篇引原詩時作「奴」字，而不作「姝」字。

從〈羽林郎〉演變到〈陌上桑〉，可以明顯地看出受影響的痕跡。在題旨上，這兩首詩是完全相同的，寫女子對丈夫的愛是忠誠的。由於〈陌上桑〉是受〈羽林郎〉的感染而創作的，比〈羽林郎〉更完美，女主角也由微賤的胡商女，變成有地位的漢家侍中郎妻，這在民歌的發展上來看，同樣的故事，越來越變得複雜，是必然的現象。在〈陌上桑〉裡，羅敷除了拒使君的追求外，更進而道出她的丈夫如何的顯貴、英俊、教人羡慕。同樣，後代詩人也努力仿作此類的詩歌，像東漢張衡（西元七八—一三九年）的〈同聲歌〉，也是寫女子對丈夫的貞亮忠誠，進而比喻臣子事君主的赤誠。唐張籍的〈節婦吟〉，也是受〈羽林郎〉、〈陌上桑〉所影響而製作的詩歌。

總之，後漢辛延年的〈羽林郎〉，當是東漢和帝年間，流行京都一帶的民歌，辛延年的生平雖不詳，但他必然是東漢和帝時的一位民間詩人。

同聲歌　　東漢張衡

邂逅承際會，得充君後房。情好新交接，恐慄如探湯。不才勉自竭，賤妾職所當。綢繆主中饋，奉禮助蒸嘗。思為苑蒻席，在下蔽匡牀。願為羅衾幬，在上衛風霜。洒掃清枕席，鞮芬以狄香。重戶結金扃，高下華鐙光。衣解巾粉御，列圖陳枕張。素女為我師，儀態盈萬方。眾夫所希見，天老教軒皇。樂莫斯夜樂，沒齒焉可忘。

節婦吟　　唐張籍（辭李司空師道辟）

君知妾有夫，贈妾雙明珠，感君纏綿意，繫在紅羅襦。妾家高樓連苑起，良人執戟明光裡，知君用心如日月，事夫誓擬同生死；還君明珠雙淚垂，恨不相逢未嫁時！

## 陌上桑

《文選》陸機有〈日出東南隅行〉，是擬漢代古辭〈陌上桑〉而作的。好的民歌，文士往往喜歡模仿，詩句雖典雅有餘而質不足。民歌的好處，在樸質無華，自然活潑，這是人間的天籟，給人們帶來最真實、最完美的歌聲，非文人模擬所能及的；〈陌上桑〉就是這樣一首完好的漢代民歌。

〈陌上桑〉，又名〈日出東南隅行〉、〈豔歌羅敷行〉。《玉臺新詠》、《樂府詩集》、《古詩源》、《八代詩選》、《全漢三國晉南北朝詩》均收有此篇，或作古樂府詩，或作漢世街陌的謠謳。由於這篇寫羅敷採桑陌上，所以早期的樂歌以〈陌上桑〉稱之，又由於歌辭的首句為「日出東南隅」便以首句為題，如《玉臺新詠》便是。由於詩中描述羅敷拒使君的邀約，美而貞亮，又稱為〈豔歌羅敷行〉。正因為它是一首膾炙人口的詩歌，才有這樣多的名稱。

在漢樂府中，此詩是屬於樂府中的〈相和歌〉。

所謂〈相和歌〉，是由民間採進的詩歌，本來是漢代街陌的謳謠，用絲竹伴奏，唱歌的人，手中拿節，一邊擊節，一邊歌唱，像〈江南可采蓮〉、〈烏生十五子〉這類的歌辭便是。《宋書・樂志》說：「〈相和〉，漢舊曲也。絲竹更相和，執節者歌。」又曰：「凡〈相和〉，其器有笙、笛、節歌、琴、瑟、琵琶、箏七種。」

今據陳智匠《古今樂錄》所載，〈相和〉有十五曲。〈陌上桑〉為其中之一，亦有列在〈瑟調曲〉中。而《宋書・樂志》又將此篇列於〈大曲〉中，陸氏《中國詩史》又列於〈清商〉中。今依《樂府詩集》引《古今樂錄》說：「張永《元嘉技錄》，〈相和〉有十五曲：一曰〈氣出唱〉，二曰〈精列〉，三曰〈江南〉，四曰〈度關山〉，五曰〈東光〉，六曰〈十五〉，七曰〈薤露〉，八曰〈蒿里〉，九曰〈覲歌〉，十曰〈對酒〉，十一曰〈雞鳴〉，十二曰〈烏生〉，十三曰〈平陵東〉，十四曰〈東門〉，十五曰〈陌上桑〉。」又曰：「〈陌上桑〉歌，〈瑟調〉，古辭。〈豔歌羅敷行〉『日出東南隅』篇。」至於古人樂曲上的分類有所不同，由於樂曲已亡，難作定論，總之，〈陌上桑〉是漢代的歌謠，是無可置疑的。

## 陌上桑

日出東南隅，照我秦氏樓。秦氏有好女，自名為羅敷。羅敷善（一作憙）蠶桑，採桑城南隅。素絲為籠係（《玉臺》作繩），桂枝為籠鉤。頭上倭墮髻，耳中明月珠。緗（《玉臺》作綠）綺為下裙，紫綺為上襦。行者見羅敷，下擔捋髭鬚。少年見羅敷，脫帽著帩頭。耕者忘其犁，鋤者忘其鋤。來歸相怨怒，但坐觀羅敷。使君從南來，五馬立踟躕。使君遣吏往，「問是誰家姝？」「秦氏有好女，自名為羅敷。」「羅敷年幾何？」「二十尚不足，十五頗有餘。」使君謝羅敷：「寧可共載不？」羅敷前置辭：「使君一何愚！使君自有婦，羅敷自有夫。」「東方千餘騎，夫壻居上頭。何用識夫壻？白馬從驪駒。青絲繫馬尾，黃金絡馬頭。腰間鹿盧劍，可直千萬餘。十五府小史（《玉臺》作吏），二十朝大夫。三十侍中郎，四十專城居。為人潔白皙，鬑鬑頗有鬚。盈盈公府步，冉冉府中趨。坐中數千人，皆言夫婿殊。」

〈陌上桑〉共分三段，故事是說：太陽從東南角出來，照在秦家的樓頂上。秦家有個女子，名字叫羅敷。她一早打扮得好漂亮，到城南的陌上去採桑。路上，人來人往，挑擔的，少年的，耕田鋤草的，都為看她看呆了，幾乎把自己要做的事給忘了。一個太守坐著馬車從南邊來，看上了她，派人過去問道：「你是誰家的小妮子，幾歲了？」羅敷答道：「秦家來著，我叫羅敷，十七八歲呀！」「太守對你有意思，問你願不願意跟他同車去？」羅敷上前拒絕道：「太守這麼傻！你是有妻有室的，我也有丈夫。」

在第一段裡把羅敷的美，描寫得淋漓盡致，尤以末了幾句，寫行人貪看她，以烘托出她的光豔照人。在第二段裡，寫冒失的使君，想以富貴誘人，羅敷拒之以有夫，不失詩人的正風。第三段整段盛誇她丈夫的了不起，說她丈夫也是富貴中人，長得好，官拜侍中郎，結尾道：「在座的數千人，都說俺的丈夫長得好！」

前人記敘此詩的本事，大致有兩種：

一、崔豹《古今注》：「〈陌上桑〉者，出秦氏女子，秦氏邯鄲人，有女名羅敷，為邑人千乘王仁妻。王仁後為趙王家令，羅敷出採桑於陌上，趙王登臺，視而悅之，因置酒欲奪焉。羅敷巧彈箏，乃作〈陌上桑〉之歌以自明，趙王乃止。」照《古今注》的說法，〈陌上桑〉為羅敷所作，但不可信。按《後漢書・郡國志》：邯鄲，屬趙國，在冀州境，漢光武封他的叔父劉良為趙王，居此。考《後漢書・趙孝王傳》，並無欲奪家臣王仁妻的記載。在《漢書・元后傳》中，所記載的王仁，與趙王無關。就〈陌上桑〉所說的故事來看，與趙王想奪王仁妻羅敷，並不配合。因此，第一種說法，便不足採納了。

二、吳兢《樂府古題要解》：「〈陌上桑〉，其歌辭稱羅敷採桑陌上，為使君所邀，羅敷盛誇其夫為侍中郎以拒之。」按：《樂府詩集》卷二十八引《樂府解題》，與吳兢的說法一致，並指出〈陌上桑〉為古辭。第二種說法，僅就詩中的故事，扼要的說明，作為本事。

以上兩種說法，當然以第二種的說法為可信。像這種民間的歌謠，所歌的事，在正史中必然找不到痕跡，它是反映社會民情的豔歌。從詩歌的題材來看，這首詩倒是跟〈羽林郎〉同一筆調，我懷疑它是從〈羽林郎〉演變來的：詩中的人物，由微賤的當壚女胡姬，演變成採桑女——侍中郎的妻羅敷；由惡劣的霍家奴，變成了冒失的使君。但詩歌的主題未變，都是描寫婦女性情的貞亮，對丈夫的忠誠，表現了我民族典型女子的美德。同時從詩題的形式來看，也由較簡的故事詩，發展到更完美的故事詩。

由於〈陌上桑〉和〈羽林郎〉是同一類型的豔歌，且〈陌上桑〉在形式上、內容上更為完整，在作品的產生時代上，它必然要比〈羽林郎〉晚了。〈羽林郎〉是東漢和帝時的作品，那麼〈陌上桑〉便可能是東漢和帝以後的作品。在這兩首詩歌中，最相似的地方，要算寫胡姬和羅敷的服飾了：

〈羽林郎〉：「長裾連理帶，廣袖合歡襦。頭上藍田玉，耳後大秦珠。」

〈陌上桑〉：「頭上倭墮髻，耳中明月珠。緗綺為下裙，紫綺為上襦。」

兩人的衣著、頭上的裝飾都是相同的，像這樣完美的偶句，已是五言詩中成熟的作品。

今再從〈陌上桑〉詩句中，去找證據，來證明這詩歌產生的年代和區域。

這首詩歌的開頭，便表現民歌特有的格式：「日出東南隅，照我秦氏樓。」像其他各地的山歌一樣，開頭喜歡寫太陽、月亮的，好比「太陽出來紅半天」，「月兒彎彎照九州」之類，流露出民歌的本色。既是民歌，作者是誰，就不容易考證出來，我們只好說民間的一位詩人所寫的。其次，從詩句中，去探索這詩的產生時代：

(1)秦氏有好女，自名為羅敷

「自名」一詞，在樂府詩中屢見不鮮，聞一多以為「自名」就是本名。潘重規先生認為「自名」猶言「名」耳。所以樂府詩中的「自名」，是當時的口語，就像現在的「名字叫做」什麼一樣。

聞一多《樂府詩箋》：「自名之語，樂府屢見。〈焦仲卿妻〉『自名秦羅敷』，又『自名為鴛鴦』，自名蓋猶言本名。《說文》皇下自訓始，始亦本也。」

潘重規《樂府詩粹箋》：「《說文》：『名，自命也。從口夕。夕者，冥也。冥不相見，故以口自名。』蓋名起於自名，『自名』二字遂成習用之詞，是『自名』猶言『名』耳，樂府中屢用之。」

從羅敷一名，可以知道漢代女子多用這個名字，猶如漢代男子喜歡用「延年」。好比近代的風尚，女子的名字喜歡洋化，叫「瑪麗」、「俐俐」的，單單臺北市就不知有多少個「俐俐」。所以漢代的女子，愛用「羅敷」做名字，也是當時的風尚。在《漢書‧昌邑王賀傳》：「執金吾嚴延年，字長孫，女羅紨。」顏師古注：「羅紨，其名也。紨音敷。」周壽昌說：「羅紨，即羅敷，古美人名；故漢女子多取為名。」在聞一多《樂府詩箋》中也說：「羅敷，漢世女子習用之名。《漢書‧武五子傳》：『執金吾嚴延年……女羅紨。』注曰：『紨音敷。』至〈焦仲卿妻〉：『東家有賢女，自名秦羅敷。』則似襲用此詩。」就「自名」、「羅敷」這些用辭，已知〈陌上桑〉是屬於漢人的作品。

再從羅敷的衣裝和髮型，可更進一步推斷〈陌上桑〉是東漢順帝年間的作品，而且它是流行京都一帶的民歌。

(2)頭上倭墮髻，耳中明月珠。緗綺為下裙，紫綺為上襦

「倭墮髻」，是東漢順帝時，京都一帶最流行的髮型。當時羅敷也趕上時髦，梳梁冀妻所創的髮型。梁冀是梁太后的哥哥，最為驕橫，弒質帝，立桓帝。但梁冀妻可稱是時裝專家，好穿狐尾衣，京都婦女多效此裝束，稱之為「梁氏新裝」。她又創新妝樣式，如愁眉，啼妝，墮馬髻，以及

折腰步、齲齒笑等姿態。崔豹《古今注》說：「盤龍釵，梁妻所製。」又說：「長安婦女好為盤桓髻，到於今其法不絕。墮馬髻，今無作者。倭墮髻，一云墮馬髻之餘形也。」《風俗通》：「墮馬髻者，側在一邊。始自梁冀家所為，京師翕然皆倣效之。」聞一多《樂府詩箋》說：「《說文》曰：『逶，逶迤衰去之貌。』倭墮與逶迤同。蕭子顯〈日出東南隅行〉：『逶迤梁家髻，』正作逶迤。」可知當時婦女的髮型，由和帝時（西元八九—一○五年）的兩鬢高髻，演變到順帝時（西元一二六—一四四年）側在一邊的墮馬髻，再由墮馬髻，變成倭墮髻了。張未元《漢朝服裝圖樣資料》（根據漢墓壁畫漢俑漢代器物等資料所編成的。）所作的「梁氏新裝」圖樣，可供參考。

由於羅敷頭上梳的髮型是「倭墮髻」，是從「墮馬髻」演變來的髮型，從這點，就可以斷定〈陌上桑〉是東漢順帝時，或稍晚幾年所產生的作品。又「耳中明月珠」，羅敷也戴耳環，我國婦女以戴耳環為美，始於東漢，我在〈羽林郎〉這首詩的考證中已說過，可參看上篇。

其次，羅敷穿的紫色的上襦，黃色的下裙，大致跟〈羽林郎〉中的胡姬穿著相似。「綺」是

梁氏新裝

織有花紋的綾子。《漢書》注：「細綾曰綺。」織彩絲為花紋的叫錦，織素絲為紋的叫綺。錦是東漢時才有，以四川製的最好，當時富貴的人家，婦女的裙襦多用絲繡。

(3)行者見羅敷，下擔捋髭鬚。少年見羅敷，脫帽著帩頭。耕者忘其犁，鋤者忘其鋤。來歸相怨怒，但坐觀羅敷

胡適之《白話文學史》稱這八句是民歌中無上上品的寫法，他說：「這種天真爛縵的寫法，真是民歌的獨到之處。後來許多文人模倣前十二句，終不能模倣後八句。」從這八句中，由「脫帽著帩頭」，可以找出漢人裝束的痕跡。漢人戴帽，帽內襯巾叫做幘。帩字，或作幓、幧、綃。帩頭，便是幘的一種，斂髮的巾狀物，自頭頂到額前用巾將髮包起。《釋名・釋首飾》：

> 綃頭，綃、鈔也，鈔髮使上從也。或曰陌頭，言其從後橫陌而前也。

所以脫帽後，只看到束髮的帩頭了，也是漢人一般的裝扮。

(4)使君從南來，五馬立踟躕

再從「使君」、「五馬」的用詞，也可考出其時代，當在東漢。吳兆宜《玉臺新詠注》云：

> 漢世太守，或稱君，或稱將，或稱明府。若使君之稱，則見《後漢書・郭伋傳》。……此詩云：「使君從南來」，其為後漢人無疑。

「五馬」為漢太守的車駕，世人因謂太守為五馬。《漢官儀》注：「駟馬加左驂右騑，二千石有左驂，以為五馬。」宋張表臣《珊瑚鉤詩話》說：

五馬之事，不見于書，以詩言之：「孑孑干旟，在浚之都，素絲組之，良馬五之。」《周禮》注云：「州長建旟，太守視之，漢御五馬。」或云：古乘駟馬車，至漢太守出，則加一馬，見《漢官儀》注。

(5)東方千餘騎，夫壻居上頭

考「上頭」一詞，是漢人的俗語。東漢鄭玄注書多用此。潘重規《樂府詩粹箋》云：「上頭下頭，蓋皆漢人俗語。《詩・邶風・簡兮》鄭箋：『在前上處者，在前列上頭也。』又〈周頌・般〉疏引鄭志：『兗州以濟、河為界，河流分兗州界，文自明矣。復合為一，乃在下頭。』」

(6)為人潔白皙，鬑鬑頗有鬚

漢人似以有鬚為美觀。如《漢書・霍光傳》：「光長才七尺三寸，疏眉目，美須髯。」又《後漢書・光武紀》：「光武身長七尺三寸，美鬚眉。與李通等起於宛，時年二十八。」所以從〈陌上桑〉末段寫羅敷稱誇丈夫的漂亮來看，該屬東漢人審美的觀念。

從詩中的故事來看，以十七八歲的羅敷，嫁給四十歲左右剖符專城居的太守，似乎有「老夫少妻」之嫌。由於羅敷的裝束，合乎京師流行的時裝，而羅敷的丈夫，擔任過朝大夫、侍中郎等朝官。所以〈陌上桑〉，必然是流行在長安洛陽一帶的民歌，那麼這首民歌的作者，也必然是在京都待過的一位民間詩人。

後代倣效〈陌上桑〉的作者很多，像曹植〈五游詩〉、傅玄〈豔歌行〉、陸機的〈日出東南隅行〉、王褒〈陌上桑〉、沈約〈日出東南隅行〉、蕭子顯〈日出東南隅行〉。這些都趕不上〈陌上桑〉的精妙，無怪乎胡適之先生要讚為無上上品。明謝榛《四溟詩話》卷一上說：

傅玄〈豔歌行〉，全襲〈陌上桑〉，但曰：「天地正厥位，願君改其圖。」蓋欲辭嚴義正，以裨風教，殊不知「使君自有婦，羅敷自有夫」，已含此義，不失樂府本色。

又卷三云：

陳思王〈五游詩〉云：「披我丹霞衣，襲我素霓裳。徘徊文昌殿，登陟太微堂。上帝休西櫺，群后集東廂。帶我瓊瑤佩，漱我沆瀣漿。踟躕玩靈芝，徙倚弄華芳。王子奉仙藥，羨門進奇方。」此皆兩句一意，然祖於古樂府，觀其〈陌上桑〉：「緗綺為下裙，紫綺為上襦。」「耕者忘其犁，鋤者忘其鋤。」〈焦仲卿妻〉：「東西植松柏，南北種梧桐。枝枝相覆蓋，葉葉相交通。」〈羽林郎〉：「長裾連理帶，廣袖合歡襦。」此皆古調，自然成對，陳思王通篇擬之，步驟雖似五言長律，其辭古氣順如此。

像曹植、傅玄雖模擬此詩，但缺乏民歌的韻味。

從以上的各項證據來推斷：〈陌上桑〉應該是東漢順帝年間，流行於長安洛陽一帶的民歌。

## 蔡琰的悲憤詩

〈悲憤詩〉是東漢時蔡琰的作品，這是一首純粹的五言故事詩。五言詩在東漢時已普遍流行，今天我們仍然可以讀到第二世紀的五言詩，像應亨、班固、秦嘉、酈炎、趙壹、高彪、蔡琰諸人的作品，因此蔡琰的五言長篇〈悲憤詩〉，在那個時代產生，並不可疑。

最早收錄這首詩的，是南朝宋范曄的《後漢書》，同時，他把蔡琰的傳，放在〈列女傳〉裡。原傳如下：

陳留董祀妻者，同郡蔡邕之女也。名琰，字文姬。博學有才辯，又妙於音律。適河東衛仲道，夫亡無子，歸寧於家。興平中，天下喪亂，文姬為胡騎所獲，沒於南匈奴左賢王。在胡中十二年，生二子。曹操素與邕善，痛其無嗣，乃遣使者，以金璧贖之。而重嫁於祀。祀為屯田都尉，犯法當死，文姬詣曹操請之，時公卿名士及遠方使驛，坐者滿堂，操謂賓客曰：「蔡伯喈女在外，今為諸君見之。」及文姬進，蓬首徒行，叩頭請罪，音辭清辯，旨甚酸哀，眾皆為改容。操曰：「誠實相矜，然文狀已去，奈何？」文姬曰：「明公廄馬萬匹，虎士成林，何惜疾足一騎，而不濟垂死之命乎？」操感其言，乃追原祀罪。時且寒，賜以頭巾履韈。操因問曰：「聞夫人家先多墳籍，猶能憶識之不？」文姬曰：「昔亡父賜書四千許卷，流離塗炭，罔有存者。今所誦憶裁四百餘篇耳。」操曰：「今當使十吏，就夫人寫之。」文姬曰：「妾聞『男女之別，禮不親授』。乞給紙筆，真草唯命。」於是繕書送之，文無遺誤。後感傷亂離，追懷悲憤，作詩二章。

據史上稱，蔡琰是東漢蔡邕的女兒，家住在陳留郡圉縣（在今河南省陳留縣東南），初嫁給河東衛仲道。不久，丈夫去世，又沒孩子，便回到陳留娘家。後遇兵亂，被胡騎擄去，在南匈奴羈留了十二年，還生了兩個孩子。由於曹操和蔡邕友好，感念蔡邕沒有兒子，只有一個女兒，又流落到胡域，便派人用金璧把她贖回來。不久，她重嫁給同郡董祀。董祀犯法，蔡琰向曹操求情得免。後蔡琰感傷自己一生的遭遇，追懷往事，作〈悲憤詩〉兩篇，一篇是五言體的故事詩，另一篇是辭賦體的調子。《後漢書》把這兩篇收錄在她的傳中。

## 悲憤詩(一)

漢季失權柄，董卓亂天常，志欲圖篡弒，先害諸賢良。逼迫遷舊邦，擁主以自彊。
海內興義師，欲共討不祥。卓眾來東下，金甲耀日光，平土人脆弱，來兵皆胡羌，
獵野圍城邑，所向悉破亡。斬截無孑遺，尸骸相撐拒，馬邊縣男頭，馬後載婦女，
長驅西入關，迥路險且阻。還顧邈冥冥，肝脾為爛腐。所略有萬計，不得令屯聚。
或有骨肉俱，欲言不敢語。失意幾微間，輒言「斃降虜。要當以亭刃，我曹不活
汝」。豈復惜性命，不堪其詈罵。或便加棰杖，毒痛參并下。旦則號泣行，夜則
悲吟坐。欲死不能得，欲生無一可。彼蒼者何辜，乃遭此戹禍。
邊荒與華異，人俗少義理。處所多霜雪，胡風春夏起：翩翩吹我衣，肅肅入我耳。

感時念父母，哀歎無窮已。
有客從外來，聞之常歡喜。迎問其消息，輒復非鄉里。邂逅徼時願，骨肉來迎己。己得自解免，當復棄兒子。天屬綴人心，念別無會期。存亡永乖隔，不忍與之辭。兒前抱我頸，問「母欲何之？人言母當去，豈復有還時？阿母常仁惻，今何更不慈？我尚未成人，奈何不顧思？」見此崩五內，恍惚生狂癡。號泣手撫摩。當發復回疑。兼有同時輩，相送告離別。慕我獨得歸，哀叫聲摧裂。馬為立踟躕，車為不轉轍。觀者皆歔欷，行路亦嗚咽。去去割情戀，遄征日遐邁。悠悠三千里，何時復交會？念我出腹子，胸臆為摧敗。
既至家人盡，又復無中外。城郭為山林，庭宇生荊艾。白骨不知誰，從橫莫覆蓋。出門無人聲，豺狼號且吠。煢煢對孤景，怛咤糜肝肺。登高遠眺望，魂神忽飛逝，奄若壽命盡，旁人相寬大，為復彊視息，雖生何聊賴？託命於新人，竭心自勗厲！流離成鄙賤，常恐復捐廢。人生幾何時？懷憂終年歲。

## 悲憤詩(二)

嗟薄祜兮遭世患，宗族殄兮門戶單。身執略兮入西關，歷險阻兮之羌蠻。山谷眇兮路漫漫，眷東顧兮但悲歎。冥當寢兮不能安，饑當食兮不能餐。常流涕兮眥不乾，薄志節兮念死難。雖苟活兮無形顏，惟彼方兮遠陽精。陰氣凝兮雪夏零，沙漠壅兮塵冥冥。有草木兮春不榮，人似禽兮食臭腥。言兜離兮狀窈停，歲聿暮兮時邁征。夜悠長兮禁門扃，不能寐兮起屏營。登胡殿兮臨廣庭，玄雲合兮翳月星。北風厲兮肅冷冷，胡笳動兮邊馬鳴。孤雁歸兮聲嚶嚶，樂人興兮彈琴箏。音相和兮悲且清，心吐思兮胸憤盈。欲舒氣兮恐彼驚，含哀咽兮涕沾頸。家既迎兮當歸寧，臨長路兮捐所生。兒呼母兮啼失聲，我掩耳兮不忍聽。追持我兮走煢煢，頓復起兮毀顏形。還顧之兮破人情，心怛絕兮死復生！

第一首是五言的故事詩，從董卓之亂說起，繼而寫她自己被擄的情形。後被贖回來，再嫁給董祀，她的身世實在太可憐了，所以才有這樣的傑作產生。假使是出於後人擬造的詩，不可能與史實、實情那樣切合迫真。第二首是楚辭體的調子，也是當時流行的文體，但不如第一首樂府詩的格調那樣動人。

由於《後漢書・列女傳》上說，蔡琰是興平中，被胡騎所獲，沒於南匈奴左賢王達十二年之久。興平是東漢獻帝的年號，只兩年（西元一九三—一九四年）。范曄所指，當在興平二年，即西元一九四年，文姬被擄。但〈悲憤詩〉中記敘她在胡地依然「感時念父母，哀歎無窮已」。可見她被擄時，父親還在世。考蔡邕的死，在初平三年（西元一九二年）。漢獻帝初平三年，董卓被誅，蔡邕在王允坐中提到董卓而感歎，被王允收付廷尉治罪，死在獄中，年六十歲。如果蔡琰是在興平二年入胡；換句話說，蔡邕死後，蔡琰才入胡，那麼〈悲憤詩〉中所記述的「感時念父母」，便不相配稱了。所以宋蘇軾便懷疑〈悲憤詩〉不是蔡琰寫的，理由在此；並譏范曄膚淺，把後人的偽作收在蔡琰的傳內。《苕溪漁隱叢話．前編》記載東坡的話，他說：

讀〈列女傳〉蔡琰二詩，其詞明白感慨，類世所傳〈木蘭詩〉，東京（指東漢）無此格也。建安七子猶含養圭角，不盡發見，況伯喈女乎？又琰之流離，為在父沒之後。董卓既誅，伯喈乃遇禍；今此詩乃云為董卓所驅虜入胡，尤知其非真也。蓋擬作者疏略，而范曄荒淺，遂載之本傳，可發一笑也。

因此，蔡琰在那年入胡，與〈悲憤詩〉的真偽有很大的關係。如果蔡邕未死前，他的女兒蔡琰就被胡人擄去，那麼〈悲憤詩〉便是蔡琰寫的；同時范曄的〈蔡琰傳〉載「興平中」，蔡琰入胡事，便不夠精確。相反地，如果蔡琰的入胡是在蔡邕死後的事，那麼這首詩，便是後人託名偽造的。前人對此問題也討論過，宋人蔡寬夫認為「琰之入胡，不必在邕誅之後」。以駁東坡。也在《苕溪漁隱叢話．前編》載蔡寬夫的話：

《後漢．蔡琰傳》載其二詩，或疑董卓死，邕被誅，而詩敘以卓亂入胡，為非琰辭，此蓋未嘗詳考於史也。且卓既擅廢立，袁紹輩起兵山東，以誅卓為名，中原大亂，卓挾獻帝遷長安，是時士大夫豈能皆以家自隨乎？則琰之入胡，不必在邕誅之後。其詩首言逼迫遷舊

> 邦，擁立以自強，海內興義師，欲共誅不祥，則指紹輩固可見。繼見中土人脆弱，來兵皆胡羌，縱獵圍城邑，所向悉破亡，馬邊懸男頭，馬後載婦女，長驅西入關，迴路險且阻，則是為山東兵所掠也。其末乃云感時念父母，哀歎無窮已，則邕尚無恙，尤亡疑也。

據史所載，關東州郡袁紹等起兵討董卓，是在獻帝初平元年（西元一九〇年），而蔡寬夫以為蔡琰是被袁紹的軍隊所擄，於史無徵。

此外清人閻若璩也懷疑蔡琰不可能寫出那樣好的詩來，並且說蔡琰的被擄，不是董卓的兵所做的，其實閻若璩的主張，也僅片面聽信范曄的《後漢書》所說的，造成了錯覺所致。在他的《尚書古文疏證》說：

> 琰流落在董卓既誅，父被禍之後。今詩乃云：為董卓所驅掠入胡，尤知非真，此實證也。本傳云：「興平中，天下喪亂，文姬為胡騎所獲，沒於胡中者十二年，始贖歸。」興平凡二年，甲戌、乙亥，距卓誅於初平三年壬申以後兩三載，坡說是也。但既沒胡中十二年而歸，歸當在建安十年乙酉，或十一年丙戌。傳云：「後感傷亂離，追懷悲憤，作詩二章。」信若范氏言，琰正作於建安中，詩正謂之建安體，豈得謂伯喈女筆，尚高於士子乎？

閻氏之說，與東坡的論調一樣，並說蔡琰女流，寫不出這樣的詩歌。其實都是由於史實不明所造成的。

考文姬入胡，是先被董卓的部下所帶走。《後漢書．蔡琰傳》，王先謙《集解》引清人沈欽韓曰：

〈南匈奴傳〉：「靈帝崩，天下大亂，於扶羅單于將數千騎與白波賊合寇河內諸郡。」〈魏志〉：「初平三年，太祖擊匈奴於扶羅于內黃，大破之。四年春，袁術引軍入陳留，屯封丘黑山，餘賊及於扶羅等佐之。」據史則匈奴曾寇陳留，文姬所以沒也。玩文姬詩詞，則其被掠在山東牧守興兵討卓，卓劫帝入長安，遣將徐榮、李蒙，四出侵掠，文姬為羌胡所得，後乃流落至南匈奴也。時邕尚在，故有感時念父母之語，其贖歸也，家門滅絕，故有既至家人盡語。此當初平年事，傳云興平，非也。興平則李郭之亂，非董卓矣。

沈欽韓的說法，認為蔡琰在初平年間，在陳留家中被擄走，這是可信的，但不是被匈奴所擄走。〈悲憤詩〉：「漢季失權柄，董卓亂天常，志欲圖篡弒，先害諸賢良。逼迫遷舊邦，擁主以自彊。海內興義師，欲共討不祥。卓眾來東下，金甲耀日光，平土人脆弱，來兵皆胡羌。」很明顯的，詩中是指袁紹討卓時，董卓劫獻帝遷都長安，他的部下東來洗劫陳留，把文姬擄走，進入洛陽，又由洛陽轉入長安，然後再由長安入胡的。同時，從史籍中證明董卓的部下確有羌胡兵，在〈董卓傳〉有記載。並在傳中記述遷都長安時，還大掠人口，因此蔡琰的被擄，當在這批中的一個。〈董卓傳〉：

於是盡徙洛陽人數百萬口於長安，步騎驅蹙，更相蹈藉，饑餓寇掠，積尸盈路。二百里內，無腹孑遺。

那麼蔡琰是在漢獻帝初平二年（西元一九一年）被擄已可確定了。但沈氏以為是被於扶羅所擄走，卻不可信。

今人戴君仁先生在〈蔡琰悲憤詩考證〉（見《大陸雜誌》四卷十二期）一文中，對蔡琰入胡事，考證精詳。他更引清人何義門《讀書記》的話，說明蔡琰是被董卓的部下帶走，時在初平二年，蔡邕未死之前。他說：

何氏《義門讀書記》說：「〈董卓傳〉：『卓以牛輔子壻，素所親信，使以兵屯陝輔，分遣其校尉李傕郭汜張濟擊破河南尹朱儁於中牟，因略陳留潁川諸縣，殺掠男女，所過無復遺類。』文姬流離，當在此時。」這是對的。案〈朱儁傳〉：「卓後入關，留儁守洛陽。儁以河南殘破，無所資，乃東屯中牟。移書州郡。請師討卓。徐州刺史陶謙遣精兵三千，餘州郡稍有所給。謙乃上儁行車騎將軍。董卓聞之，使其將李傕郭汜等數萬人屯河南，拒儁。儁逆擊，為傕汜所破。」這次戰事的發生，是在董卓入關以後。據〈獻帝紀〉，董卓到長安，是在初平二年四月，他派李傕郭汜拒朱儁，應當就在這年，而文姬也就在此時掠入李郭軍中。到了三年四月，董卓被誅，五月，李傕、郭汜反攻京師，六月陷長安。據〈董卓傳〉，李傕等先率軍數千西行，後來胡軫投降，傕隨收兵，比至長安，已十餘萬。文姬詩中所云「長驅西入關」，當在此時。而到了興平二年，李郭相攻，獻帝出長安。那年十一月楊奉、董承引白波帥胡才、李樂、韓暹、及匈奴左賢王去卑，率師奉迎，與李傕等交戰。匈奴左賢王參加了中國的戰爭，文姬可能在此時落到南匈奴手中，大約是左賢王的部下，而不是他本人，《後漢書》說，興平中，文姬為胡騎所獲，是她轉落入南匈奴的時間，而不是她從家裡被擄出來的時間，她被擄的時間，如能確定在初平二年，那時蔡邕還未死，詩中「感時念父母，哀歎無窮已」，和下面「既至家人盡，又復無中外」等句，不但毫不足異，且和實情十分密合。若是後人擬作，不能這樣真切。況且范曄《後漢書》是刪眾家之書而成的，文姬興平中被掠的記載，一定早已有的，若是後人擬作，他只知道被掠是興平年事，便決不會從董卓遷都說起，而有卓眾來東下等語。所以這詩可以斷定為文姬所作，無可懷疑。

根據以上的史實來看，蔡琰在陳留家被董卓的部下擄走，是在初平二年，後來到了洛陽，轉入長安。興平二年，李傕郭汜交戰，南匈奴左賢王加入，蔡琰在這年從長安被擄入胡中。因此，〈悲憤詩〉中所記述的事，便與史實吻合了。所以〈悲憤詩〉是蔡琰的手筆，也就可以相信了。

今依蔡琰的身世，與詩中所述史實，作一簡明表加以比較，並假設她當時大約的年齡，使我們讀〈悲憤詩〉時，更加明白她的遭遇和〈悲憤詩〉創作的年代。

| 西元 | 東漢帝王年號 | 史籍記事 | 〈悲憤詩〉所敘之事 | 蔡琰之身世 | 假設蔡琰的年齡 |
| --- | --- | --- | --- | --- | --- |

| | | | | | |
|---|---|---|---|---|---|
| 189 | 靈帝中平六年 | 董卓廢靈帝為弘農王，立獻帝，改元永漢，十二月復稱中平六年。 | 漢季失權柄，董卓亂天常。 | 蔡琰的丈夫河東衛仲道死，無子，喪滿後返陳留娘家。 | 廿歲 |
| 190 | 獻帝初平元年 | 關東州郡袁紹等起兵討董卓、董卓弒弘農王、挾獻帝遷都長安。 | 志欲圖篡弒（指弒弘農王），先害諸賢良。（二月乙亥，太尉董琬、司徒彪被免職，董卓殺城門校尉伍瓊、督軍校尉周珌。）逼迫遷舊邦，擁主以自彊。（指挾獻帝遷都長安）海內興義師，欲共討不祥。（紹遂於勃海起兵，合張邈、張超、王匡等太守盟約起兵討董卓，遙推袁紹為盟主。） | | 廿一歲 |
| 191 | 初平二年 | 董卓派李傕郭汜拒朱儁，破朱儁軍於中牟，乘勢掠劫陳留。 | 卓眾來東下，金甲耀日光。（指李傕郭汜破朱儁後，趁勢掠劫陳留。）平土人脆弱，來兵皆胡羌。獵野圍城邑，所向悉破亡。斬截無孑遺，尸骸相掌拒，馬邊縣男頭，馬後載婦女。 | 蔡琰被董卓的部下李郭等擄入軍中，進入洛陽。 | 廿二歲 |
| 192 | 初平三年 | 四月，王允呂布殺董卓。六月，李傕郭汜攻入長 | 長驅西入關，迴路險且阻。還顧邈冥冥，肝脾為爛腐。所略有萬 | 跟李郭的軍隊輾轉至長安，以 | 廿三歲 |

| | | | | | |
|---|---|---|---|---|---|
| | | 安。蔡邕於王允坐中感歎董卓被殺事，為王允付廷吏，死於獄中。 | 計，不得令屯聚。或有骨肉俱，欲言不敢語。（故蔡琰至長安，也無法找到其父。）……乃遭此戹禍。 | 致其父被繫獄中而卒，猶且不知。 | |
| 195 | 興平二年 | 李傕攻郭汜，劫帝，獻帝出長安，匈奴左賢王參加中國戰爭。 | 邊荒與華異，……哀歎無窮已。 | 興平中，蔡琰為胡騎所獲而轉入南匈奴。 | 廿六歲 |
| 206–196 | 建安元年—十一 | 獻帝回洛陽。曹操自領冀州牧。 | 有客從外來，……雖生何聊賴。 | 蔡琰入胡前後十二年，在胡生二子。曹操將其贖回。 | 廿七歲—卅七歲 |
| 207 | 建安十二年 | | 託命於新人，竭心自勗厲。 | 重嫁給董祀。 | 卅八歲 |
| 208 | 建安十三年 | 曹操自為丞相。董祀犯法當死，蔡琰求救於曹操，得免。 | 流離成鄙賤，常恐復捐棄。人生幾何時？懷憂終年歲。 | 作〈悲憤詩〉。 | 卅九歲 |

從表中可知蔡琰被擄，在初平二年。次年，蔡邕死。至興平二年，始入南匈奴左賢王軍中，是年入胡，至建安十一年，才由曹操將她贖回，先後共十二年。建安十二年，她重嫁給董祀。建

安十三年，她把自己不凡的遭遇，寫下長篇的故事詩，定名為〈悲憤詩〉。

蔡琰是蔡邕的女兒，家學淵源，少年時就精於音律。有一回，蔡邕夜裡在彈琴，忽然斷了一條絃，文姬在隔壁房裡，叫道：「該是第二條斷了。」她的父親故意又彈斷了一條絃，文姬又道：「這回是第四條絃斷了。」她說的一點不錯，不禁使她的父親大大地詫異。

文姬留在胡地十二年，曹操派使者將她贖回時，要她把以前她父親的藏書獻出，她對曹操說，那些書在離亂中喪失了，不過能背的還有四百多篇。可見文姬博學強記，長於樂府，以她這樣的才學，加上不凡的遭遇，借當時流行的樂府新歌，寫出自己的遭遇，又有什麼可懷疑呢？五言詩在建安年間已為文人所通用，那麼〈悲憤詩〉產生在此期間，也不足為奇了。

至於她的楚辭調子的〈悲憤詩〉，也是同時寫的。蔡琰嘗試了新調的五言詩，又用舊辭賦體寫〈悲憤詩〉，便可看出她對舊文體的辭賦和新文體的樂府，都有很高的造詣。胡適之《白話文學史》中，還將蔡琰的二章〈悲憤詩〉，寫別兒歸漢的那一段作個比較。他說：

這是很樸實的敘述，中間「兒前抱我頸」一段竟是動人的白話詩。大概蔡琰也曾受樂府歌辭的影響。蔡琰另用賦體作的那篇〈悲憤〉，也只有寫臨行拋棄兒子的一段最好：「家既迎兮當歸寧，臨長路兮捐所生。兒呼母兮啼失聲，我掩耳兮不忍聽。追持我兮走煢煢，頓復起兮毀顏形。還顧之兮破人情，心怛絕兮死復生。」這便遠不如五言詩的自然了。

後人評述此詩的很多。清人費錫璜在《漢詩總說》中云：

蔡琰被掠失身而賦〈悲憤〉諸詩，千古絕調必成於失意不可解之時，惟其失意不可解，而發言乃絕千古。

蔡琰的詩對後人的影響，王闓運在《八代詩選》中，亦有所評述。他說：「此篇杜子美一生祖述，淺人乃疑其偽，試觀杜集〈述懷〉、〈北征〉二首，方知此篇神力耳。」難怪被譽為詩聖的杜甫，要特別祖述此篇了。又清人沈德潛《說詩晬語》評此詩說：

文姬〈悲憤詩〉，滅去脫卸轉接之痕，若斷若續，不碎不亂，讀去如驚蓬坐振，沙礫自飛，〈胡笳十八拍〉，似出二手，宜范史取以入傳。

至於〈胡笳十八拍〉，是否為蔡琰的手筆，倒是可疑。明王世貞《藝苑巵言》卷二云：「〈胡笳十八拍〉，輭語似出閨襜，而中雜唐調，非文姬筆也。」因〈胡笳十八拍〉不是故事詩，在此，我暫且擱置，不加以討論。

## 孔雀東南飛

〈孔雀東南飛〉在我國的詩歌中，可說是最長的、最偉大的一首五言故事詩。全文凡三百五十三句，共一千七百六十五字。首見於梁徐陵《玉臺新詠》卷一，題作「古詩無名人為焦仲卿妻作」。由於詩中以「孔雀東南飛，五里一徘徊」為首，後人便拿詩的首句來命篇，稱為〈孔雀東南飛〉。

按《玉臺新詠》的編例，是以作品的時代先後排列的，〈孔雀東南飛〉排在東漢繁欽（西元一七〇—二一八年）〈定情詩〉之後，曹丕（西元一八七—二二六年）〈於清河作〉之前。那麼徐陵視此詩為東漢建安時代的作品。宋郭茂倩《樂府詩集》列該詩在〈雜曲歌辭〉中，題作〈焦仲卿妻〉，無作者姓氏，詩前錄有序，與《玉臺》的相同，可知它是採自民間的樂府詩，作者是誰，自然不易知道了。後人只能從詩的本身，去推斷作品的年代和產生的區域。該詩前附的一段小序，可能是徐陵編《玉臺新詠》時所加入的，這使我們在考證這詩時，幫助不少。今錄全詩并序如下：

## 孔雀東南飛

漢末建安中，廬江府小吏焦仲卿妻劉氏為仲卿母所遣，自誓不嫁。其家逼之，乃投水而死。仲卿聞之，亦自縊於庭樹。時人傷之，為詩云爾。

孔雀東南飛，五里一徘徊。「十三能織素，十四學裁衣，十五彈箜篌，十六誦詩書①。十七為君婦，心中常苦悲。君既為府吏，守節情不移。賤妾留空房，相見常日稀。雞鳴入機織，夜夜不得息。三日斷五匹，大人故嫌遲。非為織作遲，君家婦難為。妾不堪驅使，徒留無所施。便可白公姥，及時相遣歸。」

府吏得聞之，堂上啟阿母。「兒已薄祿相，幸復得此婦。結髮同枕席，黃泉共為友。共事二三年，始爾未為久。女行無偏斜，何意致不厚?」阿母謂府吏：「何乃太區區?此婦無禮節，舉動自專由。吾意久懷忿，汝豈得自由!東家有賢女，自名秦羅敷。可憐體無比，阿母為汝求!便可速遣之，遣之慎莫留!」府吏長跪告，伏惟啟阿母：「今若遣此婦，終老不復取。」阿母得聞之，椎牀便大怒：「小子無所畏，何敢助婦語!吾已失恩義!會不相從許。」

府吏默無聲，再拜還入戶。舉言謂新婦，哽咽不能語：「我自不驅卿，逼迫有阿母。卿但暫還家，吾今且報府。不久當歸還，還必相迎取。以此下心意，慎勿違我語!」新婦謂府吏：「勿復重紛紜!往昔初陽歲，謝家來貴門。奉事循公姥，進止敢自專!晝夜勤作息，伶俜縈苦辛。謂言無罪過，供養卒大恩。仍更被驅遣，何言復來還!妾有繡腰襦，葳蕤自生光。紅羅複斗帳，四角垂香囊。箱簾六七十，綠碧青絲繩。物物各自異，種種在其中。人賤物亦鄙，不足迎後人。留待作遣施，於今無會因。時時為安慰，久久莫相忘。」

雞鳴外欲曙，新婦起嚴妝。著我繡裌裙，事事四五通。足下躡絲履，頭上玳瑁光。腰若流紈素，耳著明月璫。指如削蔥根，口如含朱丹，纖纖作細步，精妙世無雙。上堂謝阿母，母聽去不止。「昔作女兒時，生小出野里。本自無教訓，兼愧貴家子。受母錢帛多，不堪母驅使。今日還家去，念母勞家裡。」卻與小姑別，淚落連珠子。「新婦初來時，小姑始扶牀。今日被驅遣，小姑如我長②。勤心養公姥，好自相扶將。初七及下九，嬉戲莫相忘。」出門登車去，涕落百餘行。

府吏馬在前，新婦車在後。隱隱何甸甸，俱會大道口。下馬入車中，低頭共耳語：「誓不相隔卿，且暫還家去。吾今且赴府，不久當還歸，誓天不相負。」新婦謂府吏：「感君區區懷，君既若見錄，不久望君來。君當作盤石，妾當作蒲葦。蒲葦紉如絲，盤石無轉移。我有親父兄，性行暴如雷。恐不任我意，逆以煎我懷。」舉手長勞勞，二情同依依。

入門上家堂，進退無顏儀。阿母大拊掌，「不圖子自歸！十三教汝織，十四能裁衣，十五彈箜篌，十六知禮儀。十七遣汝嫁，謂言無誓違。汝今何罪過，不迎而自歸。」蘭芝慚阿母：「兒實無罪過。」阿母大悲摧。

還家十餘日，縣令遣媒來。云有第三郎，窈窕世無雙。年始十八九，便言多令才。阿母謂阿女：「汝可去應之。」阿女含淚答：「蘭芝初還時，府吏見丁寧，結誓不別離。今日違情義，恐此事非奇。自可斷來信，徐徐更謂之。」阿母白媒人：「貧賤有此女，始適還家門，不堪吏人婦，豈合令郎君！幸可廣問訊，不得便相許。」

媒人去數日，尋遣丞請還。說有蘭家女，承籍有宦官③。云有第五郎，嬌逸未有婚。遣丞為媒人，主簿通語言。直說「大守家，有此令郎君。既欲結大義，故遣來貴門」。阿母謝媒人：「女子先有誓，老姥豈敢言。」

乃兄得聞之，悵然心中煩。舉言謂阿妹：「作計何不量！先嫁得府吏，後嫁得郎君，否泰如天地，足以榮自身。不嫁義郎體，其往欲何云？」蘭芝仰頭答：「理實如兄言。謝家事夫婿，中道還兄門。處分適兄意，那得自任專！雖與府吏要，渠會永無緣。登即相許和，便可作婚姻。」

媒人下牀去，諾諾復爾爾，還部白府君：「下官奉使命，言談大有緣。」府君得聞之，心中大歡喜。視曆復開書，便利此月內。六合正相應，良吉三十日，今已二十七，卿可去成婚，交語速裝束，絡繹如浮雲。

青雀白鵠舫，四角龍子幡。婀娜隨風轉，金車玉作輪，躑躅青驄馬，流蘇金鏤鞍。齎錢三百萬，皆用青絲穿。雜綵三百匹，交廣市鮭珍。從人四五百，鬱鬱登郡門。

阿母謂阿女：「適得府君書，明日來迎汝。何不作衣裳，莫令事不舉。」阿女默無聲，手巾掩口啼，淚落便如瀉。移我琉璃榻，出置前窗下。左手持刀尺，右手持綾羅。朝成繡裌裙，晚成單羅衫。晻晻日欲暝，愁思出門啼。

府吏聞此變，因求假暫歸。未至二三里，摧藏馬悲哀。新婦識馬聲，躡履相逢迎，悵然遙相望，知是故人來。舉手拍馬鞍，嗟歎使心傷。「自君別我後，人事不可量，果不如先願，又非君所詳。我有親父母，逼迫兼弟兄，以我應他人，君還何所望！」府吏謂新婦：「賀君得高遷。盤石方且厚，可以卒千年，蒲葦一時紉，便作旦夕間。卿當日勝貴，吾獨向黃泉。」新婦謂府吏：「何意出此言。同是被逼迫，君爾妾亦然。黃泉下相見，勿違今日言。」執手分道去，各各還家門。生人作死別，恨恨那可論！念與世間辭，千萬不復全。府吏還家去，上堂拜阿母。「今日大風寒，寒風摧樹木，嚴霜結庭蘭。兒今日冥冥，令母在後單。故作不良計，勿復怨鬼神。命如南山石，四體康且直。」阿母得聞之，零淚應聲落。「汝是大家子，仕宦於臺閣。慎勿為婦死，貴賤情何薄。東家有賢女，窈窕豔城郭。阿母為汝求，便復在旦夕。」

府吏再拜還，長歎空房中，作計乃爾立。轉頭向戶裡，漸見愁煎迫。其日牛馬嘶，新婦入青廬。菴菴黃昏後，寂寂人定初。「我命絕今日，魂去尸長留。」攬裙脫絲履，舉身赴清池。府吏聞此事，心知長別離。徘徊庭樹下，自掛東南枝。兩家求合葬，合葬華山傍。東西植松柏，左右種梧桐。枝枝相覆蓋，葉葉相交通。中有雙飛鳥，自名為鴛鴦。仰頭相向鳴，夜夜達五更。行人駐足聽，寡婦起徬徨。多謝後世人，戒之慎勿忘。

注：①以韻考之，宜作書詩。②以上四句，當為後人，將唐人顧況詩纂入而衍。③以上四句，辭義難通。似有訛脫，歷代注家多強為之解。紀舒容《玉臺新詠考異》：「『請還』二字，未詳。又序云『劉氏』，此云『蘭家』，或字之誤也，此二句文義不屬，『說有』『云有』，亦複疑此句下脫失二句，不特字句有訛也。」黃節《漢魏樂府風箋》：「籍，戶籍也。『承籍有宦官』，言繼承先人戶籍，世有宦學蒞官之人也。」胡適注：「這十字（按即下兩句）不可解，疑有脫誤。」

假使該詩的本序是可信的，那麼這首詩的本事，已很明白地指出；其實這篇序也僅是從詩中提煉出提要，再加上發生的時間和地點，使人在讀這詩之前，便大約知道故事的梗概。在西洋的詩劇中或長篇的敘事詩，有個「開場白」，在我國的就叫做「序」。

這個開場白，的確給我們很大的幫助，指出故事是發生在東漢建安中，在廬江府有一對小夫婦，因妻子劉蘭芝不得婆婆的喜歡，被迫遣送回娘家。丈夫焦仲卿在不得已下，先送她回娘家，並誓言永愛不渝，過些時再接她出來。但蘭芝回到娘家，遭母親的不諒解，又加上她哥哥的貪利趨勢，迫她改嫁給太守的兒子。蘭芝走投無路，只好跳水自殺。仲卿得訊後，自縊於庭前。當時的人，感傷此事，便寫下這首故事詩。最後，連作者也都交代清楚。這段開場白，寫得太好了，沒有遺漏任何一件事。

我國描寫這類家庭悲劇的作品不少：像〈釵頭鳳〉，陸游寫他自己和唐蕙仙的結合，後因母親的嫌惡而休妻；《紅樓夢》寫賈寶玉、林黛玉的相慕而遭家庭的反對不能結合；《浮生六記》，沈三白寫他與芸娘的不得家人諒解而坎坷一生。這類故事，都是閭里小民所樂於傳誦的。因此，我們特別感佩〈孔雀東南飛〉的作者，獨具慧眼，攝取民間普遍發生的事實作為題材，寫下不朽哀怨的詩篇，像這類不幸的家庭悲劇，幾乎在每個時代、每個角落都發生過，使人讀來，彷彿就發生在東村焦家劉家似的。

原序上說，〈孔雀東南飛〉的作者，是東漢建安時的一位民間詩人，因感傷此事，而作此篇。建安是東漢獻帝的年號，從董卓亂後，獻帝從長安逃出來，再回到洛陽的那年算起的（西元一九六年），到漢亡（西元二二〇年），共二十五年。序中說：「建安中」，那麼當在第三世紀的初葉，正好在〈羽林郎〉、〈陌上桑〉之後，與蔡琰寫〈悲憤詩〉的時代相近。也就是我國故事詩起來的時代，有這樣偉大的作品產生，並不足為疑。

故事發生的地點，序上載：在廬江府。漢設有廬江郡，府治最初在今安徽省廬江縣西一百二十里的地方，東漢末，遷到今安徽省潛山縣。那麼這椿故事，便發生在東漢時安徽潛山一帶的一戶人家了。詩中的主要人物焦仲卿，是當地廬江府裡的一名小公務員，妻子劉蘭芝是當地劉家的一個女兒，在正史和方志上，是不可能找到他們的生平傳略。

因此我們只有進一步從詩的本身，去解決該詩的產生時代和區域。歷代流傳的本子，像左克明《古樂府》，沈德潛《古詩源》，王闓運《八代詩選》，黃節《漢魏樂府風箋》等都選錄此詩，也跟《玉臺新詠》一樣，附有本序，可見他們對序中所說的出於東漢建安時人的手筆，並不加以懷疑。一直到近人梁啟超先生，在他的《中國之美文及其歷史》中，才開始懷疑，並視為六朝人的作品，他說：

這首歌是好的，惟音節太諧協，和梁武帝〈河中之水〉、鮑照〈行路難〉那一類詩極相近，我很懷疑是六朝作品。

甚至他在〈印度與中國文化之親屬之關係〉講稿中，更說明該詩是受佛教影響很深的六朝人作品。他說：

我國古詩從《三百篇》到漢魏的五言，大率情感主於溫柔敦厚，而資料都是現實的。像〈孔雀東南飛〉和〈木蘭詩〉一類的作品，都起於六朝，前此卻無有。《佛本行讚》譯成四本，原來只是一首詩。……六朝名士幾於人人共讀。那種熱烈的情感和豐富的想像，輸入我們詩人的心靈中當然不少。〈孔雀東南飛〉一類長篇敘事詩，也必間接受其影響的罷。

近人陸侃如也就梁氏的假設而加以求證，於是也附和此說，視〈孔雀東南飛〉為齊梁時人的作品。陸氏在〈孔雀東南飛考證〉（刊於《國學月報》第三期）一文中，他說：

像〈孔雀東南飛〉和〈木蘭詩〉一類的作品，都起於六朝，前此卻無有。

又說：

假使沒有寶雲（《佛本行經》譯者）與無讖（《佛所行讚》譯者）的介紹，〈孔雀東南飛〉也許到現在還未出世呢？更不用說漢代了。

於是陸氏的結論是這樣：

> 這件哀怨的故事，在五六世紀時是很普遍的，故發生了二十五篇的民歌。〈華山畿〉的神女塚也許變成殉情者的葬地的公名，故〈孔雀東南飛〉的作者敘述仲卿夫婦合葬時，便用了一個眼前的典故，遂使千餘年的讀者們索解無從。但這一點便明明白白的指示我們說，〈孔雀東南飛〉是作於〈華山畿〉以後的。

同樣地，在陸侃如、馮沅君合著的《中國詩史》（卷一篇四〈樂府〉）中，又再度提到，他說：

> 南朝樂府除〈舞曲〉及〈清商曲〉外，還有〈雜曲〉值得提一提。《樂府詩集》所收〈雜曲〉「古辭」中之屬南朝者計四篇：〈東飛伯勞歌〉、〈西洲曲〉、〈長干行〉、及〈焦仲卿妻〉。……又〈焦仲卿妻〉舊有序，因此，一般人大都把它當作漢辭。然而懷疑的人也不是沒有。例如宋劉克莊《後村詩話》（前集卷一）說：「〈焦仲卿妻〉詩，六朝人所作也。」近來張為騏在〈孔雀東南飛時代祛疑〉（述學社《國學月報》第二卷第十一期）及〈孔雀東南飛年代的討論〉（同上第十二期）裡曾列舉「交廣市鮭珍」、「下官奉使命」、「足下躡絲履……纖纖作細步」、「初七及下九」、「六合正相應」、「處分適兄意」、「諾諾復爾爾」、「承籍有宦官」、「堂上啟阿母」、「小子無所畏」等句子，說明篇中有許多建安以後的詞彙，所以我們可以相信它到了《玉臺新詠》的時候，才有最後的寫定。那麼我們怎能說它是漢代的樂章呢？

我們至多只承認它與〈拂舞歌〉的例子相同，而〈拂舞歌〉也只能說是晉代的舞曲。我們現在把它列入南朝〈雜曲〉中，也許不算太武斷吧。

胡適之先生在《白話文學史》（第六章〈故事詩的起來〉）中，駁斥梁陸二家的說法不可能成立，而仍贊成該詩本序的說法，是屬於東漢建安時代的民間歌謠。現在我們再看胡適之先生駁斥梁陸二氏的意見，可綜合下列幾個要點：

(1)〈孔雀東南飛〉寫的是一件生離死別的大悲劇，如果是作於佛教盛行以後，至少應該有「來生」、「輪迴」、「往生」一類的希望。而該詩卻絲毫沒有佛教的影子，如何能說是受《佛本行讚》一類的書的影響後的作品。

(2)《佛本行讚》譯成華文以後，六朝名士不可能人人皆讀。且這類的故事詩，文字俚俗，辭意煩複，和「六朝名士」的文學風尚相去最遠，所以梁陸諸君重視《佛本行讚》一類佛典的文學影響，是想像之談，不足為信。

(3)陸氏舉出幾條證據證明〈孔雀東南飛〉是六朝作品，證據未能充分，如合葬華山畿的華山，一個是在南徐州治（在今丹徒縣），一個是廬江的華山。兩處的華山都是當地的小地名，與西岳華山全無關係，故根據〈華山畿〉的神話來證明〈孔雀東南飛〉的年代，不確。

(4)陸先生又用「四角龍子幡」，說這是南朝的風尚，這是很不相干的證據，因為陸氏所舉的材料都不能證實「龍子幡」為以前所無。況且「青廬」若是北朝異俗，「龍子幡」又是南朝風尚，那麼，在那南北分隔的五六世紀，何以南朝風尚與北朝異禮會同時出現於一篇詩裡呢？

胡先生的結論認為〈孔雀東南飛〉是三世紀的作品，故事詩流傳在民間，經過三百年之久，才收在《玉臺新詠》裡，自然添上不少的「本地風光」，像「青廬」、「龍子幡」之類，為後人所增飾的作品。他說：

> 〈孔雀東南飛〉在當日實在是一篇白話的長篇民歌，質樸之中，夾著不少土氣。至今還顯出不少鄙俚字句，因為太質樸了。不容易得當時文人的欣賞。魏晉以下，文人階級的文學漸漸趨向形式的方面，字面要綺麗，聲律要講究，對偶要工整，漢魏民歌帶來的一點新生命，漸漸又乾枯了。文學又走上僵死的路上去了。到了齊梁之際，隸事（用典）之風盛行，聲律之論更密，文人的心力轉到「平頭、上尾、蜂腰、鶴膝」種種把戲上去，正統文學的生氣枯盡了。作文學批評的人受了時代的影響，故很少能賞識民間的俗歌的。鍾嶸作《詩品》（嶸死於西元五〇二年左右），評論百二十二人的詩，竟不提及樂府歌辭。他分詩人為三品：陸機、潘岳、謝靈運都在上品，而陶潛、鮑照都在中品，可以想見他的文學鑑賞力了。他們對於陶潛、鮑照還不能賞識，何況〈孔雀東南飛〉那樸實俚俗的白話詩呢？兩漢的樂府歌辭要等到建安時代方才得著曹氏父子的提倡。魏晉南北朝的樂府歌辭要等到陳隋之際方才得著充分的賞識。故〈孔雀東南飛〉不見稱於劉勰鍾嶸，不見收於《文選》，直到六世紀下半徐陵編《玉臺新詠》始被采錄，並不算是怪詫的事。

胡適之先生對〈孔雀東南飛〉的考證，可謂證據鑿鑿，而面面俱到。我認為胡先生的考證是正確的，因此從民歌的發展來看，東漢中葉以後有〈羽林郎〉、〈陌上桑〉，到東漢末年有〈悲憤詩〉，到這時候，五言長詩，已可隨心所欲充分的表現，而〈孔雀東南飛〉產生在東漢末，便不足為奇了。同時，該詩是民歌性質的樂府詩，在沒有被收入詩集前，一直是活性的，必定被人東添一句，西加一句，到梁徐陵將此詩收入《玉臺新詠》後，便成了固定性的，不易再有所增飾了。

今就詩的本身，再作一番剖析，仍可看出〈孔雀東南飛〉當屬建安時期的作品。

該詩的開端云：「孔雀東南飛，五里一徘徊。」是借事起興的，胡適之先生認為與漢樂府〈相和歌・豔歌何嘗行〉的發端大致相同。其詞云：

飛來雙白鵠，乃從西北來。十十五五，羅列成行。妻卒被病，行不能相隨。五里一反顧，六里一徘徊。

其後像曹丕〈臨高臺〉、〈襄陽樂〉諸篇題旨大致相似，都是說夫婦離絕之苦，而〈孔雀東南飛〉便借〈豔歌何嘗行〉的句子作為發端，以比興開始，接下所鋪述的故事，也是有關夫婦離絕的悲劇。寫詩的人，便刪節原有的民歌，作為啟端。胡適之先生在《白話文學史・故事詩的起來》一章中，便說：

本辭（指〈豔歌何嘗行〉）仍舊流傳在民間，「雙白鵠」已訛成「孔雀」了，但「東南飛」仍保存「從西北來」的原意。曹丕原詩前段有「中有黃鵠往且翻」，「白鵠」也已變成了「黃鵠」。民間歌辭靠口唱相傳，字句的訛錯是免不了的，但「母題」(Motif) 依舊保留不變。

其實，「孔雀東南飛，五里一徘徊」兩句，是從布匹上的花飾起興的。《太平御覽》卷八百二十六〈織部〉，也保存有一段〈古豔歌〉的殘文，與漢樂府的〈豔歌何嘗行〉的文句不同，其詞云：

孔雀東飛，苦寒無衣。為君作妻，中心惻悲。夜夜織作，不得下機。三日載疋，尚言吾遲。

我們雖不知〈古豔歌〉產生的確實時代，但它所敘述的故事，跟〈孔雀東南飛〉是相同的。因此〈孔雀東南飛〉的頭兩句，顯然與織錦有關，「孔雀」應該是布匹上的花飾。古代的布匹，曾有孔雀做花飾的，像隋丁六娘〈十索曲〉，有「裙裁孔雀羅，紅綠相參對」的句子。又梁簡文帝〈詠中婦織流黃詩〉云：「浮雲西北起，孔雀東南飛。」那更明顯地將這兩句詩用來描寫流黃上的花飾了。所以不論〈孔雀東南飛〉或是〈古豔歌〉，都從她善於織布敘起，那麼從布疋上的花飾起興，從孔雀說到織布，原是合理的手法。因此〈孔雀東南飛〉的前數句是這樣：

孔雀東南飛，五里一徘徊。十三能織素，十四學裁衣，十五彈箜篌，十六誦詩書。十七為君婦，心中常苦悲。

前兩句，便能跟下面的詩句連貫。同時，我國最早的織錦，也是從東漢開始有的。

我們知道〈孔雀東南飛〉的創作時代，大概在〈豔歌何嘗行〉還流傳在民間，但已被訛成「孔雀東南飛」的時候，其時代自然在建安末年。今分別從詩中所提及的「稱謂」、「衣著」、「器物」、「地名」、「用韻」、「風俗」等方面，來證明這詩當是建安時的產物。

㈠從「稱謂」上考證該詩的時代

⑴在詩中，妻稱夫為「君」，妻對夫自稱為「君婦」、「賤妾」或「妾」，夫稱妻為「卿」，夫對妻自稱為「我」、「吾」。作詩人稱焦仲卿為「府吏」，稱焦仲卿妻為「新婦」。這種稱謂，都合乎漢人的習慣。例如：

傅毅〈古詩〉：「與君為新婚，菟絲附女蘿。」

漢樂府〈東門行〉妻對夫說：「賤妾與君共餔糜。」

鄭玄〈戒子益恩書〉：「去廝役之吏。」〈陌上桑〉：「十五府小吏。」而焦仲卿為廬江府小吏，亦稱「府吏」。

《後漢書．列女傳》：「夫郁之不改，新婦之過也。」

稱「卿」，古代君稱臣為卿，古人以夫婦比君臣，故夫稱婦為「子」、「卿」。至《世說新語》始有以「卿卿」連用以稱婦的。

⑵詩中劉蘭芝稱仲卿的母親為「大人」、「公姥」，稱自己的母親為「阿母」，稱焦仲卿之妹為「小姑」，在漢時有此稱謂。例：

《史記．刺客列傳》：「家大人召使前擊筑。」《索隱》引韋昭云：「古名男子為丈夫，尊父嫗為大人。故古詩云：『三日斷五丈，大人故嫌遲。』（按引本詩）是也。」

《漢書．淮陽憲王欽傳》：「博辭去，令弟光恐王云：『王遇大人益解。』」師古曰：「大人，博自稱其母也。」

《後漢書・范滂傳》：「滂白母曰：『惟大人割不可忍之恩。』」都是以大人稱母。稱母為「阿母」乃南方人的習慣。又詩中有「東家有賢女，自名秦羅敷」。用〈陌上桑〉的句子：「秦氏有好女，自名為羅敷。」足證此詩去〈陌上桑〉的時代不遠，而漢人稱美女慣用此名。詩中稱「公姥」，蘭芝實無舅，而詩人「公婆」連語，是慣稱的緣故。

㈡從「衣著」上考證該詩的時代

詩中有「妾有繡腰襦，葳蕤自生光」。「繡腰襦」，即錦繡的腰襦。漢婦女的上衣叫襦，「腰襦」是襦的一種。漢劉熙《釋名・釋衣服》：「腰襦，形如襦，其腰上翹，上齊腰也。」

又云：「著我繡裌裙，事事四五通。足下躡絲履，頭上玳瑁光。腰若流紈素，耳著明月璫。指如削蔥根，口如含朱丹。纖纖作細步，精妙世無雙。」

此段描寫蘭芝的嚴妝服飾，與〈羽林郎〉、〈陌上桑〉中描寫胡姬、羅敷的裝束服飾大抵相似，可參看〈羽林郎〉、〈陌上桑〉兩篇中之漢代婦女服裝圖樣。足證此詩所寫的婦女裝束，也屬東漢時婦女的裝束。

「繡裌裙」，裌，同袷，指衣裳施裡。也就是有綢緞細邊的有裡的裙子。古人上衣下裳，《史記》有「繡裌衣」的記載，〈匈奴列傳〉云：「服繡袷綺衣。」

「事事四五通」，指每穿衣服，穿了又脫，脫了又穿，必四五更，才選妥穿上，表示慎重。

「足下躡絲履」，絲履，是東漢婦女的鞋子，用絲布製作的。張末元《漢朝服裝圖樣資料》云：履，即古代的鞋。用皮革製作的叫「革履」，用絲製作的叫「絲履」，履上有帶，穿履時，把履帶拉緊，使履口收縮，固在足上。

「頭上玳瑁光」，與〈羽林郎〉「頭上藍田玉」一樣，是指頭上的玉飾。漢代婦女的一般髮飾。

「腰若流紈素」，流紈素，是束腰的帶子。宋玉〈神女賦〉：「腰如束素。」《後漢書・楊秉傳》：「僕妾盈紈素。」曹植〈洛神賦〉：「腰如約素。」足見漢婦女均在腰間有束帶的裝束。

「耳著明月璫」，指耳中佩戴耳環。《釋名・釋首飾》：「穿耳施珠曰璫。」在〈陌上桑〉考證中，東漢末婦女才有穿耳為美的風尚，也足證明詩中描寫的頭飾，與東漢人的裝飾無異。

「指如削蔥根，口如含朱丹。」描寫蘭芝十指細長而白，如去根的蔥頭，小口纓紅，如朱丹般的豔麗。漢人《雜事祕辛》：「指去掌四寸，肖十竹萌削也。」

「纖纖作細步，精妙世無雙。」描寫蘭芝細步的體態，精妙無比。《雜事祕辛》：「商女女瑩，從中閣細步到寢。」漢女子以行細步為美。

㈢從「器物」上考證該詩的時代

「十五彈箜篌」，箜篌，樂器名，在半弓形的木製框上繫絃，用木撥之。漢武帝使音樂家侯暉做的，發聲坎坎。漢靈帝愛好西域藝術，服飾器物，都摹倣西域，京都都盛行胡風。如胡服、胡帳、胡箜篌、胡笛，風行既久，便和內地的器物融和，遂成了東漢末年，一般流行的器物。箜篌，是東漢民間常用的一種樂器。

「紅羅複斗帳，四角垂香囊」是指四角上掛有香囊的紅羅做的小帳子。「複斗帳」，是漢人的小帳子。漢人劉熙《釋名・釋牀帳》：「小帳曰斗帳，形如覆斗。」足證是漢代的器物。又東晉以後江南的〈吳歌・長樂佳〉有云：

紅羅複斗帳，四角垂朱璫。玉枕龍鬚席，郎眠何處牀？

與〈孔雀東南飛〉的句法相似。「香囊」古人叫「幃」。〈離騷〉：「樧又欲充夫佩幃。」王逸注：「幃，盛香之囊。」足證戰國時四角垂香囊的小帳已有，漢人亦有此器物。《史記・孝文本紀》云：「所幸慎夫人，令衣不得曳地，幃帳不得文繡。」所以不能以〈長樂佳〉來證明〈孔雀東南飛〉是南朝的作品，因漢人有「幃帳」，也就是垂掛香囊的帳子。

「青雀白鵠舫」，指畫有青雀、白鵠於船首的畫船。《穆天子傳》：「天子乘鳥舟龍卒浮於大沼。」晉郭璞注：「舟皆龍鳥為形制，今吳之青雀舫，此其遺製也。」又郭璞注《方言》九，有「鷁，鳥名也。今江東貴人船前作青雀，是其像也」。據此資料，足見三世紀下半期，在江蘇一帶有「青雀舫」或「白鵠舫」。且在船頭畫鳥形，並非起於晉代，晉以前也已有此習尚。

「四角龍子幡」，指船上所插的旗。《南史・臧質傳》：「質封始興郡公，之鎮，六平乘，並施龍子幡。」又〈襄陽樂〉：「上水郎擔篙，下水搖雙櫓；四角龍子幡，環環江當柱。」《古今樂錄》云：「〈襄陽樂〉者，宋隨王誕之所作也。」根據上述的史料，陸氏說這是南朝的風尚，因此推斷〈孔雀東南飛〉是南朝（五六世紀）的作品，但這些材料仍不能證實「龍子幡」為南朝以前所無。因此根據這片面的資料，推斷作品的年代，理由並不充分。同時，故事詩中的句子，後人往往加以增飾，亦有可能。

「新婦入青廬」，青廬是平常人家，家中有喜事時，所搭的青布幔，使天井空地上，也可充作招待賓客的場所。今民間也有此習慣。南朝宋劉義慶《世說新語・假譎》篇云：

> 魏武（曹操）少時，嘗與袁紹好為游俠。觀人新婚，因潛入主人園中，夜叫呼，云：「有偷兒賊。」青廬中人皆出觀。

晚唐段成式《酉陽雜俎・前集》卷一〈禮異〉：

> 北朝婚禮，青布幔為屋，在門內外，謂之青廬。於此交拜迎婦。夫家領百餘人，或十數人，隨其奢儉，挾車俱呼：「新婦子，催出來！」至新婦登車乃止。婿拜閣日，婦家親賓婦女畢集，各以杖打婿為戲樂，至有大委頓者。

依據《世說新語》的記載，曹操和袁紹少時，也正是東漢末年，民間已有「青廬」的名物，又何必依據《酉陽雜俎》的資料，視為北朝的異俗。胡適之先生在《白話文學史》中也明白指出梁陸二氏的主張不能成立。他說：

> 梁啟超先生從佛教文學的影響上推想此詩作於六朝，陸侃如先生根據「華山」、「青廬」、「龍子幡」等，推定此詩作於宋少帝（西元四二三—四二四年）與徐陵（死於西元五八二年）

之間，這些主張大概都不能成立。

### ㈣從「地名」上考證該詩的時代

「交廣市鮭珍」，到交州、新廣去買海錯佳餚。交州、新廣，漢代已有此地名。交廣不作交州、廣州解。更不作「交用市鮭珍」。黃節《漢魏樂府風箋》：「《漢書・地理志》：蒼梧郡，武帝元鼎六年開莽，曰新廣，屬交州。」因此交廣是指交州新廣。顧敦鍒《孔雀東南飛箋校》引近人胡懷琛注：「交，為交趾，廣為廣州。按廣州在漢為越南，三國時始有廣州之名。可見這詩是三國後人的作品。」其實廣不宜作廣州，指新廣。《四庫全書》本左克明《古樂府》「交廣」二字作「交用」。明梅鼎祚《古樂苑》、《漢魏詩乘》、馮惟訥《古詩紀》等均云：「廣一作用。」《四溟詩話》引此句亦作「交用市鮭珍」。如用「交用市鮭珍」便費解了。

「合葬華山傍」，指仲卿夫妻死後合葬在華山旁。此華山當為廬江郡的小山名。與宋少帝時的《華山畿》的故事，無關聯。陸氏則據此而云此詩作於《華山畿》時代之後，胡適之先生也不贊成陸氏的看法。《白話文學史》（第六章〈故事詩的起來〉）上說：

> 本篇末段有「合葬華山傍」的話，所以陸先生起了一個疑問，何以廬江的焦氏夫婦要葬到西岳華山呢？因此他便連想到樂府裡〈華山畿〉二十五篇。《樂府詩集》引《古今樂錄》云：「〈華山畿〉者，宋少帝時〈懊惱〉一曲，亦變曲也。少帝時，南徐一士子從華山畿往雲陽，見客舍有女子，年十八九，悅之；無因，遂感心疾。母問其故，具以啟母。母為至華山尋

訪，見女，具以聞，感之，因脫蔽膝，令母密置其席下，臥之當已。少日，果差。忽舉席見蔽膝而抱持，遂吞食而死。氣欲絕，謂母曰：『葬時，車載從華山度。』母從其意。比至女門，牛不肯前，打拍不動。女曰：『且待須臾！』妝點沐浴，既而出，歌曰：『華山畿！君既為儂死，獨活為誰施！歡若見憐時，棺木為儂開！』棺應聲開，女透入棺；家人叩打，無如之何。乃合葬，呼曰：『神女塚』。」……陸先生的結論是很可疑的。〈孔雀東南飛〉的夫婦，陸先生斷定他們不會葬在西岳華山。難道南徐士子的棺材卻可以從西岳華山經過嗎？南徐州治在現今的丹徒縣，雲陽在現在的丹陽縣。華山大概即是丹陽之南的花山，今屬高淳縣。雲陽可以有華山，何以見得廬江不能有華山呢？兩處的華山大概都是本地的小地名，與西岳華山全無關係，兩華山彼此也可以完全沒有關係。故根據〈華山畿〉的神話來證明〈孔雀東南飛〉的年代，怕不可能罷？

(五)從「用韻」上考證該詩的時代

〈孔雀東南飛〉全詩的用韻甚寬，純出乎口語，由於漢魏晉宋人用韻寬，足證此詩為漢人的作品；如此詩屬南朝人的作品，那麼在用韻上，當從嚴才對。因此從用韻的風尚來看，不屬於南朝的作品，已可知矣。王力《南北朝詩人用韻考》云：

用韻的寬嚴，似乎是一時的風尚：《詩經》時代用韻嚴，漢魏晉宋用韻寬，齊梁陳隋用韻嚴，初唐用韻寬（尤其是對於入聲）。

該詩用韻的情形，許世瑛先生曾在《淡江學報》第六期中，撰〈論孔雀東南飛用韻〉。今將其所用的韻腳，排列於下：

飛、徊二字為韻。衣、書不為韻，四句無韻。悲、移、稀三字韻母相近通押。織、息二字為韻。遲、為、施、歸四字為韻。（以上第一段用韻）

母、婦、友、久、厚五字為韻。區、由、由、敷、求、留六字韻母相近通押。母、婦、取三字韻母相近通押。怒、語、許三字主要元音相同而通押。（以上第二段用韻）

戶、語、母、府、取、語六字韻母相近通押。紜、門、專、辛、恩、還六字主要元音相同或相近而通押。光、囊二字為韻。繩、中二字為韻。人、因二字為韻。忘字與下段妝、通等字為韻。（以上第三段用韻）

忘、妝、通、光、璫、丹、雙七字主要元音相同或相似通押。止、里、子、使、裡、子六字為韻。牀、長、將、忘、行五字為韻。（以上第四段用韻）

後、口二字為韻。語、去二字為韻。府、負二字為韻。懷、來、葦、移、雷、懷、依七字主要元音相同或相似通押。（以上第五段用韻）

儀、歸、衣、儀、違、歸、摧七字通押。（以上第六段用韻）

來、郎、雙、才四字，來、才為韻，郎、雙為韻。之、時、離、奇、之五字為韻。人、女、門、君、許五字，人、門、君通押，女、許通押。（以上第七段用韻）

還、官二字為韻。婚、言、君、門、言五字主要元音相同或相近而通押。(以上第八段用韻)

煩、量、君、身、云五字主要元音相近而通押。言、門、專、緣、姻五字為韻。(以上第九段用韻)

爾、君、緣、之、喜、內、日七字不為韻,十三句無韻。婚、雲二字為韻。(以上第十段用韻)

幡、輪、鞍、穿、珍、門六字主要元音相同或相近而通押。(以上第十一段用韻)

女、汝、舉三字為韻。瀉、下二字為韻。羅、衫、啼三字不為韻,六句無韻。(以上第十二段用韻)

歸、哀、聲、迎、來五字,歸、哀、來為韻,聲、迎為韻。傷、量、詳、兄、望五字,疑作者口中讀此五字之主要元音相同或相近而通押。遷、年、間、泉四字主要元音相同或相近而通押。門、論、全三字,疑作者口中讀此三字之主要元音相同或相近而通押。去、母二字為韻。寒、蘭、單、神四字主要元音相同或相近而通押。石、直二字為韻。落、閣、薄、郭、夕五字,疑作者口中讀此五字之主要元音相同或相近而通押。(以上第十三段用韻)

立、迫不為韻,五句無韻。廬、初、留三字為韻。池、離、枝三字為韻。(以上第十四段用韻)

傍、桐、通、鴦、更、徨、忘七字,疑作者口中讀此七字之主要元音相同或相近而通押。(以上最後一段用韻)

觀察此詩用韻的習慣，皆合於先秦古韻，推斷此詩為東漢末的作品，當無可疑。許世瑛先生〈論孔雀東南飛用韻〉結論上說：「凡此種種，是此詩之時代必早於南北朝，前人以為係東漢末無名氏之作，其說可信也。其中東韻字與蒸韻字合韻，東韻字與陽、唐韻字合韻，皆合於先秦古韻，疑作者口中東韻字原讀 -uŋ, -iuŋ，其所以與蒸、陽通韻者，猶欲存古也。此為一種可能，然亦有可能作者口中讀東韻字非 -uŋ, -iuŋ，而為 ɔŋ, -iɔŋ，以其方音之故，而與蒸、陽韻字通韻也。至於支、脂、之三者合韻，此不合於先秦古韻，蓋有方音存焉。至於魚、虞、模與尤、侯合韻，恐亦其方音使然耳。」

### (六)從「風俗」上考證該詩的時代

「初七及下九，嬉戲莫相忘。」寫蘭芝與小姑辭別，說往日每逢佳節在一起嬉戲的事，今後當不會忘記。「初七」即七夕。漢人已有此風俗，《西京雜記》卷三：

> 戚夫人侍兒賈佩蘭，後出為扶風人殷儒妻，說：在宮內時，見戚夫人……至七月七日，臨百子池作于闐樂，畢，以五色縷相羈，謂為相連愛。

據《西京雜記》（相傳漢劉歆所撰，《唐志》謂晉葛洪所撰，段成式《酉陽雜俎》說是吳均撰。）的記載，在西漢宮廷間，便有「七夕」的節日。又漢人宗懍〈荊楚歲時記〉說：

> 七月七日為牽牛織女聚會之夜。是夕，人家婦女結綵縷，穿七孔針，或以金銀鍮石為針，陳瓜果於庭中以乞巧。有喜子網於瓜上，則以為符應。

所以七月七日夜，專為婦女的節日。「下九」是指每月十九日。〈瑯嬛記〉：「九為陽數，古人以為二十九日為上九，初九日為中九，十九日為下九。每月下九，置酒為婦女之歡，名曰陽會。蓋女子陰也，待陽以成。故女子於是夜為藏鉤諸戲，以待月明，有忘寢達曙者。」下九的俗尚，始於何時，不可考知，然七夕始於漢代，已有漢人筆記小說為證。

由於〈孔雀東南飛〉是一首長篇的樂府詩，流傳民間，越傳越遠，你改幾句，他加幾句，如果我們能發現梁以前人引述此詩或選此詩的選本，對照之下，便可知道增損的情形了。今就後人纂改增益的部分，使與原詩不調和的有下列幾處：

如「守節情不移」下，後人添入「賤妾留空房，相見常日稀」兩句。試檢《藝文類聚》卷三十二，《樂府詩集》卷七十三，無此十字。宋本《玉臺新詠》、左克明《古樂府》，也沒有這兩句。惟明重刻本，已臆為竄入。

又如「新婦初來時」下，各本有「小姑始扶牀，今日被驅遣」兩句，今宋本《玉臺新詠》便無此兩句。是後人將唐顧況的〈棄婦詞〉竄入，顧況〈棄婦詞〉末了幾句：

記得初嫁君，小姑始扶牀；今日君棄妾，小姑如妾長。回頭語小姑，莫嫁如兄夫。

但商務《四部叢刊》影印明活字本《玉臺新詠》，便有此十字。如此使原詩矛盾。原詩中前有：「共事二三年，始爾未為久。」也就是蘭芝入焦家只有兩三年，便遭婆婆遣回。下面接著蘭芝別小姑說：「我入門時，你才扶牀學走路，今日我被驅遣，你已長得和我一樣高了。」這是不可能的，因此詩上這幾句是後人妄添入的。王闓運《八代詩選》認為「新婦初來時，小姑始扶牀。今日被驅遣，小姑如我長」四句，都是後人所增入的。

又如「媒人去數日，尋遣丞請還。說有蘭家女，承籍有宦官」此四句不可解，必有脫誤。詩中的意思是說縣令請來的媒人剛辭退，接著太守又遣媒人來說親。但歷代注家各言其是，似不可信，只好存疑。

又如「交廣市鮭珍」，有作「交用市鮭珍」的，當從交廣為宜，在上面已考證過，此不復贅。其他一字一詞不同的仍然很多，在丁福保《全漢三國晉南北朝詩》及顧敦鍒《孔雀東南飛箋校》中，校勘甚詳，無庸列舉。

歷代詩話中，對此詩的評述，屢有所見，今摘取數家的評論，也可了解該詩的特色。

宋嚴羽《滄浪詩話》云：「有古詩重用二十許韻者，古〈焦仲卿妻詩〉是也。」

按：黃節《漢魏樂府風箋．釋音》將此詩的用韻分析詳盡，可參考。

明王世貞《藝苑卮言》卷二：「〈孔雀東南飛〉，質而不俚，亂而能整，敘事如畫，敘情若訴，長篇之聖也。」

明謝榛《四溟詩話》卷二：「孔雀東南飛一句，興起，餘皆賦也。其古朴無文，使不用粧奩服飾等物，但直敘到底，殊非樂府本色。如云：『妾有繡腰襦，葳蕤自生光。紅羅複斗帳，四角垂香囊。箱簾六七十，綠碧青絲繩。物物各自異，種種在其中。』又云：『雞鳴外欲曙，新婦起嚴粧。著我繡裌裙，事事四五通。足下躡絲履，頭上玳瑁光。腰若流紈素，耳著明月璫。指如削葱根，口如含朱丹。纖纖作細步，精妙世無雙。』又云：『交語速裝束，絡繹如浮雲。青雀白鵠舫，四角龍子幡。婀娜隨風轉，金車玉作輪。躑躅青驄馬，流蘇金鏤鞍。齎錢三百萬，皆用絲繩穿。雜綵三百匹，交用市鮭珍。』此皆似不緊要，有則方見古人作，所謂沒緊要處，便是緊要處也。」

清沈德潛《說詩晬語》：「〈廬江小吏妻詩〉共一千七百八十五言，雜述十數人口中語，而各肖其聲音面目，豈非化工之筆。」

按：此處作一千七百八十五字，而文中作一千七百六十五字，便是除去「賤妾留空房，相見常日稀」、「小姑始扶牀，今日被驅遣」。

〈孔雀東南飛〉是我國最早的一首最長的故事詩，也是民間的一首歌謠，當時是否可唱，已無可考。清人吳喬在〈答萬季埜詩問〉中也提及。他說：

問〈焦仲卿妻〉在樂府中，又與餘篇不同，何也？答曰：意者此篇如董解元〈西廂〉，今之數〈落山坡羊〉，乃一人彈唱之辭，無可考矣。

像這樣長篇的歌謠，使人聯想起早年在街陌間，依然有些盲者鬻唱，走江湖賣藥的，常一人抱琵琶自彈自唱，講述一則動人的故事，我想此詩的流傳，大概類似這樣吧！

至於該詩的產生時代，當不會距建安中太遠。據上述的考證，我們可以推斷當在東漢建安末

（西元一九六─二一九年）、三世紀初葉。由於故事發生在廬江府，即今日的安徽省潛山縣一帶，從詩中的用語記事來看，當屬於南方的民歌。從東漢末流傳起，到梁代才被收錄入《玉臺新詠》中，其間必定受人增損過，作者是誰？也只好說是東漢末年的一位偉大的民間詩人。

〈孔雀東南飛〉是一首社會寫實故事詩，也是一首報導家庭人倫大悲劇的故事詩。英國人研究莎士比亞所創作的戲劇，其中悲劇形成的要件有三：即依劇中人物所處的環境、命運、性格三者來判斷，如三者均為不利的因素，便造成不可挽回的悲劇。依據這項道理，〈孔雀東南飛〉詩中的男女主角，都是出於單親家庭，在個人的命運和家庭的環境上，便比正常的家庭容易發生悲劇。加以焦母的性格執著，由於劉蘭芝的介入，使她母子相依為命失去平衡，也顯示焦家的媳婦難為。同樣地，焦仲卿在母親與妻子之間左右為難，在性格上軟弱而無主張，也是造成悲劇的原因，劉蘭芝因被休妻，其兄竭力為其妹討回面子，迫她改嫁太守之子，使劉蘭芝為信守諾言而投水。細讀此詩悲劇的形成，三項要素都具備，是構成大悲劇的條件，如僅具其中一二項，則成小悲劇。

## 結論

兩漢的故事詩，多出於樂府詩，且為描寫社會寫實悲劇性的故事詩。同樣，漢代五言詩的興起，也來自於樂府詩。因此兩漢的故事詩。除了〈孤兒行〉、〈婦病行〉為雜言外，其他幾首，都是五言寫成的。

漢代的文人，多從事辭賦的創作，致力於鋪陳故實，堆砌辭藻，借辭賦去干祿獵取富貴，造成了漢賦的極盛。漢賦是不合樂而朗誦的，也可算是史詩性質的朗誦詩，朗誦的對象自然是貴族，而走上「廟堂文學」的道路。在另一方面，民間的詩人，從事於民間街陌歌謠的創作，他們只是借詩歌抒吐心中的塊壘，排遣內中的煩憂，勞者自歌；因此這些歌謠，它的起步，便與音樂結合，活潑地流露出閭里小民的心聲，而走上「鄉土文學」的道路。

自從漢武帝立「樂府」官署後，重視各地方的民歌，加以受外來音樂輸入的影響，使漢代的音樂形成一次新的融和，也使漢代新體詩得以完成。於是五、七言詩的開始，在當時，尤其在五言詩的發展，為一般人所樂用。這支民間新活力加入了文學的領域，造成漢代在韻文上輝煌的成就。

由於五言詩的成長，已達到隨心所欲的描寫階段，於是有人用新體詩，採賦體鋪陳故實的手法，來鋪述一則動人的故事，他們採用民間所見聞的事實做題材。於是故事詩便起來了。到東漢末年，更是有些長篇的鉅作問世，像〈陌上桑〉、〈孔雀東南飛〉，便是極為出色的故事詩。同時，這些都是民間的詩人，這些詩又是流傳民間，所以作者的姓氏是多半隱沒無法考徵，故事的來源，也都取材於民間發生的事，如男女相誘的風謠，表現堅貞的節操，社會民間的疾苦，對孤兒棄婦的同情，這些題材都是由於漢代的社會背景所造成的。一直到東漢末，建安時代，才有文人加入故事詩的寫作，像蔡琰的〈悲憤詩〉，便是最好的明證。我們相信兩漢的故事詩，不會僅此八首，但由於時代久遠，有些故事詩是亡佚了，今僅就傳世的作品中，加以收集罷了。

我寫兩漢的故事詩，只是從兩漢的詩歌中，找出純粹的故事詩來，共得八首。這八首中，大半是東漢人的作品，由於西漢的詩，流傳下來的不多，故事詩也就少了。今將上述各篇的考證，有關作者的姓氏、作品產生的時代和地區，作個簡明表，以便查覽：

| 故事詩篇目 | 詩體 | 作者 | 作品產生的時代 | 作品產生的區域 |
|---|---|---|---|---|
| 〈上山採蘼蕪〉 | 五言 | 無名氏 | 西漢 | 南方楚地的民歌 |
| 〈白頭吟〉 | 五言 | 無名氏 | 西漢 | 楚越一帶的民歌 |
| 〈孤兒行〉 | 雜言 | 無名氏 | 東漢 | 河南商邱一帶的民歌 |
| 〈婦病行〉 | 雜言 | 無名氏 | 東漢 | |
| 〈羽林郎〉 | 五言 | 辛延年 | 東漢和帝年間 | 長安洛陽一帶的民歌 |
| 〈陌上桑〉 | 五言 | 無名氏 | 東漢順帝年間 | 長安洛陽一帶的民歌 |
| 〈悲憤詩〉 | 五言 | 蔡琰 | 東漢獻帝建安中 | 洛陽 |
| 〈孔雀東南飛〉 | 五言 | 無名氏 | 東漢獻帝建安末年 | 安徽一帶的民歌 |

# 第四章　三國晉的故事詩

從曹丕廢漢獻帝，立國號魏，改元黃初（西元二二〇年）到東晉恭帝元熙二年（西元四二〇年），劉裕廢恭帝自立，東晉亡，前後共兩百年，史稱為三國、兩晉時代。

三國的建立，由於東漢末董卓作亂，曹操以冀州牧挾天子以令諸侯，使漢帝國成分崩離析的局面。建安二十五年（西元二二〇年），曹操卒，子曹丕篡漢，國號魏，都洛陽。次年，劉備稱帝，都成都，是為蜀漢。又次年，孫權自稱吳王，都建業。於是魏、蜀、吳三國鼎立，陷我國於長期分裂之中。

三國文物，以魏為最盛，魏武（曹操）文詞雅健，詩歌沉雄，即無事功，也可垂名千古。文帝（曹丕）詩文，比他父親稍弱，然文才橫逸，也是古今帝王中罕見的俊才。曹植有八斗之稱，文思辭藻富贍，五言詩歌，無人可與他抗匹。在此期間，建安七子的蔚起，加以繁欽、丁儀、丁廙、潘勗的輔翼，其後又有何晏、夏侯玄、左延年、嵇康的繼起，魏朝文士，可稱盛極。

蜀漢文士，多中原衣冠之族，像許靖、劉巴、彌衡、費禕、諸葛武侯等，堪稱文壇能手，但詩文的風尚，仍不及魏朝的興盛。

吳處江左山川秀麗的地方，正是文學發展的溫牀，但由於孫權的猜疑，歸命的殘暴，當代文士，多遭摧殘，像張溫的被黜，虞翻的投荒，韋昭的老死，華覈的廢免，使文士多有戒心。當時文壇的健將，有劉熙、謝承、陸績、陸景諸人，仍難與中原魏朝抗衡。陸機、陸雲兄弟，後雖出吳中，但入仕新朝，當歸入晉代的文學家中。其後南北朝的對峙，江左一隅，卻成了保存中原文物最得力的一塊淨土。

歐陽脩說：「晉無文學，惟陶淵明〈歸去來辭〉一篇。」這話說得過分。其實，晉代文士不走宗經明道的路子，而發展個人抒寫情志的唯美文學罷了。西晉司馬氏統一中國，在西元二六五年起，一般文士，競集京都，太康時期（西元二八〇—二八九年），是西晉文學的鼎盛時代。有「三張二陸、兩潘一左」的稱譽，他們是張華、張載、張協、陸機、陸雲、潘岳、潘尼、左思八人。其他像阮籍、傅玄、劉琨、石崇、束皙等，也足稱一代的文雄。但司馬氏統一中國，不到三十年，北方胡人的崛起，五胡亂華，永嘉之變，中原入胡，晉室偏安江左，司馬睿即位（西元三一七年），是為東晉。東晉詩家，當以郭璞、陶淵明、謝靈運、鮑照數人為最傑出。

三國兩晉間的民間歌謠，仍然繼承了漢代民歌的特色，樸質自然，赤裸裸地歌唱出大眾的心聲。於是建安時的文人，開始注意民歌的可貴，加以模擬，像曹氏父子便是，他們一邊提倡樂府，一邊也偶爾擬作，曹操四言的〈短歌行〉，五言的〈苦寒行〉，曹丕七言的〈燕歌行〉，曹植五言的〈怨詩行〉，都是模仿民歌的好作品。可惜他們沒有長篇的故事詩，本事詩卻寫了不少。其他像繁欽五言的〈定情詩〉、左延年的詩歌，都是仿照民歌或增損民歌而作的，可惜左延年流傳下來的，只有一首半，他的〈秦女休行〉，便是一首純粹的故事詩。西晉詩家雖多，但故事詩卻很少，一般詩人只寫抒情的小歌小詩而已。像陸機、陸雲兩兄弟，詩歌雖多，卻沒有一首可稱得上是故事詩。其他像左思有〈詠史〉八首，表面詠史，實是詠懷；另外他有一首著名的〈嬌女詩〉，仿照民歌的格調寫的，帶有濃厚的鄉土本色。該詩似在描寫他的妹妹左芬，只鋪述嬌女的美，詩中缺少一個完整的故事，實在可惜。左芬以文才秀麗被選入宮，晉武帝給她「貴嬪」的美號。在這時期，傅玄的〈秋胡行〉、〈秦女休行〉，石崇的〈王昭君〉，算是一些好的故事詩。

從樂府詩的風格上來看，魏風大體和漢風相近，晉以後多新聲，便與漢魏樂府異趣。晉以後的樂府，以江南一帶的新聲為主，大都是些輕曼靡麗的新歌。

由於西晉末，五胡亂華，中原望族，往南遷徙，北方的歌曲也隨著傳播到江南來。《宋書．樂志》說：「永嘉之亂，五都淪覆，中朝舊音，散於江左。」於是東晉時，中土舊音與南方的歌曲融和，造成了吳歌和荊楚西曲一類的歌曲興起。加以江南的富庶，商業漸次興盛，長江沿岸，商埠形成，從湖北的襄陽到江蘇的揚州一帶，商旅往來，舟車所到，酒樓茶肆林立，新歌應時而生，以解商旅路途的勞頓，南朝以後，尤為顯著。當時像〈子夜歌〉、〈懊儂歌〉、〈桃葉歌〉、〈團扇郎〉、

〈懽聞歌〉之類便是。這些意款情濃，混合了小兒女道情的詩歌，表現了南方民歌中綺情輕曼的特色。由於這些短歌，不易產生故事詩，但這類新體詩的興起，對唐人的絕句律詩的完成，有它的源委可尋。同樣的，北朝十六國的民歌，豪情地、爽朗地歌唱出北方樸質的詩歌，可惜這些民歌被保留下來的太少了。

在這兩百年間，由於社會的離亂，政局不安，文人接受了老莊佛教的思想，他們歌唱詠誦的題材，不是詠懷，便是抒憤；不是遊仙，便是招隱；不是山水，便是田園，但男女相誘的歌謠，也是每個時代所少不了的作品。在這些詩歌中，有些故事很動人，但未能成故事詩，實在可惜。像魏文帝甄皇后的〈塘上行〉，她感慨受郭皇后的譖謗，後竟被文帝賜死後宮。以及曹植的思慕甄氏，寫成了辭賦體的〈感甄賦〉，後改名為〈洛神賦〉，將甄后變成了淩波仙子的洛水之神了。又如南方流行的〈子夜歌〉，相傳是民間的女子，名叫子夜的所造的歌曲。由於這種似小兒女抒怨的情歌，大受民間的歡迎，甚為流行，因此民間的傳說，也就增加了該詩的傳奇性。《晉書・樂志》說：

〈子夜歌〉者，女子名子夜造此聲。孝武太元中，琅琊王軻之家有鬼歌子夜。則子夜是此時人也。

又如〈團扇郎〉也富傳奇性，可惜只是本事詩，不能成故事詩。《樂府詩集》卷四十五引《古今樂錄》說：

〈團扇郎〉歌者，晉中書令王珉捉白團扇，與嫂婢謝芳姿有愛，情好甚篤。嫂捶撻婢過苦，王東亭聞而止之。芳姿素善歌，嫂令歌一曲，當赦之。應聲歌曰：「白團扇，辛苦五流連，是郎眼所見。」珉聞，更問之：「汝歌何遺？」芳姿即改云：「白團扇，顦顇非昔容，羞與郎相見。」後人因而歌之。

像這類的詩歌，只有本事，詩歌短，著重抒情，只能算是本事詩。真正構成故事詩的，在三國兩晉的時代中，只有下列幾首，並分別考證評述於下：

〈幽憤詩〉（魏嵇康）、〈秦女休行〉（魏左延年作一首、晉傅玄作一首）、〈秋胡行〉（晉傅玄作兩首）、〈王昭君〉（晉石崇）、〈桃花源詩〉、〈詠三良〉、〈詠荊軻〉（晉陶潛）。

## 嵇康的幽憤詩

建安以後，接著是正始體的詩，正始是魏廢帝的年號（西元二四〇—二四八年），當時文壇主要的作家，除竹林七賢外，尚有何晏、王弼諸人。他們都是老莊玄學的提倡者，而寄情於山林酒樂之鄉，他們以清峻、玄思、慷慨、華靡的風格，開創了個人抒寫情性的浪漫文學。所以後人稱這一代的詩為「正始體」。

在竹林七賢中，文學造詣以嵇康和阮籍為最高。他們不但代表了正始時期的詩，也可以說是隱逸文學的先聲，使文學的領域，延展到田園、山林的描寫。山濤、王戎、阮咸的作品沒傳下來，向秀、劉伶亦僅存一兩篇而已，只有嵇康和阮籍的作品，我們還可讀到一些。今嵇康有《嵇中散集》十卷行於世。

嵇康長於寫四言詩，在他的集中，共有詩五十三首，而其中四言的，便佔了二十五首。

嵇康生於魏文帝黃初四年（西元二二三年），卒於魏陳留王景元二年（西元二六二年），享年四十歲。在《三國志・魏志・王粲傳》中，附有嵇康的傳，共二十七字：

時又有譙郡（今河南夏邑附近）嵇康，文辭壯麗，好言老莊，而尚奇任俠。至景元中，坐事誅。

《晉書》卷四十九收有嵇康的傳，說嵇康因呂安事下獄，作〈幽憤詩〉，不久，便為大將軍司馬昭所誅。因此，〈幽憤詩〉當為嵇康四十歲時的作品。《晉書・嵇康傳》云：

東平呂安，服康高致，每一相思，輒千里命駕，康友而善之。後安為兄所枉，訴以事，繫獄，辭相證引，遂復收康。康性慎言行，一旦縲紲，乃作〈幽憤詩〉。

所謂〈幽憤詩〉，是嵇康效法司馬遷、班固諸古人，被冤屈下獄，幽而發憤，借詩以抒寫憤慨的意思。所以〈幽憤詩〉是嵇康自敘其身世遭遇的一首故事詩。《晉書》、《文選》都錄有此詩。

## 幽憤詩

嗟余薄祜，少遭不造。哀煢靡識，越在繈緥。母兄鞠育，有慈無威。恃愛肆好，不訓不師。爰及冠帶，馮寵自放。抗心希古，任其所尚。託好莊老，賤物貴身。志在宗樸，養素全真。曰予不敏，好善闇人。子玉①之敗，屢增惟塵。大人含弘，藏垢懷恥。民之多僻，政不由己。惟此褊心，顯明臧否。感悟思衍，怛若創痏。欲寡其過，謗議沸騰。性不傷物，頻致怨憎。昔慚柳惠，今愧孫登②。內負宿心，外恧③良朋。仰慕嚴鄭④，樂道閑居。與世無營，神氣晏如。匪降自天，實由頑疎。理弊患結，卒致囹圄。對答鄙訊，縶此幽阻。

實恥訟冤，時不我與！雖曰義直，神辱志沮。澡身滄浪，曷云能補？嗈嗈鳴雁，奮翼北遊。順時而動，得意忘憂。嗟我憤歎，曾莫能儔。事與願違，遘茲淹留。窮達有命，亦又何求？古人有言，善莫近名。奉時恭默，咎悔不生。萬石⑤周慎，安親保榮。世務紛紜，只攪余情。安樂必誡，乃終利貞。

煌煌靈芝，一年三秀。予獨何為？有志不就。懲難思復，心焉內疚。庶勗將來，無馨無臭。采薇山阿，散髮巖岫。永嘯長吟，頤性養壽。

注：①楚大夫，子玉治兵之事，見《左傳》。②《魏氏春秋》曰：初康采藥於山中，北見隱者孫登，康欲與之言，登默然不對。踰年，將去，康曰：先生竟無言乎？登乃曰：子才多識寡，難乎免於今之世也。③慙也。④《漢書》曰：谷口有鄭子真，蜀有嚴君平，皆修身保性。⑤漢有二千石之

官，凡一門有五二千石者，稱為萬石，如漢石奮與四子官皆二千石，景帝號為萬石君。《漢書》曰，萬石君奮長子建為郎中令，建老白首，萬石君尚無恙。

全詩可分三段：

第一段歷敘早年的身世，表明己性託好老莊，寄情琴韻，但不善知人，以致「好善闇人」，交結呂安而今遭鄙俚的訊問。

第二段寫出幽憤二字，何等激昂。

第三段歸於自警一節，以結束全篇。他希望將來能過著採藥山中、放跡幽林的生活，養性存真來過他的餘年。

從詩上看，嵇康寫這詩時，根本沒想到自己會被斬首棄市。史書上說他有風儀，土木形骸，一生好老莊，講求養生、服寒食散等事，以保真延年。怎知像他那樣明哲保身的人，樹下鍛鐵，山中採藥，在亂世，依然不免死於非命，真叫人感歎不已。考其得禍的原因，不外下列數端。

由於嵇康才高識遠，有臥龍之稱，愛自由，反禮法，性情傲慢而招致鍾會的嫉恨。《世說新語．簡傲》篇記載他與鍾會的事：

鍾士季（即鍾會）精有才理，先不識嵇康。鍾要于時賢儁之士俱往尋康。康方大樹下鍛，向子期（即向秀）為佐鼓排，康揚槌不輟，旁若無人，移時，不交一言。鍾起去，康曰：

「何所聞而來，何所見而去？」鍾曰：「聞所聞而來，見所見而去。」

又《魏氏春秋》也記載此事：

> 鍾會為大將軍兄弟（指司馬師、司馬昭兄弟）所暱，聞康名而造焉。會名公子以才能貴幸，乘肥衣輕，賓從如雲。康方箕踞而鍛，會至不為之禮，會深銜之。後因呂安事，而遂譖康焉。

其次大將軍司馬昭有意要舉用嵇康，嵇康避而不就。後山濤被舉為曹郎，山濤舉嵇康自代，他反而答書與山濤絕交，絕交書中自說不堪流俗，而非薄湯武，以譏諷司馬昭，司馬昭聽了大怒，越不滿嵇康的作為。嵇康〈與山巨源絕交書〉云：

> 又每非湯武而薄周孔，在人間不止此事會，顯世教所不容，此甚不可一也。

又《魏氏春秋》云：

> 及山濤為選曹郎，舉康自代，康答書拒絕，因自說不堪流俗而非薄湯武，大將軍聞而怒焉。

加以魏自司馬懿拒蜀漢，平遼東，功高權重，終於獨擅魏政，其子司馬師、司馬昭相繼當權，魏主連遭廢弒，因此魏室宗親，也遭整肅，而嵇康是魏宗室的女婿，自然要遭到排除了。《晉書．嵇康傳》云：

> 與魏宗室婚，拜中散大夫，常修養性服食之事，彈琴詠詩，自足於懷。

宋葉少蘊《石林詩話》便指此事，為嵇康速禍的原因，他說：

嵇康〈幽憤詩〉云：「性不傷物，頻致怨憎。昔慙下惠，今愧孫登。」蓋志鍾會之悔也。吾嘗讀《世說》，知康乃魏宗室婿，審如此，雖不忤鍾會，亦安能免死耶？

按：孫登事，《世說新語・棲逸》篇云：「嵇康遊於汲郡山中，遇道士孫登，遂與之遊。康臨去，登曰：『君才則高矣，保身之道不足。』」

最後，嵇康便因坐呂安的事而被誅。《魏氏春秋》記載：

初康與東平呂昭子巽弟安親善。會巽淫安妻徐氏，而誣安不孝，囚之。安引康為證，康義不負心，保明其事，安亦性烈，有濟世志力。鍾會勸大將軍（指司馬昭）因此除之。遂殺安及康。

臨刑，嵇康從容自若，向他哥哥嵇喜索琴，歌〈廣陵散〉，今〈廣陵散〉已失傳。《世說新語・雅量》篇記載道：

嵇中散臨刑東市，神氣不變，索琴彈之，奏〈廣陵散〉，曲終，曰：「袁孝尼嘗請學此散，吾靳固不與，〈廣陵散〉於今絕矣。」太學生三千人上書，請以為師，不許，文王（司馬昭）亦尋悔焉。

嵇康被殺，當在景元三年（西元二六二年）。干寶、孫盛《習鑿齒》諸書，皆云：「正元二年（西元二五五年）司馬文王反自樂嘉，殺嵇康、呂安。」這種說法不確，沿《世語》有「康欲舉兵應毌丘儉」的說法，便因此殺康。其實裴松之《三國志注》對嵇康的卒年，已有詳實的記載，故不從干寶、孫盛的主張。且《三國志・魏志・鍾會傳》也記載鍾會作司隸時，陷害嵇康。〈鍾會傳〉云：「鍾會作司隸校尉時，嵇康等見誅，皆會謀也。」考鍾會作司隸校尉，是在景元三年。因此，嵇康的死，不在正元二年，而在景元三年。

嵇康死時，他的孩子嵇紹才十歲，其後入仕晉朝，山濤薦紹為祕書郎，後遷為侍中。永興初，嵇紹從晉惠帝北討，戰於蕩陰，嵇紹以身衛帝，刃交箭集，血濺御衣而死。事後，左右侍從要替惠帝洗去衣上的血跡，惠帝說：「此嵇侍中血，勿浣。」南宋文天祥〈正氣歌〉云：「為嵇侍中血。」便是指嵇康的兒子嵇紹衛晉惠帝而捐軀的事。

## 左延年與傅玄的秦女休行

左延年與傅玄都有一首秦女休行，是屬於英雄故事詩，由於他們兩人的時代相近，一個是魏初，一個是魏晉間的人，所以我把他們合在一篇裡。

《太平御覽》、《樂府詩集》、《全漢三國晉南北朝詩》都收有左延年的〈秦女休行〉；同樣，《樂府詩集》、《全漢三國晉南北朝詩》也收了傅玄的〈秦女休行〉。

關於左延年的事跡，史籍上記載得很少，他的生卒年月，便無從考證。只知道他是在魏文帝黃初（西元二二〇—二三〇年左右）中，以新聲被寵，顯然的他是個民謠專家，善於鄭聲，而被魏廷所聘用的樂官，大概跟漢武帝時李延年一流的人物相似。在史籍上，記述他的事跡有下列數則：

《三國志・魏志・杜夔傳》：「自左延年等雖妙於音，咸善鄭聲。」

《晉書・樂志》：「黃初中，柴玉、左延年之徒，復以新聲被寵，改其聲韻。」

《文心雕龍・樂府》篇：「陳思稱李延年閑於增損古辭。」

黃侃《文心雕龍札記》云：「按李延年當作左延年。左延年，魏時擅聲者，見〈魏志・杜夔傳〉、《晉書・樂志》。增損古辭者，取古辭以入樂，增損以就句度也。」

從上述的記載，左延年是魏初的樂官，善於新聲，能就民間原有的歌謠，加以增損潤飾，或仿造民歌，創製新聲。與魏朝的樂官，如杜夔、鄧靜、尹胡、馮肅、服養、柴玉等同一時代，他們也是經常在一起演唱的好朋友。

左延年的作品僅存樂府兩篇，一是〈秦女休行〉，一是〈從軍行〉。〈從軍行〉今不全，從殘句上看來，卻與唐杜甫的〈石壕吏〉相近，寫征人行役之事的詩。丁福保《全三國詩》收錄原詩如下：

〈從軍行〉（《古今樂錄》曰，王僧虔云，荀錄所載左延年〈苦哉〉一篇，今不傳。）

苦哉邊地人，一歲三從軍。三子到燉煌，二子詣隴西。五子遠鬬去，五婦皆懷身。……（闕）

又見〈初學記〉：

從軍何等樂，一驅乘雙駁。鞍馬照人白，龍驤自動作。……（闕）

至於他的〈秦女休行〉是一篇故事詩。故事的大意：秦女休是燕王婦，為尊者報仇，在都市中，執刀殺死仇人，然後走避上山，被關吏所捕，判為死刑。臨刑時，遇赦令，免死。今錄原詩如下：

## 秦女休行

步出上西門，遙望秦氏廬（《御覽》作樓）。秦氏有好女，自名為女休。休年十四五，為宗行報讎。左執白楊刃，右據宛魯矛。讎家便東南，仆僵秦女休①。女休西上山，上山四五里，關吏呵問女休。女休前置辭：「平生為燕王婦，於今為詔獄囚。平生衣參差，當今無領襦。明知殺人當死，兄言怏怏，弟言無道憂。女休堅辭，為宗報讎死不疑。」殺人都市中，徼我都巷西。丞卿羅東向坐，女休悽悽曳梏前。兩徒夾我持刀，刀五尺餘，刀未下，朣朧擊鼓赦書下。

注：①指仇人被女休所刺死。

郭茂倩《樂府詩集》將此詩收於〈雜曲歌辭〉中，並作題解說：「左延年辭。大略言女休為燕王婦，為宗報讎，殺人都市，雖被囚繫，終以赦宥，得寬刑戮也。晉傅玄云〈龐氏有烈婦〉，亦言殺人報怨，以烈義稱，與古辭義同而事異。」又曹植〈鼙鼓歌・精微篇〉中有幾句，也提到女休為父報仇的故事：

關東有賢女，自字蘇來卿。壯年報父仇，身沒垂功名。女休逢赦書，白刃幾在頸。太倉令有罪，自悲居無男，禍至無與俱。緹縈痛父言，何儋西上書。

據此，曹植將秦女休的故事，跟關東女蘇來卿復仇的故事、緹縈救父的故事並提，可知秦女休的故事，當在東漢末年的事。且左延年的〈秦女休行〉前四句，便是模擬東漢順帝時的民歌〈陌上桑〉而來的。更可以斷定秦女休為宗報仇的事，在東漢末年是相當流行的，也許當時已有人將它編成故事詩，所以曹植的詩也提到此事，而左延年便將這首北方民間流行的歌曲寫定，稍加增減潤色，使它合樂，定名為〈秦女休行〉。像這樣樸質而自然的故事詩，其實也代表了北方義勇、重氣節的民族性。

至於民間復仇的風氣，在東漢末年也甚流行，這種現象與漢人提倡氣節有關。黃節《漢魏樂府風箋》便認為女休獲赦的事，當在後漢章帝建初（西元七六年）以後。他說：

朣朧，鼓聲也。《後漢書・張敏傳》：「建初中，有人侮辱人父者，而其子殺之。肅宗貰其死刑，而降宥之。自後因以為比。是時遂定議，以為輕侮法。敏駁議曰：『夫輕侮之法，先帝一切之恩，不有成科，班之律令也。』」是西漢原無此律。以此考之，女休獲赦，當在後漢章帝建初以後。《周禮・地官・調人注》云：「父母兄弟師長嘗辱焉而殺之者，如是為得宜，雖所殺人之父兄不得讎也。」司農（鄭玄）時以漢法解經，知此法漢末尚未改。

東漢末年，私人復仇的風氣很盛，加以報仇殺人，可獲寬赦的成規，造成尋仇報復的殺風，不可抑止。當時報復殺仇的事，《後漢書・蘇不韋傳》也有所記載，其大意如下：

> 不韋父謙為李暠所害，不韋乃鑿地達暠寢室，殺其妻兒。復馳往魏郡，掘其父阜塚，以阜頭祭父墳。又標之於市曰：「李君遷父頭。」暠憤恚發病歐血死。

魏初，此風仍然盛行，《三國志・魏志・韓暨傳》也記載仇殺的事：

> 暨庸賃積資，陰結死士，遂禽陳茂，以首祭父墓。由是顯名。

直到魏武帝黃初四年（西元二二三年），才有頒布敢有私復仇而殺人者，皆族之，這類法令來防範。《三國志・魏志・文帝丕》：

> 黃初四年，詔曰：「今海內初定，敢有私復讎者，皆族之。」

因此，左延年〈秦女休行〉的作品和所詠的事，當在黃初四年以前所寫定的，從這些也可以看出當時民間的風尚。

從詩中所述，秦女休是「燕王婦」，又提到「白楊刃」、「宛魯矛」，以十四五歲的女子，敢執刃殺人於市中，都說明了這故事發生的地區是北方燕魯之地，不屬於南方，而左延年採用了東漢順帝以後，魏文帝黃初四年以前所流行的本辭，加以增損，而纂定的詩歌，定名為〈秦女休行〉。

比左延年稍後，又有晉傅玄（西元二一七—二七八年）也寫了一篇〈秦女休行〉，收在《樂府詩集・雜曲歌辭》中，與左延年的〈秦女休行〉，故事的來源相同。然而數十年間，這件故事已經

秋胡子悅之，下車謂曰：「若曝採桑，吾行道遠，願託桑蔭下飡，下齎休焉。」婦人採桑不輟。秋胡子謂曰：「力田不如逢豐年，力桑不如見國卿。吾有金，願以與夫人。」婦人曰：「嘻！夫採桑力作，紡績織紝，以供衣食，奉二親，養夫子，吾不願金；所願卿無有外意，妾亦無淫佚之志。收子之齎與笥金。」秋胡子遂去。至家，奉金遺母。使人喚婦至，乃向採桑者也。秋胡子慙。婦曰：「子束髮辭親，往仕五年乃還，當所悅馳驟揚塵疾至。今也，乃悅路傍婦人，下子之糧，以金予之，是忘母也；忘母不孝。好色淫佚，是汙行也；汙行不義。夫事親不孝，則事君不忠；處家不義，則治官不理，孝義並忘，必不遂矣。妾不忍見子改娶矣，妾亦不嫁。」遂去而東走，投河而死。

同時，專記漢故事的《西京雜記》卷六也記述此事：

昔魯人秋胡，娶妻三月，而遊宦三年，休還家。其婦採桑於郊，胡至郊而不識其妻也，見而悅之。乃遺黃金一鎰。妻曰：「妾有夫遊宦不返，幽閨獨處三年，于茲未有被辱于今日也。」採不顧。胡慚而退，至家，問家人，妻何在？曰：「行採桑於郊未返。」既還，乃向所挑之婦也。夫妻並慙，妻赴沂水而死。

以上兩則所記，故事的主題大致相同，只是在離家的時間上稍有差異。大意說：魯國有個秋胡子，婚後不久，便離家別妻到陳國去做官。數年後，他才回家，在快到家的路上，看上一個採桑女，便冒冒失失地要送錢給她，並申言要娶她。被採桑女嚴詞正色地拒絕了。秋胡子到家，母親告訴他媳婦採桑去了。不久，秋胡子的妻子回來，相見後，彼此感到羞慚，原來她就是剛才在壟上所遇到的那個採桑女，她覺得嫁給這樣不孝不義的丈夫，實在不幸，便憤然投河自盡了。

這則故事，極富戲劇性，顯然在西漢末年極為流行的民間故事，後來，便有人配以管絃，鋪寫成故事詩。可惜，我們沒有發現到漢代的樂府中，有〈秋胡行〉之類的樂府傳下來。今天所能讀到的最早用〈秋胡行〉為題的樂府詩，要算魏武帝的兩首〈秋胡行〉，魏文帝的三首〈秋胡行〉和曹植的擬作，但這些作品雖以〈秋胡行〉為題，內容卻與秋胡子無關。由此可見，在曹魏時代，〈秋胡行〉的古辭一定很流行，而曹氏父子都是極喜愛模仿民歌的，因此他們便利用〈秋胡行〉的曲子，而寫其他的內容，但題目仍然標為〈秋胡行〉。所以《樂府詩集》卷三十六引《樂府解題》說：

> 後人哀而賦之，為〈秋胡行〉。若魏文帝辭云：「堯任舜禹，當復何為？」亦題曰〈秋胡行〉。《廣題》曰：「曹植〈秋胡行〉，但歌魏德，而不取秋胡事，與文帝之辭同也。」

足證〈秋胡行〉在東漢、魏時有本辭，只是後來失傳了。

胡適之先生也懷疑〈秋胡行〉有本辭，在他的《白話文學史》第六章說：

> 建安泰始之間（西元二〇〇－二七〇年），有蔡琰的長篇自紀詩，有左延年與傅玄記秦女休故事的詩。此外，定還有不少的故事詩流傳民間。例如樂府有〈秋胡行〉，本辭雖不傳了，

然可證當日有秋胡的故事詩；又有〈淮南王篇〉，本辭也沒有了，然可證當日有淮南王成仙的故事詩。故事詩的趨勢，已傳染到少數文人了。故事詩的時期已到了，故事詩的傑作要出來了。

其後嵇康也寫過〈秋胡行〉七首，但也是借此樂曲，抒寫個人情志，而表現隱者的抱負，與秋胡的本事無關。

一直到晉武帝年間（西元二六五—二七八年傅玄卒），傅玄以為班固的〈詠史〉中，有〈秋胡詩〉一首，今所存班固的〈詠史〉，不見〈秋胡詩〉，只有寫孝女緹縈救父的故事一章，因此，以傅玄的音樂素養，也許在他那個時代，〈秋胡行〉的樂曲還在，他便將原有的歌曲稍加修改，就秋胡子的故事，鋪述成故事詩兩首：一首叫做〈秋胡行〉，一首叫做〈和班氏詩〉，《玉臺新詠》都收錄，便作此標題。《樂府詩集》把這兩首詩都作〈秋胡行〉。今錄置於下：

## 秋胡行

秋胡子，娶婦三日，會行仕宦，既享顯爵，保茲德音。以祿頤親，韞此（一作比）黃金。覩一好婦，採桑路傍。遂下黃金，誘以逢卿。玉磨逾潔，蘭動彌馨。源流潔清，水無濁波。奈何秋胡，中道懷邪。美此節婦，高行巍峨。哀哉可愍，自投長河。

## 和班氏詩

秋胡納令室，三日宦他鄉。皎皎潔婦姿，冷冷守空房。燕婉不終夕，別如參與商。
憂來猶四海，易感難可防。人言生日愁，愁者苦夜長。
百草揚春華，攘腕採柔桑。素手尋繁枝，落葉不盈筐。羅衣翳玉體，回目流采章。
君子倦仕歸，車馬如龍驤。精誠馳萬里，既至兩相忘。行人悅令顏，借息此樹傍。
誘以「逢卿」①喻，遂下黃金裝。
烈烈貞女忿，言辭厲秋霜。
長驅及居室，奉金升北堂。母立呼婦來，歡樂情未央。秋胡見此婦，惕然懷探湯。
負心豈不慙，永誓非所望。清濁必異源，鳧鳳不並翔。引身赴長流，果哉潔婦腸！
彼夫既不淑，此婦亦太剛。

注：①即「力田不如逢豐年，力桑不如見國卿」意。

這兩首詩，同樣的採用民間流傳的故事做題材，傅玄嘗試了兩種調子，就像蔡琰寫〈悲憤詩〉一樣。第一首是用四言的調子寫成的，雖富麗典雅，但顯得呆滯。第二首是用五言的調子寫成的，顯然地模仿了民間樂歌的性質，活潑潑地將動人的情節表達出來，這種吸取民歌風格的作品，自然樸實，流連哀思，不失為一首上品的故事詩。

〈秋胡行〉的作者傅玄（西元二一七—二七八年），是魏晉時的一位詩人兼音樂家，是北地泥陽人（在今陝西耀縣東南）。博學善屬文，性剛勁亮直，魏時被舉為秀才，晉武帝任他為散騎常侍，累遷至司隸校尉。《晉書》卷四十七收有他的傳，說他能「貴游懾伏，臺閣生風」。他長於樂律，根據《晉書・樂志》記載，晉初的郊廟樂章，便是出於傅玄的手筆，共十九篇。《晉書・樂志》說：

漢自東京大亂，絕無金石之樂，樂章亡缺，不可復知。及魏武平荊州，獲漢雅樂郎河南杜夔，能識舊法，以為軍謀祭酒，使創定雅樂。時又有散騎侍郎鄧靜尹齊，善訓雅樂。歌師尹胡，能歌宗廟郊祀之曲。舞師馮肅服養，曉知先代諸舞。夔悉總領之，遠詳經籍，近採故事，考會古樂，始設軒懸鐘磬。而黃初中，柴玉、左延年之徒，復以新聲被寵，改其聲韻。及武帝受命之初，百度草創，泰始二年，詔郊祀明堂，禮樂權用魏儀，遵周室，肇稱殷禮之義，但改樂章而已。使傅玄為之詞云。

從上面一段的記載，我們知道傅玄能雅樂，並能撰寫歌詞，依照漢魏的舊音，他撰寫了十九篇宗廟郊祀的樂歌，《晉書・樂志》錄有十九篇此類的作品，今抄錄他的〈祀天地五郊夕牲歌〉一章，作為例子：

天命有晉，穆穆明明。我其夙夜，祗事上靈。常于時假，迄用有成。於薦玄牡，進夕其牲。崇德作樂，神祇是聽。

像這類歌頌述德的雅樂，根源於《詩經》的頌，只限於宮廷郊祀之用。跟傅玄同時從事此項工作的文人，還有成公綏、荀勗、張華等。《文心雕龍・樂府》篇云：

> 逮於晉世，則傅玄曉音，創定雅歌，以詠祖宗。張華新篇，亦充庭萬；然杜夔調律，音奏舒雅，荀勗改懸，聲節哀急。故阮咸譏其離聲，後人驗其銅尺，和樂精妙，固表裡而相資矣。

這些表現雍容華貴、歌功述德的作品，沒有什麼文學價值可言。

另外，傅玄也根據民間的故事，或民間的歌曲，加以創製或改寫，以供樂工演唱給帝王貴族們作為娛樂之用，同時，文人仿製民間樂歌的樂府，也流傳於王府之間，像〈秋胡行〉、〈秦女休行〉、〈豔歌行〉、〈放歌行〉、〈歷九秋篇・董逃行〉等便是。這些保留了民間風謠本色的詩歌，給晉代的樂歌，帶來了光彩。《玉臺新詠》選有傅玄的樂府七首，丁福保《全晉詩》收有他的作品共五十六篇。所以他在晉代的韻文史上，佔著重要的一席地位。

傅玄的創作〈秋胡行〉，很明顯地是根據漢人傳誦的秋胡子故事，再參照當時流行的〈秋胡行〉樂歌改纂而成的。今日我們從他的〈秋胡行〉，可以看出他依據《列女傳》的本事，借民歌的本色寫成。他的〈秦女休行〉，也是同樣的情形下寫好的。此外他也根據羅敷採桑遇使君的故事，改寫成〈豔歌行〉，但不如〈日出東南隅行〉本辭那麼生動，由於太典雅了，失去了民歌自然樸質的本色。其後，顏延之也有〈秋胡行〉，於是〈秋胡行〉便成了詩人愛寫的題材了。傅玄卒於晉武帝咸寧四年，享年六十二歲。有《傅子》百二十卷，集五十卷。其子傅咸，也是晉代有名的詩人。

從以上的情形看來，秋胡的故事，當發生在西漢末年，所以《列女傳》、《西京雜記》都記載了此事。東漢時，想必被編成故事詩，像〈羽林郎〉、〈陌上桑〉一樣，屬於表揚女子忠誠貞亮的故事，流行在北方一帶。魏晉時，這支曲子依然在民間傳誦著，曹氏父子喜愛樂府，才有〈秋胡行〉的擬作，雖然內容與秋胡的事無關，卻借用了原來的樂曲。魏晉以來，文人開始重視民歌，於是文人模仿民歌的風氣大興，從《文選》選詩的雜擬中，便可得到證明。那麼傅玄的〈秋胡行〉，便是在這種風氣下，受民歌影響很深的一首五言的故事詩。

## 石崇的王昭君詩

王昭君和蕃，是西漢元帝時的舊事，其先，在漢武帝時，也曾有過漢宗室女下嫁烏孫王的事。因此，漢人的歌謠中，便有了以這項歷史故事做題材的詩歌，憐惜王昭君的遠嫁，而作〈王昭君〉歌。從漢代到今日，不知有多少這類的詩歌，被人們歌唱著。這些敘述王昭君和蕃的故事，表現哀怨的去國行，流傳下來的，要算石崇的〈王昭君〉為最早。

〈王昭君〉的本事，發生在西漢元帝時。元帝竟寧元年（西元前三三年）春天，由於匈奴王虖韓邪單于來朝廷請婚，元帝便遣後宮良家女王嬙嫁給匈奴王。

王嬙（一作檣，亦作牆），字昭君，南郡秭歸人，秭歸是巫峽鄰近居山傍水的一個小縣，景色清秀。她被郡國舉而選入後宮，由於後宮佳麗多，未被御幸。（另一說，據《琴操》謂，王嬙是齊國王穰的女兒，十七歲入宮的。）後元帝將她賜給匈奴王虖韓邪，尊為「寧胡閼氏」，匈奴人稱皇后為「閼氏」，事跡記載在《漢書．元帝紀》：

竟寧元年，春正月，匈奴虖韓邪單于來朝。詔曰：「匈奴郅支單于背叛禮義，既伏其辜。虖韓邪單于不忘恩德，鄉慕禮義，復修朝賀之禮，願保塞，傳之無窮，邊垂長無兵革之事，其改元為竟寧（取邊境安寧之意），賜單于待詔掖庭王檣為閼氏。」

顏師古注上說：

應劭曰：「郡國獻女未御見，須命於掖庭，故曰待詔。王檣，王氏女，名檣，字昭君。」文穎曰：「本南郡秭歸人也。」蘇林曰：「閼氏，音焉支，如漢皇后也。」

王先謙補注：

梁玉繩曰：「檣，〈匈奴傳〉作牆。《說文》無嬙字。《左傳》妃嬙嬪御。唐石經本作牆。《漢書》王檣字從爿，此〈紀〉作檣，恐是牆之譌。」此因單于請而賜之。

《漢書．匈奴傳》也記傳昭君出塞的事：

竟寧元年，單于復入朝，禮賜如初，加衣服錦帛絮，皆倍於黃龍時。單于自言願婿漢氏以自親。元帝以後宮良家子王牆，字昭君，賜單于。

《西京雜記》卷二，對昭君和蕃事，記敘更為詳盡，謂當時王嬙是被郡國所選而入後宮的良家女，因王嬙不願賄賂畫工，畫工故意把王嬙的像畫得很糟，使她得不到元帝的御幸。正好匈奴王來請婚，元帝便案圖將王嬙配嫁給匈奴王。臨行，元帝召見，見她容貌豔麗，舉止閑雅，大為後悔。但名籍已定，為見信異國，不便更改。因此，元帝斬畫工毛延壽等以洩恨。《西京雜記》雖是偽書，但畢竟使這段故事增加了不少傳奇性。今將此事摘錄於下：

元帝後宮，既多不得常見，乃使畫工圖形，案圖召幸之。諸宮人皆賂畫工，多者十萬，少者亦不減五萬。獨王嬙不肯，遂不得見。匈奴入朝求美人為閼氏，於是上案圖以昭君行。及去，召見，貌為後宮第一，善應對，舉止閑雅。帝悔之，而名籍已定，重信於外國，故不復更人。乃窮案其事，畫工皆棄市。籍其家資，皆巨萬。畫工有杜陵毛延壽，為人形醜好老少，必得其真，安陵陳敞、新豐劉白、龔寬，並工為牛馬飛鳥眾藝，人形好醜，不逮延壽。下杜陽望，亦善畫，尤善布色，樊育亦善布色，同日棄市，京師畫工，於是差稀。

昭君入匈奴，初為虖韓邪單于的后，生一子。虖韓邪死，子雕陶莫皋立，為復株絫若鞮單于，又以昭君為妻，所以石崇的〈王昭君〉辭有「父子見陵辱，對之慚且驚」的句子，便是專對父子聚麀事而發的。後又生二女。《漢書・匈奴傳》說：

呼韓邪死、雕陶莫皋立，為復株絫若鞮單于，復株絫若鞮單于立……復妻王昭君，生二女，長女云為須卜居次，小女為當于居次。

唐吳兢《樂府古題要解》以為呼韓邪單于死，子復株絫若鞮單于（吳氏書作世達）欲以胡禮復妻王昭君，昭君吞藥而死。但此說不確，班固《漢書》記載詳實，已可相信，不從吳兢引《琴操》的說法，且《樂府詩集》卷五十七引《樂府解題》說：「《琴操》紀事，好與本傳相違。」今仍將《樂府古題要解》的文字收錄於下，以廣異聞：

王昭君，《琴操》載：昭君，齊國王穰女，端正閑麗，未常窺看門戶，穰以其有異于人，求之者皆不與。年十七，獻之元帝，元帝以地遠不之幸，以備後宮，積五六年，帝每遊後宮，昭君常恐不出。後單于遣使朝賀，帝宴之，盡召後宮，昭君乃盛飾而至，帝問欲以一女賜單于，誰能行者。昭君乃越席請往。時單于使在旁，帝驚恨不及。昭君至匈奴，單于大悅，以為漢與我厚。縱酒作樂，遣使者報漢，送白璧一雙，駿馬十匹，胡地珠寶之類，昭君恨帝始不見遇，乃作怨思之歌。單于死，子世達立，昭君謂之曰：「為胡者妻母，為秦者更娶。」世達曰：「欲作胡禮。」昭君乃吞藥而死。

王昭君以一漢家女子，遠嫁匈奴王，在漢代的外交史上，增加不少美談。同時，她對漢代安邦睦鄰的工作上，在國民外交的貢獻上，有極大的成就。她犧牲了個人的幸福，遠嫁到塞外的胡邦，這種犧牲的精神，真教人敬佩。後來昭君想必死在匈奴，史無記載，她大概是含怨塞外，而獨留青塚在黃沙了。後人憐惜昭君的遠嫁，寫了許多詩歌來傳誦此事。

在王昭君以前，漢與胡人和親的事，從漢高祖（劉邦）時便開始。《漢書．匈奴傳》記載：

冒頓常往來侵盜代地，於是高祖患之，迺使劉敬奉宗室女翁主為單于閼氏，歲奉匈奴絮繒酒食物各有數，約為兄弟以和親。冒頓迺少止。

到匈奴王冒頓死，子稽粥立，號稱「老上單于」，文帝也遣諸侯王女，與他和親。見〈匈奴傳〉：

稽粥單于初立，文帝復遣宗人女翁主為單于閼氏。

武帝時，烏孫王昆莫要求娶漢公主，元封六年（西元前一〇五年），武帝遣江都王建女細君為公主，與烏孫王和親。細君到烏孫國後，悲愁而作歌。《漢書．西域傳》記載此事：

烏孫於是恐，使使獻馬，願得尚漢公主為昆弟。天子問群臣議，許曰：「必先內聘，然後遣女。」烏孫以馬千匹聘。漢元封中，遣江都王建女細君為公主，以妻焉。賜乘輿服御物，為備官屬宦官侍御數百人，贈送甚盛。烏孫昆莫以為右夫人。匈奴亦遣女妻昆莫，昆莫以為左夫人。公主至其國，自治宮室居。歲時一再與昆莫會，置酒飲食，以幣帛賜王左右貴人，昆莫年老，語言不通。公主悲愁，自為作歌曰：

吾家嫁我兮天一方，遠託異國兮烏孫王。
穹廬為室兮旃為牆，以肉為食兮酪為漿。
居常土思兮心內傷，願為黃鵠兮歸故鄉。

天子聞而憐之，閒歲遣使者持帷帳錦繡給遺焉。

這是〈烏孫公主歌〉，漢代流行的民歌。後人寫漢公主和蕃的詩歌，內容寫塞外胡家地，哀怨思故土的悲歎。可惜漢人所寫的〈王昭君歌〉辭已亡。晉石崇家有妾綠珠，美豔善歌舞，石崇便自製〈王昭君〉辭，教綠珠歌此曲。辭中把王昭君和蕃的事加以鋪述，因此石崇的〈王昭君〉，是一首以歷史故事而寫成的故事詩，梁蕭統《文選》錄有此詩。陳智匠《古今樂錄》（《樂府詩集》卷二十九引）說：

張永《元嘉技錄》有吟歎四曲：一曰〈大雅吟〉，二曰〈王明君〉，三曰〈楚妃歎〉，四曰〈王子喬〉。〈大雅吟〉、〈王明君〉、〈楚妃歎〉，並石崇辭。

〈王明君〉應作〈王昭君〉，因晉人避晉文帝（司馬昭）諱而改的。南朝宋元嘉時所奏的〈王昭君〉，為石崇的辭，可見漢人的古曲已亡。郭茂倩《樂府詩集》卷二十九云：

〈王明君〉，一曰〈王昭君〉。《唐書・樂志》曰：「〈明君〉，漢曲也。元帝時，匈奴單于入朝，詔以王嬙配之，即昭君也。及將去，入辭，光彩射人，悚動左右，天子悔焉，漢人憐其遠嫁，為作此歌。晉石崇妓綠珠，善舞，以此曲教之，而自製新歌。」按此本中朝舊曲，唐為吳聲，蓋吳人傳授訛變使然也。

所以《樂府詩集》將石崇〈王昭君〉收在〈相和歌辭〉中。《文選》、《玉臺新詠》也錄有此詩，並附有序，今錄原詩如下：

## 王昭君并序

王明君者，本為王昭君，以觸文帝諱故改。匈奴盛，請婚於漢，元帝以後宮良家女子昭君配焉。昔公主嫁烏孫，令琵琶馬上作樂，以慰其道路之思，其送明君，亦必爾也。其造新曲，多哀怨之聲，故敘之於紙云爾。

我本漢家子，將適單于庭。辭訣未及終，前驅已抗旌。僕御涕流離，轅馬悲且鳴。哀鬱傷五內，泣淚沾朱纓。行行日已遠，遂造匈奴城。延我於穹廬，加我閼氏名。殊類非所安，雖貴非所榮，父子見陵辱，對之慚且驚。殺身良不易，默默以苟生。苟生亦何聊，積思常憤盈。願假飛鴻翼，棄之以遐征。飛鴻不我顧，佇立以屏營。昔為匣中玉，今為糞上英。朝華不足嘉，甘與秋草并。傳語後世人，遠嫁難為情。

這是一篇歷史故事詩，其特色在客觀敘事，不加議論，全詩大意，也能跟史實配合。起筆兩句，已將整個故事籠括，接著描寫沙塞的寂寥，去國離情的哀思，雖然名位尊貴，畢竟是異國他鄉。末了感念身世的不幸，好比好花插牛糞，道出遠嫁難為情的苦衷。

今《樂府詩集》卷五十九〈琴曲歌辭〉中，有漢王嬙的四言〈昭君怨〉：

秋木萋萋，其葉萎黃。有鳥處山，集于苞桑。養育毛羽，形容生光。既得升雲，上遊曲房。離宮絕曠，身體摧藏。志念抑沉，不得頡頏。雖得委食，心有徊徨。我獨伊何，改往變常。

翩翩之燕，遠集西羌。高山峨峨，河水泱泱。父兮母兮，道里悠長。嗚呼哀哉，憂心惻傷。

這首抒懷與敘事混合的詩，不能視為故事詩，且王嬙的〈昭君怨〉也像班婕妤的〈婕妤怨〉一樣，為後人託名偽作的。《樂府詩集》取晉以後到宋為止的〈王昭君〉或〈昭君詞〉、〈昭君歎〉、〈昭君怨〉之類之詩歌，不下五十首。其中多半為小篇的詩歌，像鮑照的〈王昭君〉：

既事轉蓬遠，心隨雁路絕；霜鞞旦夕驚，邊笳中夜咽。

李白的〈王昭君〉：

漢家秦地月，流影照明妃。一上玉關道，天涯去不歸。漢月還從東海出，明妃西嫁無來日。
燕支長寒雪作花，蛾眉憔悴沒胡沙。生乏黃金枉圖畫，死留青塚使人嗟。

李商隱的〈王昭君〉：

毛延壽畫欲通神，忍為黃金不為人；馬上琵琶行萬里，漢宮長有隔生春。

所以古今詠昭君的詩不少，大抵鋪述她的遭遇和離愁別恨罷了。

歷代詩話中，提及該詩的也不少，有的考證故實，有的摘取佳句。像宋葛立方《韻語陽秋》卷十五，有一段便考昭君往胡地，是否自彈琵琶，原文如下：

《文選》載石季倫（崇）〈昭君詞〉云：「昔公主嫁烏孫，令琵琶馬上作樂，以慰其道路之思，昭君亦然。」則馬上彈琵琶，非昭君自彈也。故孟浩然〈涼州詞〉云：「故地迢迢三萬里，那堪馬上送明君。」而東坡〈古纏頭曲〉乃云：「翠鬟女子年十七，指法已似呼韓婦（指昭君）。」梅聖俞〈明妃曲〉亦云：「月下琵琶旋製聲，手彈心苦誰知得。」則皆以為昭君自彈琵琶，豈別有所據邪？

南宋范晞文《對床夜話》卷一，也討論昭君是否彈琵琶事：

石季倫〈王昭君詩〉序云：「匈奴請婚於漢元帝，以後宮良家子昭君配焉。昔公主嫁烏孫，令琵琶馬上作樂，以慰道路之思。」其送昭君亦必爾也。熟參此敘，乃知昭君出嫁之時，未必以琵琶寄情，特後人想像而賦之耳。

《韻語陽秋》卷十九，又將後人此篇的詩，摘句比較：

古今人詠王昭君多矣。王介甫（安石）云：「意態由來畫不成，當時枉殺毛延壽。」歐陽永叔（脩）云：「耳目所及尚如此，萬里安能制夷狄。」白樂天（居易）云：「愁苦辛勤顦顇盡，如今卻似畫圖中。」後有詩云：「自是君恩薄於紙，不須一向恨丹青。」李義山（商隱）云：「毛延壽畫欲通神，忍為黃金不為人。」意各不同，而皆有議論，非若石季倫駱賓王輩徒序事而已也。邢惇夫十四歲作〈明君引〉，謂：「天上僊人骨法別，人間畫工畫不得。」亦稍有思致。

明瞿佑《歸田詩話》卷上云：

詩人詠昭君者多矣，大篇短章，率敘其離愁別恨而已。惟樂天云：「漢使卻回憑寄語，黃金何日贖蛾眉，君王若問妾顏色，莫道不如宮裡時。」不言怨恨，而惓惓舊主，高過人遠甚。其與「漢思自淺胡自深，人生樂在相知心」者異矣。

宋趙與虤《娛書堂詩話》卷下，敘說當時徐思叔也寫了一首〈明妃曲〉，很膾炙人口而流行一時。歌詞是這樣：

妾生豈願為胡婦，失信寧當累明主。己傷畫史忍欺君，莫使君王更欺虜。琵琶卻解將心語，一曲纔終恨何數。朦朧胡霧染宮花，淚眼橫波時自雨。專房莫倚黃金賂，多少專房棄如土。寧從別去得深嚬，一步思君一回顧。胡山不隔思歸路，只把琵琶寫辛苦。君不見，有言不食古高辛，生女無嫌嫁槃瓠。

在近代的流行歌曲中，也有〈王昭君〉一曲，用國樂伴奏，這支歌曲曾風靡各地，為大眾所喜愛的歌曲之一，作詞作曲者是誰，無從考得，歌詞如下：

王昭君悶坐雕鞍思憶漢皇，朝朝暮暮，暮暮朝朝，黯然神傷。
前途茫茫，極目空翹望，見平沙雁落，聲斷衡陽。
月昏黃，返照門關上，塞外風霜，悠悠馬蹄忙。
鎮日思量，長夜思量，魂夢憶君王。

× × ×

〈陽關〉初唱，往事難忘，琵琶一疊，回首望故國河山總斷腸。
憶家庭景況，椿萱恩重，棣華情長。遠別家鄉，舊夢前塵，前塵舊夢空惆悵。

〈陽關〉再唱，觸景神傷，琵琶二疊，凝眸望野草，閑嘆驛路長。

問天涯莽莽，平沙雁落，大道霜寒。胡地風光，賸水殘山，殘山賸水無心賞。

×　×　×

〈陽關〉終唱，後事悽涼，琵琶三疊，前途望身世，飄零付杳茫。

矚君望古陽，魂歸漢地，目覩朝陽。久後思量，地老天長，天長地老長懷想。

×　×　×

一曲琵琶恨正長。

比起石崇的五言故事詩〈王昭君〉，在敘事陳詞、寫景寫情上，都要遜色，全篇只是連綴一些陳詞舊語，寫沙塞，寫鄉愁，僅僅「舊夢空惆悵，一曲琵琶恨正長」罷了。由於該曲曲調哀怨，易入感人，所以電臺的播放歌曲，民間的遊藝歌唱，都喜歡播唱此曲。但流行歌曲，也只是流行一陣，過後，便被其他的新聲所代替。

石崇（西元二四九—三〇〇年），字季倫，渤海人，生在青州，即今山東臨淄，小名齊奴。他的傳略，附在《晉書》卷三十三〈石苞傳〉後，史家沒單獨為他立傳。《晉書》記載他曾從事航海而致富，累官至荊州刺史。在河陽置有別墅，名叫金谷園，與王愷、羊琇等以奢靡相爭豪。甚至連廁所也裝飾得很富麗，使客人以為是臥房。〈語林〉上說：

劉寶詣石崇，如廁，見有絳紗帳大牀，茵蓐甚麗，兩婢持錦香囊，寶遽反走，即謂崇曰：「向誤入卿室內。」崇曰：「是廁耳！」

《世說新語・汰侈》篇有好幾則記載石崇的奢侈，下面便是其中的一則：

石崇與王愷爭豪，並窮綺麗以飾輿服。武帝，愷之甥也。每助愷，嘗以一珊瑚樹，高二尺許，賜愷，枝柯扶疏，世罕其比。愷以示崇，崇視訖，以鐵如意擊之，應手而碎。愷既惋惜，又以為疾己之寶，聲色甚厲。崇曰：「不足恨，今還卿。」乃命左右悉取珊瑚樹，有三尺四尺，條幹絕世，光彩溢目者六七枚，如愷許比甚眾。愷惘然自失。

石崇家有美姬，名叫綠珠，善歌舞。當時的權貴孫秀見了後想奪得，求於石崇，石崇不與，綠珠也不願，因而跳樓自盡，唐人有詩以「落花猶似墮樓人」來比喻。孫秀怒，讒於趙王倫，矯詔殺崇。《世說新語・仇隙》篇說：

孫秀既恨石崇不與綠珠，又憾潘岳昔遇之不以禮。後秀為中書令，岳省內見之，因喚曰：「孫令憶疇昔周旋不？」秀曰：「中心藏之，何日忘之。」岳於是始知必不免。後收石崇歐陽堅石，同日收岳。石先送市，亦不相知，潘後至，石謂潘曰：「安仁卿亦復爾邪？」潘曰：「可謂白首同所歸！」潘《金谷集詩》云：「投分寄石友，白首同所歸。」乃成其讖。

石崇一門大小十五人同遇害，年五十二。

# 陶淵明和他的幾首故事詩

在陶淵明的集中，可稱得上為故事詩的有三首：〈桃花源詩〉、〈詠三良〉和〈詠荊軻〉。〈桃花源詩并記〉，是陶淵明的代表作，且〈桃花源記〉更為一般人所推崇；它表現賢者避秦所追求的理想社會——世外桃源，這首詩是屬於寓言的故事詩。〈詠三良〉和〈詠荊軻〉，是根據史實而作的歷史故事詩。

從魏正始（西元二四〇年）到晉永嘉（西元三〇七—三一二年）這段時期，雖然出了不少有名的作家，但是他們的作品，不是雕琢辭藻，就是內容玄虛，使文風日漸枯淡。一直到晉末的陶淵明，才以他質樸的文筆，雋永的情韻與高遠的意境，給文學界帶來了光彩。

陶淵明（西元三七二—四二七年）是東晉末年間的大詩人。最早為他寫傳的，有南朝宋顏延之的〈靖節徵士誄〉，齊沈約與梁蕭統的《陶淵明傳》，後來《晉書》、《南史》以及《蓮社高賢傳》也都有他的傳，吳仁傑、王質、丁晏、陶澍等更有年譜，近人梁啟超、古直等又作有新年譜。材料眾多，各家說法紛紜，莫衷一是。今就各家所載，分別考證其名字、爵里、生卒於下：

(1) 陶淵明的名字

1. 名潛，字淵明（見沈約所作傳）。

2. 名淵明，字元亮（見蕭統所作傳）。

3. 名潛，字元亮（見《晉書》本傳）。

4. 名元亮，字淵明（見《南史》本傳）。

《陶淵明集》有〈孟府君傳〉及〈祭程氏妹文〉，均有自稱淵明的，對檀道濟又自稱為潛，因此吳仁傑等主張：「在晉名淵明，字元亮，在宋則更名潛，而仍其舊字。」則甚為合理。

(2)陶淵明的爵里

1. 潯陽柴桑（見沈約蕭統所作的傳及《南史》）

2. 宜豐（《明一統志》引《圖經》）

3. 上京（《江州志》）

據陶澍《靖節先生集》云：「集中有〈移居詩〉及〈還舊居詩〉，其首句曰：『疇昔家上京』，則《江州志》所說為信。當是始居上京，因火而徙柴桑之南村，後又還居上京。《圖經》謂始家宜豐，未知所本。」陶澍所考，當為可信。

(3)陶淵明的生卒

1. 晉哀帝興寧三年（西元三六五年）生，南朝宋元嘉四年（西元四二七年）卒於潯陽之某里（一作柴尋里），即今江西九江西南。享年六十三。（見南朝宋顏延之〈靖節徵士誄〉。蕭統《陶淵明傳》作元嘉四年，將復徵命，會卒，年六十三，《晉書．隱逸傳》云，南朝宋元嘉中卒，時年六十三。）

2.晉穆帝永和八年（西元三五二年）生，南朝宋元嘉四年（西元四二七年）卒。享年七十六。（見李公煥《箋注陶淵明集》引張縯云，先生辛丑〈游斜川詩〉言：「開歲倏五十」，自壬子至辛丑，為年五十，迄丁卯考終，是得年七十六。）

3.晉簡文帝咸安二年（西元三七二年）生，南朝宋元嘉四年（西元四二七年）卒。享年五十六。（據梁啟超《陶淵明年譜》，謂集中未道及六十以後事，只說年過五十，又說「早終非命促」。）

陶淵明的生年雖互異，但卒年是一致的，都認為陶淵明是死在南朝宋元嘉四年，以上諸說，當以梁啟超的說法為最可信。

他的曾祖、祖、父、外祖，都在晉朝做過大官，但因為他們都是些清貧自守的好人，所以到了陶淵明，家中依然一貧如洗，逼得他甚至於向人行乞度日。他自己既不熱衷於名利，又痛惡當日君主官僚的淫靡腐敗，只一心嚮往過逍遙自適的生活，所以始終不肯做官。後來家中實在窮得沒辦法了，親戚朋友們都勸他不要固執，為了一家人的生活，應該找個事做做，他才不得已，勉強做了一任彭澤的縣令。可是不到八十多天，就因看不慣政治場中那種招權納賄的作風，不願為五斗米折腰，掛冠而辭去彭澤令。《晉書》作：「義熙二年，解印去縣，乃賦〈歸去來辭〉。」也正是他三十五歲的時候。同時在他的〈歸田園居〉有云：「誤落塵網中，一去三十年。」如依吳仁傑《靖節先生年譜》則「一去三十年」，疑「三十」為「十三」之誤。淵明自孝武帝太元十八年

（西元三九三年）到江州為祭酒，安帝隆安元年（西元三九七年）入劉牢之幕為鎮軍參軍。安帝元興三年（西元四〇四年）為建威將軍劉敬宣參軍，至義熙元年（西元四〇五年）八月任彭澤縣令，十一月辭歸。前後適為十三年。因此〈歸田園居〉跟〈歸去來辭〉在創作的時代是相同的。

退隱以後，他就躬耕田野，日與樵子農夫為友，以山水詩酒為樂，悠閒地過了二十來年的逍遙自在的生活。也就在這期間，使他產生了許多永恆不滅的傑作。

陶淵明的作品，在風格上，雖然仍承受魏晉以來的浪漫色彩，但在表現上，他卻棄去了儷辭偶句，而尚純樸自然，棄去了對仙人高士的歌頌，而歸於山水田園的寄託，棄去了談玄說理的歌訣偈語，而敘述日常的瑣事，發抒個人的情懷，形成獨特的風格，贏得「田園詩人」的封號。他的思想，也融和了儒道佛三家的精神，而去其糟粕，呈現出一種極端純淨的境界。加上他高潔的人格，澹泊的胸懷，使他的作品既如秋水似的深湛潔淨，又如晴空般的高遠空靈，在文學的意境上，達到了前所未有的高峰。

他的佳作很多，這裡我們只舉他的三首故事詩來討論。他著名的〈桃花源詩并記〉，則寫出了他的理想。那種「阡陌交通，雞犬相聞」，「黃髮垂髫，並怡然自樂」的世界，正是每個人昕夕嚮往的世外桃源。梁啟超《陶淵明年譜》視此詩為晉安帝隆安（西元三九七年）以前的作品，也就是陶淵明二十五歲左右。由於文中有「太元中」句，想必去太元中不久而作，太元之後，便是隆安。

## 桃花源詩并記

晉太元中，武陵人，捕魚為業，緣溪行，忘路之遠近，忽逢桃花林。夾岸數百步，中無雜樹，芳草鮮美，落英繽紛，漁人甚異之。復前行，欲窮其林。林盡水源，便得一山。山有小口，髣髴若有光；便捨船從口入。

初極狹，纔通人；復行數十步，豁然開朗。土地平曠，屋舍儼然。有良田、美池、桑竹之屬。阡陌交通，雞犬相聞。其中往來種作，男女衣著，悉如外人。黃髮垂髫，並怡然自樂。見漁人，乃大驚，問所從來，具答之。便要還家，設酒殺雞作食。村中聞有此人，咸來問訊。自云：先世避秦時亂，率妻子邑人來此絕境，不復出焉；遂與外人間隔。問今是何世，乃不知有漢，無論魏晉。此人一一為具言所聞，皆歎惋。餘人各復延至其家，皆出酒食。停數日，辭去。此中人語云：「不足為外人道也。」

既出，得其船，便扶向路，處處誌之。及郡下，詣太守，說如此。太守既遣人隨其往，尋向所誌，遂迷不復得路。南陽劉子驥，高尚士也，聞之，欣然親往，未果；尋病終，後遂無問津者。

嬴氏亂天紀，賢者避其世。黃綺之商山，伊人亦云逝。往迹浸復湮，來逕遂蕪廢。
相命肆農耕，日入從所憩。桑竹垂餘蔭，菽稷隨時藝。春蠶收長絲，秋熟靡王稅。
荒路曖交通，雞犬互鳴吠。俎豆猶古法，衣裳無新製。童孺縱行歌，班白歡游詣。
草榮識節和，木衰知風厲。雖無紀曆誌，四時自成歲。怡然有餘樂，于何勞智慧。
奇蹤隱五百，一朝敞神界。淳薄既異源，旋復還幽蔽。借問游方士，焉測塵囂外。
願言躡輕風，高舉尋吾契。

陶淵明的〈桃花源詩〉本事，在他的〈桃花源記〉中，已敘述得十分清楚。大意是說：在晉太元中（西元三七六—三九六年），武陵（今湖南省常德縣）有個捕魚的人，發現了世外桃源。住在「桃花源」裡的人，他們的祖先原先是因避秦亂而與外界斷絕了來往，已有五百多年了。他們過著日出而作，日入而息的安定生活，男女老少，各得其所，並怡然自樂。也不知外界已經過了漢魏晉三代，他們依然保持著秦時的裝束。後來漁人離開了此地，便去會見武陵太守，說有此事，太守派人前往，由於往跡湮沒，便再也找不到了。唐人王維〈桃源行〉便說：「春來遍是桃花水，不辨仙源何處尋。」真是美極了，也美化了這塊避秦亂的淨土——世外桃源。

〈桃花源詩〉是寓言的故事詩，藉一些實事，來描寫理想中的國度。因此「桃花源」究竟在何處，本可不必考證，就是去考證，也不會有結果的。但一般人對人間樂土的嚮往不減，也就找到湖南桃源縣西南的桃源山，作為「桃花源」的遺跡，來滿足世人的好奇心。李公煥《箋注陶淵明集》，便引《桃源經》曰：

桃源山在桃源縣南一十里，西北乃沅水曲流，而南有障山，東帶沙羅溪，周三十有二里，所謂桃花源也。

後人相傳陶淵明所記的遺跡，便是桃源山下的桃源洞。今洞口有碑封住，碑上為唐人劉禹錫的題字：「桃源佳致碑」。

其實，「桃花源」、「武陵春」，既是避秦的淨土，理想中的社會，然而陶淵明所描寫的社會，他理想的國度，是來自老子的「小國寡民」。孔子的「大同世界」和孟子的「守望相助，疾病相扶持」的理想社會，於是他找到一片桃花林，表現了文學在意境上的極致。這篇寓言的故事詩，的確啟發了人們對理想社會的追求，相信人間有樂土，而且美麗如斯！美麗如斯！今將《老子》、《禮記》中的一節，作為佐證：

《老子》八十章：

小國寡民，使有什伯之器而不用，使民重死而不遠徙。雖有舟輿，無所乘之，雖有甲兵，無所陳之。使人復結繩而用之，甘其食，美其服，安其居，樂其俗，鄰國相望，雞犬之聲相聞，民至老死不相往來。

《禮記．禮運．大同》：

大道之行也，天下為公，選賢與能，講信修睦。故人不獨親其親，不獨子其子，使老有所終，壯有所用，幼有所長，矜寡孤獨廢疾者皆有所養，男有分，女有歸。貨惡其棄於地也，不必藏於己；力惡其不出於身也，不必為己。是故謀閉而不興，盜竊亂賊而不作，故外戶而不閉，是謂大同。

「桃花源」本是避暴秦的地方，唐人漸漸演變成避世隱居的地方了。於是便成了仙人異境，蓬萊樂土了。李公煥箋注此詩，並徵引歷代名家筆記詩話於後：

唐子西曰：唐人有詩云：「山僧不解數甲子，一葉落知天下秋。」及觀淵明詩云：「雖無紀曆法，四時自成歲。」便覺唐人費力如此。如〈桃花源記〉言：「尚不知有漢，無論魏晉。」可見造語之簡妙，蓋晉人工造語，而淵明其尤也。

東坡曰：世傳桃源事，多過其實，考淵明所記，止言「先世避秦亂來此」，則漁人所見，似是其子孫，非秦人不死者也。又云，「殺雞作食」，豈有仙而殺者乎？舊說南陽有菊水，水甘而芳，居民三十餘家，飲其水，皆壽，或至百二三十歲。蜀青城山老人村有五世孫者，道極險遠，生不識鹽醯，而溪中多枸杞，根如龍蛇，飲其水，故壽。近歲道稍通，漸能致五味，而壽益衰。桃源蓋此比也。使武陵太守得至焉，則已化為爭奪之場久矣。常意天壤間，若此者甚眾，不獨桃源。

胡仔曰：東坡此論，蓋辯證唐人以桃源為神仙。如王摩詰、劉夢得、韓退之之作〈桃源行〉

是也。

李公煥考詩中「奇縱隱五百」，認為改作「六百」年較合理，其實這僅是大約的數字，從秦築長城（西元前二一四年）算起，到晉太元中（西元三七六年），相距將近六百年之久。他說：

〈桃花源記〉，言太元中事，詩云：「奇縱隱五百。」韓退之〈桃源圖詩〉又以為六百年。洪慶善曰：「自始皇三十三年築長城，明年燔詩書，又明年坑儒生。三十七年胡亥立，三年而滅於漢。二漢四百二十五年，而為魏，魏四十五年而為晉，至孝武寧康三年，通五百八十八年，明年改元太元，至太元十二年，乃及六百年。」趙泉山曰：「靖節退之，雖各舉其歲盈數，要之六百載為近實。而桃花源事，當在孝武帝太元十二年丁亥。前數年間，任安貧〈武陵紀〉直據『奇縱隱五百』之語，輒改為太康中，彼不知靖節所記劉子驥者，正太元時人。」

歷代詩話中，提及桃花源的也不少。如吳師道《吳禮部詩話》云：

〈桃花源記並詩〉，洪景盧云：「後人因陶公記詩，不過稱贊仙家之樂，唯韓公有『渺茫寧知偽與真』云云，不及所以作記之意。」竊意桃源之事，以避秦為言，至云：「無論魏晉」，乃寓意劉裕，託之於秦爾。又引胡仁仲詩大略云：「靖節先生絕世人，奈何託偽不考真。先生高步窘末代；雅志不肯為秦民。故作斯文寫幽意，要似寰海離風塵。」斯說得之。

後世寫桃花源詩的人很多，如王維、韓愈、劉禹錫、王安石等都有此詩，但仍能保留故事詩的風格的，只有唐王維的〈桃源行〉了。王維好佛，寫來仍能傳神，只是變「避秦」為「仙源」了。清人尤侗更作〈桃花源〉劇曲，演陶淵明去官，王弘送酒，廬山結社，然後歸桃花源仙境去的事。

陶淵明另外的兩首故事詩：〈詠三良〉、〈詠荊軻〉，可算是歷史故事詩，表面雖在詠史，慨歎史事，其實也是詠懷。像左思的〈詠史〉一樣，只是左思的〈詠史〉，不及陶淵明的具體描寫一樁故事罷了。

陶淵明的〈詠三良〉，是根據《詩經・秦風・黃鳥》篇而寫成的。〈黃鳥〉詩序云：

〈黃鳥〉，哀三良也。國人刺穆公以人從死，而作是詩也。

《左傳》文公六年記載：春秋時秦穆公死（西元前六二一年），把活人殉葬，而秦國的三個良臣：子車氏奄息、仲行、鍼虎一時同殉，秦人哀傷此事而賦〈黃鳥〉詩。《左傳》原文：

秦伯任好卒，以子車氏之三子奄息、仲行、鍼虎為殉，皆秦之良也。國人哀之，為之賦〈黃鳥〉。

《史記・秦本紀》云：

穆公卒，葬於雍，從死者百七十人。

可知古時帝王死，常有把臣民作為殉葬的事。後來也有束草作人像以殉葬的，便叫做「俑」。孔子認為殉葬的事不合人道，連以草人殉葬，孔子都有「始作俑者，其無後乎」的慨歎。

## 詠三良

彈冠乘通津，但懼時我遺。服勤盡歲月，常恐功愈微。忠（一作中）情謬獲露，遂為君所私。出則陪文輿，入必侍丹帷。箴規嚮已從，計議初無虧（一作物無非）。一朝長逝後，願言同此歸。厚恩固難忘，君命安可違。臨穴罔遲疑，投義志攸希。荊棘籠高墳，黃鳥聲正悲。良人不可贖，泫然沾我衣。

上面便是陶淵明的〈詠三良〉，記敘一個臣子竭誠盡忠以事君，被君王寵信，便出入隨侍君側，參與中樞。一旦君王逝世，臣亦願同死。更何況君命要他死呢！臣子怎敢違抗。所以臨壙穴也不遲疑，這樣做正合乎忠臣內心所願望的。今墳上荊棘，黃鳥聲悲，思念良臣，想為他替死尚不可得，怎不教人泫然而淚落呢！從全詩來看，陶淵明只是借三良的事來感歎忠臣而已。

《詩經》的〈黃鳥〉篇，共三章，今摘其首章，與陶淵明的〈詠三良〉作比較：

交交黃鳥，止于棘。誰從穆公？子車奄息。維此奄息，百夫之特。臨其穴，惴惴其慄。彼蒼者天，殲我良人。如可贖兮，人百其身。

〈黃鳥〉之篇，是秦國的百姓哀三良的殉葬而作的。以黃鳥尚知明哲保身，止棲在草木茂密安全的地方。而誰從穆公殉葬？是大夫子車奄息。奄息是傑出的人才，當他親臨壙穴時，誰都會心驚膽顫的呀！天啊！為何要迫害忠良？如可替死，我們願以百人來替代他。

這兩首詩，在取材上是一致的，都是記穆公死，殉葬三良的事。所不同的，《詩經》是比興而發，拿黃鳥發端，說三良不知擇處，以致遭殉而死，感天道何在，殲害忠良。到陶淵明詩中，便說三良求寵信於君王，君死要他們陪葬，他們也樂意接受，表露臣子的愚忠，末了描寫良臣已死，墳頭上空留黃鳥哀音，使我心傷。陶淵明只將史實鋪述，讓讀者讀罷去自我感發。

宋人葛立方《韻語陽秋》卷九，記載歷代以「三良」為題材寫成的詩文，在立場上，各有不同：

三良以身殉秦繆之葬，〈黃鳥〉之詩哀之。序詩者謂，國人刺繆公以人從死，則咎在秦繆，而不在三良矣。王仲宣（粲）云：「結髮事明君，受恩良不貲。臨歿要之死，焉得不相隨。」陶元亮云：「厚恩固難忘，君命安可違。」是皆不以三良之死為非也。至李德裕則謂：「為社稷死，則死之；不可許之死，欲與齊梁邱據魏安陵君同譏。」則是罪三良之死，非其所矣。然君命之於前，而眾驅之於後，為三良者，雖欲不死得乎？惟柳子厚（宗元）云：「疾病命故亂，魏氏言有章從邪，陷厥父，吾欲討彼狂亂，使康公能如魏顆不用亂命，則豈至陷父於不義如此哉！」東坡（蘇軾）〈和陶〉亦云：「顧命有治亂，臣子得從違。魏顆真孝愛，三良安足希。」似與柳子之論合，而〈過秦繆墓詩〉乃云：「繆公生不誅孟明，豈有死之日而忍用其良，乃知三子徇公，意亦如齊之二子從田橫。」則又言三良之殉，非繆公之意也。

三良的死，究竟是穆公的錯誤？抑是三良的愚忠？還是秦孝公和其他臣子的愚昧呢？他們有的引《左傳》魏武子死，魏顆從治命而改嫁魏武子的嬖妾，而不從亂命將嬖妾殉葬事，來評論此事。有的引孟明視（百里奚之子）遭殽之戰敗績，秦穆公猶不忍殺孟明，豈忍殉三良？所以三良的死，如齊田橫的死，而使從臣自從死於地下。我認為三良的死，引魏顆從治命的事，尚且合宜，至於引田橫的從臣效忠同盡，情形不盡相同，田橫的隨從同死，是義勇的表現，而三良的從死，是愚忠的舉動，不可視為同類。考三良的死，是古社會的陋俗使然，古時有殉葬的惡俗，穆公臨終要他們殉葬，而底下的臣屬便愚昧地贊同附和，就是三良不想死，也不可能了。

陶淵明的另一首歷史故事詩——〈詠荊軻〉。荊軻刺秦王的故事，見《史記．刺客列傳》。由於司馬遷寫這則故事，有血有淚，情節太動人了，使一個刺客，成為英雄人物，至今仍為家喻戶曉的歷史故事。陶淵明有感於荊軻的俠義，厭惡暴君暴政，所以荊軻雖是刺客，而陶淵明仍以這項歷史故事作為題材，寫下一篇豪邁、壯烈的俠義故事詩——〈詠荊軻〉，來讚歎他。

## 詠荊軻

燕丹善養士，志在報強嬴。招集百夫良，歲暮得荊卿，君子死知己，提劍出燕京。
素驥鳴廣陌，慷慨送我行。雄髮指危冠，猛氣衝長纓。飲餞易水上，四座列群英。

漸離擊悲筑，宋意唱高聲①。蕭蕭哀風逝，淡淡寒波生。商音更流涕，羽奏壯士驚。心知志不歸，且有後世名。登車何時顧，飛蓋入秦庭。凌厲越萬里，逶迤過千城。圖窮事自至，豪主正怔營。惜哉劍術疎，奇功遂不成。其人雖已沒，千載有餘情。

注：①《淮南子》：高漸離、宋意為擊筑而歌於易水之上。

這是根據《史記・刺客列傳》中荊軻刺秦王的故事所寫成的，由於這個故事很通俗，且《史記》原文過長，在此不錄。此詩鋪述燕太子丹得壯士荊軻，遣其入秦刺秦王，高漸離宋意擊筑相送至易水，離歌悲壯。荊軻與秦舞陽入秦後，獻樊於期首及燕督亢之圖於秦王，因刺秦王未果，荊軻遇害。陶淵明謂荊軻劍術疏，致使奇功不成。我國描寫壯烈、豪情的俠義故事詩，著實不少，像秦女休為宗報仇、荊軻刺秦王、木蘭代父從軍便是。這些代表了燕趙慷慨悲歌之士，把這類傳奇的故事，寫成了故事詩，都能感人至深。

歷代評論荊軻的大有人在，陶淵明僅將此故事鋪述，末了只說：「其人雖已沒，千載有餘情。」不加評置其善惡，然英烈餘情，猶令人回味。宋葛立方《韻語陽秋》卷九，亦有所評述：

> 左太沖（思）、陶淵明皆有荊軻之詠，太沖則曰：「雖無壯士節，與世亦殊倫。」淵明則曰：「惜哉劍術疎，奇功遂不成。」是皆以成敗論人者也。余謂荊軻功之不成，不在荊軻，而

在秦舞陽，不在秦舞陽而在燕太子。舞陽之行，軻固心疑其人，不欲與之共事，欲待他客與俱，而太子督之不已，軻不得已，遂去。故羽歌悲愴，自知功之不成，已而，果膏刃秦庭，當時固已惜之。然槩之於義，雖得秦王之首，於燕亦未能保終吉也。故楊子云：「荊軻為丹奉於期之首、燕督亢之圖，入不測之秦，實刺客之靡也，焉可謂之義也。」可謂善論軻者。

李公煥《箋注陶淵明集》引朱熹的評述說：

淵明詩，人皆說平淡。看他自豪放得來，不覺其露出本相者，是〈詠荊軻〉一篇。平淡底人，如何說得這樣言語出來。

朱熹可說是知人了，梁啟超在〈陶淵明之文藝及其品格〉一文中也說：「他所崇拜的是田疇、荊軻一流人，可以見他的性格是那一種路數了。朱晦庵說：『陶卻是有力，但詩健而意閑，隱者多是帶性負氣之人。』此語真能道著癢處。要之淵明是極熱血的人，若把他看成冷面厭世一派，那便錯了。」故事詩的好處，便在說一個驚心動魄的故事，像唐人的傳奇小說一樣，永遠被人們所喜愛著，陶淵明的三篇故事詩，都能曲盡其妙，可謂得文章的機杼了。

## 結論

三國兩晉文風雖盛，但可傳誦的故事詩並不多。這時期的故事詩與兩漢的最大不同，是從民間無名氏的作品轉到文人的擬作。因此三國兩晉的故事詩，都有作者可尋。這就是文人模擬民間的鄉土文學所造成的現象。

三國裡，以魏朝的文風最盛。魏代的故事詩，多少保持著漢代風謠的本色。魏代的文人，開始重視民歌，進而模仿民歌，於是文人模擬民歌成了風氣，曹氏父子開其端，像〈短歌行〉、〈怨詩行〉這類，只是些抒情短歌，可惜沒有長篇的故事詩傳世。嵇康的〈幽憤詩〉，仍然採四言的格調，鋪敘己身的遭遇。左延年、柴玉、繁欽諸人，是當時的民謠專家，左延年便以新聲被寵，有故事詩〈秦女休行〉一首傳世。大體看來，漢魏的樂府大抵相近。

晉以後，文人模擬民歌的風氣依然存在，由於晉代的樂曲，已與漢魏的舊樂不同，詩歌的風格，已離開了自然樸質的本色，而趨向夸浮輕綺的道路。由於漢代胡樂的輸入，造成中原舊音的活潑性，帶來了新生的歌曲；同樣的，晉以後的樂歌，尤其是南遷以後，中原人士南下，中原舊音又與南方的樂曲結合，又造成一度的活潑性，於是新聲興起，江南的吳歌，荊楚的西曲，造成了南方典型的樂歌，這些新聲又被文人所注意，所擬仿了。

在兩晉的詩人中，西晉傅玄是個模擬民歌極有成就的詩人，他的〈秦女休行〉、〈秋胡行〉兩篇故事詩，仍然保存著民歌的特色。至於他的〈陌上桑〉，太剛正典雅了，便失去了民歌的生命，因此這篇不算太好。石崇的〈王昭君〉，是第一篇以歷史為題材的故事詩，開拓了故事詩的新道路。

東晉新聲的興起，大半屬於抒情的、小篇的新歌，清詞雋語，是抒情詩的上好作品，但不可能形成長篇的故事詩。陶淵明開創了田園詩的新園地，他的〈桃花源詩并記〉，也拓開了寓言詩的新局面，以前的故事詩都是寫實的，這種寫心靈中的理想，卻是一首別開生面的故事詩。此外，他的兩篇歷史的故事詩——〈詠三良〉、〈詠荊軻〉，繼承了左思、石崇詠史的道路。

總之，魏晉的故事詩，不如兩漢的發達。考索其原因，由於我國的詩，大抵著重個人言情言志的抒情詩的發展上，不著重在客觀的敘事。加以小說的體裁未能建立，用詩的形式來說故事的，又多落於本事詩中。因此，故事詩的發展，在東漢末年，雖一度興盛，但在魏晉時代，未能繼東漢之後，更開拓故事詩的坦途。

# 第五章　南北朝的故事詩

自晉室南遷，五胡十六國的紛爭，百餘年間，北方從未獲得安定。最後鮮卑拓跋氏的興起，是為北魏，太武帝時，先後滅夏、北燕、北涼諸國，於是北方統一，南北朝形成了南北對峙的局面，所謂北朝，主要是以拓跋珪所建立的北魏而言，其後有北齊、北周諸朝。

南朝是從劉裕篡晉的一年，也是南北朝開始的一年（西元四二〇年），是為宋，其後歷齊、梁、陳諸朝。直到楊堅篡北周，改國號為隋（西元五八一年），八年間，先後統一了南北，於是南北朝的對峙，才告結束。

南北朝時代（西元四二〇—五八九年），北方為新興的胡族所佔據，南方為漢族所佔據，造成了南北對峙的現象。由於南北民族性和地理環境的不同，在文學上的表現，也迴然不同。大抵南方土地肥沃，物產富盛，由於江南的山水秀麗，民性寬柔，加以帝王對文學的愛好和提倡，文學的表現趨於唯美的作風。北方土堅地厚，民尚實際，民性樸質，由於北方新民族尚武好勇，表現

在文學上，自然帶著樸質、豪爽的氣概，與江南的輕綺孅巧的風格，正成對比。《北史·文苑傳·序》對南北文學，曾作個比較：

蓋文之所起，情發於中，而自漢魏以來，迄乎晉宋，其體屢變，前哲論之詳矣。暨永明天監之際，太和天保之間，洛陽江左文雅大盛，彼此好尚，雅有異同。江左宮商發越，貴於清綺；河朔詞義貞剛，重乎氣質。氣質則理勝於詞，清綺則文過其意；理深者，便於時用，文華者，宜於詠歌，此其南北詞人得失之大較也。

足以代表北朝的文學家，有王褒、庾信、顏之推、盧世基、許善心諸人。代表南朝的，有謝朓、任昉、沈約、王融、蕭衍、徐陵、江總、陰堅諸人。當時的文人，大都是宮廷的臣子，喜歡寫新體詩，風格輕靡，作為宮廷演唱的作品。徐陵的〈折楊柳詩〉說：「江陵有舊曲，洛下作新聲。」就可想見文人的新體詩，是受民歌的影響而造成的風尚了。

從徐陵的《玉臺新詠·序》談論歌舞之盛，可以看出當時音樂流傳的普遍。流行民間的，有南北的民歌，像江南的吳歌，荊楚的西曲，而北方的民歌，有〈鼓角橫吹曲〉，胡吹舊曲。可惜北方的民歌傳下來的太少了，有些被誤編入梁〈鼓角橫吹曲〉中。而流行於宮廷的，便是一些輕綺的宮體詩。這些作品，不外是男女戀愛的描寫，充滿了委婉曲折的情意，但不免流於輕浮綺靡。

這裡值得一提的，便是南朝的民歌。南朝吳歌、西曲所以興盛的原因，與當時的社會背景有密切的關係。由於南方的漸次安定、繁榮，長江沿岸的商業鼎盛，商埠林立，商旅所到，娛樂事業，也跟著發達起來。江南粉黛之地，好女如花，柔情似水，春水綠波，秋山紅葉，怎不令人沉醉在「絲竹發歌響」、「慷慨吐清音」的新聲中。因此新的流行歌曲的興起，形成了小詩、長短句等新體詩的完成。

在南朝的歌曲中，歌詞裡經常提到襄陽、江陵、揚州等地方，因此可知當時商業興盛的所在地，是從湖北的襄陽、江陵，沿長江而下，到江蘇的江都、揚州（也就是建業，今日的南京。）一帶，這是荊楚西聲與太湖流域吳歌產生的原因了。吳歌中最主要的是〈子夜歌〉，東晉孝武太元間已有，後人更作四時行樂的歌詞，稱為〈子夜四時歌〉。另有〈子夜變歌〉、〈大子夜歌〉等變曲。像〈大子夜歌〉所說的這類歌曲有數百種：

歌謠數百種，〈子夜〉最可憐。慷慨吐清音，明轉出天然。

又吳歌中的〈懊儂歌〉說：

江陵去揚州，三千三百里。已行一千二，所有二千在。

西曲歌舞曲裡有〈襄陽樂〉，描寫商旅到處作樂的景象：

朝發襄陽城，暮至大堤宿。大堤諸女兒，花豔驚郎目。

又一首：

江陵三千三，西塞陌中央。但問「相隨否？」何計道里長！

於是由湖北的襄陽、江陵，經過西塞，然後到江蘇的江都、揚州，沿途酒樓茶肆，歌舞以娛商旅。

〈莫愁樂〉云：

聞懽下揚州，相逢楚山頭。探手抱腰看，江水斷不流。

又〈翳樂〉云：

人言揚州樂，揚州信自樂。總角諸少年，歌舞自相逐。

這些都是由於商業的繁盛，而造成流行歌曲的興盛。

當時新體詩的興起，新樂府的創製，這些韻文的抬頭，都與音樂的流傳有莫大的關聯性。這些作品，除了辭藻的優美，音韻的鏗鏘外，還充滿了清新、活潑的情調，加以齊永明間，沈約、謝朓等提倡「聲律說」，文人模仿民間的吳歌、西曲，造成了小詩的勃興，長短句的產生，律體的成長，導致後來唐人近體詩的形成。像謝朓的〈玉階怨〉：

夕殿上珠簾，流螢飛復息。長夜逢羅衣，思君此何極！

沈約的〈江南弄〉：

楊柳垂地燕差池，緘情忍思落容儀。絃傷曲怨心自知。心自知，人不見，動羅裙，拂珠殿。

在這種風尚下，文人和民間的歌者都合力於小歌短詩的創作，長篇敘事的故事詩自然也就少了。

在這期間，北方的民歌，仍然能保持自然樸質的調格，表現北方民族的豪爽的英雄文學，與南朝的兒女文學比較之下，自然是別有情趣，難怪他們要唱：「我是虜家兒，不解漢兒歌。」流露出牧歌的風格。因此，描寫女兒代父從軍的〈木蘭詩〉，這首偉大的故事詩，便產生在這個時代。

除了〈木蘭詩〉外，在南北朝時產生的故事詩，還有北魏高允的〈詠貞婦彭城劉氏〉，南朝宋顏延之的〈秋胡行〉，吳邁遠的〈杞梁妻〉。因此比起魏晉的故事詩，又顯得少了一些，一直要到隋唐詩歌的極盛時代，故事詩才又興盛起來。

## 木蘭詩

〈木蘭詩〉，是古樂府，作者姓氏不詳。由於這是一首極著名的故事詩，木蘭代父從軍，至今已是家誦戶曉的故事了。歷代詩文選集，像不知編纂時代的《古文苑》，宋李昉《文苑英華》、宋郭茂倩《樂府詩集》、明馮惟訥《古詩紀》、清沈德潛《古詩源》、王闓運《八代詩選》、近人丁福保《全漢三國晉南北朝詩》，也都收有此詩。

至於〈木蘭詩〉產生的時代，眾說紛紜。《古文苑》視為唐人的作品，《文苑英華》更題為唐大曆中韋元甫所作。明清學者，多視為梁人的作品，如《古詩紀》、《古詩源》、《八代詩選》、《全漢三國晉南北朝詩》便是。《樂府詩集》收有〈木蘭詩〉兩首，收在梁〈鼓角橫吹曲〉中，並云第二首為唐人韋元甫續附入的。

其實，《樂府詩集》中的〈木蘭詩〉，第一首是古辭，第二首是唐人韋元甫所擬作的，前人已考證過。

〈木蘭詩〉，又稱〈木蘭歌〉、〈木蘭篇〉、〈木蘭辭〉。今錄原詩如下：

## 木蘭詩

唧唧復唧唧（一作促織何唧唧），木蘭當戶織。不聞機杼聲，唯聞女歎息。問女何所思？問女何所憶？「女亦無所思，女亦無所憶。昨夜見軍帖，可汗大點兵。軍書十二卷，卷卷有爺名，阿爺無大兒，木蘭無長兄，願為市鞍馬，從此替爺征。」東市買駿馬，西市買鞍韉，南市買轡頭，北市買長鞭。旦辭爺孃去，暮宿黃河邊，不聞爺孃喚女聲，但聞黃河流水鳴濺濺。旦辭黃河去，暮至黑山頭，不聞爺孃喚女聲，但聞燕山胡騎鳴啾啾。萬里赴戎機，關山渡若飛。朔氣傳金柝，寒光照鐵衣。將軍百戰死，壯士十年歸。歸來見天子，天子坐明堂。策勳十二轉，賞賜百千彊。可汗問所欲，木蘭不用尚書郎。願借明駝千里足（一作願馳千里足），送兒還故鄉。

爺孃聞女來，出郭相扶將。阿姊聞妹來，當戶理紅妝。小弟聞姊來，磨刀霍霍向豬羊。開我東閣門，坐我西間牀，脫我戰時袍，著我舊時裳。當窗理雲鬢，挂鏡帖花黃。出門看伙伴，伙伴皆驚忙。同行十二年，不知木蘭是女郎。

雄兔腳撲朔，雌兔眼迷離。雙兔傍地走，安能辨我是雄雌！

這篇故事詩，是記敘一個女子，名叫木蘭的，遇國內徵兵，木蘭的父親也被徵召，因年老不能應召，於是由女兒木蘭改扮男裝，代父從軍，經十二年的轉戰有功，榮歸鄉里的英勇故事。由此可知，木蘭的義勇，可與宋韓世忠妻梁紅玉、明費宮人刺虎、道州守備沈至緒的女兒沈雲英守城破賊、民國秋瑾的參加革命等巾幗英雄，前後相媲美。

今考證該詩產生的時代於下。宋郭茂倩將此詩列於梁〈鼓角橫吹曲〉中。所謂〈橫吹曲〉，就是胡曲，漢時，便由外國輸入中國的樂曲。晉崔豹《古今注・音樂》說：「〈橫吹〉，胡曲也。張博望入西域，傳其法於西京，惟得〈摩訶兜勒〉二曲。」又說：「李延年因胡曲更造新聲二十八解，乘輿以武樂，後漢以給邊將軍，和帝時萬人將軍得用之。魏晉以來，二十八解不復具存。世用者：〈黃鶴〉（恐為鵠之誤）、〈隴頭〉、〈出關〉、〈入關〉、〈出塞〉、〈入塞〉、〈折楊柳〉、〈黃覃子〉、〈赤之揚〉、〈望行人〉等十曲。」《晉書・樂志》也沒提及〈木蘭詩〉，且魏晉以前的〈橫吹曲〉樂辭，大半亡佚。由此，我們可作初步推斷，〈木蘭詩〉是胡曲樂辭，當然不是南朝或南方人的作品，產生的時代當在東晉以後，唐以前的作品。

進一步從唐以前或唐人的記敘中，更可把該詩產生的時代縮小，晚唐段成式《酉陽雜俎・廣動植毛》篇說：

駞，性羞。〈木蘭篇〉：「明駞千里脚」多誤作鳴字。駞臥，腹不貼地，屈足，漏明則行千里。

可知唐時〈木蘭詩〉已流行，故被段成式所引用；同時，也校正了「願馳千里足」句，當作「願馳明駝千里腳」為得宜。比段成式更早的，還有杜甫也引述到〈木蘭詩〉，在《分門集注杜工部詩・兵車行》：「耶孃妻子走相送」句下，有彥輔曰：「杜元注云：古樂府云：『不聞耶孃哭子聲，但聞黃河之水流濺濺。』」杜甫稱〈木蘭詩〉為「古樂府」，足證〈木蘭詩〉非唐人所作，理由已充足了。因此《古文苑》和《文苑英華》作唐人或唐韋元甫所作的，已不能成立。

又《樂府詩集》卷二十五〈木蘭詩〉下題解說：

《古今樂錄》曰：「木蘭，不知名。」浙江西道觀察使兼御史中丞韋元甫續附入。

《古今樂錄》為陳智匠所撰，見《玉海》卷一百五引《中興書目》：

《古今樂錄》三卷，陳光大二年僧智匠撰，起漢訖陳。

那麼〈木蘭詩〉在陳時已被智匠收錄在他的《古今樂錄》中，更足以證明此詩是在陳光大二年（西元五六八年）以前的作品了。

胡適之先生《白話文學史》第七章〈南北新民族的文學〉中提到北方文學和南方文學的不同。他說：

北方平民文學寫兒女的心事，也有一種樸實爽快的神氣，不像江南女兒那樣扭扭捏捏的。我們看〈折楊柳枝歌〉：「門前一株棗，歲歲不知老，阿婆不嫁女，那得孫兒抱？敕敕何力力，女子臨窗織。不聞機杼聲，唯聞女歎息。問女何所思，問女何所憶。阿婆許嫁女，今年無消息。」這種天真爛縵的神氣，確是鮮卑民族文學的特色。

其實〈木蘭詩〉的前六句，與〈折楊柳枝歌〉的其中六句，大致相同。因此〈木蘭詩〉是〈折楊柳枝歌〉演變而來的，並比〈折楊柳枝歌〉要晚產生，〈木蘭詩〉便借用了一首北方流行的歌辭作為開頭，再從詩的內容看，木蘭正是北方女子豪爽活潑的本色。所以〈木蘭詩〉，當是南北朝時北朝的作品。胡適之先生又在〈木蘭詩〉的後面說道：

我要請讀者注意此詩起首「唧唧復唧唧，木蘭當戶織，不聞機杼聲，唯聞女歎息。問女何所思，問女何所憶」六句，與上文引的〈折楊柳枝歌〉中間「敕敕何力力」六句，差不多完全相同。這不但可見此詩是民間的作品，並且還可以推知此詩創作的年代大概和〈折楊柳枝歌〉相去不遠。這種故事詩流傳在民間，經過多少演變，後來引起了文人的注意，不免有改削潤色的地方。如中間「朔氣傳金柝，寒光照鐵衣」便不像民間的作風，大概是文人改作的。也許原文的中間有描寫木蘭的戰功的一長段或幾長段，文人嫌他拖沓，刪去這一段，僅僅把「萬里赴戎機，關山度若飛」兩句，總寫木蘭的跋涉；把「將軍百戰死，壯士十年歸」兩句，總寫他的戰功；而文人手癢，忍不住又夾入這一聯的詞藻。

這段文字，把前人在詩話中所懷疑〈木蘭詩〉是唐人作的，也有了適當的說明。他們懷疑為唐人的作品乃因詩中有對仗的句子，宋嚴羽《滄浪詩話》便說：

〈木蘭歌〉最古，然「朔氣傳金析，寒光照鐵衣」之類，已似太白，必非漢魏人詩也。

又明王世貞《藝苑卮言》也說：

古樂府如護惜加窮袴，防閑托守宮；朔氣傳金柝，寒光照鐵衣；殺氣朝朝衝塞門，胡風夜夜吹邊月。全是唐律。

一首故事詩在民間流傳，被人增減刪改，這是必然會有的現象，因此不能單憑詩中有對仗工整的句子，便一口咬定是唐人的作品。

同時，從詩的本身所提及的人物、物名、地名、用語上作進一步的分析，也可以使我們更明瞭〈木蘭詩〉產生的時代和區域。

詩中的主角——木蘭，究竟是文學中虛構的兒女英雄呢？還是在當時實有的人物？然後經詩人就這故事鋪寫成故事詩。前人對此項問題似乎特別感興趣，但他們所獲得的結論，也非盡能令人滿意。文學作品的好處，便在於能寓實以虛，由幾分真實，幾分虛構，溶合成一篇動人的故事。因此文學不是實錄、不是史實，對其中所提及的人物，真真假假便難分辨了。

在史籍上，我們找不到木蘭的傳，也許這是一項真實的故事，而史家忽略了為她寫傳，詩人寫下這動人的故事詩，但他忘了在詩前來段本事或序，使後人摸索考證，依然難發現她的廬山真面目。

前人對木蘭的姓氏、籍貫的說法很多，意見不一。《明一統志》說木蘭姓朱。《清一統志》、《江南通志・潁州・列女志》都說是隋木蘭，魏氏女，譙郡城東魏邦人，但《直隸完縣志》則說木蘭墓在完縣城東。《湖北通志・祠廟》又說，黃陂有木蘭廟，在木蘭山下。《黃陂縣志》指出木蘭姓朱，木蘭墓在黃陂縣城北七十里的木蘭山。明徐渭《四聲猿傳奇》以為姓花，或許是白居易的〈題木蘭花〉有云：「怪得獨饒脂粉態，木蘭曾作女郎來。」又李商隱的〈木蘭花〉有云：「幾度木蘭舟上望，不知元是此花身。」因此木蘭又姓花了。今人稱女兵為「花木蘭」，便是依據這故事而來的。

儘管木蘭是姓朱、姓魏、姓花，都是後人根據〈木蘭詩〉附會而成的，用來增加當地的風土名勝。其實在陳代智匠已說過：「木蘭，不知名。」而後人反而能知其姓氏、爵里、埋葬的地方，怎不教人懷疑呢？潘重規先生《樂府詩粹箋》對〈木蘭詩〉有一段考證很精詳，他說：

案《玉海》卷一百五引《中興書目》「《古今樂錄》三卷，陳光大二年僧智匠撰，起漢訖陳。」光大二年，距今已垂千四百年，當年學者已不能詳其姓氏，是則《明一統志》氏之以朱，《清一統志》氏之以魏，徐渭《四聲猿傳奇》氏之以花，均不可信。至於木蘭之時代，清姚瑩《輶康紀行》以為北魏孝文帝宣武帝時人，宋翔鳳《過庭錄》以為隋恭帝時人，宋程大昌《演繁露》以篇中有可汗大點兵語，謂其生世非隋即唐。今據《古今樂錄》所載，知木蘭決非陳以後人。玩索詩辭，此詩殆為北朝樂府。蓋燕山黑水，北國之地區；朔氣寒光，北國之天候；可汗為北方天子之稱；明駝乃朔地特有之獸；北朝樂府〈折楊柳歌〉云：「敕敕何力力，女子臨窗織，不聞機杼聲，只聞女歎息，問女何所思，問女何所憶」，與〈木蘭詩〉發端六句詞意全同；凡此皆足為木蘭北人之明證。

其次，詩中有「可汗大點兵」句，可汗本夷狄國君的稱謂，下云「天子坐明堂」，可知「可汗」「天子」同指一人。東晉明帝時，北方柔然社崙已稱可汗。可知「可汗」一辭，北魏已有。明謝榛《四溟詩話》卷一也指出此事，他說：

嚴滄浪曰：「〈木蘭歌〉，朔氣傳金柝，寒光照鐵衣，酷似太白，非漢魏人語。」左舜齊曰：「況有可汗大點兵之句，乃唐人無疑。」魏太武時，柔然已號可汗，非始於唐也。通篇較之太白，殊不相類。

又詩中有「挂鏡帖花黃」句，「花黃」，係指花子和額黃，是婦女臉上額角的裝飾。女子臉上飾以花子，始於秦代，《中華古今注》說：

秦始皇好神仙，令宮人梳仙髻，貼五色花子，畫為靈鳳。

至於額黃，塗黃於額，六朝時婦女化妝的習尚。梁簡文帝〈麗人詩〉云：「同安鬟裡撥，異作額間黃。」又庾信詩云：「額角輕黃細安。」足見該詩所用的名物，也是六朝人的習慣。

詩中所提及的地名，如黃河、黑山、燕山，均為北方的地名，足證此詩為北朝的作品，因此該詩產生的區域，應為北方。黑山，在歸綏境，即殺虎口東北九十里之殺虎山。《魏書．太武紀》：「神䴥二年，車駕東轅，至黑山校閱軍實。」燕山，在河北薊縣東南，自西山迤邐東來，延袤數百里。從這裡，也可知是詩為北朝北魏時代的作品。

更從詩的用語上去考證，詩中用「十二」這個辭彙有三次：「軍書十二卷」、「策勳十二轉」、「同行十二年」，詩中用「十二」，是指虛數，不必作實數解。詩中用「十二」、「三千」，都是表示數目多的意思，像「闌干十二曲」、「江陵去揚州，三千三百里」之類。因此詩中的數字，不一定是實數，要用平聲，就用「三千」，例如：「白髮三千丈，離愁似箇長。」要用仄聲，就用「十二」，例如：「瞿塘嘈嘈十二灘，此中道路古來難。」而〈木蘭詩〉中有「策勳十二轉」句，後人多謂唐代有此制度，便證明此詩為唐人的作品，不妥。此句或為後人所增入，亦未可知，如十二為虛數，也就不必限於唐人了。同樣，詩中還有「將軍百戰死，壯士十年歸」的句子，下面又說：「同行十二年。」那麼木蘭從軍到底是十年呢？還是十二年？作實數解，不是前後不協調了嗎？

從以上各種證據來看，〈木蘭詩〉產生的時代，最早不會早於東晉明帝（西元三二三年）時，即北魏柔然社崙稱可汗以前，最遲不會晚於陳光大二年（西元五六八年），因此〈木蘭詩〉是四世紀到六世紀間的產物，產生的區域，當在北魏，是我國的一首流傳在北方的民間故事詩。

最後我把唐大曆中韋元甫所擬的一首〈木蘭詩〉附錄於後，可以作為對照，也可以看出古樂府的〈木蘭詩〉是如何的自然樸質，妙化神工，而韋氏的擬作，是無法追及得上。

## 木蘭詩　　韋元甫

木蘭抱杼嗟，借問復為誰。欲聞所慽慽，感激彊其顏。老父隸兵籍，氣力日衰耗。豈足萬里行，有子復尚少。胡沙沒馬足，朔風裂人膚。老父舊羸病，何以彊自扶。木蘭代父去，秣馬備戎行。易卻紈綺裳，洗卻鉛粉妝。驅馬赴軍幕，慷慨攜干將。朝屯雪山下，暮宿青海傍。夜襲月支虜，更攜于闐羌。將軍得勝歸，士卒還故鄉。父母見木蘭，喜極成悲傷。木蘭能承父母顏，卻卸巾韝理絲簧。昔為烈士雄，今復嬌子容。親戚持酒賀父母，始知生女與男同。門前舊軍都，十年共崎嶇。本結兄弟交，死戰誓不渝。今也見木蘭，言聲雖是顏貌殊，驚愕不敢前，歎重徒嘻吁。世有臣子心，能如木蘭節。忠孝兩不渝，千古之名焉可滅。

## 高允的詠貞婦彭城劉氏詩

近人丁福保《全北魏詩》收錄了高允的〈詠貞婦彭城劉氏〉，也可算略具雛型的故事詩。

高允寫此詩的動機，由於渤海封卓的妻子劉氏，彭城人，和封卓成婚後，第二天，封卓便到長安去做官。後卓因事被誅，他的妻子劉氏在家，忽然夢見丈夫已死，驚惶悲痛不已。過十幾天，果然得到丈夫被殺的噩訊，於是劉氏也憤歎而死。當時的人，都把劉氏比做東漢的秦嘉妻。高允感念劉氏的義行高潔而名不著，才寫下這首〈詠貞婦彭城劉氏〉：

### 詠貞婦彭城劉氏

兩儀正位，人倫肇甄。爰制夫婦，統業承先。雖曰異族，氣猶自然。生則同室，終契黃泉。

封生令達，卓為時彥。內協黃中，外兼三變。誰能作配，克成其選。實有華宗，挺生淑媛。

京野勢殊，山川乖互。乃奉王命，載馳在路。公務既弘，私義獲著。因媒致幣，遘止一暮。

率我初冠，眷彼弱笄。形由禮比，情以趣諧。忻願難常，影跡易乖。悠悠言邁，戚戚長懷。

時值險屯，橫離塵網。伏鑕就刑，身分土壤。千里雖遐，應如影響。良嬪洞感，發於夢想。

仰惟親命，俯尋嘉好。誰謂會淺，義深情到。畢志守窮，誓不二醮。何以驗之，殞身是效。

人之處世，孰不厚生。心存於義，所重則輕。結憤鍾心，甘就幽冥。永捐堂宇，長辭母兄。

茫茫中野，翳翳孤丘。葛虆冥蒙，荊棘四周。理苟不昧，神必俱游。異哉貞婦，曠世靡儔。

全詩共分八段，鋪述劉氏貞婦的義行。首段說明夫婦的結合，應乎人倫，生死永共。次段讚封卓的才能卓越，只有淑女才足夠和他作配。三段寫封卓新婚後的第二日，便受王命，入京應公。四段寫劉氏雖與其夫分離，但思念之情未減。五段寫封卓遭刑受斬，而其妻劉氏也夢見此事，竟然應驗。六段記劉氏對丈夫的情義深厚，不願再嫁，結果卻悲痛身亡。七段便寫劉氏悲痛身亡，以應對夫的深情。八段記山野荒墳，夫婦生不相聚，死必魂魄同遊，劉氏貞婦，實為世上罕見的貞節女子。

這首詩，不外讚許劉氏是個平凡的女子，然而她的貞節昭著，合乎古人所謂「好馬不配雙鞍轡，好女不嫁二夫男」的節義，而劉氏的丈夫已死，雖僅一夜夫妻，仍能守節，與夫同終。被當時的人，尊為貞婦，可以立個貞節坊了。所以《魏書》卷九十二，收有劉氏的傳略，時人把她比做東漢秦嘉妻徐淑。徐淑有〈答秦嘉詩〉，是寢疾還家，不獲面別，贈詩以寫離恨。鍾嶸《詩品》評徐淑詩云：「夫妻事既可傷，文亦悽怨，為五言者，不過數家，而婦人居二，徐淑敘別之作，亞於團扇矣。」但封卓妻劉氏並無詩文可考，北魏高允僅就此實事，鋪述成詩，記載這件悲劇而已。

高允，字伯恭，渤海蓨人，少好學，博通經史，在北魏任領中祕書事，加光祿大夫，歷事五帝，出入三省，享年九十八歲（死於西元四八七年）。《魏書》卷四十八有他的傳。

# 顏延之的秋胡行

〈秋胡行〉的本事，出自漢劉向的《列女傳》和記載漢事的《西京雜記》。記述秋胡子婚後三日，便外出做官，數年後返家，在家鄉附近，見一女子採桑，喜歡她，便送錢給她，結果被採桑女厲詞正色所拒絕。秋胡子到家後，奉金與母，不久，妻歸，卻是剛才陌頭所見的採桑女。秋胡子慚愧，秋胡妻怨憤丈夫的不專情，便投河而死。

這則故事發生在西漢末年，但歷代詩人，都有以此題材歌〈秋胡行〉的詩。在第四章〈三國晉的故事詩〉：傅玄的〈秋胡行〉一文中，已大略的介紹過了。由於漢人的〈秋胡行〉本辭已亡佚，魏代曹氏父子、嵇康，晉陸機等的〈秋胡行〉依然在《樂府詩集》卷三十六中，有這些作品，讀他們的〈秋胡行〉，才知道這些詩歌，在內容上與秋胡子的故事無關，他們只是沿用這支樂曲而作的詩歌。一直到晉初傅玄，才重新把秋胡子戲採桑女的故事，寫成純粹的故事詩。此後南朝宋顏延之也依此題材，寫了一篇辭藻優美的故事詩——〈秋胡行〉。

顏延之的〈秋胡行〉，梁蕭統編的《文選》在選詩詠史類也收錄了，題作〈秋胡詩〉。梁徐陵的《玉臺新詠》也收錄，可見南朝宋顏延之的此詩，已被當時的人所賞識。宋郭茂倩《樂府詩集》將此詩分作九首，錄在卷三十六中，這種分作九首的方式是錯誤的，其實，這是一首完整的故事詩。

## 秋胡行 《文選》作〈秋胡詩〉

椅梧傾高鳳，寒谷待鳴律。影響豈不懷，自遠每相匹。婉彼幽閑女，作嬪君子室。
峻節貫秋霜，明豔侔朝日。嘉運既我從，欣願自此畢。
燕居未及好，良人顧有違。脫巾千里外，結綬登王畿。戒徒在昧旦，左右來相依。
驅車出郊郭，行路正威遲。存為久離別，沒為長不歸。
嗟余怨行役，三陟窮晨暮。嚴駕越風寒，解鞍犯霜露。原隰多悲涼，迴飆卷高樹。
離獸起荒蹊，驚鳥縱橫去。悲哉遊宦子，勞此山川路。
超遙行人遠，宛轉年運徂。良時為此別，日月方向除。孰知寒暑積，僶俛見榮枯。
歲暮臨空房，涼風起座隅。寢興日已寒，白露生庭蕪。
勤役從歸願，反路遵山河。昔醉秋未素，今已歲載華。蠶月觀時暇，桑野多經過。
佳人從此務，窈窕援高柯。傾城誰不顧，弭節停中阿。
年往誠思勞，事遠闊音形。雖為五載別，相與昧平生。捨車遵往路，鳧藻馳目成。
南金豈不重，聊自意所輕。義心多苦調，密比金玉聲。
高節難久淹，朅來空復辭。遲遲前塗盡，依依造門基。上堂拜嘉慶，入室問何之。

日暮行采歸，物色桑榆時。美人望昏至，慙歎前相持。
有懷誰能已，聊用申苦難。離居殊年載，一別阻河關。春來無時豫，秋至恆早寒。
明發動愁心，閨中起長歎。慘悽歲方晏，日落遊子顏。
高張生絕絃，聲急由調起。自昔枉光塵，結言固終始。如何久為別，百行諐諸己。
君子失明義，誰與偕沒齒。愧彼行露詩，甘之長川汜。

今將此詩與傅玄的〈秋胡行〉作比較，可以看出故事詩的主題相同，而在詩人的著筆上，重點不同罷了。這兩首〈秋胡行〉，在故事上的變化較少，原因是秋胡子的故事在《列女傳》和《西京雜記》裡已成了定型；但在寫作的技巧上，已起了很大的變化。像傅玄的〈秋胡行〉，還能保存民歌的本色，因此我懷疑傅玄的那首五言〈秋胡行〉，只是增損本辭的一小部分，使它更合樂更生動，大體仍照本辭的面目，所以自然樸質的風味猶在。到南朝宋顏延之的〈秋胡行〉，已是文人的樂歌了，他利用這樁通俗的題材，透過文人的手筆，於是民歌的色彩已被過濾一空，而餘下的只是故事的本身和作者文飾的工夫而已。

這在文學的描寫技巧上，不能說不是一種進步，有所創新。如同同樣的一部電影題材，由於導演的手法互異，也就各有千秋了。但在俗文學的觀點上看，已離開了俗文學真的範疇，走上文人再創造的藝術領域。所以在顏延之筆下，秋胡妻變得更貞亮而「峻節貫秋霜」了。在傅玄的〈秋胡行〉裡，秋胡妻還有瑕可指：「彼夫既不淑，此婦亦太剛。」說她做得太過分了。傅玄的〈秋胡行〉，全詩重點擺在秋胡子所發生的事上，對秋胡子的一舉一動加以描述；到了顏延之的〈秋胡行〉，重點已轉移到秋胡妻貞烈的描述上，故事的鋪敘僅是次要了。這是兩首〈秋胡行〉最大不同的地方。

既然顏延之的〈秋胡行〉，在文學表現的技巧上，有他獨特的地方，不能否認的這是一種進步，蕭統有見於此，便以「事出於沉思，義歸乎翰藻」的標準，將該詩收入《文選》中，所以分析這首詩，從寫作的技巧上來看，可以發覺該詩的特色所在。

顏延之的〈秋胡行〉共九段，每段的情節獨立，整個合起來又是個全體，好比九節環一樣，環環相連鎖。難怪被郭茂倩將它分為九首，這便是顏延之在南朝短歌盛行的時代，用短歌的手法，結連成一首完整的故事詩。

在第一段裡，寫秋胡子婚後三日便離家，他的妻子獨自飲啜別後的愁苦。夫婦應如影響相隨，結果適得其反。

第二段從「燕居未及好，良人顧有違」開始，寫她的丈夫醉心於富貴利達，對她來說，只是「存為久離別，沒為長不歸」。

第三段從「嗟余怨行役，三陟窮晨暮」開始，寫她憐惜丈夫行役之苦，愈顯她對丈夫的深愛。詩中「三陟」一詞，同《詩經・卷耳》篇的典故，指「陟彼崔嵬」、「陟彼高岡」、「陟彼砠矣」，故稱三陟。

第四段從「超遙行人遠，宛轉年運徂」，寫她年年歲歲，早晚無不思念他。

第五段從「勤役從歸願，反路遵山河」開始，寫她丈夫倦勤回家，她出外採桑，由於她的美豔，使人駐足。

第六段從「年往誠思勞，路遠闊音形」開始，寫秋胡子也下車貪看採桑女，由於五年的離家，反而路邊迷戀採桑女，並要送錢給她，做出些輕浮的舉動，被她拒絕掉。

第七段從「高節難久淹，朅來空復辭」開始，寫秋胡子到家後，拜見母親，日暮秋胡妻採桑歸來，相見之下，秋胡子大慚，原來剛才所見到的採桑女，就是自己的妻子。

第八段從「有懷誰能已，聊用申苦難」開始，寫她念思五年的結果，她的丈夫竟是這樣用情不專的人，大失所望。

第九段從「高張生絕絃，聲急由調起」開始，以高張的絃琴，急切的調子，寫悲恨的心情，說她的丈夫既已失義，又何能白頭偕老，因此未來的日子，露重難行，不如赴河自盡。

秋胡子的故事雖簡短，經過顏延之的特寫後，詞情綿密，使人不能不讚賞顏延之生花之筆的技巧了。後代的戲曲裡，這種情形很多，本來在真實的事情裡，發生、經過到結束，只是很短的時間，在戲裡卻可以演上半個月；小說也有這種現象，像《水滸傳》中的一章，可以鋪展成一部更長的《金瓶梅》，這種作者特寫的技巧，怎不使人欽佩。

清人孫梅評論此詩說：「一篇大意，重『峻節貫秋霜』句，直於末章曲曲寫出，照應之妙，佳絕。」又說：「長篇敘事，安詳典麗，為後人楷式。雖則分章，實為一首，中間平敘，有開合、有頓挫、有點綴、有歸結，極謀篇之勝。」所以顏延之的〈秋胡行〉，雖取材通俗，在寫作技巧上，卻是一首不可多得、詞情綿密的故事詩。

顏延之，字延年，琅邪臨沂人。生於晉孝武帝太元九年（西元三八四年），卒於南朝宋孝武帝孝建三年（西元四五六年），享年七十三。《宋書》卷七十三有他的傳。

## 吳邁遠的杞梁妻詩

〈杞梁妻〉古辭，久已不傳。今所流傳的〈杞梁妻〉，只是南朝宋吳邁遠和唐代的和尚貫休所寫的。郭茂倩《樂府詩集》卷七十三，丁福保《全宋詩》都錄有吳邁遠的〈杞梁妻〉。原詩如下：

### 杞梁妻

燈竭從初明，蘭凋猶早薰。扼腕非一代，千載炳遺文。貞夫淪莒役，杜弔結齊君。
驚心眩白日，長洲崩秋雲。精微貫穹旻，高城為隤墳。行人既迷徑，飛鳥亦失群。
壯哉金石軀，出門形影分。一隨塵壤消，聲譽誰共論？

這是一首本事詩，略具故事詩的雛型。它的本事本來是杞梁戰死，他的妻子前往城下哭夫，城因此崩頹。後人往往把它與孟姜女哭倒長城的民間故事混在一起。其實這是兩件事，可惜孟姜女哭長城的故事沒被寫成故事詩，今民間依然流行有〈孟姜女〉的小調。

〈杞梁妻〉的本事，是發生在春秋時的齊國，杞梁（即杞殖）是齊國的大夫，跟從齊莊公去攻打莒國，杞梁和另一大夫華還（即華周）率兵攻入敵陣，勇猛過人，後杞梁戰死。齊莊公將杞梁的靈柩運回齊國，他的妻子在路旁迎柩而痛哭。事見《左傳》襄公二十三年：

> 齊侯還自晉，不入。遂襲莒門于且于（且於，莒邑），傷股而退。明日，將復戰，期于壽舒（莒地），杞殖華還載甲，夜入且于之隧（指狹路），宿於莒郊。明日，先遇莒子於蒲侯氏（近莒的城邑名）。莒子重賂之，使無死，曰：「請有盟。」華周對曰：「貪貨棄命，亦君所惡也。昏（指昨晚）而受命，日未中而棄之，何以事君？」莒子親鼓之，從而伐之，獲杞梁。莒人行成。齊侯歸，遇杞梁之妻於郊，使弔之。辭曰：「殖之有罪，何辱命焉；若免於罪，猶有先人之敝廬在，下妾不得與郊弔。」齊侯弔諸其室。

《禮記・檀弓》亦有所載：

> 哀公使人弔蕢尚，遇諸道，辟於路，畫宮而受弔焉。曾子曰：「蕢尚不如杞梁之妻之知禮也。齊莊公襲莒于奪，杞梁死焉。其妻迎其柩於路而哭之哀。莊公使人弔之。對曰：『君之臣不免於罪，則將肆諸市朝而妻妾執；君之臣免於罪，則有先人之敝廬在，君無所辱命。』」

《禮記》所記載，是曾子引杞梁妻尚且知禮的事，若杞梁是為國而死，國君的使者來弔問，當到家弔問，不得在道路上，這是古禮。

劉向《列女傳》卷四的記載，便趨於故事化了，與《左傳》、《禮記》的記載稍為不同。他說：杞梁戰死後，他的妻子枕屍哭於城下，十日城牆因此而崩頹。既葬後，杞梁妻感傷自己無親人，便投淄水而死。《列女傳．齊杞梁妻》：

齊杞梁之妻也。莊公襲莒，殖戰而死，莊公歸，遇其妻，使使者弔之于路。杞梁妻曰：「今殖有罪，君何辱命焉？若令殖免于罪，則賤妾有先人之弊廬在，下妾不得與郊弔。」于是莊公乃還車詣其室，成禮，然後去。杞梁之妻無子，內外皆無五屬之親，既無所歸，乃枕其夫之屍於城下而哭，內誠動人，道路過者莫不為之揮涕。十日，而城為之崩。既葬曰：「吾何歸矣？夫婦人必有所倚者也，父在則倚父，夫在則倚夫，子在則倚子。今吾上則無父，中則無夫，下則無子，內無所依，以見吾誠，外無所依，以立吾節，吾豈能更二哉？亦死而已。」遂赴淄水而死。君子謂：「杞梁之妻貞而知禮。」《詩》云：「我心傷悲，聊與子同歸。」此之謂也。頌曰：「杞梁戰死，其妻收喪。齊莊道弔，避不敢當。哭夫於城，城為之崩。自以無親，赴淄而薨。」

我想漢代時，便有人將杞梁的故事編成詩歌，可惜〈杞梁妻〉的本辭，沒有流傳下來，這支歌到晉代時還在，所以晉崔豹《古今注》說：

> 〈杞梁妻〉者，杞殖妻妹朝日之所作也。殖戰死，妻曰：「上則無父，中則無夫，下則無子，人生之苦至矣。」乃抗聲長哭杞，都城感之而頹，遂投水而死，其妹悲姊之貞，乃作歌，名曰〈杞梁妻〉焉。梁，殖之字也。

《古今注》所載，〈杞梁妻〉的歌，是杞梁妻的妹妹朝日所作，不一定可信，可見民歌中有此歌。《琴操》說：「〈杞梁妻〉，歎齊杞梁殞，其妻之所作也。」《琴操》指〈杞梁妻〉便是杞梁妻作的，也不可信。總之，〈杞梁妻〉是根據史實所編的民歌，早在漢代或漢以前便有此歌，晉代《古今注》所提到的是否為本辭，今亦失傳，未能推知。今日所傳的〈杞梁妻〉，最早的便是南朝宋吳邁遠的這首詩了。

這詩的大意：開始四句，由興而起，說燈油燃盡，還有黎明的曙光接替，薰香殘了，還有早晨可以再薰，但可悲痛的事，畢竟不限於一代，千年之後，餘情餘事依然照耀在人間。接著，便道出春秋時齊國有個忠貞的勇士杞梁，戰死在攻莒之役，他的妻子在路上迎柩，尚知遵照古禮，更受莊公的敬重，特派使者到她家弔慰。這項悲壯的事，使天地也為之含悲，她真誠的心感動了天地，連高高的城牆也被她的哀聲哭倒。過路的人，那個見了不悲傷，她真像隻失群的鳥兒，悲啾孤單。壯烈的英豪走了，與家人分手，英豪倒在沙場，與春泥化為灰燼，然而他的英名，將被世人所共讚！

〈杞梁妻〉是一篇詠史的敘事詩，年代雖已久遠，餘情猶在。杞梁壯烈的犧牲，受人敬仰，他的妻子盡哀，尤使人哀傷，漢劉向便把她的貞烈收入《列女傳》，加以表揚。魏曹植〈精微篇〉也提到杞梁妻哭夫的事：「精微爛金石，至心動神明。杞妻哭死夫，梁山為之傾。……」曹植的詩兩句提到杞梁妻哭夫，可知這項史實的確太感動人了。

從以上的本事來看，杞梁戰死，杞妻哭夫的事，是發生在春秋時代，且正史都加以記載。漢人劉向的《說苑》（〈立節篇〉）、《列女傳》，便就史事加以情節上的描述，拿杞妻哭夫，城牆也為之崩頹，來比喻哀痛。從此民間流傳的故事、民歌，便將此事也視為真實。到南朝宋時，故事大致不變，所以吳邁遠的〈杞梁妻〉，與《列女傳》所記仍能吻合。

到了唐代，杞梁妻哭夫的事便和孟姜女哭夫哭倒長城的事混在一起。從唐僧貫休所作的〈杞梁妻〉便可看出：

秦之無道兮四海枯，築長城兮遮北胡。築人築土一萬里，杞梁貞婦啼嗚嗚。上無父兮中無夫，下無子兮孤復孤。一號城崩塞色苦，再號杞梁骨出土。疲魂餓魄相逐歸，陌上少年莫相非。

這分明是兩件事，一是在春秋時，一是在秦時，也許由於故事的男主角名字相同，被後人附會在一起。春秋時齊國杞梁的妻子，姓氏已無可考；秦時被征調築長城而死的壯丁范杞梁，他的妻子叫做孟姜女。可見漢時，這兩個故事都在民間流傳，也有歌謠歌唱這兩個貞婦。一個是為國捐軀的壯士，一個是被暴政折磨而死的役夫，但他們的妻子都是那樣貞烈，而受人歌頌。

孟姜女的故事，從什麼時候起，被民間所傳誦，已不可考。俗傳秦始皇時，有個叫范杞梁的，被征役調遣去築長城。他的妻子孟姜女，送寒衣到役所，而范杞梁已死。孟姜女便哭於城下，長城也感傷而崩倒，露出杞梁的骸骨來。從這則民間的故事，可知秦始皇調遣天下的壯丁去築長城，因而死在長城邊的，是很普遍的現象，孟姜女送寒衣，尋夫、哭夫，只是一個典型的例子，所以我推測秦漢時便有這類的歌曲，可惜這些本辭沒傳下來罷了。像漢樂府〈飲馬長城窟行〉，便是寫丈夫遠役，他的妻子在家思念的歌謠，只是這類歌曲中的一首而已。

《敦煌曲子詞集．擣練子》便有一段寫孟姜女：

> 孟姜女，杞梁妻，一去燕山更歸不，造得寒衣無人送，不免自家送征衣。

又《納書楹曲譜．孟姜女》，把整個故事說得更清楚：

> 秦因依，奴是齊國東人氏，祖貫居民姜氏，名姜女。我夫婿范杞梁，到此築城池，誰想他喪在邊城。念奴家迢迢千里送寒衣，送寒衣，實指望夫婦一同還鄉里。……我兒夫，我兒夫，築死在長城底，要尋屍首無蹤跡。歎命低，小婦人到處尋屍，哭得我流紅淚。忽然間城倒地，驀見屍骸跡，這便是骨肉重逢，這便是骨肉重逢。

唐人寫〈築城曲〉的不少，如張籍有「家家養男當門戶，今日作君城下土」的句子，元稹有「年年塞下丁，長作出塞兵」，都是寫守邊築城，征夫戍役悲苦的詩。

從唐僧貫休的〈杞梁妻〉、張籍、元稹等的〈築城曲〉，以及《敦煌曲子詞集》、清人葉堂的《納

其他像〈石城樂〉、〈江陵樂〉、〈襄陽樂〉因便是地名，以當地的風情為號召的歌。《樂府詩集》卷四十七說：

按西曲歌，出於荊、郢、樊、鄧之間，而其聲節送和，與吳歌亦異，故其方俗而謂之西曲云。

在南北對峙期間，是短歌、抒情詩發展的時代，長篇的故事詩自然較少。北方的〈木蘭詩〉，便是由〈折楊柳枝歌〉演變而來，該是北魏時最偉大的一首故事詩。高允的〈詠貞婦彭城劉氏〉，是一首實錄，略具故事詩的雛型。南朝只有宋顏延之的〈秋胡行〉，吳邁遠的〈杞梁妻〉，可以稱得上為故事詩，也都是依據民間故事而寫成的。由於南北朝是唯美文學極盛的時代，一般文學家對文學本身的意義與價值，認識得更為清楚，因此特別注意藝術技巧。好的一方面，使文學獲得自由發展的機運，形成唯美文學的極盛，產生了不少特出的山水文學；壞的一方面，則是專注力於辭藻音律的形式之美，而忽略文學的內容，等而下之，更流於放蕩淫靡的色情文學，而真正好的故事詩，便不容易產生了。

在此期間，詩人從事新體詩的創作，後來又受了聲律說的影響，就益發顯得成熟了。這類的作品，可以說是從漢魏兩晉的詩歌，到唐代近體詩的一座重要的橋樑。要想讀到更多更好的故事詩，只有在唐詩興盛的時代裡去尋找了。

# 第六章　隋唐五代的故事詩

隋唐的詩，繼承南北朝新體詩之後，從此詩的領域，再次的擴展。在詩的形式上，由古風發展到近體詩（包括絕句、律詩）的成立，由五言詩發展到七言詩；在詩的內容上，詩人不論抒寫情志，感懷即景，說理吟物，鋪陳故實，都能隨心所欲，暢所欲言了。因此造成唐詩在我國詩史上輝煌的一頁。加上隋唐各代的帝王也愛好此道，於是文風所扇，賦詩吟唱的習尚，普及社會各階層，詩人之多，我國任何時代，都不能追及。就拿清康熙年間所敕編的《全唐詩》來說，便收有兩千兩百餘家，約四萬八千餘首，作者、作品之多，可稱得上富盛極了。

隋代的詩，多半是些微具格律的新體詩，清人王闓運《八代詩選》卷十二至十四，專選自齊到隋百餘年中稍有格律的詩，名之為「新體詩」。在王闓運以前兩百餘年，王夫之的《古詩評選》，其中第三卷名為「小詩」，第六卷名為「近體」，可視為闓運的先驅。「小詩」為絕句的前身，「近體」為律詩的前身，而「新體詩」實足以概括小詩和近體。可惜這類短篇的詩歌，只能形成本事詩罷了，不可能成為故事詩。

從隋唐到五代，也就是第六世紀到十世紀，由於詩人多，雖然從事近體小詩的創作，其間也有長篇的敘事詩，因此故事詩的產生，自然也就不在少數。在數量上來看，比兩漢時期的故事詩還要多。

首先介紹隋代。隋代與秦代頗為相似，都是我國歷史上的轉變關鍵，各自結束了一個長期的分裂混亂時代，開創了輝煌統一的漢、唐盛世。秦作為漢的前驅，而隋作為唐的先河。因此秦漢不易分割，隋唐二代實同一體。

隋文帝（楊堅）繼承父親楊忠的隋公後，不久便篡北周自立，建國號隋，改元開皇（西元五八一年）。到開皇八年，統一全國，在位二十四年，持躬節用，輕賦稅，於是社會呈繁榮的景象。楊廣是文帝的次子，後以陰謀廢太子勇，得立為太子，又五年，弒父自立，便是煬帝。煬帝是歷史上驕奢稱著的國君，在位十二年，好大喜功，輕浮侈靡，以逞無饜之慾，天下大亂遂起。後幸揚州，為宇文化及所殺，隋亡。

隋代的詩壇，都是承襲梁、陳詩風的餘韻。北土的詩人，像盧思道、薛道衡，其他由陳入隋的詩人，像陳叔達、許心善、王胄，以及虞世基、世南兄弟，皆擅於作豔歌。當時的大臣楊素、帝王楊廣，更成了詩壇的盟主。

在丁福保《全漢三國晉南北朝詩》中，收錄《全隋詩》有四卷，共九十五家。從這四卷詩中，可以窺見隋代詩壇的概貌。可惜隋代純粹的故事詩太少，只有薛道衡的一首〈昭君辭〉，其他只有幾首本事詩，像隋煬帝的〈迷樓歌〉，薛道衡的〈昔昔鹽〉，都是膾炙人口的詩歌。

迷樓，或稱迷宮，是煬帝在江都（揚州）所建的一座離宮，由近侍高昌和大夫何稠策劃，項昇設計建築而成的。大業九年（西元六一三年），煬帝再幸江都，有迷樓宮人夜歌，歌云：

河南楊柳樹，河北李桃榮（一作李花營）；楊花飛去去何處，李花結果自然成。

帝聞宮女夜歌，因自作〈迷樓歌〉，歌云：

宮木陰濃燕子飛，興衰自古漫成悲；他日迷樓更好景，宮中吐豔變紅輝。

後煬帝幸江都，唐帝起兵，迷樓為唐兵所焚，經月火猶不滅，正應詩中「宮中吐豔變紅輝」的讖語。唐人韓偓有〈迷樓記〉小說一篇，記其本事。可惜當時沒有詩人賦長詩記載此事。

薛道衡的〈昔昔鹽〉，標題很特別，其實「昔昔鹽」三字，就是「夜夜引」或「夜夜曲」的意思。是屬於樂府詩，跟南北朝時的〈子夜歌〉相似，內容是女子寄情抒怨的豔歌。明楊慎《升菴詩話》卷六，曾加以釋題，他說：

梁樂府〈夜夜曲〉，或名〈昔昔鹽〉。昔、即夜也。《列子》「昔昔夢為君」。鹽，亦曲之別名。

後人都喜歡稱道他的「空梁落燕泥」的句子。南宋范晞文《對床夜話》卷一批評這首詩云：

薛道衡空梁落燕泥之句，人多不見其全篇，蓋題是〈昔昔鹽〉。其詞云：「垂柳覆金隄，蘼蕪葉復齊。水溢芙蓉沼，花飛桃李蹊。採桑秦氏女，織錦竇家妻。關山別蕩子，風月守空閨。常（一作恆）斂千金笑，長垂雙玉啼。盤龍隨鏡隱，彩鳳逐帷低。飛魂同夜鵲，倦寢憶晨雞。暗牖懸蛛網，空梁落燕泥。前年過代北，今歲往遼西。一去無消息，那能惜馬蹄。」無非閨中懷遠之意。但不知立題之義如何？趙嘏乃廣為二十章，以一句為一題，亦復綺麗。其中有云：「良人猶遠戍，寂寞夜閨空。繡戶流春月，羅帷坐曉風。魂飛沙帳北，腸斷玉關中。尚自無消息，錦衾那得同。」又「雲中路杳杳，江畔草萋萋。妾久垂珠淚，君何惜馬蹄。邊風悲曉角，營月怨春鼙。未道休征戰，愁眉又復低。」

由薛道衡的〈昔昔鹽〉，到唐人趙嘏的增廣之作，仍是閨中懷遠的抒情詩，只增添些征夫遠征塞外，描寫塞外景物，以托閨中怨女的愁思罷了，仍缺乏具體的人物和完整的故事，所以不能視為故事詩。

其次再介紹唐代。隋末，李淵任太原留守，當時天下大亂，在他的次子李世民策劃下，於大業三年（西元六〇七年）起兵，進取長安，擁立煬帝孫恭王（代王）。次年，李淵稱帝，國號唐，是為唐高祖。其後七年間，天下大定。

唐代自李淵的開國，到昭宣帝天祐二年亡（西元六一七－九〇五年），其間約三百年，是我國歷史上第二個盛世，武功文治並隆。唐室經太宗、高宗、中宗、睿宗、玄宗各帝王的經營，國力大振，史上的貞觀、開元之盛世，可謂物阜民豐，天下太平。玄宗晚年，志得意滿，流於驕惰，政風始衰，天寶十四年（西元七五五年）後，遭安祿山之亂，唐代盛況始漸次沒落。其後又有藩鎮的割據，朋黨之爭，黃巢之亂，終至滅亡。

唐代是詩歌的黃金時代。就數量的發展看，已夠驚人。宋計有功撰《唐詩紀事》，所錄凡一千一百五十家，清康熙年間所編纂的《全唐詩》，已有詩人二千二百餘家，錄詩四萬八千九百餘首，何況這數量，不是完備的紀錄。分析唐詩發達的原因，是由於君主的倡導。初唐的太宗，女主武則天及玄宗，都是提倡文學，獎勵詩人最力的。此外如憲宗讀了白居易的〈諷諫詩〉，便召為學士；穆宗喜歡元稹的詩，徵為舍人；文宗則因喜愛五言詩，特置詩學士七十二人。唐代的考試制度，本是以詩賦取進士的，加上帝王們的提倡，於是上至帝王貴族文士官員，下至和尚道士尼姑妓女，都有作品，所以造成唐代三百年詩壇的盛況。

前人論唐詩，大致分為初唐、盛唐、中唐、晚唐四期。這種區分法，始於宋嚴羽的《滄浪詩話》，到元楊士宏的《唐音》才成定論。《滄浪詩話》云：

> 詩體：初唐體，唐初猶襲陳隋之體。盛唐體，景雲以後，開元天寶諸公之詩。大曆體，大曆十才子之詩。元和體，元白諸公。晚唐體。

嚴羽的「大曆體」、「元和體」，後人便合為「中唐」。《四庫全書總目》云：

> 《唐音》，十四卷，元楊士宏撰。其始音惟錄王楊盧駱四家，正音則詩以體分，而以初唐盛唐為一類，中唐為一類，晚唐為一類。

今綜合唐詩的分期如下：

(1)初唐：自高祖武德元年至玄宗開元初。西元七世紀初年至八世紀初年。
(2)盛唐：自玄宗開元元年至代宗大曆初。西元八世紀初年至八世紀中年。
(3)中唐：自代宗大曆元年至文宗太和九年。西元八世紀中年至九世紀初年。
(4)晚唐：自文宗開成元年至昭宗天祐三年。西元九世紀初年至十世紀初年。

至於唐代的故事詩，並不受唐詩分期的影響。唐詩雖多，但都屬於近體詩，是一些抒情小詩，只能構成本事詩的形態。唐孟棨撰有《本事詩》一卷，分情感、事感、高逸、怨憤、徵異、徵咎、嘲戲七類的本事詩，記載詩中的本事。其間偶爾有一兩篇鋪述故事的長詩，像喬知之的〈定情詩〉，是仿照魏繁欽的〈定情詩〉而成的。王翰的〈飛燕篇〉，是取材於漢代趙飛燕的故事。王維的〈桃源行〉，是依照晉陶淵明的〈桃花源記〉而來的。李白的作品雖多，也只有一兩首可稱得上是故事詩。例如他的〈東海有勇婦〉、〈襄陽歌〉便是。唐代故事詩產生最多的時期，要算天寶離亂以後，詩人把握了唐代興衰的轉捩點，描寫當時社會的變動。於是玄宗的荒淫，楊貴妃的驕奢，楊國忠的專權，高力士的跋扈，而構成安祿山的變亂，人民的流離失所，便成了唐代故事詩題材的主要來源了。像杜甫紀實的史詩，描寫社會的動亂、民生的疾苦、官吏的逞兇，而有〈三吏〉、〈三別〉等故事詩。白居易的〈長恨歌〉，元稹的〈連昌宮詞〉，鄭嵎的〈津陽門詩〉，便是記錄玄宗和貴妃的故事詩。其他像白居易的〈新豐折臂翁〉、〈琵琶行〉，元稹的〈會真詩〉，劉禹錫的〈泰娘歌〉，有的是受樂府民歌的影響，有的是受唐人傳奇小說的影響，有的是受佛教教義的影響。不論是講述男女的戀愛故事，個人的奇特遭遇，或社會的重大變遷，總之，這些故事詩，都足以代表這一時代，代表這一代的生活和民族意識。

唐代下來，接著便是五代，包括了梁、唐、晉、漢、周五個朝代，共五十三年。五代是詞興起的時代，但詩風仍沿晚唐而來。其間最有名的故事詩，便要算出於敦煌的韋莊的〈秦婦吟〉了。因此，我把五代合併在這期裡。

考隋唐五代的故事詩，約有下列數首：

隋：薛道衡〈昭君辭〉、唐：王維〈桃源行〉、李白〈長干行〉、〈襄陽曲〉、〈襄陽歌〉、〈東海有勇婦〉、杜甫〈兵車行〉、〈麗人行〉、〈自京赴奉先詠懷五百字〉、〈三吏〉（〈新安吏〉、〈潼關吏〉、〈石壕吏〉）、〈三別〉（〈新婚別〉、〈垂老別〉、〈無家別〉）、顧況〈棄婦詞〉、劉禹錫〈泰娘歌〉、白居易〈長恨歌〉、〈新豐折臂翁〉、〈琵琶行〉、元稹〈會真詩〉、〈連昌宮詞〉、鄭嵎〈津陽門詩〉、杜牧〈杜秋娘詩〉、〈張好好詩〉、五代：韋莊〈秦婦吟〉。

以上共二十六首故事詩。由於唐代是詩歌的鼎盛時代，因此歷代的故事詩，要以唐代為最多。

## 薛道衡的昭君辭

薛道衡所撰的〈昭君辭〉，是依據西漢元帝時，昭君和蕃的歷史故事而寫成的故事詩。

自西漢以後，以王昭君的遠嫁為題材所作的歌謠，不知有多少，但早期這類的歌謠，都已亡佚。今人所看到最早的，要算石崇所作的〈王昭君〉。王昭君又稱為王明君，是避晉文帝司馬昭的諱而改的。從宋人郭茂倩的《樂府詩集》卷二十九中，自晉代到宋，所收同類的詩歌，不下五十首。標題有的作〈王昭君〉，有的作〈昭君詞〉、〈昭君歎〉、〈昭君怨〉。薛道衡的〈昭君辭〉，也是其中的一首，足見王昭君的故事，是一則膾炙人口的民間故事，為歷代的人們所傳揚著、歌唱著。

今據丁福保《全隋詩》，將薛道衡的〈昭君辭〉抄錄於下：

## 昭君辭

我本良家子，充選入椒庭。不蒙女史進，更失（一作無）畫師情。蛾眉非本質，蟬鬢改真形。專因妾命薄，誤使君恩輕。啼露（一作落）渭橋路，歎別長安城。夜依（一作今夜）寒草宿，朝逐（一作明朝）轉蓬征。卻望關山迥，前瞻沙漠平。胡風帶秋月，嘶馬雜笳聲。毛裘易羅綺，氈帳代金（一作帷）屏。自知蓮臉歇，羞看菱鏡明。釵落終應棄，髻解不須縈。何用單于重，詎假閼氏名。駃騠聊彊食，筒（一作桐）酒未能傾。心隨故鄉斷，愁逐塞雲生。漢宮如有憶，為視旄頭星。

全詩的大意是：我本是個良家女，被選而充入後宮。因得不到女史的推重，又得不到畫師的寫真，以致所畫的像，失卻了真形。只怪我生來命薄，要遠嫁胡蕃，得不到皇上的親幸。臨行時，淚沾渭橋頭，別了長安。從此，夜晚睡在草野上，清早起來，隨飄蓬轉征。回頭望，關山遙遠，前程又是沙野無垠，一路上，胡風秋月，所聽到的，只是馬嘶和胡笳聲。今後，換下羅綺，穿上毛裘，再看不到金屏翠帷，有的是氈帳蒙古包。我想嬌顏已變，怕照菱鏡，金釵不必再插，鬢髻披散也不再梳起。何需匈奴王的愛重，封給我閼氏后的美名？每餐我用馬肉充饑，就是有好酒，也澆不了胸頭的憂悶。故鄉又是那麼遠，柔腸已斷，眼前漠野雲生，愁好比塞上雲。漢宮裡如果還有人思念我，只要看一看西天上的七姑星。

薛道衡的〈昭君辭〉，真是哀怨動人，詩中毫無怨恨，只是鋪敘離漢宮後的悽楚，塞野暮雲，胡笳秋月，更增加一分悽楚。薛道衡筆下的王昭君，仍然活躍在今人的眼中，這篇故事詩，也就成為不朽的名著。可與晉石崇的〈王昭君〉，前後輝映。

〈王昭君〉的本事，我在〈石崇的王昭君詩〉一文中已提到過。故事的發生，是遠在西漢元帝竟寧元年（西元前三三年），那年春天，匈奴王虖韓邪單于來朝廷請婚，元帝便遣後宮良家女王嬙嫁給匈奴王。

據《漢書・元帝紀》和〈匈奴傳〉的記載：王嬙，一作王檣，亦作王牆，是南郡秭歸人。秭歸在今巫峽附近居山傍水的小縣，景色清麗。她被郡國所舉，選入漢宮，由於後宮佳麗多，未被御幸。後元帝將她許嫁匈奴王。

《西京雜記》卷二，對昭君和蕃事，更詳盡指出遠嫁的原因。由於王嬙入宮後，不願賄賂畫工毛延壽，因此畫工沒把她的像畫好。匈奴王來請婚，元帝便照畫像把王嬙許配給匈奴王。臨行，王嬙入朝辭拜元帝，她的光豔，悚動左右，元帝後悔將王嬙許配，但名籍已定，又不便更改。事後元帝追究責任，認為毛延壽畫像不實，斬毛延壽以洩恨。可憐王嬙，沒入西塞，於是漢人憐惜王嬙的遠嫁而作〈昭君辭〉。

《西京雜記》雖是偽書，但將王昭君的故事，更富情節化的描寫。考《西京雜記》，舊題漢劉歆撰，或題晉葛洪撰，實則梁吳均所撰。從晉石崇的〈王昭君〉中，並沒有提到畫工失真的事，自梁以後，描寫王昭君的詩歌，便加上毛延壽畫像不實的情節，於是沈佺期的〈王昭君〉便有「薄命由驕虜，無情是畫師」的句子，其他如劉長卿的「自矜妖豔色，不顧丹青人」，李白的「生乏黃金枉圖畫，死留青塚使人嗟」，李商隱的「毛延壽畫欲通神，忍為黃金不為人」，都針對畫工不確，造成王昭君的遠嫁，這未嘗不是受《西京雜記》的影響。薛道衡寫王昭君，也不例外。

我以為王昭君的遠嫁，何嘗不是西漢時一次最成功的國民外交呢！她雖然犧牲了個人的幸福，卻使匈奴歸順漢人，換來了胡漢的和平，使千千萬萬的漢人，免遭暴骨沙塞的浩劫。因此後人歌詠〈王昭君〉，不是更多了一層深遠的意義嗎？

薛道衡的〈昭君辭〉，全首用韻，已趨完整。詩中用「庚」、「清」、「青」韻，今平水韻庚青通用。此外魏晉間詩，尚不知聲律對偶，南朝以後詩，聲律對仗漸巧，詩中便多偶句，如「啼露渭橋路，歎別長安城」；「胡風帶秋月，嘶馬雜笳聲」等，對偶已明，但聲律未細。

薛道衡，《隋書》卷五十七，《北史》卷三十六均收有他的傳。字玄卿，河東汾陰人。生於梁武帝大同六年（西元五四〇年），卒於隋煬帝大業五年（西元六〇九年），享年七十。

他的詩，以輕豔稱著，〈昔昔鹽〉有「空梁落燕泥」句，被傳誦一時。少年時，精專好學，與盧思道、李德林齊名。《北史》記載他每次作文章，「必隱坐空齋，蹋壁而臥，聞戶外有人，便怒，其沉思如此。」足見他寫文章時的用心。道衡初仕齊，任尚書左外兵郎，齊亡，入周。隋高祖受禪，除內史，累遷上儀同三司，被高熲、楊素等所推重，後出檢校襄州。煬帝嗣位，道衡上〈文皇帝頌〉，帝不悅，尋因論時政被害。《隋書》傳中說他「不護細行」，想必為遇害的主因，著有集七十卷。

## 王維的桃源行

王維是盛唐的詩家，他的詩深受陶淵明的影響。陶淵明高遠澹泊的詩風，被南朝以來濃豔的色情文學淹沒了三百來年，直到唐朝的王維、孟浩然諸人的崛起，才使我們重新嗅到清新醇淨的氣息。

王維有詩集六卷傳世，約三百餘首。讀須溪校《唐王右丞集》，可以看出他長於寫樂府歌行這類的詩歌，而且年紀很輕，便有不同凡響的作品。他的集中有時注有作詩的年代，例如：〈過始皇墓〉（時年十五）、〈洛陽女兒行〉（時年十六）、〈九月九日憶山東兄弟〉（時年十七）、〈桃源行〉（時年十九）、〈燕支行〉（時年二十一）。

其次，他的作品喜歡表現心靈的平靜，從他的《輞川集》來看，是他和他的朋友裴廸題詠輞川別業景物的詩，今收錄在《王右丞集》中。這是他晚年的作品，喜歡用五言絕句的詩體，來表達禪趣、禪境之美的詩。我們讀他的〈鹿柴〉：

空山不見人，但聞人語響；返景入深林，復照青苔上。

〈竹里館〉：

獨坐幽篁裡，彈琴復長嘯；深林人不知，明月來相照。

才真正領略到王維的詩，有句句入禪，字字入禪的特色。

在王維的詩集中，可以稱得上故事詩的，只有他十九歲時所作的〈桃源行〉。這是一首七言的樂府歌行，原詩如下：

## 桃源行

漁舟逐水愛山春，兩岸桃花夾去（一作古）津。坐看紅樹不知遠，行盡青溪不見人。山口潛行始隈隩，山開曠望旋平陸。遙看一處攢雲樹，近入千家散花竹。樵客初傳漢姓名，居人未改秦衣服。居人共住武陵源，還從物外起田園。月明松下房櫳靜，日出雲中雞犬喧。驚（一作忽）聞俗客爭來集，競引還家問都（一作鄉）邑。平明閭巷掃花開，薄暮漁樵乘水入。初因避地去人間，及至（一作更問）成仙遂（一作去）不還。峽裡誰知有人事，世上遙望空雲山。不疑靈境難聞見，塵心未盡思鄉縣。出洞無論隔山水，辭家終擬長游衍。自謂經過舊不迷，安知峰（一作岑）壑今來變。當時只記入山深，青溪幾曲（一作度）到雲林。春來遍是桃花水，不辨仙源何處尋。

這是一首寓言故事詩，詩的本事，是依據晉陶淵明的〈桃花源記〉而來的。據梁啟超《陶淵明年譜》所推定，〈桃花源記〉是陶淵明在晉安帝隆安（西元三九七年）以前所作的。因文中有「太元中」句，想必去太元中不久，太元之後，便是隆安，這時陶淵明正二十五歲左右。

很明顯地王維的〈桃源行〉，是依據陶潛的〈桃花源記〉所寫成的寓言故事詩。從陶潛的小品文到王維的樂府歌行，在故事題材上，大致是相同的。但其中唯一不同的，是陶潛創造了「桃花源」、「武陵春」，作為人間避暴秦的淨土；而王維卻沿用這個故事，將「桃花源」變成了「仙源」，於是末尾說：「春來遍是桃花水，不辨仙源何處尋。」由避秦勝地，變成了蓬萊仙境。這項演變與王維的好佛道思想不無關係。至於「桃花源」的考證，我在〈陶淵明和他的幾首故事詩〉中已提及，可參見該篇。

〈桃源行〉的用韻，不是一韻到底，其間換韻七次，所用的韻腳如下：

春、津、人　春字是諄韻，津、人二字為真韻。諄、真韻通用，是由於諄的韻母是 -juen，真的韻母是 -jen，主要元音 e 相同，故通用。

陸、竹、服　三字同為屋韻。

源、園、喧　三字同為元韻。

集、邑、入　三字同為緝韻。

間、還、山　間、山二字為山韻，韻母為 -æn，還字為刪韻，韻母為 -an，刪、山韻通押，是主要元音相近的關係。

縣、衍、變　霰、線韻通押，是主要元音相近的關係。

深、林、尋　三字同為侵韻。

依《廣韻》的韻目，來分析唐人的用韻，已是「真」「諄」通用，「山」「刪」通用，「霰」「線」通用的現象，到平水韻中，這種用韻寬的現象，更為詩人所採用。

王維（西元七〇一—七六一年），字摩詰，他的名與字，是把佛在世時的大居士維摩詰斬成兩截的，所以王維以維摩居士自況。他的家鄉在太原祁（今山西祁縣附近），由於他的父親處廉，在汾州做官，便把家搬到蒲，於是又成為河東（今山西蒲縣附近）人。九歲知屬辭，同他的弟弟王縉俱以文名，少年時，便有傳世的作品。十九歲時，赴京試舉解頭，《集異記》說他善彈琵琶，假扮伶人，託岐王帶他到公主府。見了公主之後，他獻了一闋〈鬱輪袍〉的新曲，並出示所作的詩文。公主看了大為驚奇，立刻命宮婢傳習，並把他介紹給當時的試官。《全唐詩話》卷一便記載此事：

> 《集異記》載，王維未冠，文章得名，妙能琵琶，春試之日，岐王引至公主第，使為伶人，進主前。維進新曲，號〈鬱輪袍〉，並出所作。主大奇之，令宮婢傳教，遂召試官至第，諭之作解頭登第。

這事新、舊《唐書》均未載，但仍然可信。由此可見王維在少年時，倒是一個風流倜儻熱衷功名的人。他在二十一歲（開元九年）中了進士，立刻就做了大樂丞的官。天寶十一年，他做了給事中，他的弟弟王縉做侍御史，當時的王公大人，都待他如師友，這是他最得意的時期。

不久，安祿山反，長安淪陷，王維被俘。他服藥下痢，假稱瘖病，被囚在古寺中。亂平，他以附賊罪下獄，幸虧他有一首〈凝碧詩〉，表露他忠於朝廷的情感，減輕了他的罪名。可是他受了這次打擊後，對現實社會和功名利祿，漸漸失去了興趣，而嚮往於道家的養性全真和佛家的出世主義。他這時候的心境，在〈終南別業〉中表現得很清楚：

> 中歲頗好道，晚家南山陲。興來每獨往，勝事空自知。行到水窮處，坐看雲起時。偶然值林叟，談笑無還期。

後來，朝廷恢復他的官職，乾元二年，轉為尚書右丞。已是五十九歲年紀的人了。

晚年，他住在輞口的別墅中，日與道友裴迪浮舟往來，彈琴賦詩，完全投身於大自然的懷抱，過著恬澹閒適的生活。在《輞川集》的〈自序〉上說：

余別業在輞川山谷，其遊止有孟城坳，華子岡，文古館，斤竹嶺，鹿柴，木蘭柴，茱萸沜，宮槐陌，臨湖亭，南垞，欹湖，柳浪，樂家瀨，金屑泉，白石灘，北垞，竹里館，辛夷塢，漆園，椒園等；與裴迪閑暇各賦絕句云。

因此使他晚年的作品，不但活生生地表現了山野的美景，而且含蘊著一種清遠高妙的情趣。宋蘇東坡〈書摩詰藍田煙雨圖〉中，批評王維的詩：「味摩詰之詩，詩中有畫；觀摩詰之畫，畫中有詩。」便成為王維作品真正的評價。

王維死於上元二年七月，年六十一。《舊唐書》記載他卒於乾元二年七月，《新唐書》於上元初，而集中尚有上元二年所作的詩文，想必以上元二年卒為合理。

王維除詩文外，又擅長音樂書畫，尤其他的水墨畫，人稱畫思入神，天機獨到，為我國南宗之祖。他自己說：「凡畫山水，意在筆先。」意思就是說意象和境界，重於形似與刻畫。他的這樁見解，用到詩上，也有一番新面目。

# 李白的幾首故事詩

在唐代詩人中，李杜並稱，而不能定其高下。然如以倜儻絕俗，才情橫溢論，則李白實為有唐以來第一人。

李白（西元七〇一——七六二年），字太白，相傳他的母親因長庚入夢而生他。他的籍貫，史籍記載不一，有的說他是金陵人，見他〈上安州裴長史書〉的自述，這應該是他遠祖的籍貫。有的說他是山東人，見《舊唐書・李白傳》、杜甫〈薛端薛復筵前簡薛華醉歌〉及元稹〈唐故檢校工部員外郎杜君墓誌銘序〉，其實他曾寄寓過山東，不是他的籍貫。最可信的，是他的先世，是隴西成紀人，他自稱系出隴西漢將軍李廣之後，〈贈張相鎬〉詩云：「本家隴西人，先為漢邊將。」為涼武昭王暠的九世孫。隋末，他的祖先因罪徙西域，隱易姓名，唐神龍初（西元七〇五年），他的父親才遁還四川，僑居廣漢（成都縣東北），見唐人李陽冰〈唐翰林李太白詩序〉云：

> 李白，字太白，隴西成紀人。涼武昭王暠九世孫，蟬聯珪組，世為顯著，中葉非罪，謫居條支，易姓與名，然自窮蟬至舜，五世為庶，累世不大曜，亦可歎焉。神龍之始，逃歸於蜀。復指李樹而生伯陽，驚姜之夕，長庚入夢，故生而名白，以太白字之，世稱太白之精得之矣。

劉全白〈唐翰林李君碑記〉便記李白為廣漢人。因此，李白的少年、青年時代，就是在四川度過的。

李白生性放蕩不羈，喜讀書、擊劍，跟那些俠客、道士遊於岷山、峨眉，過著一種放任自在的生活。年輕的李白，也曾雄心勃勃，想做一番大事業，所以二十五歲以後，他就離開四川，到處流浪，足跡遍大江南北。並且在雲夢娶了故相許圉如的孫女為妻，在并州結識了唐代的名將郭子儀。後來到山東任城，和孔巢父等六人隱居徂徠山竹溪，終日放歌酣飲，號稱「竹溪六逸」。天寶初年，他又南下到了浙江，結識了道士吳筠，一同住在嵊縣，這時候他已四十歲了，他的生活，由於這幾十年的遊歷，日漸豐富，他的詩名也日益盛大。

不久，他的好友吳筠被召入京，他也隨著到了長安。當時賀知章讀了他的詩，歎為天上謫仙，便把他薦給玄宗，玄宗要他在翰林院做個供奉。他在長安住了三年，仍然不改他那種狂放不羈的生活。因為玄宗愛他的才華，所以很受寵遇，曾經有龍中拭吐，御手調羹的故事。有一次，他喝醉了酒，竟命皇帝的寵信高力士為他脫靴，命皇帝的愛妃楊玉環為他捧硯，至今傳為風流韻事。

今摘唐人筆記數則於下：

李肇《國史補》：「李白在翰林，多沉飲。玄宗令撰樂詞，醉不可待，以水沃之。白稍能動，索筆一揮十數章，文不加點。」

段成式《酉陽雜俎》：「李白名播海內，玄宗於便殿召見，神氣高朗，軒軒若霞舉，上不覺忘萬乘之尊。因命納履，白遂展足與高力士曰：『去靴！』力士失勢，遽為脫之。」

孟棨《本事詩》：「李太白初自蜀至京師，舍於逆旅。賀監知章聞其名，首訪之，既奇其姿，復請所為文，出〈蜀道難〉以示之。讀未竟，稱歎者數，號為謫仙。……嘗因宮人行樂，謂高力士曰：『對此良辰美景，豈可獨以聲伎為娛，倘時得逸才詞人吟詠之，可以誇耀於後。』遂命召白。時寧王邀白飲酒已醉，既至，拜舞頹然。……即遣二內臣掖扶之，命研墨濡筆以授之。又令二人張朱絲欄於其前，白取筆抒思，略不停綴，十篇立就，更無加點。」

李白「雲想衣裳花想容，春風拂檻露華濃」的〈清平調〉，就是這時候寫的。〈清平調〉是一首本事詩，宋人樂史作《楊太真外傳》，也記此事：

> 開元中，禁中重木芍藥，即今牡丹也。得數本紅紫淺紅通白者，上因移植於興慶池東沉香亭前。會花方繁開。……上曰：「賞名花，對妃子，焉用舊樂詞為？」遽命龜年持金花牋，宣賜翰林學士李白，立進〈清平樂〉詞三篇。……遂促龜年以歌，妃持玻璃七寶杯，酌西涼州葡萄酒，笑領，歌意甚厚。上因調玉笛為倚曲，每曲遍將換，則遲其聲以媚之。妃飲罷，斂繡巾再拜。上自是顧李翰林尤異於他學士。

由於李白的思想浪漫，行為放蕩，不像一個臺閣廊廟之材，所以雖得玄宗皇帝的賞識，卻始終沒有獲得高官厚爵。因此他又離開長安，在洛陽，和當時另一大詩人杜甫相識，成了好友。從此，他再度過著漂泊流浪的生活。

這次他浪跡大江南北，漫無定處，生活漸形潦倒。他在詩中歎道：「萬里無主人，一身獨為客。」「欲邀擊筑悲歌飲，正值傾家無酒錢。」這時他才嘗到現實人生的炎涼滋味，所以他感慨萬千地道：「一朝謝病遊江海，疇昔相知幾人在？」同時人在落魄的時候，骨肉的親情，鄉里的懷念，不禁油然而生，所以一向放達的李白，竟也寫出「何年是歸日，雨淚下孤舟」的感傷詩句來。他但是李白的性格畢竟是狂放的、豪邁的，一旦生活稍為改善，他又興致勃勃地飲酒作樂起來。他在〈客中作〉一詩中，就欣然自得地說：「蘭陵美酒鬱金香，玉碗盛來琥珀光；但使主人能醉客，不知何處是他鄉。」從這首詩裡，可以看見李白的幾分真性情。

天寶十四年（西元七五五年），安祿山反，李白避居廬山。李璘（永王）起兵，招李白為府僚佐，後因李璘和哥哥李亨（肅宗）爭奪帝位失敗，李白獲罪當誅，多虧當年他曾救助過的郭子儀解官為他贖罪，他才得到減刑。詔令放逐夜郎，幸而中途遇赦放歸。到了潯陽，不幸又因事下獄。這次獲救後，他已是五十九齡的老人，連年迭遭困厄，加以年事漸高，心境也就變得恬淡了。這時他投靠了當塗令李陽冰，過了一段平靜的生活。寶應元年（西元七六二年），李白六十二歲，那年十一月病死在當塗。

綜觀李白的一生，或縱酒高歌，或擊劍習武，或隱居修道，或嘯傲朝廷，或遭困遇赦，或浪跡天涯，可謂多彩多姿。而作品之中，有的悽惻纏綿，有的熱情洋溢，有的高逸空靈，有的揮毫落紙，有排山倒海之勢，無論五言七言，樂府歌行，律詩絕句，到了他的手裡，都顯得揮灑自如，氣象萬千。連有詩聖之稱的杜甫，對他也不得不佩服得五體投地，由衷地讚美道：「筆落驚風雨，詩成泣鬼神。」他的詩，不但驚風雨、泣鬼神，使人讀來，直如星月懸空，可仰視而不可攀擬，但覺玄黃交錯，落英繽紛，稱之為詩仙，不為過也。

李白的詩集，首次由當塗令李陽冰整理成帙，凡十卷。詩集前有李陽冰的序，說明李白病篤時，把稿交給他。序上說：

> 陽冰試絃歌於當塗，心非所好，公遐不棄我，乘扁舟而相顧臨。當掛冠，公又疾亟，草藁萬卷，手集未修，枕上授簡，俾余為序。論〈關雎〉之義，始愧卜商；明《春秋》之辭，終慚杜預。自中原有事，公避地八年，當時著述十喪其九，今所存者，皆得之它人焉。時寶應元年十一月乙酉也。

李陽冰作序的時間，在寶應元年十一月，據此推斷李白當死在這年，地點在當塗（即今安徽省當塗縣）。後北宋樂史，增收李白詩為二十卷，又錄賦序表讚書頌等文章為別集十卷。

讀李白的詩集，取其可稱得上為故事詩的，有〈長干行〉、〈襄陽曲〉、〈襄陽歌〉、〈東海有勇婦〉數首。今分別敘述於下：

## 長干行

妾髮初覆額，折花門前劇，郎騎竹馬來，繞牀弄青梅。同居長干里，兩小無嫌猜。

十四為君婦，羞顏尚不開，低頭向暗壁，千喚不一回。十五始展眉，願同塵與灰，
常存抱柱信，豈上望夫臺。十六君遠行，瞿塘灩澦堆，五月不可觸，猿聲天上哀。
門前舊行跡，一一生綠苔，苔深不可掃，落葉秋風早。八月蝴蝶黃，雙飛西園草，
感此傷妾心，坐愁紅顏老。早晚下三巴，預將書報家，相迎不道遠，直至長風沙。

〈長干行〉是古代歌曲中的一種舊題目。長干，在今江蘇省南京市秦淮河南，古時有長干里。《樂府詩集》卷七十二錄有〈長干曲〉古辭：「逆浪故相邀，菱舟不怕搖；妾家楊子住，便弄廣陵潮。」想為南朝時吳歌的一種。唐人崔顥、李白、張潮、崔國輔等有〈長干曲〉、〈長干行〉或〈小長干曲〉的歌辭，內容都是兒女言情的詩歌。

李白的這首〈長干行〉，是一首描寫愛情的社會故事詩。詩中是寫小婦女的獨白。首先她道出她們夫婦是一對從小結識的伴侶，十四歲時便出嫁，做了小婦人，畏羞害臊。十五歲時，她不再害羞，情願相守，並借尾生的故事，比喻丈夫對愛情的堅貞，她那裡知道有什麼望夫臺呢！十六歲時，丈夫出遠門到四川去，她耽心五月的三峽水漲，船碰上去就不得了。自從丈夫走後，門前長滿綠苔，愁不可掃。今年的秋風，也好似來得特別早。看蝴蝶雙飛西園草上，更使她煩惱。最後盼望早早得知丈夫回家的消息，不怕路遠，她準備從南京趕到很遠很遠的長風沙（在安徽省安慶市的長江邊上）去接他。

李白五十四歲時，曾遊廣陵、秦淮、金陵一帶，他依吳歌的歌曲，仿作〈長干行〉。南朝以來，長江沿岸，從湖北的襄陽到江蘇的南京，商埠興起，商旅所到，酒館林立，吳歌、西曲流行其間。唐朝時，長江沿岸的商埠，更加繁華，李白親遊金陵，能不買醉放歌、仿製一曲嗎？

李白的〈長干行〉，集中錄有兩首，都是樂府詩，已是社會故事詩的形態。宋人黃庭堅認為「妾髮初覆額」的〈長干行〉，是李白的真作，而「憶妾深閨裡」那首，是李益所作的，因此這裡只錄「妾髮初覆額」這首。

## 襄陽曲

襄陽行樂處，歌舞白銅鞮；江城回淥水，花月使人迷。山公醉酒時，酩酊高陽（一作襄陽）下；頭上白接羅，倒著還騎馬。峴山臨漢江，水淥沙如雪（一作水色如霜雪）；上有墮淚碑，青苔久磨滅。且醉習家池，莫看墮淚碑；山公欲上馬，笑殺襄陽兒。

## 襄陽歌

落日欲沒峴山西，倒著接羅花下迷。襄陽小兒齊拍手，攔街爭唱〈白銅鞮〉。傍人借問笑何事，笑殺山公醉似泥。鸕鷀杓，鸚鵡杯，百年三萬六千日，一日須傾三百杯。遙看漢水鴨頭綠，恰似蒲萄初醱醅。此江若變作春酒，壘麴便築糟丘臺。千金駿馬換小妾，笑（一作醉）坐雕鞍歌〈落梅〉。車傍側挂一壺酒，鳳笙龍管行相催。咸陽市上歎黃犬，何如月下傾金罍。君不見：晉朝羊公一片石，龜頭（一作龍）剝落生莓苔。淚亦不能為之墮，心亦不能為之哀。誰能憂彼身後事，金鳧銀鴨葬死灰（注）。清風朗（一作明）月不用一錢買，玉山自倒非人推。舒州杓，力士鐺，李白與爾同死生。襄王雲雨今安在？江水東流猿夜聲。

注：集無此二句，《全唐詩》《樂府詩集》增此。

李白詩集中，有五言的〈襄陽曲〉一首，另外又有七言的〈襄陽歌〉一首，兩首都是樂府詩，歌辭的內容，大致相似，描述晉代山簡鎮襄陽時，經常在高陽池喝醉酒，放浪形骸的故事。李白的這兩首詩，是受西曲〈襄陽樂〉、〈襄陽蹋銅蹄〉的影響。

〈襄陽樂〉，樂府西曲歌名。為南朝宋隨王誕所作。誕在南朝宋元嘉時，為雍州刺史，夜聞諸女歌謠，因而作此歌。歌辭內容，本是道兒女之情的行樂歌。陳智匠所撰的《古今樂錄》云：〈襄陽樂〉，宋隨王誕所作。誕始為襄陽郡，元嘉末仍為雍州刺史，夜聞諸女歌謠，因而作之，所以歌和中有「襄陽來夜歌」之語也。又有〈大堤曲〉，亦出於此。

後蕭衍（梁武帝）在雍州，有童謠云：「襄陽白銅蹄，反縛揚州兒。」意思是說：襄陽的鐵騎，南下可以制揚州。其後梁武帝起兵，揚州之士皆降，武帝入主金陵，如歌謠中所唱的。於是梁武帝奠都金陵後，製〈襄陽蹋銅蹄歌〉詞，又令沈約作曲，被以管絃。〈襄陽蹋銅蹄〉，也是樂府西曲歌名，又名〈白銅蹄〉，蹄一作鞮。《隋書・音樂志》：

梁武帝之在雍鎮，有童謠云：「襄陽白銅蹄，反縛揚州兒。」及義師之興，實以鐵騎，揚州之士皆面縛，果如謠言。故即位之後，更造新聲，帝自為之詞，三曲，又令沈約為三曲，以被管絃。

李白經襄陽時，感晉山簡治襄陽，醉高陽池事，作〈襄陽曲〉、〈襄陽歌〉。所以李白的兩首樂府，雜揉了西曲中的〈襄陽樂〉和〈襄陽白銅蹄〉，而作的詠史故事詩。

詩中的大意，是說襄陽郡治襄陽城，一片歡樂的景象，到處有人唱〈白銅鞮〉的歌。從前晉朝有個官員山簡，他治襄陽時，經常跑到高陽池喝酒。回來時，爛醉倒在馬上，連頭上的白帽（即白接羅）也戴歪了。襄陽城外有漢水，水淥景麗。城南有峴山，相傳晉羊祜登峴山時感慨地說：「從前來爬峴山的人，今天都到那兒去了？我今天上山，死後又有誰知道我在這裡感慨過！」羊祜死後，當地人替他在峴山立一座墮淚碑。現在墮淚碑也長青苔。人總歸會衰老，感傷也沒用，不如飽覽清風明月，喝個爛醉。

山簡，《晉書》卷四十三有傳，他是「竹林七賢」之一山濤的兒子。簡，字季倫，性溫雅有父風。《晉書》上說：

永嘉三年，簡出為征南將軍，都督荊湖交廣四州諸軍事，假節鎮襄陽。……簡優游卒歲，唯酒是耽，諸習氏荊土豪族，有佳園池。簡每出遊嬉，多之池上，置酒輒醉，名之曰高陽池。時有童兒歌曰：「山公出何許？往至高陽池。日夕倒載歸，酩酊無所知。時時能騎馬，倒著白接䍦。舉鞭向葛彊，何如并州兒。」彊家在并州，簡愛將也。

李白好飲酒，詩中也多以酒或酒徒作題材。〈襄陽歌〉便是鋪述山簡醉襄陽的故事。《分類補注李太白詩》蕭士斌引歐陽脩的話批評這首詩說：「『落日欲沒峴山西，倒著接䍦花下迷，襄陽小兒齊拍手，大家爭唱〈白銅鞮〉』，此常語也。至於『清風明月不用一錢買，玉山自倒非人推』，然後見其機，故其所以驚動千古者，固不在此乎！」慧眼識佳句，言之中的。

## 東海有勇婦

梁山感杞妻，痛哭為之傾。金石忽暫開，都由激深情。東海有勇婦，何慚蘇子卿（當作蘇來卿）。學劍越處子，超然若流星。捐軀報夫讎，萬死不顧生。白刃耀素雪，蒼天感精誠。十步兩躩躍，三呼一交兵。斬首掉國門，蹴踏五藏行。豁此伉儷憤，粲然大義明。北海李史君，飛章奏天庭。捨罪警風俗，流芳播滄瀛。名在列女籍，竹帛已光榮。淳于免詔獄，漢主為緹縈。津妾一棹歌，脫父於嚴刑。十子若不肖，不如一女英。豫讓斬空衣，有心竟無成。要離殺慶忌，壯夫所素輕。妻子亦何辜，焚之買虛聲。豈如東海婦，事立獨揚名。

這首詩在敘述東海的一個勇婦的故事，是屬於俠義性的社會故事詩。描寫她為丈夫報仇，在城門口殺死了仇人，然後她也因此而捐軀。李白聽到這則消息，被她的堅貞義勇所感動，便模仿魏〈鼙舞曲．關中有賢女〉的樂府寫下〈東海有勇婦〉這首詩來頌揚她。

〈關中有賢女〉是寫關東的一個女子蘇來卿，她替父親報仇的故事。曹植〈精微篇〉中提到：

關東有賢女，自字蘇來卿。壯年報父仇，身沒垂功名。

蘇來卿是為父報仇，而東海勇婦，是為夫報仇。東海勇婦的姓名，在詩中沒留下，而李白寫這詩時，忘了寫一則序加以說明，使後人無從考查，這是美中不足的地方。

李白寫〈東海有勇婦〉，著重在襯托，他舉了六個史例，來襯托東海勇婦的義行。還借北海李史君的名分，上奏給朝廷，要求史官把她的義行收入《列女傳》中。我想這位「李史君」，就是李白自己吧！

李白在這詩中所舉的六個史例：

第一個是杞梁妻。故事是發生在春秋時的齊國，杞梁，即杞殖，是齊國的大夫，跟從齊莊公去攻打莒國，杞梁和另一大夫華還（即華周）率兵攻入敵陣，猛勇過人，後杞梁戰死。齊莊公將杞梁的靈柩運回齊國，他的妻子在路旁迎丈夫的靈柩而痛哭。事跡見《左傳》襄公二十三年及《禮記・檀弓》下的記載。劉向《列女傳》卷四記載這事時，便趨於故事化。說杞梁戰死後，他的妻子枕屍哭於城下，十日城牆因此而崩頹。顯然地，李白用劉向《列女傳》的故事來感興，便詠道：

「梁山感杞妻，慟哭為之傾。金石忽暫開，都由激深情。」

第二個是蘇子卿。李白詩云：「東海有勇婦，何慚蘇子卿。」其實，蘇子卿應該作「蘇來卿」。但《分類補注李太白詩》、《樂府詩集》、《全唐詩》李白詩，都作「蘇子卿」，甚至蕭士斌的補注將蘇子卿注為蘇武，這是很明顯的錯誤。蕭士斌的補注說：「蘇子卿全節歸漢。」

我認為蘇子卿就是蘇來卿，也就是〈關中有賢女〉的主角蘇來卿。曹植〈精微篇〉中已指出她為父報仇的義行。所以李白表彰東海勇婦為夫報仇的義行，比之蘇來卿也無遜色。不知是歷代本子傳抄錯誤，還是李白作詩時把蘇來卿誤寫成蘇子卿。

第三個是緹縈。李白詩云：「淳于免詔獄，漢主為緹縈。」緹縈救父的事，《漢書・刑法志》和劉向《列女傳》都有記載。緹縈是漢太倉令淳于意的最小的女兒，她的父親犯法當受肉刑，她的父親發牢騷說：「連生了五個女兒，現在發生了急事，沒有一個能想法子。」於是緹縈悲泣，隨她的父親到長安，上書給文帝，要求入身為官婢，以贖父罪。文帝被她的孝心感動，下詔除肉刑。李白引這故事來襯托東海勇婦的義行。

第四個是趙國河津吏的女兒女涓。劉向《列女傳》記載：戰國時，趙簡子嘗預先跟黃河守渡口的官吏約好，某時準備渡河擊楚。到時，河津吏喝醉了，簡子要治罪殺他。河津吏的女兒女涓惶恐，便代她父親操檝，並說明醉酒的原因，是為了祈求河水靜息，使簡子依時渡河。因而救了她的父親。河中，女涓還擊檝唱道：

升彼阿兮面觀清，水揚波兮杳冥冥。禱求福兮醉不醒，誅將加兮妾心驚。罰既釋兮瀆乃清，妾持檝兮操其維。蛟龍助兮主將歸，浮來櫂兮行勿疑。

後來趙簡子娶女涓為妻，是為趙簡子夫人，那首歌，便是樂府中的〈河激歌〉。李白詩云：「津妾一棹歌，脫父於嚴刑。」李白借女涓事，以頌揚東海勇婦的義行。

第五個是豫讓。豫讓是個刺客，《史記・刺客列傳》上說：豫讓，戰國時晉人。初事范中行氏，後改事智伯，智伯很器重他。後來智伯被趙襄子所滅，他為了要替智伯報仇，故意漆身為癩，吞炭使聲音沙啞，使原來的面貌改變，要刺殺趙襄子。結果沒刺中，反被襄子抓到。豫讓對趙襄子說：「我的罪當死，但智伯待我太好了；現在我只求你把你的衣服借我砍一下，這樣我死了也就無恨。」趙襄子感念他的忠心，便答允他，把衣服給他。於是豫讓拔劍在衣服上連砍三下，然後自刎。李白詩上說：「豫讓斬空衣，有心竟無成。」

第六個是要離。要離也是個刺客。事見《呂覽・忠廉》。要離，春秋吳人。時吳公子光既弒吳王僚，怕僚的兒子慶忌在外，會回來報仇，便遣要離去刺殺慶忌。要離怕不易接近慶忌，便要求吳光把他驅逐，並燒死他的妻子。吳光便依照要離的計謀進行，於是要離便去投靠慶忌。要離對慶忌說：「現在我們一起坐船回去把吳光滅掉。」船到江中，要離拔劍刺慶忌。慶忌並不因他有這種舉動，依然把要離放回吳，要離自感不仁不義而自殺。李白詩云：「要離殺慶忌，壯夫素所輕。妻子亦何辜，焚之買虛聲。」

李白引以上六個史例，來襯托東海勇婦的義行，最後才說：「豈如東海婦，事立獨揚名。」作為收結。

在〈東海有勇婦〉詩中，只有一節描寫她出門尋仇人，殺仇人於城門的直接描述，便是：「學劍越處子，超然若流星。捐軀報夫讎，萬死不顧生。白刃耀素雪，蒼天感精誠。十步兩躩躍，三呼一交兵。斬首掉國門，蹴踏五藏行。豁此伉儷憤，粲然大義明。」然後借李史君的奏章，說她可以登入《列女傳》中。這種筆法，的確很神奇。

〈東海有勇婦〉是屬於〈關中有賢女〉、〈秦女休行〉一類表彰烈女義行的故事詩。史籍上，表彰忠孝節義的故事很多，而以弱女子能為親復仇，尤其感人。以李白尚俠義的心性，寫此真實的故事，更是使這位婦女的義行，躍然紙上。

東海，即今山東省郯城縣的西南一帶。而這位勇婦，詩中並沒留下姓氏，或許李白遊東海時所聽到的真實故事，當時告訴他的人，也不知道姓名，所以李白只好說：「東海有勇婦。」並以此為題。

# 杜甫的幾首故事詩

杜甫（西元七一二—七七〇年），小李白十一歲，是我國歷史上最偉大的詩人之一。字子美。他是晉朝杜預的十三世孫，杜預本京兆杜陵人，所以杜甫自稱為「杜陵野老」，後杜預的少子尹遷襄陽（在今湖北），《舊唐書》便說杜甫是襄陽人。他的曾祖父杜依藝，做過鞏令，家也搬來鞏縣（在今河南省），以後三世，都居住此，因此河南鞏縣便成了杜甫的家鄉。祖父杜審言，任膳部員外郎，父杜閑，任奉天令。《舊唐書．文苑傳》、《新唐書．文藝傳》都收有杜甫的傳略。

他小時聰穎過人，二十歲時，便遊歷江浙一帶，到過姑蘇、鏡湖等名勝，還希望能乘船去日本。二十四歲那年，他入京考進士，沒及第。於是他離開長安，在齊魯間流浪了八九年，和李白、高適這些浪漫詩人在一起喝酒詠唱，他的〈飲中八仙歌〉，便可以看出他們一夥中，也夠熱鬧：

知章（賀知章）騎馬似乘船，眼花落井水底眠。汝陽（汝陽王璡）三斗始朝天，道逢麴車口流涎，恨不移封向酒泉！左相（李適之，天寶元年任左丞相）日興費萬錢，飲如長鯨吸百川，銜杯樂聖稱避賢。宗之（齊國公崔宗之）瀟灑美少年，舉觴白眼望青天，皎如玉樹臨風前。蘇晉（左庶子）長齋繡佛前，醉中往往愛逃禪。李白斗酒詩百篇，長安市上酒家眠，天子呼來不上船，自稱臣是酒中仙。張旭三杯草聖傳，脫帽露頂王公前，揮毫落紙如雲煙。焦遂五斗方卓然，高談雄辯驚四筵。

其中有親王，有宰相，有佛教徒，有道士，有詩人，有書法家，他們大都是失意的人，酒和詩，使他們結合在一起。今杜甫詩集中，因李白而作的詩還不少：如〈夢李白〉二首、〈贈李白〉、〈春日憶李白〉、〈冬日有懷李白〉等，足見他們的情誼不惡，杜甫的這些詩，多是後來思慕友人而作的。

《舊唐書》有一則記載，譏杜甫的〈飯顆山詩〉，是李白作的。在〈文苑傳・杜甫傳〉云：

天寶末，詩人甫與李白齊名，而白自負，文格放達，譏甫齷齪，而有飯顆山之嘲誚。

《唐詩紀事》卷十八云：

飯顆山頭逢杜甫，頂戴笠子日草午；借問因何太瘦生，總為從前作詩苦。此詩載於唐舊史。

（按：草午，當作卓午，正午也。）

大概是杜甫的才思慢，李白便笑他作詩太苦了，弄得骨瘦如柴呢！

天寶六年（西元七四七年），他在長安應詔，想找個官做，作〈天狗賦〉。又三年，進〈鵰賦〉。天寶十一年，他四十歲，又進〈三大禮賦〉，說明自己的身世才學，希望朝廷能錄用他。後來，玄宗只命宰相試他的文章，授給河西尉的小官。他不赴任，後來改為率府參軍，這時他已四十四歲了。

杜甫的家境，一向很窮困。他看到宮廷的貴族們，過著淫侈的生活，而民間卻屢遭戰禍徭役的洗劫，在這強烈的對照下，使他寫成了〈麗人行〉和〈兵車行〉。

天寶十四年（西元七五五年），安祿山兵亂，也是杜甫四十四歲那年，冬十一月，他自長安回到寓居陝西奉先的家，由於他的貧窮，使家人常受凍餒，到家時，幼兒已餓死。在這不幸的遭遇下，他怎能無感慨呢？那首〈自京赴奉先詠懷五百字〉，便是這時產生的。那年十二月，安祿山攻入洛陽。

天寶十五年六月，潼關失守，不久，長安亦破。這年五月，杜甫自奉先往白水，依舅氏崔少府。六月，又自白水往鄜州。這時，玄宗幸蜀，陝西、河南、山西一帶，便捲入戰火之中，七月，杜甫聽到肅宗在甘肅靈武即位，便自鄜州奔往，遂陷賊中。在一個愁聲滿城的夜裡，他沉湎於鄉愁裡，寫下了〈月夜〉：

今夜鄜州（在今陝西省鄜縣）月，閨中只獨看。遙憐小兒女，未解憶長安。香霧雲鬟濕，
清輝玉臂寒。何時倚虛幌，雙照淚痕乾。

這是一首杜甫懷念鄜州妻子兒女的詩。他從兩地看月的情景中，寫到淪陷後的長安，鄜州月露下的妻子，又切望全家團聚的情景，表達了夫妻間真實的情感。同樣地，他看到戰火洗劫後的長安，人民生活塗炭，使他的感觸很多。

至德二年（西元七五七年），安祿山造反的第二年，杜甫仍留在淪陷後的長安，春天來了，他對國家無限的憂慮和對家人的深切想念，寫下〈春望〉、〈哀江頭〉、〈哀王孫〉等作品。直到四月，

杜甫才從長安脫險，逃出來，到靈武拜見了肅宗，肅宗命他為左拾遺。他那首「麻鞋見天子，衣袖露兩肘」的〈述憶〉，便是他四十五歲時寫的。不久，杜甫為救房琯的事，又免了官，墨制放回鄜州，八月，回到羌村，看到他的妻兒，那首〈羌村〉，便是記載這事。同樣地，他著名的〈三吏〉、〈三別〉，也是在這前後幾年中寫成的。

乾元元年（西元七五八年），史思明變亂，杜甫入四川，在成都浣花溪旁築草堂定居下來，由於生活的安定，作品也淡遠雅致。這時他已快五十歲了。嚴武鎮蜀（西元七六四年），他請杜甫任節度參謀，並檢校工部員外郎，「杜工部」這個名稱，便得自於此。一年後，嚴武死了，他的官也丟了，從此他又像沙鷗似的浪跡天涯，在湖北、湖南等地飄流。

代宗大曆五年（西元七七〇年），他到耒陽（湖南衡陽縣東南），遇到洪水，斷糧十天，後來縣令派船接他回來，並請他喝酒，也許太久沒吃東西，突然飽食一餐，以致食傷，當晚暴卒。死時才五十九歲。《舊唐書・文苑傳》記載杜甫的死：

甫嘗遊嶽廟，為暴水所阻，旬日不得食。耒陽聶令知之，自棹舟迎甫而還，永泰二年，啗牛肉白酒，一夕而卒於耒陽。

傳中說杜甫卒於「永泰二年」是錯誤的，宋人呂大防的《杜工部年譜》及蔡興宗的《杜工部年譜重編》，魯訔撰的《杜甫年譜》，都斷為大曆五年。

杜甫一生經歷過玄宗、肅宗、代宗三代，眼看著國家由全盛時期進入危難時期，生活的貧苦，使他嘗遍饑寒的滋味；時代的動亂，使他體會到悲歡離合的至情。他以人間的至愛，抒唱出自己的見聞和遭遇，他以悲天憫人的抱負，發揮儒者人溺己溺的精神。因此他的詩充滿了友愛和同情，他完全是一個寫實詩人，集中的許多作品，可稱為那時代的實錄，所以後人稱之為「詩史」。假使說李白的詩最高遠，那麼杜甫的詩最真實。下面便是他的幾首故事詩：

## 兵車行

車轔轔，馬蕭蕭，行人弓箭各在腰。爺娘妻子走相送，塵埃不見咸陽橋。牽衣頓足攔道哭，哭聲直上干雲霄。

道旁過者問行人，行人但云：「點行頻。或從十五北防河，便至四十西營田。去時里正與裹頭，歸來頭白還戍邊。邊庭流血成海水，武皇開邊意未已。君不聞：漢家山東二百州，千村萬落生荊杞？縱有健婦把鋤犁，禾生壠畝無東西。況復秦兵耐苦戰，被驅不異犬與雞！」

「長者雖有問，役夫敢伸恨。且如今年冬，未休關西卒，縣官急索租，租稅從何出？信知生男惡，反是生女好，生女猶得嫁比鄰，生男埋沒隨百草。」

君不見：青海頭，古來白骨無人收。新鬼煩冤舊鬼哭，天陰雨濕聲啾啾！

樂府中有〈從軍行〉的古題，杜甫為了更自由地反映現實生活，特別創製了這個新題目，所以郭茂倩的《樂府詩集》便將此篇收在〈新樂府辭〉裡。

這是一首歷史故事詩。由於開元、天寶（西元七一三—七五六年）年間，唐玄宗不斷地對外擴張領土，部隊傷亡慘重，宰相李林甫、楊國忠等就下令到處拉伕，補充兵力。杜甫親自看到長安城拉出壯丁，他們的家屬在咸陽橋走送的悲慘場面，而寫下的一首詩。全詩的內容可分四段：

第一段，描寫軍隊出征，他們的家屬，在長安城東南咸陽橋上送行，到處是一片攔道牽衣，生離哭別的場面。第二段，借一個士兵答過路人的問話，說出戰亂已把百姓推到絕境上去。第三段，仍然是被拉去出征的士兵所說的，由於不斷地拉夫，使天下的父母，才真的知道生兒子是倒楣事，反不如生女兒的好。第四段，寫青海邊，沙場上，多少人犧牲在上面，以天陰鬼哭做結束。

杜甫寫〈兵車行〉的時間，有幾種說法：

(1)天寶九年（西元七五〇年），《全唐詩》在杜甫這首詩「且如今年冬，未休關西卒」的句子下，注引《資治通鑑》：「天寶九年十二月，關西遊奕使王難得擊吐蕃，克五橋，拔樹敦城。」也就是說明詩中的「今年冬」，是天寶九年十二月王難得擊吐蕃的史事。關西，當指潼關以西。那麼關西卒，便是指關西遊奕使王難得的士兵了。

(2)天寶十年（西元七五一年），《全唐詩》在該詩末，又引清人錢謙益的看法，他說：「天寶十載，鮮于仲通討南詔蠻，士卒死者六萬，制大募兩京及河南北兵，以擊南詔，人莫肯應。楊國忠遣御史分道捕人，枷送軍所，此詩序南征之苦，設為役夫問答之詞，『君不聞』以下，言征戍之苦，海內驛騷，不獨南征一役為然也。」因此錢謙益認為該詩作於天寶十年，為討南詔事。南詔在今滇西，嘗受封為雲南王。「詔」就是王的意思。胡適之先生的《白話文學史》中主此說。

(3)天寶十一年（西元七五二年），宋人呂大防《杜工部年譜》上說：「天寶十一年，癸巳。〈上韋左相詩〉云：『鳳曆軒轅紀，龍飛四十春。』是年玄宗即位四十年。時有〈兵車行〉。天寶中，詩〈麗人行〉。」

從以上三種說法，以天寶九年作〈兵車行〉為可信。當時的宰相李林甫，蒙蔽欺飾，使玄宗耽於宴樂而軍政窳敗。〈兵車行〉中有「未休關西卒」及「青海頭」句，可與關西遊奕使王難得擊吐蕃事配合。吐蕃，在今青海西藏一帶，唐開元天寶間，屢來寇邊，因此，唐代的軍隊犧牲在此的不少，杜甫才會說：「君不見：青海頭，古來白骨無人收」的話。天寶九年，杜甫正三十九歲。

詩中借漢武帝（武皇）開邊意未已，來諷刺玄宗，並說「漢家山東二百州，千村萬落生荊杞」。也就是說華山以東的兩百多州的地方，多少村落荒蕪掉，田裡長滿荊棘和枸杞。這給開元天寶盛世，帶來另一面的實況，也影射了天寶末離亂的先兆。

此外，從詩中可以看出唐人有著頭巾的習慣。「去時里正與裹頭，歸來頭白還戍邊。」里正，就是里長，唐朝百戶為一里，設里正一人。詩中的意思是說：有的出去的時候年紀還小，要里正給他包頭巾；回來時頭髮已白，還要去守邊。《唐書・輿服志》亦云：「開元已來，文官士伍多以紫皂官絲為頭巾。」

詩中也提及租稅。「縣官急索租，租稅從何出？」唐人納稅，有租庸調法，租出穀，庸出絹，調出兵。縣官急著索租，想必供應關西的士兵。

瞿宣穎《中國社會史料叢鈔》「唐代詩歌與民俗之關係」一節中云：「詩人之喜以軍事入詠，自上古已然，〈秦風〉之〈車轔〉、〈駟驖〉，頗能借勞人思婦之情，抒急公好勇之概。漢魏以降，亂離不絕，如〈飲馬長城窟行〉、〈燕歌行〉、〈關山月〉等詩，則怨悱之意多而策勉之意少矣。唐代初用徵兵制，繼用募兵制，安史亂後，蓋行強迫兵役。故杜甫詩云：『道旁過者問行人，行人但云點行頻，或從十五北防河，便至四十西營田。』白居易詩云：『無何天寶大徵兵，戶有三丁點一丁，點得驅將何處去？五月萬里雲南行。』宜其時痛恨征戰之事也。」這樣看來，杜甫的〈兵車行〉，確實地反映了天寶末年的社會真相，讀此詩之餘，也可想見當時的社會。

## 麗人行

三月三日天氣新，長安水邊多麗人。態濃意遠淑且真，肌理細膩骨肉勻。繡（一作畫）羅衣裳照暮春，蹙金孔雀銀麒麟。頭上何所有？翠微（一作為）㔩葉垂鬢脣。背後何所見？珠壓腰衱穩稱身。就中雲幕椒房親，賜名大國虢與秦。紫駝之峰出翠釜，水精之盤行素鱗。犀箸厭飫久未下，鸞刀縷切空（一作座）紛綸。黃門飛鞚不動塵，御廚絡繹送八珍。簫鼓（一作管）哀吟感鬼神，賓從雜遝實要津。後來鞍馬何逡巡？當軒（一作道）下馬入錦茵。楊花雪落覆白蘋，青鳥飛去銜紅巾。——炙手可熱勢絕倫，慎莫近前丞相嗔。

這是一首諷刺貴戚的歷史故事詩。當時玄宗寵幸楊玉環，封為貴妃，她的堂兄楊釗，賜名國忠，做了宰相，貴妃的姊妹，大姨封韓國夫人，三姨封虢國夫人，八姨封秦國夫人，都有大權勢，寵貴一時，連當時的一些高級官吏，也為之側目。而這首詩是描寫三月三日上巳，長安的貴戚們，衣著華麗，遊曲江樂遊園宴樂的情景。她們都是後宮的親人，像虢國夫人、秦國夫人，她們設宴郊野，陪從的賓客，也是些當朝的要員。菜是那麼名貴，她們顯得吃不下的樣子，樂伎在旁邊演奏，侍衛人員來回地戒備，卻忙壞了宮中的御廚，不斷地送菜。最後來了一騎，下馬後，昂首闊步走入她們的群中，他是誰——他是當朝炙手可熱的人物，宰相楊國忠，小心，切莫在他面前得罪了他。杜甫的描寫，真可算是神乎入微了。

《全唐詩》便引《舊唐書》中的一段文字，作為〈麗人行〉本事說明，〈后妃傳・玄宗楊貴妃〉：

玄宗每年十月，幸華清宮，國忠姊妹五家扈從。每家為一隊，著一色衣。五家合隊，照映如百花之煥發，而遺鈿墜舄瑟瑟，珠翠燦爛，芳馥於路。而國忠私於虢國而不避雄狐之刺，每入朝，或聯鑣方駕，不施帷幔。

其實，詩中是指三月三日上巳，而《舊唐書》的這節記載，也可了解楊家的驕貴，更深入地看出杜甫所寫的，句句真實。同時，從杜甫的〈樂遊園歌〉，也可以知道唐長安中的貴族們，每正月晦日，三月三日，九月九日，都上郊野遊樂，士女畢從。因此杜甫寫〈麗人行〉諷刺貴戚的威勢，還算是很含蓄。

《分門集注杜工部詩》中，引師尹說：杜甫譏諷貴妃的兄弟姊妹，以豔麗的顏色得寵，所以取「麗人行」作為篇名。師尹的原文如下：

甫有炙手可熱、愼莫見嗔於丞相之句，所以戒當世之士大夫，無以譏切其黨以取禍害。觀《詩》以〈碩人〉美莊姜與申后，蓋取其碩美之德。今此詩以麗人名篇，豈非刺貴妃之黨徒以豔麗之色寵貴乎，杜甫深意於茲可見。

取「麗人」為篇名，詩中首句已言明。魏曹植〈洛神賦〉云：「覩一麗人，于巖之畔。」劉向《別錄》錄有〈麗人歌賦〉，而杜甫見上巳日，長安水邊多麗人，故作〈麗人行〉。行，是古代歌曲的一種體裁，統稱為「歌行體」。

詩中有「炙手可熱勢絕倫，愼莫近前丞相嗔」句，丞相指楊國忠。楊國忠在天寶十一年（西元七五二年）任右丞相，因此，杜甫這首詩，當是天寶十一年以後，十四年以前的作品。蔡興宗重編杜甫的年譜，在天寶十一載下，便云：「〈麗人行〉之謂丞相者，楊國忠也。按《唐史》是冬國忠始拜相，當是次歲以後詩，舊譜（指呂大防所作《杜工部年譜》）入此載，非也。」蔡氏的說法是正確的。

明楊慎《升菴詩話》云，〈麗人行〉有逸句，卷十四云：

松江陸三汀深語予，杜詩〈麗人行〉，古本「珠壓腰衱穩稱身」下，有「足下何所著？紅渠羅襪穿鐙銀」二句，今本亡之。

清施補華《峴傭說詩》云：

〈麗人行〉，前半竭力形容楊氏姊妹之游冶淫泆。後半敘國忠之氣燄逼人，絕不作一斷語，使人於意外得之，此詩之善諷也。通篇皆先敘後點，「就中雲幕椒房親，賜名大國虢與秦」，結楊氏姊妹。「炙手可熱勢絕倫，慎莫近前丞相嗔」，結國忠。章法可學。

楊施兩家的說詩，亦可幫助我們讀這首詩。從以上一些資料來看，杜甫的這首故事詩，客觀鋪敘故事，讀詩的人，自可尋得其中的言外之音。杜甫作此詩時，當在四十至四十四歲之間。

## 自京赴奉先詠懷五百字

杜陵有布衣，老大意轉拙。許身一何愚，竊比稷與契！居然成濩落，白首甘契闊，
蓋棺事則已，此志常覬豁。窮年憂黎元，歎息腸（一作腹）內熱，取笑同學翁，
浩歌彌激烈。非無江海志，蕭灑送日月；生逢堯舜君，不忍便永訣。當今廊廟具，
構廈豈云缺？葵藿傾太陽，物性固莫（一作難）奪。顧惟螻蟻輩，但自求其穴。

胡為慕大鯨？輒擬偃溟渤。以茲悟生理，獨恥事干謁。兀兀遂至今，忍為塵埃沒。終媿巢與由，未能易其節。沉飲聊自適（一作遣），放歌頗愁絕。歲暮百草零，疾風高岡裂。天衢陰崢嶸，客子中夜發霜嚴。衣帶斷，指直不得（一作能）結。凌晨過驪山，御榻在嵽嵲①。蚩尤塞寒空，蹴蹋崖谷滑，瑤池氣鬱律，羽林相摩戛。君臣留歡娛，樂動殷樛嶱（一作膠葛）。賜浴皆長纓②，與宴非短褐。彤庭所分帛，本自寒女出。鞭撻其夫家，聚斂貢城闕。聖人筐篚恩，實欲邦國活。臣如忽至理，君豈棄此物。多士盈朝廷，仁者宜戰慄。況聞內金盤，盡在衛霍室。中堂舞神仙，煙霧散（一作蒙）玉質。煖客貂鼠裘，悲管逐清瑟。勸客駝蹄羹③，霜橙壓香橘。朱門酒肉臭，路有凍死骨。榮枯咫尺異，惆悵難再述。北轅就涇渭，官渡又改轍。群冰（一作水）從西下，極目高崪兀。疑是崆峒來，恐觸天柱折。河梁幸未折，枝撐聲窸窣。行旅相攀援，川廣不可越。老妻寄異縣，十口隔風雪。誰能久不顧，庶往共飢渴。入門聞號咷，幼子飢已卒。吾寧舍一哀？里巷亦嗚咽。所媿為人父，無食致夭折！豈知秋未登，貧窶有倉卒？生常免租稅，名不隸征伐，撫迹猶酸辛，平人固騷屑。默思失業徒，因念遠戍卒，憂端齊終南，澒洞不可掇！

注：①華清宮在驪山湯泉。②華清宮內，供奉兩湯外，更有湯十六所，安祿山及將士，楊國忠兄

弟姊妹，並賜浴賜食賜錢。③參看〈麗人行〉中「紫駝之峰出翠釜」，當時貴族食用駱駝背峰及駝蹄為珍肴。

杜甫作這詩的時間，依宋王洙《分門集注杜工部詩》的記載，指為：「天寶十四載（西元七五五年）十一月初作。」如果依《全唐詩》在杜甫的這首詩下，指為：「原注天寶十四載十二月初作。」從詩的本身和各家的說法，杜甫的這首詩，作於天寶十四年，當無可疑。唯一可斟酌的，到底是在這年的十一月初作的呢？還是十二月初作的？這要看安祿山的兵變與杜甫的行蹤來判斷了。

依史籍記載，安祿山造反是在天寶十四年十一月。《舊唐書・玄宗本紀》云：

> 十一月，丙寅（十一日），范陽節度使安祿山率蕃漢之兵十餘萬，自幽州南向詣闕，以誅楊國忠為名。先殺太原尹楊光翽於博陵郡。壬申（十七日），聞於行在所。癸酉（十八日），以郭子儀為靈武太守。朔方節度使封常清，自安西入奏。……十二月，丁酉（十二日），祿山陷東京（洛陽）。

《新唐書・玄宗本紀》云：

> 天寶十四載，……十月庚寅（初四），幸華清宮。十一月，安祿山反，陷河北諸郡。范陽將何千年殺河東節度使楊光翽。壬申（十七日），伊西節度使封常清為范陽平盧節度使，以討

安祿山。丙子（廿一日），至自華清宮。

安祿山在十一月十一日造反，十一月半消息才到京，十七日朝廷始有動作，一直到廿一日，消息傳到玄宗的耳中，當時玄宗與楊貴妃正在驪山的華清宮避寒呢！

杜甫的這首詩是屬於社會故事詩，詩中並沒隻字提到安祿山造反的事，因此杜甫離開長安當在天寶十四年十月底左右，十一月初，才回到寓居在奉先（今陝西蒲城縣）的家。當他到家時，他家的十口人都在挨餓中，而他的最小的孩子剛餓死。詩中他寫道：

老妻寄異縣，十口隔風雪。誰能久不顧，庶往共飢渴。入門聞號咷，幼子飢已卒。吾寧舍一哀？里巷亦嗚咽。所媿為人父，無食致夭折！

於是在這種情形，他記述自己個人的遭遇，社會的種種不平現象，使他回想起長安豪貴們的享樂，回家時，路過驪山行宮所見到宮中歡樂奢侈的情形，一起把壓抑在心中的感慨，盡情地傾吐出來，寫下了這首有血有淚的故事詩。所以杜甫的這首詩，當作於天寶十四年十一月初，以王洙的說法為可信。不然，在他的詩中，怎會放過安祿山造反的事而隻字不提呢？

我們確定杜甫寫這詩在安祿山造反之前，那麼這首詩，與安祿山的事絲毫無關。這樣再讀這首詩的內容，便更清楚了。杜甫的這首故事詩，共分為四段：

第一段，杜甫自述已四十四歲老大了，還是布衣，他不尤怨，仍本著忠君憂民的熱忱，將自己比作后稷和契，比作向日葵；而對一些小人，自求營鑽，還想仰慕大鯨遊海，高蹈不求實際，終要愧對巢父許由，而隱歿於世。

第二段，他回憶回家路上，經過驪山湯泉的華清宮時，歲暮天寒，身上的衣帶斷了，手指被凍得麻木；但宮中的君臣卻正在享樂，絲竹並陳，暖氣洋溢，宴樂流連，貴戚承寵，於是寫下「彤庭所分帛，本自寒女出」，「朱門酒肉臭，路有凍死骨」的句子，宮廷貴族的荒樂流宴，民間生活的疾苦落荒，做了個強烈的對照。

第三段，描寫他跋涉於間關荒野，過嶺涉河，旅途的辛苦。

第四段，記述他回到奉先的家中，家人大小十口都在挨餓受凍，他的小兒子活生生的餓死，他做父親的，還有什麼臉子做人。這種辛酸慘痛，不只他一個人如此，那些失業的，出征吐蕃南詔的人，他們的悲酸更是厲害呢！

杜甫的這首詩，是道述自己的遭遇和社會的不平，指責當日的政治社會狀況，而作為一篇彈劾時政的史詩。杜甫詩的偉大，不僅對當時社會情況的報導，描寫窮苦人的辛酸，還發出了悲天憫人的呼聲。

宋張戒《歲寒堂詩話》卷下，他對杜甫的這首詩也做了一番分析，他說：

> 少陵在布衣中，慨然有致君堯舜之志，而世無知者，雖同學翁亦頗笑之。故浩歌彌激烈，沉飲聊自遣也。此與諸葛孔明抱膝長嘯無異。讀其詩，可以想其胸臆矣。嗟夫，子美豈詩人而已哉！其云：「彤庭所分帛，本自寒女出，鞭撻其夫家，聚斂貢城闕。聖人筐篚恩，

實欲邦國活。臣如忽至理，君豈棄此物。多士盈朝廷，仁者宜戰慄。」又云：「朱門酒肉臭，路有凍死骨。榮枯咫尺異，惆悵難再述。」方幼子餓死之時，尚以常免租稅，不隸征伐為幸，而思失業徒，念遠戍卒，至于憂端齊終南，此豈嘲風詠月者哉？蓋深于經術者也。

所以杜牧說：「杜詩韓筆愁來讀，似倩麻姑癢處搔。」可以說是善讀杜詩的了。

## 新安吏

客行新安道，喧呼聞點兵。借問新安吏。「縣小更無丁？」「府帖昨夜下，次選中男行。」中男絕短小，何以守王城。肥男有母送，瘦男獨伶俜。白水暮東流，青山猶哭聲。莫自使眼枯，收汝淚縱橫！眼枯即見骨，天地終無情。我軍取（一作至，一作收）相州，日夕望其平。豈意賊難料，歸軍星散營。就糧近故壘，練卒依舊京。掘壕不到水，牧馬役亦輕。況乃王師順，撫養甚分明。送行勿泣血（一作垂泣），僕射如父兄。

〈新安吏〉是杜甫新樂府中〈三吏〉其中的一首。杜甫以前的詩人，寫樂府詩，多仿舊題。但杜甫的詩，大半是寫實的，如果再用舊題，已不足以表達他所要表達的內容。杜甫目睹天寶以後，社會受兵亂的影響，民生凋敝，他也是個窮苦人，在這方面的感受，要比別人強。於是他大贍試作新題，後人稱這類的詩，目之為「新樂府」。唐大曆長慶間的詩人，像張籍、白居易等，便紛紛學杜詩的風格，一時造成了新的詩風。

〈新安吏〉是利用一則小故事，反映社會受兵禍的情形。這首歷史故事詩的大意：在鋪敘杜甫走到河南的新安縣，縣吏為了應付郡府的募兵，縣裡的丁男，已經召募一空，只好徵選中男，即十八歲的男子來充當。杜甫看到他們出征時，行人像白水般東流，送行的人，卻像青山屹立在悲哭。還是別哭吧，哭得淚乾眼塌也沒用！像上次（指乾元二年，西元七五九年）官軍用九個節度使的兵力去攻取相州的鄴城，怎知史思明從魏州引兵來助鄴城的安慶緒（安祿山的兒子），使九個節度使的兵潰敗。於是郭子儀退保洛陽，郭子儀因滏水的敗績，朝廷把他從司徒降為右僕射。現在應召的，便是到他那邊，他如父兄一般對待部下，倒是可以不必哭了。

從這首詩的內容，推知杜甫作這詩的年代，當在乾元二年，杜甫四十八歲時。《全唐詩》杜甫〈新安吏〉下附有注云：

原注，收京後作，雖收兩京，賊猶充斥。錢謙益曰：以下諸詩，皆乾元二年，自華州之東都，道途有感而作。

王洙的《分門集注杜工部詩》和仇兆鰲《杜詩詳註》，都認為這首詩是乾元二年的作品；所不同的，仇兆鰲認為是杜甫從東都回華州時，路上所作的。他說：

此下六詩（指〈三吏〉，〈三別〉），多言相州師潰事，乃乾元二年，自東都（洛陽）回華州時，經歷道途，有感而作。錢氏（指錢謙益）以為自華州之東都，誤矣。杜甫在這首詩裡，也提到相州官軍敗績的事，詩云：「我軍取相州，日夕望其平。豈意賊難料，歸軍星散營。」唐九個節度使去攻取相州事，見《資治通鑑》卷二百二十一：

《唐紀》：肅宗乾元二年二月，郭子儀等九節度圍鄴城，自冬涉春，慶緒食盡，克在朝夕，而諸軍既無統帥，城久不下，上下解體。思明自魏州引兵趨鄴，每營選精騎五百，日於城下抄掠，諸軍樵采甚艱，乏食思潰。三月戰於安陽河北，大風晝晦，官軍潰而南，賊潰而北，子儀以朔方軍斷河陽橋，保東京，築南北兩城而守之。

所以〈新安吏〉是杜甫乾元二年二月以後的作品，當可相信。

至於詩中提到的「新安」，應在何處？王洙《分門集注》本只說地名，不加探求。仇兆鰲《詳註》引《唐書》云：「新安隋縣，貞觀二年，屬河南府。」按：《新唐書・地理志》中，河南郡，河南府內，有新安縣。當在今日河南省洛陽西邊的地方——新安縣。

其次，詩中提到「中男」，也可以看出唐代的兵制，《全唐詩》該詩注云：「天寶三載，制：百姓年十八為中男。」仇兆鰲《詳註》引《唐制》：「人有丁、中、黃、小之分。」又注云：「天寶三載，令民十八以上為中男，二十三以上成丁。」按：《新唐書・兵志》載，唐初採府兵制，後改用彍騎之法，天寶後，又改為方鎮之兵。所謂方鎮，便是節度使的兵。節度使本是防守邊防的，後便用以討安史之亂。又〈兵志〉上說：「凡民年二十為兵，六十而免。」從詩中可以想見，唐代因安史之亂，加以吐蕃南詔不順服，天寶末年，成丁已召光，像新安這樣的小縣，只好召「中男」去應召了。

## 潼關吏

士卒何草草，築城潼關道。大城鐵不如，小城萬丈餘。借問潼關吏，修關（一作築城）還備胡。要我下馬行，為我指山隅。連雲列戰格，飛鳥不能踰。胡來但自守，豈復憂西都。丈（一作大）人視要處，窄（一作穿）狹容單車。艱難奮長戟，萬（一作千）古用一夫。哀哉桃林戰，百萬化為魚。請囑防關將，慎勿學哥舒！

潼關，在函谷關的西邊，為長安的屏障，古為桃林塞。地當黃河之曲，據崤山、函谷關之固，扼秦晉豫三省之衝，關城雄踞山腰，下臨黃河，素稱險要。在今陝西省潼關縣。杜甫乾元二年時，過潼關，因感相州九個節度使兵敗後，故修潼關以備寇，而作〈潼關吏〉。

全詩的詩眼在「胡來但自守」一句，並引天寶十五年，哥舒翰守潼關事為戒。當時，安祿山反，哥舒翰守潼關，相持半載餘，終於無法越雷池一步。後玄宗聽楊國忠的話，要哥舒翰出兵，於是翰不得已出關，至靈寶，兵敗，潼關失守。因此，便有人說，假使翰不出兵，潼關不可能失守，那麼長安也可守了。《舊唐書·哥舒翰傳》：

翰率兵出關，次靈寶縣之西原，為賊所乘，自相踐蹂，墜黃河死者數萬人。

所以杜甫詩中才詠道：「哀哉桃林戰（指潼關這一戰，潼關古時稱桃林塞），百萬化為魚（指墮黃河死者數萬人）。」所以〈潼關吏〉是杜甫見相州兵敗後，借哥舒翰守潼關事，勸守關的將軍，應以前車為鑑，固守不要出關而作的史詩。

這首詩中，不外描寫潼關的險要，只要一夫當關，便可萬夫莫敵，並描寫守將築防禦工事，「大城鐵不如，小城萬丈餘」，鐵不如，指築城堅固；萬丈餘，指小城跨山，尤其顯得高。天險再加上工事的修築，飛鳥都無法飛越，何況人呢！

## 石壕吏

暮投石壕村，有吏夜捉人。老翁踰墻走，老婦出看門（一作門看，一作門首）。吏呼一何怒，婦啼一何苦！聽婦前致詞：「三男鄴城戍。一男附書至，二男新戰死，存者且偷生，死者長已矣！室中更無人，惟有乳下孫。有孫母未去，出入無完裙。老嫗力雖衰，請從吏夜歸，急應河陽役，猶得備晨炊。」夜久語聲絕，如聞泣幽咽。天明登前途，獨與老翁別。

石壕，據《舊唐書・地理志》云：「石壕鎮，本崤縣，後魏置。貞觀十四年，改名硤石縣。」在河南省陝縣東。石壕吏，是指在石壕村抓壯丁的公差。

杜甫的歷史故事詩〈三吏〉中，以〈石壕吏〉寫得最好。全詩的大意是說，杜甫有一天晚上，投宿在石壕村的一戶人家裡，夜裡有公差來抓伕，那老大爺爬牆躲了出去，老大娘出門招呼。公差多麼神氣，老大娘苦苦哀求，並道出一段淒涼的遭遇，她說：「我的三個兒子都去參加圍攻鄴城，一個兒子捎信回來說，兩個兒子都陣亡了。生的勉強生活下去，死的也就永遠完了！家裡更沒人了，只有還在吃奶的孫子，孫子的媽還沒改嫁，但窮得連一條完整的裙子都沒有。我老人家雖沒力氣，請讓我跟你一起連夜趕回去，趕快到河陽戰地去服役，還來得及到軍營幫你們做早飯。」後來杜甫好像沒聽到老大娘的話，只隱隱約約聽到哭聲。天亮時，杜甫起來趕路，只跟老大爺辭別。而詩中暗示，她雖經過苦苦哀求，結果她還是被帶走。

這是一首反映當時社會的史詩，仇兆鰲評述得好，他說：「古者有兄弟，始遣一人從軍，今驅盡壯丁，及於老弱。詩云三男戍，二男死，孫方乳，婦無裙，翁踰牆，婦夜往，一家之中，父子兄弟，祖孫姑媳，慘酷至此，民不聊生極矣。當時唐祚亦岌岌乎哉！」所以拉伕拉到抱孫子的老大娘，當時的時世，也就可以想見了！而杜甫的〈三吏〉，便成了寫實的故事詩。

## 新婚別

兔絲附蓬麻，引蔓故不長；嫁女與征夫，不如棄路旁！結髮為君妻，席不煖君牀。暮婚晨告別，無乃太匆忙！君行雖不遠，守邊赴河陽；妾身未分明，何以拜姑嫜？父母養我時，日夜令我藏；生女有所歸，雞狗亦得將①。君今往死地，沉痛迫中腸。誓欲隨君去，形勢反蒼黃。勿為新婚念，努力事戎行。婦人在軍中，兵氣恐不揚。自嗟貧家女，久致羅襦裳。羅襦不復施，對君洗紅妝。仰視百鳥飛，大小必雙翔；人事多錯迕，與君永相望。

注：①將，隨也。言女有所于歸，雞狗也可隨往。

杜甫的〈三吏〉、〈三別〉，都是歷史故事詩，在乾元二年間寫的，也就是安史之亂的尾聲；杜甫寫這些詩的地點，也在河南一帶，像〈新婚別〉中的「君行雖不遠，守邊赴河陽」，河陽，在現在的河南省孟縣西。詩中所描述的事，與肅宗乾元二年的史實配合。當時九節度使攻相州兵敗後，用張用濟的計策，退守河陽，郭子儀便退守洛陽。〈三別〉所記敘的歷史背景和〈三吏〉相同。據此，〈三別〉的作品，也應該是杜甫四十八歲時作的，寫詩的地點，應在河南。

〈新婚別〉的本事，也是取材於當時社會的實況，由於安史之亂，各地普遍受到兵禍，而杜甫便借一個新嫁娘的口述，寫下〈新婚別〉。

〈新婚別〉全首用新娘的口述，道出一對新婚的夫婦，結婚後的第二天，丈夫便應召入伍，參加守河陽，新婦心中真是十分沉痛。不讓他去吧，事實上又不可能；跟他去吧，沒有這種習慣又不許可。只好忍住悲痛，一面勸勉丈夫，不要為新婚而留戀，做好軍隊的事；一面除去新娘的妝飾、洗去脂粉，堅決表示等他回來。

仇兆鰲《杜詩詳註》分析這首詩說：「此詩，君字凡七見，君妻君牀，聚之暫也。君行君往，別之速也。隨君，情之切也。對君，意之傷也。與君永望，志之貞且堅也。頻頻呼君，幾於一聲一淚。」這樣分析，真可說是善於讀詩了。

## 垂老別

四郊未寧靜，垂老不得安。子孫陣亡盡，焉用身獨完。投杖出門去，同行為辛酸。幸有牙齒存（一作好），所悲骨髓乾。男兒既介冑，長揖別上官。老妻臥路啼，歲暮衣裳單。孰知是死別，且復傷其寒。此去必不歸，還聞勸加餐。土門壁甚堅，杏園度亦難。勢異鄴城下，縱死時猶（一作獨）寬。人生有離合，豈擇衰老（一作盛）端。憶昔少壯日，遲迴竟長歎。萬國盡征戍，烽火被岡巒。積屍草木腥，流血川原丹。何鄉為樂土，安敢尚盤桓。棄絕蓬室居，塌然摧肺肝。

〈石壕吏〉是描寫老大娘被石壕吏拉伕拉走的故事；而〈垂老別〉是描寫已經有兒孫的老大

爺跟老伴告別，還得披掛上戎裝，去土門杏園渡守邊的故事。其他成丁、中男，更不必說了。安史之亂，給唐代的百姓帶來嚴重的災禍，尤其是河南陝西一帶為甚。杜甫的詩，總算把唐代的社會，作了一次實況的報導，使我們展讀杜詩，可以想見唐代老百姓生活悲慘的一面。

〈垂老別〉和〈新婚別〉在寫作技巧上的不同，一首是老者的自白，一首是新嫁娘的口述，但他們的遭遇卻是相同的。

〈垂老別〉的全篇大意是這樣的：

四境還這樣亂，叫我這老人怎能安寧？兒孫們都在戰場上陣亡了，離亂中，我怎能獨自苟全。真教人生氣，我丟掉拐杖也去從軍。同行的伙伴看到我都替我傷心，所幸我的牙齒還好，只是骨頭僵硬。我穿上戎裝，向上官別了去出征。臨走時，我那老伴哭得躺在路旁真傷心，天那麼冷，看她只穿著單衣。誰說這是死別，我傷心怕把她凍壞。我想：這一走是不是還能回來，她還嘮叨著：「到外頭不比家裡，要多吃些東西。」我安慰她：「這次死不了，土門城堅固，杏園渡險要，賊兵來不了；跟上次去打鄴城不同。縱然會死，我這把老骨頭還挺硬……。」人生離合無常，難道因衰老就能免掉？想起少年時，不覺惘然長歎。現在到處都在征討，戰火遍燒，草木上還留有積屍的臭味，原野河水，也被血染紅了。那一家能安逸過活？我豈願偷生彷徨？心快碎了，暫別吧，我家的破茅屋！

《唐書》中亦有婦女請纓的事，那麼〈石壕吏〉中所描寫的事，也就可信了。《舊唐書‧肅宗本紀》

云：

乾元三載，上皇幸華清宮，上送於灞上，許叔冀奏衛州婦人侯四娘，滑州婦人唐四娘，某州婦人王二娘，相與歃血，請赴行營討賊。

是可以獲准的。那麼老婦人要求到軍營中幫助做飯，當然更可能了。老婦人請纓都能獲准，老人投杖請纓，當然

〈垂老別〉中提到土門和杏園兩個地點，也可以幫助我們明瞭當時的史實。土門，即土門關，又稱井陘口，在河北省井陘縣東北，形勢險峻，為太行山八陘之一。天寶十五年時，河東節度使李光弼曾據土門關，擊敗史思明而收回常山。《舊唐書・李光弼傳》載此事：

以光弼為雲中太守，攝御史大夫，充河東節度副使知節度事。二月，轉魏郡太守，河北道採訪使，以朔方兵五千，會郭子儀軍，東下井陘（即土門），收常山郡。

而詩中「土門壁甚堅」，便引舊事來敘史實。其次，杏園，又稱杏園渡，在今河南省汲縣東南黃河的北岸，為黃河津渡處。《九域志》云：「衛州汲縣有杏園鎮。」乾元元年冬，郭子儀嘗從杏園渡河，去圍衛州。《舊唐書・郭子儀傳》：

乾元元年，十月，子儀自杏園渡河圍衛州。……二年，諸軍各還本鎮，子儀以朔方軍保河陽，斷浮橋，有詔令留守東都。

故詩中有「杏園度亦難」，「勢異鄴城下」的句子，從這些史實推斷，〈垂老別〉也是乾元二年間的

作品。

## 無家別

寂寞天寶後，園廬但蒿藜。我里百（一作萬）餘家，世亂各東西。存者無消息，死者為（一作委）塵泥。賤子因陣敗，歸來尋舊（一作故）蹊。久行見空巷（一作室），日瘦氣慘悽。但對狐與狸，豎毛怒我啼。四鄰何所有，一二老寡妻。宿鳥戀本枝，安辭且窮棲。方春獨荷鋤，日暮還灌畦。縣吏知我至，召令習鼓鞞。雖從本州役，內顧無所攜。近行止一身，遠去終轉迷。家鄉既盪盡，遠近理亦齊。永痛長病母，五年委溝谿。生我不得力，終身兩酸嘶。人生無家別，何以為蒸黎。

杜甫寫了許多以安史之亂為背景的史詩，〈無家別〉也是其中的一首。詩中描寫的故事，是記述一個征夫，從天寶十四年（西元七五五年）便去從軍，到乾元二年（西元七五九年）因兵敗回到家鄉，但家鄉戰後的情形，景象悽慘，自己的家已不在了。不久，縣令曉得他回鄉來，又讓他服本州的徭役，他這次還鄉，本來是想看看母親和妻子，結果是母亡妻去，現在又要去服役，只好向無家再作離別。人生遭遇到無家可別離，也真是難為百姓了。

從詩中可以推知，〈無家別〉是杜甫乾元二年時作的。詩的首句「寂寞天寶後」，到後來說「五年委溝谿」，也就是杜甫描寫一個征夫，從天寶十四年安史之亂起去從軍，到乾元二年回家，正好五年了。所以這首詩應該是乾元二年時作的。

詩中又說：初離家時，母親妻子都在。五年後回家時，「內顧無所攜，近行止一身」，妻子已不知何去，「永痛長病母，五年委溝谿」，母親也死了，讓這做兒子的永痛，無以反哺。所以只好「終身兩酸嘶」，雖然家已沒有了，還要向家作第二次的別離，無家之慘，已可見矣。

如將〈三吏〉、〈三別〉作綜合的比較，也可獲得下列的幾點結論：

(1)杜甫的〈三吏〉、〈三別〉所提到的地點，都在河南、河北、陝西三省，尤其以河南為主，可見杜甫寫這些詩，地點也在河南省。清人仇兆鰲《杜詩詳註》便說：乾元二年，杜甫自東都（洛陽）回華州（陝西華州縣）時，路上有感而作的。是可相信。今將各詩提到的地點，列在下面：

〈新安吏〉：新安今河南省新安縣。相州今河南省臨漳縣西。

〈潼關吏〉：潼關今陝西省潼關縣。潼關，古名桃林塞。

〈石壕吏〉：河陽今河南省孟縣西。石壕村今河南省陝縣東南。

〈新婚別〉：河陽今河南省孟縣西。

〈垂老別〉：土門，即土門關。今河北省井陘縣東北。杏園，即杏園渡。今河南省汲縣東南黃河渡口。

〈無家別〉：只有「雖從本州役」的句子，「本州」當指雍州，唐時改為京兆府，即陝西長安一帶。

(2)杜甫的〈三吏〉、〈三別〉所記敘的史事，都是天寶十四年以後，到乾元二年間的事，以唐九節度使的兵攻取相州潰敗事為主。因此寫作這些詩的時間，應在乾元二年（西元七五九年）；也就是杜甫四十八歲時的作品。

(3)杜甫的〈三吏〉、〈三別〉，是反映當時社會的史詩，每首詩的題材，都包含著一則動人的故事。今將每首詩的主題分敘於下：

〈新安吏〉：新安縣已無成丁可召，只好徵召中男（即十八歲的男子）去服役。

〈潼關吏〉：寫相州敗後，唐朝的官兵，修潼關以備寇，並引天寶十五年，哥舒翰守潼關時戰敗，自相踐踏，掉到黃河裡淹死的官兵，有數萬人之多，作為前鑑。

〈石壕吏〉：寫拉伕拉到老大娘身上，其他的慘象，也就不必說了。

〈新婚別〉：寫新婚夫婦，第二天，丈夫便去服役。

〈垂老別〉：寫有兒孫的老人，痛子孫陣亡，憤慨從軍。

〈無家別〉：寫一個役夫，當了五年的兵，回到家中，家已沒有了，又被縣吏召去第二次入伍。

因此這六首詩的主題，都是反映民間受兵禍的疾苦。其他，像杜甫的〈述懷〉、〈羌村〉、〈北征〉諸詩，也是屬於同類的主題。

(4)杜甫的〈三吏〉、〈三別〉，所採用的體裁，以新樂府的體式寫成，用韻多為每首一韻到底。寫作的技巧，或用獨白，或用對答，或用口述，每首自成一格，不相雷同。而標題的製作，以三地的縣吏為題，別有新婚、垂老、無家的離別，哀情雖苦，不失忠貞愛國之心，諷諭雖切，不失溫柔敦厚之旨。

## 顧況的棄婦詞

顧況《華陽集》中，及《全唐詩》編顧況的詩中，均有〈棄婦詞〉。原詞如下：

### 棄婦詞

古人雖棄婦，棄婦有歸處。今日妾辭君，辭君欲何去？本家零落盡，慟哭來時路。
憶昔未嫁君，聞君甚周旋。及與同結髮，值君適幽燕。孤魂託飛鳥，兩眼如流泉！
流泉咽不燥，萬里關山道。及至見君歸，君歸妾已老。物情棄衰歇，新寵方妍好。
拭淚出故房，傷心劚秋草。妾以憔悴捐，羞將舊物還。餘生欲有寄，誰肯相留連。
空牀對虛牖，不覺塵埃厚。寒水芙蓉花，秋風墮楊柳。記得初嫁君，小姑始扶牀。
今日君棄妾，小姑如妾長。回頭語小姑：「莫嫁如兄夫！」

這是一首社會故事詩，描寫棄婦的悲痛。全篇都是一個棄婦的獨白，前部分是對她丈夫而發的，後六句是對小姑而言。首先，她道述古來也有被丈夫遺棄的女子，但沒有像她這樣慘，因為她的娘家已沒人了，教她到那兒去呢！接著，她回憶婚前婚後的情景，丈夫遠行，使她傷心。後來她的丈夫回來，卻秋扇見捐，丈夫已另有新歡。於是她以「秋草」、「寒水芙蓉」、「墮楊柳」等自況。結尾，她回憶初到夫家，小姑剛學步，現在已長得跟她一般高，因此告誡小姑：「千萬別嫁給像你哥哥這種人！」

我國描寫棄婦的詩，一向很多，多半著重在女子的貞專，丈夫的移情別戀上，於是以幽怨哀思的情節來感人。像《詩經》中的〈氓〉，〈古詩十九首〉中的〈行行重行行〉、〈冉冉孤生竹〉，漢樂府中的〈白頭吟〉，曹植的〈七哀詩〉（即〈明月照高樓〉），都是膾炙人口的棄婦詩；稍不同的，像〈孔雀東南飛〉，也是寫棄婦，表現我國典型女子忠貞的美德。顧況的〈棄婦詞〉，也是屬於這種主題的詩歌。

由於顧況的〈棄婦詞〉，流傳很廣，古人的詩集，又是手抄的，沒有定本，於是這首詩，詩句的出入很大。在李白的集中，也有這詩，〈孔雀東南飛〉中，也有幾句，使後人不易確定顧況〈棄婦詞〉原來的面目。

一般流傳廣的詩歌，容易被人所添減，於是別人手錄轉抄時，便形成東加一句，西改一辭的現象，到最後，便與原詩不同了。就拿顧況的這首詩來看，一般所增添的句子，便在棄婦的哀怨上，使情節變得更複雜。今將顧況的〈棄婦詞〉和誤收入李白集中的〈去婦詞〉作個比較：

顧況〈棄婦詞〉

古人雖棄婦，棄婦有歸處。
今日妾辭君，辭君欲何去？
本家零落盡，慟哭來時路。
憶昔未嫁君，聞君甚周旋。
及與同結髮，值君適幽燕。
孤魂託飛鳥，兩眼如流泉！
流泉咽不燥，萬里關山道。
及至見君歸，君歸妾已老。
物情棄衰歇，新寵方妍好。
拭淚出故房，傷心劇秋草。

李白集中的〈去婦詞〉

古來有棄婦，棄婦有歸處。
今日妾辭君，辭君遣何去？
本家零落盡，慟哭來時路。
憶昔未嫁君，聞君卻周旋。
綺羅錦繡段，有贈黃金千。
十五許嫁君，二十移所天。
結髮日未幾，離君緬山川。
家家盡歡喜，孤妾長自憐。
幽閨多怨思，盛色無十年。
相思若循環，枕席生流泉。
流泉咽不掃，獨夢關山道。
及此見君歸，君歸妾已老。
物情惡衰賤，新寵方妍好。
掩淚出故房，傷心劇秋草。

「不去此婦，則家不寧；不去此婦，則家不清；不去此婦，則福不生；不去此婦，則事不成。自恨以華盛時，不早自定，至於垂白，家貧身賤之日，養癰長疽，自生禍殃。」

此詩既非李白的詩，楊齊賢注中指棄婦為馮衍妻任氏，也就不可信。細察此詩，詩中被夫遺棄的女子，並非性悍遭棄，自然楊氏的說法，便不可取。那麼顧況〈棄婦詞〉的本事，只是泛寫一般棄婦的詩了。

顧況，字逋翁，《全唐詩》說他是海鹽人。事跡附見《舊唐書・李泌傳》，傳中無生卒年代。《舊唐書》、《全唐詩話》、《唐詩紀事》，都說他是姑蘇人，似為可信。今錄《全唐詩話》顧況小傳於後：

況，字逋翁，姑蘇人。至德進士，性詼諧，與柳渾李泌為方外友。德宗時，渾輔政，以祕書郎召，及泌相，自謂當得達官，久之，遷著作郎。況坐詩，語調謔，貶饒州司戶，居於茅山，以壽終。皇甫湜為況文集〈序〉云：「偏於逸歌長句，駿發踔厲，往往若穿天心，出月脇，意外驚人語，非常人所能及，最為快也。」

顧況被貶，《舊唐書》記載較詳，是李泌死時，他有調笑李泌的話，加以他平日喜歡說些刻薄俏皮話，得罪了一些人，故遭貶謫。以後他便歸隱茅山以終老。

## 劉禹錫的泰娘歌

《劉夢得文集》、《樂府詩集》、《全唐詩》，均收有劉禹錫的〈泰娘歌并引〉，今據《四部叢刊》本《劉夢得文集》卷九，錄原詩并引如下：

### 泰娘歌并引

泰娘，本韋尚書家主謳者。初，尚書為吳郡得之，命樂工誨之琵琶，使之歌且舞。無幾何，盡得其術。居一二歲，攜之以歸京師，京師多新聲善工。於是又捐去故技，以新聲度曲，而泰娘名字，往往見稱於貴遊之間。元和初，尚書薨於東京。泰娘出居民間。久之，為蘄州刺史張遜所得。其後，遜坐事，謫居武陵郡。遜卒，泰娘無所歸，地荒且遠，無有能知其容與藝者，故日抱樂器而哭，其音燋殺以悲。雒客聞之，為歌其事，以足於樂府云爾。

泰娘家本昌門西，門前綠水環金堤。有時妝成好天氣，走上皋橋折花戲。風流太守韋尚書，路傍忽見停隼旟。斗量明珠鳥傳意，紺幰迎入專城居。長鬟如雲衣似霧，錦茵羅薦承輕步。舞學驚鴻水榭春，歌撩上客蘭堂暮。從郎西入帝城中，貴遊簪組香簾櫳。低鬟緩視抱明月，纖指破撥生胡風。繁華一旦最銷歇，題劍無光履聲絕。洛陽舊宅生草萊，杜陵蕭蕭松柏哀，妝奩蟲網厚如繭，博山鑪側傾寒灰。蘄州刺史張公子，白馬新到銅駝里。自言買笑擲黃金。月墮雲中從此始。安知鵩鳥坐隅飛，寂寞旅魂招不歸。秦家（一作嘉）鏡有前時結，韓壽香銷故篋衣。山城少人江水碧，斷雁哀猿風雨夕。朱絃已絕為知音，雲鬢未秋私自惜。舉目風煙非舊時，夢尋歸路多參差。如何將此千行淚，更灑湘江斑竹枝。

這是一首歌行類的社會故事詩。詩中報導泰娘歌伎一生的遭遇。泰娘本是吳郡昌門（現在的江蘇省蘇州市）人，後被韋尚書所羅致，教她歌舞新聲，便成了韋尚書的家伎。不久，被帶往長安，經常在豪貴們宴遊時，出來唱歌，名著京都。韋尚書卒後，她便流落民間賣唱。又被蘄州（今湖北省）刺史張愻所賞識，成了張家的樂伎。張愻被貶謫到武陵（現在的湖南省常德縣），她又被帶到武陵，不幸張愻死在武陵，她便旅居客地，終日抱樂器而哀哭。元和年間，劉禹錫被降職到朗州（現在湖南省常德市），一日，聽到泰娘的歌聲，才知道她的身世淒涼，便為她寫了一首〈泰娘歌〉來傳世。詩中既同情泰娘的遭遇，又感傷自己有才學人品，而遭朝廷不公平的處分，使他由監察御史，貶為朗州司馬，因此在詩的末了四句，便是懷舊思歸，而淚灑湘江斑竹枝了。

從詩中的故事，可以推測劉禹錫寫〈泰娘歌〉的年代，劉禹錫在元和元年（西元八〇六年）被貶為朗州司馬，這時他正三十五歲。又詩中提到韋尚書，泰娘先在韋家當歌女，韋尚書便是韋武，他卒於元和元年，那麼，泰娘不可能在元和元年來武陵。泰娘離開韋家，轉到張愻家，又跟張愻到武陵，最少也有三年，只是遺憾的，我們查不到張愻的卒年，因此，劉禹錫遇到泰娘，可能是元和四、五年的事，所以劉禹錫寫〈泰娘歌〉，應該是在元和四年間的事。

唐代的士大夫，都喜歡蓄家伎。像泰娘這種歌女，開始在韋尚書家，其後轉到張愻刺史家，色衰後，便流落民間，劉禹錫在武陵碰到她。又如《全唐詩話》卷二所記載，白居易家中有歌女樊素、小蠻兩人。樊素善歌，小蠻善舞，所以白居易詩中有：「櫻桃樊素口，楊柳小蠻腰」的句子。又〈本事詩〉中記載，劉禹錫因喜歡李司空家的歌女，李司空便把她贈送給劉禹錫。〈本事詩〉的原文是這樣：

劉尚書禹錫罷和州，為主客郎中，集賢學士李司空罷鎮在京，慕劉名，嘗邀至第中，厚設飲饌。酒酣，命妙妓歌以送之。劉於席上賦詩曰：「鬌鬌梳頭宮樣粧，春風一曲杜韋娘。司空見慣渾閑事，斷盡江南刺史腸。」李因以妓贈之。

這樣看來，劉禹錫的家，也有歌女了。

〈泰娘歌〉的本事，劉禹錫詩和小引上，已交代詳盡。至於詩中所提的韋尚書，便是韋武，杜陵人，曾為絳州刺史，元和元年卒，贈吏部尚書，是韋待價的曾孫。詩中云：「風流太守韋尚書」，便是他。《新唐書》卷九十八，有〈韋武傳〉：

武少孤，年十一，廕補右千牛，累遷長安丞。德宗幸梁州，……後為絳州刺史，鑿汾水，灌田萬三千餘頃，璽書勞勉。憲宗時，入為京兆尹，護治豐陵，未成，卒，贈吏部尚書。

又呂溫集中，有〈京兆韋公神道碑銘〉，記韋武為杜陵人，卒於元和元年（西元八〇六年），享年五十五歲。

蘄州刺史張愻，《舊唐書》、《新唐書》中均無傳略可尋，而劉禹錫在詩前小引中，已說他為蘄州刺史，後坐事，謫居武陵郡，尋卒。

劉禹錫（西元七七二—八四二年），字夢得，彭城（今江蘇省徐州市）人。貞元九年進士，登宏辭科而出任監察御史。因得王叔文的舉薦，得入禁中。後王叔文敗，坐貶連州刺史，在往連州路上，又貶為朗州（湖南省常德市）司馬。這首〈泰娘歌〉便是在這期間寫的。劉禹錫在朗州居留了十年，他吸收當地民歌的題材和情調入詩，給他的作品增加了新鮮的內容和風格。到元和十年，才被召回，但他因寫了一首〈遊玄都觀詠看花君子〉詩，帶有譏刺意味，使權貴們不悅，又被貶為播州刺史。幸得裴度奏議，說他的母親年老，才改授連州刺史。劉禹錫著名的〈插秧歌〉，便是在連州寫成的。太和二年回京，為禮部郎中集賢院學士，不久，遷太子賓客，因此世人稱他為「劉賓客」。《舊唐書》卷一百六十，《新唐書》卷一百六十八，都收有他的傳。

劉禹錫的長處，是他到一個地方，便能吸收當地的民歌民謠，譜以新詞，滲揉俚語，使他的詩歌生色不少。他著名的〈竹枝詞〉、〈楊柳枝詞〉，便是這樣寫成的。

唐代士大夫蓄伎的事，屢見詩篇，宋人洪邁《容齋三筆》卷十二，把眄眄、泰娘、好好三女做了個比較，他說：

白樂天〈燕子樓詩序〉云：「徐州故張尚書有愛妓曰眄眄，善歌舞，雅多風態，尚書既歿，彭城有舊第，第中有小樓，名燕子。眄眄念舊愛而不嫁，居是樓十餘年，幽獨塊然。」白公嘗識之，感舊遊作三絕句，首章云：「滿窗明月滿簾霜，被冷燈殘拂臥牀；燕子樓中霜月苦，秋來只為一人長。」末章云：「今春有客洛陽回，曾到尚書塚上來；見說白楊堪作柱，爭教紅粉不成灰。」讀者傷惻。劉夢得〈泰娘歌〉云：「泰娘本韋尚書家主謳者，尚書為吳郡得之，誨以琵琶，使之歌且舞，攜歸京師。尚書薨，出居民間，為蘄州刺史張遜所得，遜謫居武陵而卒，泰娘無所歸，地荒且遠，無有能知其容與藝者，故日抱樂器而哭。」劉公為歌其事云：「繁華一旦有消歇，……更灑湘江斑竹枝。」杜牧之〈張好好詩〉云：「牧佐故吏部沈公在江西幕，好好年十三，以善歌來樂籍中，隨公移置宣城，後為沈著作所納，見之於洛陽東城，感舊傷懷，題詩以贈曰：『君為豫章姝，十三纔有餘。主公再三歎，謂言天下無。自此每相見，三日已為疎。身外任塵土，尊前極歡娛。飄然集仙客，載以紫雲車。爾來未幾歲，散盡高陽徒。洛城重相見，綽綽為當壚。朋遊今在否？落拓更能無。門館慟哭後，水雲秋景初。洒盡滿襟淚，短歌聊一書。』」予謂婦人女子，華落色衰，至於失主無依，如此多矣。是三人者，特見紀於英辭鴻筆，故名傳到今。況於士君子終身不遇，而與草木俱腐者，可勝歎哉！然眄眄節義，非泰娘，好好可及也。

唐人蓄伎，已是很普遍的現象，這可能與當時的社會風尚有關，由於當時的進士浮華，藝伎宴樂，已成中唐晚唐士子的一般現象，如孫棨《北里志》，崔令欽《教坊記》，便多記載此事，連韓偓的集子，叫《香奩集》，也就可想到當時的社會風氣了。

## 白居易的幾首故事詩

白居易（西元七七二—八四六年），下邽（現在陝西省渭南縣）人。五、六歲，便學作詩。二十歲以後，日夜讀書寫作，以至於口舌成瘡，手肘成胝，勤快的程度，令人敬佩。

他的確是個寫詩最勤的詩人，從他的〈與元九書〉（元九，即元稹）中，他自白道：

年二十七，方從鄉試，既第之後，雖專於科試，亦不廢詩；及授校書郎時，已盈三四百首。

他自二十七歲到授校書郎時三十一歲，這三四年間，便有詩三四百首之多。何況在他長久的詩人生涯中，所作的詩自然更多了。

長慶四年（西元八二四年）冬，白居易的朋友元稹，曾替白居易整理詩文稿彙集成編，共得二千一百九十一首，作品的豐富，真是一般詩人所趕不上的。在他生前，作品便流傳很廣，而當時的人，便以能背誦白居易的詩為榮，尤其是〈秦中吟〉、〈長恨歌〉，更是膾炙人口。

他曾將自己的詩，分為四類：

(1)諷諭詩：也就是「古調詩」和「新樂府」，共一百五十首。這些詩多半是他三十七歲以後作的，內容都是屬於美刺興比的詩，也是他最重視的作品。

(2)閒適詩：是他公餘閒暇，吟詠性情的詩，共一百首。

(3)感傷詩：多半是他受外物或情理所感動，發為詠歌感遇的詩，共一百首。

(4)雜律詩：包括五言、七言、長句、絕句，從一百韻到兩韻的詩，有四百多首。

他的作品多，同時，他和元稹、劉禹錫一些人和唱，也建立了一套完整的文學理論。他認為「文章合為時而著，歌詩合為事而作」。而詩的效用，不僅限於洩導人情，還可以作為補察時政，以達諷諭的作用。因此，他主張「詩者，根情、苗言、華聲、實義」。由於他的詩，能做到雅俗共賞，所以跟他齊名的詩人，先有元白之稱。元稹死後，又和劉禹錫齊名，號稱劉白。由於他們都是元和年間的詩人，又有「元和體」之稱。

現在我們從他的集子——《白氏長慶集》中，摘出他的幾首故事詩來。

## 長恨歌

漢皇重色思傾國，御宇多年求不得。楊家有女初長成，養在深閨人未識。天生麗質難自棄，一朝選在君王側。回頭一笑百媚生，六宮粉黛無顏色。春寒賜浴華清池，溫泉水滑洗凝脂。侍兒扶起嬌無力，始是新承恩澤時。雲鬢花顏金步搖，芙蓉帳暖度春宵。春宵苦短日高起，從此君王不早朝。承歡侍宴無閑暇，春從春遊夜專夜。後宮佳麗三千人，三千寵愛在一身。金屋妝成嬌侍夜，玉樓宴罷醉和春。姊妹弟兄皆列土，可憐光彩生門戶。遂令天下父母心，不重生男重生女！

驪宮高處入青雲，仙樂風飄處處聞。緩歌慢舞凝絲竹，盡日君王看不足。漁陽鞞鼓動地來，驚破〈霓裳羽衣曲〉！九重城闕烟塵生，千乘萬騎西南行。翠華搖搖行復止，西出都門百餘里，六軍不發無奈何，宛轉蛾眉馬前死。花鈿委地無人收，翠翹金雀玉搔頭，君王掩面救不得，回看血淚相和流！黃埃散漫風蕭索，雲棧縈紆登劍閣，峨嵋山下少人行，旌旗無光日色薄。蜀江水碧蜀山青，聖主朝朝暮暮情。行宮見月傷心色，夜雨聞鈴腸斷聲。

天旋地轉迴龍馭，到此躊躇不忍去。馬嵬坡下泥土中，不見玉顏空死處。君臣相顧盡霑衣，東望都門信馬歸。歸來池苑皆依舊，太液芙蓉未央柳；芙蓉如面柳如眉，對此如何不淚垂！春風桃李花開日，秋雨梧桐葉落時。西宮南內多秋草，落葉滿階紅不掃；梨園弟子白髮新，椒房阿監青娥老。夕殿螢飛思悄然，孤燈挑盡未成眠，遲遲鐘鼓初長夜，耿耿星河欲曙天。鴛鴦瓦冷霜華重，翡翠衾寒誰與共！

悠悠生死別經年，魂魄不曾來入夢。臨邛道士鴻都客，能以精誠致魂魄，為感君王輾轉思，遂教方士殷勤覓。排空馭氣奔如電，升天入地求之徧，上窮碧落下黃泉，兩處茫茫皆不見。忽聞海上有仙山，山在虛無飄渺間，樓閣玲瓏五雲起，其中綽約多仙子。中有一人字太真，雪膚花貌參差是。金闕西廂叩玉扃，轉教小玉報雙成；聞道漢家天子使，九華帳裡夢魂驚。攬衣推枕起徘徊，珠箔銀屏迤邐開，雲髻半偏新睡覺，花冠不整下堂來。風吹仙袂飄飄舉，猶似〈霓裳羽衣〉舞。玉容寂寞淚闌干，梨花一枝春帶雨。含情凝睇謝君王，一別音容兩渺茫。昭陽殿裡恩愛絕，蓬萊宮中日月長。回頭下望人寰處，不見長安見塵霧。惟將舊物表深情，鈿盒金釵寄將去：釵留一股盒一扇，釵擘黃金盒分鈿。但教心似金鈿堅，天上人間會相見。臨別殷勤重寄詞，詞中有誓兩心知：七月七日長生殿，夜半無人私語時，在天願作比翼鳥，在地願為連理枝。天長地久有時盡，此恨綿綿無絕期！

白居易到陝西盩厔當縣尉的時候，有一天，和陳鴻、王質夫幾個朋友遊覽仙遊寺，閒談開元天寶遺事，對唐玄宗的寵愛楊貴妃，招致變亂，大為感慨。王質夫對白居易說：「你何不把這纏綿悱惻的事寫成詩歌，傳於後代？」不久，白居易便以「天長地久有時盡，此恨綿綿無絕期」為題意，寫成了〈長恨歌〉。詩成，並由陳鴻寫一篇傳奇。於是〈長恨歌〉和〈長恨歌傳〉，便盛傳民間，給人讀了對玄宗的風流罪孽，更是感歎不止。

〈長恨歌〉是一首偉大的歷史故事詩，白居易不但以玄宗和貴妃的史實為題，更摻入當時民間流行的傳說，使這首詩越顯得有神祕和浪漫的色彩。全詩可分為四段：

第一段，寫唐玄宗寵幸楊貴妃的經過。楊貴妃得寵，她的家族也都顯貴了，甚至她的堂兄楊國忠竊居丞相位，使當時原是重男輕女的舊社會，改變了看法，認為生女的反而能光耀門楣呢！

第二段，寫宮廷中正享受奢侈的生活，不料，安祿山起兵（天寶十四年，西元七五五年），以討楊氏為藉口，第二年，攻破洛陽，威脅京城長安，玄宗和楊貴妃逃難到四川去。走到馬嵬坡（今陝西省興平縣西）時，警衛的隊伍不肯前進，要求懲辦楊國忠和楊貴妃。玄宗知道不能倖免，只好遮著臉，讓部下將她牽去絞死。

第三段，寫亂平後，玄宗回京城，一路上，依然想念楊貴妃，回宮後，更是觸景傷情，引來無限悲傷。

第四段，寫一個四川道士來京城，自稱他有法術能找到楊貴妃的芳魂。後來在仙山竟然找到她，和她見面談了話，她也忘不了玄宗舊日的情意，託道士帶回一股金釵和寶盒，並說出某年的七夕，在長生殿和皇上的一段祕密事，那晚他們曾在殿上許下愛情的誓語——願生生世世都結為夫婦。但事實上，他們再也不能相見，只有悲傷長恨而已！

白居易寫〈長恨歌〉的年代，在《白氏長慶集》中並沒有註明。但我們可以從〈長恨歌傳〉裡，看出白居易寫這首詩的年代，應該是在元和元年（西元八〇六年）冬十二月，或是次年的春天。也就是白居易三十五歲或三十六歲時的作品。寫詩的地點，在盩厔（今陝西省盩厔縣），當時白居易由校書郎，調來擔任盩厔的縣尉。陳鴻的〈長恨歌傳〉上說：

元和元年冬十二月，太原白樂天自校書郎，尉於盩厔，鴻與琅琊王質夫家於是邑，暇日相攜遊仙遊寺，話及此事（指唐玄宗與楊貴妃的故事），相與感歎。質夫舉酒於樂天前曰：「夫希代之事，非遇出世之才潤色之，則與時消沒，不聞於世。樂天，深於詩，多於情者也；試為歌之如何？」樂天因為〈長恨歌〉。意者不但感其事，亦欲懲尤物，窒亂階，垂誡於將來者也。歌既成，使鴻傳焉。

從這節記載，了解白居易寫〈長恨歌〉的時間、地點和當時的情形。同時，白居易的〈長恨歌〉先寫好，然後再由白居易的朋友陳鴻寫〈長恨歌傳〉。陳鴻是一位進士，也是當時擅長於寫傳奇的作家。他們的取材相同，但體裁不一，一篇是偉大的故事詩，一篇是著名的傳奇（短篇小說），在當時同為被人們所喜愛的文壇雙璧。

可惜陳鴻沒有專集，他的〈長恨歌傳〉便附在《白氏長慶集》中傳世。其他，他著名的短篇小說，還有〈城東父老傳〉、〈睉仁蒨傳〉。他的生平居里不詳，大約為貞元、元和間人，一生愛好史學，而他的幾篇著名的傳奇，便是得力於他的史學基礎。

今天，我們要探討〈長恨歌〉的本事，除了從新、舊《唐書》的〈玄宗本紀〉和楊貴妃的傳上去了解外，陳鴻的〈長恨歌傳〉和宋人樂史的《楊太真外傳》，便是一些很重要的資料了。今附錄〈長恨歌傳〉於後：

開元中，泰階平，四海無事。玄宗在位歲久，倦于旰食宵衣，政無大小，始委于右丞相，深居遊宴，以聲色自娛。

先是元獻皇后，武淑妃皆有寵，相次即世。宮中雖良家子千數，無可悅目者，上心忽忽不樂。

時每歲十月，駕幸華清宮。內外命婦，熠耀景從；浴日餘波，賜以湯沐。春風靈液，澹蕩其間。上心油然，若有所遇，顧左右前後，粉色如土。詔高力士潛搜外宮，得弘農楊玄琰女於壽邸，既笄矣，鬒髮膩理，纖穠中度，舉止閑冶，如漢武帝李夫人。別疏湯泉，詔賜藻瑩。既出水，體弱力微，若不任羅綺。光彩煥發，轉動照人，上甚悅。進見之日，奏〈霓裳羽衣曲〉以導之；定情之夕，授金釵、鈿合以固之；又命戴步搖，垂金璫。明年，冊為貴妃，半后服用。由是冶其容，敏其詞，婉孌萬態，以中上意，上益嬖焉。

時省風九州，泥金五獄，驪山雪夜，上陽春朝，與上同輦，居同室，宴專席，寢專房。雖有三夫人、九嬪、二十七世婦、八十一御妻，暨後宮才人，樂府妓女，使天子無顧盼意。自是六宮無復進幸者。非徒殊豔尤態致是，蓋才智明慧，善巧便佞，先意希旨，有不可形容者。叔父昆弟皆列位清貴，爵為通侯。姊妹封國夫人，富埒王室，車服邸第與大長公主侔，而恩澤勢力，則又過之。出入禁門不問，京師長吏為之側目。故當時謠詠有云：「生女勿悲酸，生男勿喜歡。」又曰：「男不封侯女作妃，看女卻為門上楣。」其為人心羨慕如此。

天寶末，兄國忠盜丞相位，愚弄國柄。及安祿山引兵嚮闕，以討楊氏為詞。潼關不守，翠華南幸，出咸陽，道次馬嵬亭，六軍徘徊，持戟不進，從官郎吏伏上馬前，請誅鼂錯以謝天下。國忠奉氂纓盤水，死於道周。左右之意未快。上問之，當時敢言者，請以貴妃塞天下怨。上知不免，而不忍見其死，反袂掩面，使牽之而去。倉皇輾轉，竟就絕於尺組之下。既而玄宗狩成都，肅宗受禪靈武。明年，大赦改元，大駕返都。尊玄宗為太上皇，就養南宮，自南宮遷於西內。時移事去，樂盡悲來。每至春之日，冬之夜，池蓮夏開，宮槐秋落，梨園弟子，玉琯發音，聞〈霓裳羽衣〉一聲，則天顏不怡，左右歔欷。三載一意，其念不衰，求之夢魂，杳不能得。

適有道士自蜀來，知上皇心念楊妃如是，自言有李少君（當為漢武帝時之方士李少翁。）之術。玄宗大喜，命致其神。方士乃竭其術以索之，不至。又能游神馭氣，出天界，沒地府以求之，不見。又旁求四虛上下，東極大海，跨蓬壺，見最高仙山，上多樓闕。西廂下有洞戶，東嚮，闔其門，署曰：「玉妃太真院」。方士抽簪叩扉，有雙鬟童女，出應其門。

方士造次未及言，而雙鬟復入，俄有碧衣侍女又至，詰其所從。方士因稱唐天子使者，且致其命。碧衣云：「玉妃方寢，請少待之。」於時雲海沉沉，洞天日曉，瓊戶重闔，悄然無聲。方士屏息斂足，拱手門下。久之，而碧衣延入，且曰：「玉妃出。」見一人冠金蓮，披紫綃，珮紅玉，曳鳳舄，左右侍者七、八人，揖方士，問皇帝安否；次問天寶十四載以還事，言訖憫然。指碧衣，取金釵、鈿合，各折其半，授使者曰：「為我謝太上皇，謹獻是物，尋舊好也。」方士受辭與信，將行，色有不足。玉妃固徵其意。復前跪致詞：「請當時一事，不為他人聞者，驗於太上皇。不然恐鈿合、金釵，負新垣平之詐也。」玉妃茫然退立，若有所思，徐而言曰：「昔天寶十載，侍輦避暑於驪山宮；秋七月，牽牛織女相見之夕，秦人風俗，是夜張錦繡，陳飲食，樹瓜果，焚香於庭，號為乞巧，宮掖間尤尚之。時夜殆半，休侍衛於東西廂，獨侍上。上凭肩而立，因仰天感牛女事，密相誓心，願世世為夫婦；言畢，執手各嗚咽：此獨君王知之耳。」因自悲曰：「由此一念，又不得居此，復墮下界，且結後緣。或為天，或為人，決再相見，好合如舊。」因言：「太上皇亦不久人間，幸惟自安，無自苦耳！」使者還奏太上皇；皇心震悼，日日不豫，其年夏四月，南宮宴駕。

元和元年冬十二月，太原白樂天自校書郎，尉於盩厔，鴻與琅琊王質夫家於是邑，暇日相攜遊仙遊寺，話及此事，相與感歎。質夫舉酒於樂天前曰：「夫希代之事，非遇出世之才潤色之，則與時消沒，不聞於世。樂天，深於詩，多於情者也；試為歌之如何？」樂天因為〈長恨歌〉。意者不但感其事，亦欲懲尤物，窒亂階，垂誡於將來者也。歌既成，使鴻傳焉。世所不聞者。予非開元遺民，不得知；世所知者，有〈玄宗本紀〉在；今但傳〈長恨歌〉云爾。

〈長恨歌傳〉，相當於〈長恨歌〉的「并序」，這兩篇，在故事的取材上、情節的安排上是相同的。前半部分，都是鋪敘史事：描寫楊玉環（楊貴妃的小名）的得寵，安祿山的造反，玄宗的避難四川，楊貴妃的死。後半部分，都是記載當時民間流傳的故事；描寫道士替玄宗找楊貴妃的魂魄，長生殿上的誓語，而加入了道士、仙境、魂魄、仙女等，穿插於玄宗與楊貴妃之間，使故事的情節，變得更神奇，更富東方民族的色彩。由於這故事，加入了民間的傳說，便更容易被人所傳誦了。

今取情節相同的幾節作比較，先看楊玉環賜浴出水的描寫：

〈長恨歌〉：「春寒賜浴華清池，溫泉水滑洗凝脂。侍兒扶起嬌無力，始是新承恩澤時。」

〈長恨歌傳〉：「別疏湯泉，詔賜藻瑩。既出水，體弱力微，若不任羅綺。光彩煥發，轉動照人，上甚悅。」

再看楊貴妃得寵，使社會重男輕女的觀念也因此改變的描寫：

〈長恨歌〉：「後宮佳麗三千人，三千寵愛在一身。金屋妝成嬌侍夜，玉樓宴罷醉和春。姊妹弟兄皆列土，可憐光彩生門戶。遂令天下父母心，不重生男重生女！」

〈長恨歌傳〉：「自是六宮無復進幸者。……出入禁門不問，京師長吏為之側目。故當時謠詠有云：『生女勿悲酸，生男勿喜歡。』又曰：『男不封侯女作妃，看女卻為門上楣。』其為人心羨慕如此。」

再看楊貴妃的死，兩篇做這樣的描寫：

〈長恨歌〉：「六軍不發無奈何，宛轉蛾眉馬前死。花鈿委地無人收，翠翹金雀玉搔頭，君王掩面救不得，回看血淚相和流！」

〈長恨歌傳〉：「道次馬嵬亭，六軍徘徊，持戟不進，從官郎吏伏上馬前，請誅鼂錯以謝天下。……上知不免，而不忍見其死，反袂掩面，使牽之而去。倉皇輾轉，竟就絕於尺組之下。」

再看長生殿上楊貴妃道出一件祕密的事，兩篇的描寫：

〈長恨歌〉：「臨別殷勤重寄詞，詞中有誓兩心知：七月七日長生殿，夜半無人私語時，在天願作比翼鳥，在地願為連理枝。」

〈長恨歌傳〉：「玉妃茫然退立，若有所思，徐而言曰：『昔天寶十載，侍輦避暑於驪山宮；秋七月，牽牛織女相見之夕，秦人風俗，是夜張錦繡，陳飲食，樹瓜果，焚香於庭，號為乞巧，宮掖間尤尚之。時夜殆半，休侍衛於東西廂，獨侍上。上凭肩而立，因仰天感牛女事，密相誓心，願世世為夫婦；言畢，執手各嗚咽：此獨君王知之耳。』」

兩者在主要情節上的描寫是相同的，由於體裁不同，收結的方式便不一致，〈長恨歌〉著重在「長恨」上，因此用「此恨綿綿無絕期」收結。〈長恨歌傳〉是傳奇小說，便著重在「懲尤物，窒亂階，垂誡於將來者也」，希望對後人有所警惕。

其次，〈長恨歌〉，全詩多借漢事以諷今，如：「漢皇重色思傾國」，不便直說唐皇，而用漢皇來代替，詩中所述的地點、建築物，也借用漢代的，如：「太液芙蓉未央柳」，太液池，是漢朝宮裡的大池。未央，漢朝的未央宮。「椒房」，也是漢朝未央宮裡皇后居住的地方。「昭陽殿」，也是漢朝後宮的內殿。所以詩中有時便借漢朝來說唐朝。而〈長恨歌傳〉便直說唐朝，這是兩者比較不同的地方。

唐代的詩人，歌詠唐玄宗和楊貴妃的詩很多，被一般人常提到的，有杜甫的〈哀江頭〉，劉禹錫的〈馬嵬行〉，可惜這些詩不屬於故事詩，所以不錄。其他著名的，有白居易的〈長恨歌〉，元稹的〈連昌宮詞〉，鄭嵎的〈津陽門詩〉，雖然他們的取材相同，但各人的筆法工巧不一。歷代詩話中，對這些詩的評價，見仁見智，未盡相同，今將各家的評述，擇要抄錄於下：

宋魏泰《臨漢隱居詩話》云：

唐人詠馬嵬之事者多矣，世所稱者，劉禹錫曰：「官軍誅佞倖，天子捨妖姬。群吏伏門屏，貴人牽帝衣。低徊轉美目，清日自無輝。」（〈馬嵬行〉）白居易曰：「六軍不發將奈何？宛轉蛾眉馬前死。」（〈長恨歌〉）此乃歌詠祿山能使官軍皆叛迫明皇，明皇不得已而誅楊妃也。

噫！豈特不曉文章體裁而造語拙惷，已失臣下事君之禮也。老杜則不然，其〈北征〉詩曰：「惟昔狼狽初，事與前世別。不聞夏商衰，中自誅褒妲。」方見明皇鑑夏商之敗，畏天悔過，賜妃子死，官軍何預焉？唐闕史載。鄭畋〈馬嵬詩〉，命意似矣，而詞句凡下，比說無狀，不足道也。

宋周紫芝《竹坡詩話》云：

白樂天〈長恨歌〉云：「玉容寂寞淚闌干，梨花一枝春帶雨。」人皆喜其工，而不知其氣韻之近俗也。東坡作〈送人小詞〉云：「故將別語調佳人，要看梨花枝上雨。」雖用樂天語，而別有一種風味，非點鐵成黃金手，不能為此也。

宋張戒《歲寒堂詩話》云：

楊太真事，唐人吟詠至多，然類皆無禮。太真配至尊，豈可以兒女語黷之耶？惟杜子美則不然，〈哀江頭〉云：「昭陽殿裡第一人，同輦隨君侍君側。」不待云：嬌侍夜醉和春，而太真之專寵可知；不待云：玉容梨花，而太真之絕色可想也。至於言一時行樂事，不斥言太真，而但言輦前才人，此意尤不可及。如云：「翻身向天仰射雲，一笑正墜雙飛翼。」不待云：「緩歌慢舞凝絲竹，盡日君王看不足。」而一時行樂可喜事，筆端畫出，宛在目前。「江水江花豈終極」，不待云：比翼鳥，連理枝，此恨綿綿無盡期，而無窮之恨，黍離麥秀之悲，寄于言外。題云〈哀江頭〉，乃子美在賊中時，潛行曲江，覩江水江花，哀思而作。其詞婉而雅，其意微而有禮，真可謂得詩人之旨者。〈長恨歌〉在樂天詩中為最下，〈連昌宮詞〉在元微之詩中，乃最得意者，二詩工拙雖殊，皆不若子美詩微而婉也。元白數十百言，竭力摹寫，不若子美一句，人才高下乃如此。

清施補華《峴傭說詩》云：

香山〈長恨歌〉，今古傳誦，然語多失體，如「漢皇重色思傾國」，明明言唐，何必曰漢。「春宵苦短日高起，從此君王不早朝」，豈非訕謗君父。「孤燈挑盡未成眠」，又似寒士光景，南內淒涼，亦不至此。

儘管後人批評白居易的〈長恨歌〉，對君不恭，詩句落俗，詩意欠委婉，但它依然是一首千古不朽的故事詩。他借漢朝言唐，並無不恭的地方；元白的詩平易近人，雅俗共賞，便是元和體的特色，何況〈長恨歌〉是歌行體呢！至於這首詩是著重客觀地鋪述故事，又有何不夠委婉？在當時〈長恨歌〉便被一般人所傳誦，後代也依然流傳極廣。白居易在〈與元九書〉上說：

及再來長安，又聞有軍使高霞寓者，欲聘娼妓，妓大誇曰：「我誦得白學士〈長恨歌〉，豈同他妓哉！」由是增價。又足下書云：「到通州日，見江館柱間，有題僕詩者。」復何人哉？又昨過漢南日，適遇主人集眾樂，娛他賓。諸妓見僕來，指而相顧曰：「此是〈秦中吟〉，〈長恨歌〉主耳。」自長安抵江西，三、四千里，凡鄉校、佛寺、逆旅、行舟之中，往往有題僕詩者。士庶、僧徒、孀婦、處女之口，每每有詠僕詩者。

足見白居易不僅〈長恨歌〉流傳極廣，連其他的詩，也被人口所詠誦。

關於〈長恨歌〉的用韻，許世瑛先生在《淡江學報》第四期中，有一篇〈論長恨歌與琵琶行用韻〉。今將此詩韻腳列置於下：

國、得、識、側、色五字為韻。池、脂、時三字為韻。搖、宵、朝三字為韻。暇、夜二字為韻。人、身、春三字為韻。土、戶、女三字為韻。（以上第一段用韻）

雲、聞二字為韻。竹、足、曲三字為韻。生、行二字為韻。止、里、死三字為韻。收、頭、流三字為韻。索、閣、薄三字為韻。青、情、聲三字為韻。（以上第二段用韻）

馭、去、處三字為韻。衣、歸二字為韻。舊、柳二字為韻。眉、垂、時三字為韻。草、掃、老三字為韻。然、眠、天三字為韻。重、共、夢三字為韻。（以上第三段用韻）

客、魄、覓三字為韻。電、徧、見三字為韻。山、間二字為韻。起、子、是三字為韻。扃、成、驚三字為韻。徊、開、來三字為韻。舉、舞、雨三字為韻。王、茫、長三字為韻。處、霧、去三字為韻。扇、鈿、見三字為韻。詞、知、時、枝、期五字為韻。（以上第四段用韻）

許世瑛先生在〈論長恨歌與琵琶行用韻〉的結論中，有一條說明〈長恨歌〉用韻的現象：

〈長恨歌〉或二句換韻，或四句換韻，或八句換韻。二句換韻者，每句之末一字皆為韻腳。四句換韻者，第二句與第四句末一字必為韻腳，第一句末一字本可以入韻，亦可以不入韻。〈長恨歌〉全詩中凡四句換韻者，其第一句末一字亦入韻也。八句換韻者，第二、第四、第六、第八隔句押韻，第一句末一字本可入韻，亦可不入韻，而〈長恨歌〉全詩中，八句換韻者惟開端與結尾兩處而已。第一句末一字亦均入韻也。

## 新豐折臂翁

新豐老翁八十八，頭鬢眉鬚皆似雪，玄孫扶向店前行，左臂憑肩右臂折。問翁「臂折來幾年？」兼問「致折何因緣？」翁云「貫屬新豐縣，生逢聖代無征戰，慣聽梨園歌管聲，不識旗槍與弓箭。無何天寶大徵兵，戶有三丁點一丁；點得驅將何處去，五月萬里雲南行。聞道雲南有瀘水，椒花落時瘴烟起，大軍徒涉水如湯，未過十人二三死。村南村北哭聲哀，兒別爺娘夫別妻，皆云前後征蠻者，千萬人行無一回。是時翁年二十四，兵部牒中有名字，夜深不敢使人知，偷將大石捶折臂。張弓簸旗俱不堪，從茲使免征雲南。骨碎筋傷非不苦，且圖揀退歸鄉土。此臂折來六十年，一肢雖廢一身全；至今風雨陰寒夜，直到天明痛不眠。痛不眠，終不悔，且喜老身今獨在。不然當時瀘水頭，身死魂孤骨不收，應作雲南望鄉鬼，萬人塚上哭呦呦。」老人言，君聽取。君不聞開元宰相宋開府，不賞邊功防黷武？又不聞天寶宰相楊國忠，欲求恩幸立邊功？邊功未立生民怨，請問新豐折臂翁。

〈新豐折臂翁〉是白居易「新樂府」五十首中的一首。是一首諷諭詩，白居易借當時一個逃避兵役的老翁，來伸訴戰爭的殘酷。詩中諷諭天寶時的宰相楊國忠，以開拓邊疆的功勞，來邀致玄宗對他的恩寵和賞賜。全篇採用倒敘設問對答的方式寫成，借新豐（在今陝西省臨潼縣東北）一個斷掉手臂的老翁，道出天寶末年楊國忠用兵討南詔（今雲南省一帶）的事。當時，他怕被徵召去討南詔而死掉，故意把自己的手臂折斷，逃避兵役。最後，作者拿開元時愛民的宰相宋璟和虐民的宰相楊國忠（楊貴妃的堂兄）做對比，那麼詩中的諷諭，也就不言而喻了。

〈新豐折臂翁〉是一首寫實的社會故事詩，這裡值得我們去考證的史實有兩項：第一項，新豐「折臂翁」已構成妨害兵役的罪行，在唐代，將受到怎樣的懲罰？第二項，唐代天寶年間，征討南詔（雲南王）的經過情形怎樣？

首先說第一項，新豐折臂翁，為了怕當兵，故意毀傷手臂，逃避兵役，已構成妨害兵役的罪行。白居易在這詩中說：「是時翁年二十四，兵部牒中有名字，夜深不敢使人知，偷將大石搥折臂。張弓簸旗俱不堪，從茲使免征雲南。」如果依照唐朝的法律，他的罪，將受到一年半徒刑的懲治。如依今日的「妨害兵役治罪條例」第六條第二款的規定，將處以三年以下的有期徒刑。在故《唐律疏義》卷二十五，有條文規定：

詐疾病有所避者，杖一百；若故自傷殘者，徒一年半。〈疏議〉曰：「詐疾病以避使役求假之類，杖一百。若故自傷殘，徒一年半，但傷殘者，有避無避，得罪皆同。」

所以新豐折臂翁因故自傷殘，已觸犯了唐律。

第二項，關於天寶時征討南詔的史實，前後共失敗兩次。第一次在唐玄宗天寶十年（西元七五一年），唐將鮮于仲通率六萬大軍討南詔，在瀘水（今雲南省境內）一戰中，全軍覆沒。《舊唐書・玄宗本紀》：

天寶十載，夏四月，劍南節度使鮮于仲通，將兵六萬討雲南，與雲南王閣羅鳳戰于瀘川，官軍大敗，死於瀘水者，不可勝數。……十一月乙未，幸楊國忠宅。丙午，兵部侍郎兼御史中丞楊國忠兼領劍南節度使。

由於劍南節度使鮮于仲通討雲南兵敗，於是楊國忠兼領此職。天寶十一年，尚書左僕射兼右相晉國公李林甫卒，楊國忠便提升為右相。討南詔兵敗後，玄宗下詔募兵，當時沒有人願應徵，於是楊國忠便派人在各處搜捕壯丁，枷鎖起來，送往軍營。《資治通鑑・唐紀》記載：

制大募兩京及河南北兵，以擊南詔，人聞雲南多瘴癘，未戰，士卒死者什八九，莫肯應募，楊國忠遣御分道捕人，連枷送詣軍所。

接著又說：

舊制百姓有勳者，免征役，時調兵既多，國忠奏先取高勳。於是行者愁怨，父母妻子送之，所在哭聲振野。

所以杜甫的〈兵車行〉便產生在這時候，而白居易〈新豐折臂翁〉所描寫的「天寶大徵兵」，便是事實。

唐朝的官軍，第二次征討南詔，是在天寶十三年（西元七五四年）六月，結果又是全軍覆沒。《舊唐書・玄宗本紀》云：

天寶十三載六月，侍御史劍南留後李宓，率兵擊雲南蠻於西洱河，糧盡軍旋，馬足陷橋，為閣羅鳳所擒，舉軍皆沒。

從以上的史實來看，唐朝官軍攻打雲南的敗績，不知犧牲幾萬人，像詩裡說的：「不然當時瀘水頭，身死魂孤骨不收，應作雲南望鄉鬼，萬人塚上哭呦呦。」那麼雲南的「萬人塚」，便是唐朝鮮于仲通和李宓的軍隊潰敗後，被埋葬的地方了。

白居易的新樂府五十首，都是諷諭詩，依照他序上的記載，是元和四年（西元八〇九年）他擔任左拾遺時所作的，〈新豐折臂翁〉是其中的一首；換言之，便是他三十八歲的作品，他寫這詩的用意：在「戒邊功也」。他的〈新樂府序〉說：

凡九千二百五十二言，斷為五十篇，篇無定句，句無定字，字繫於意，不繫於文，首句標其目，卒章顯其志，《詩三百》之義也。其辭質而徑，欲見之者易諭也；其言直而切，欲聞之者深誡也；其事覈而實，使采之者傳信也；其體順而肆，可以播於樂章歌曲也。總而言之：為君，為臣，為民，為物，為事而作，不為文而作也。

這五十篇諷諭詩中，白居易除了註明：「元和四年為左拾遺時作」外，每篇的用意，都有所說明，如：

〈上陽白髮人〉，愍怨曠也。〈新豐折臂翁〉，戒邊功也。〈鹽商婦〉，惡幸人也。〈隋堤柳〉，憫亡國也。

其中有議論的，像〈海漫漫〉、〈華原磬〉等；有敘事的，像〈新豐折臂翁〉、〈賣炭翁〉等。他都實實在在地把他的詩拿來做勸誡的工具，而〈新豐折臂翁〉，便是一首很好的諷諭故事詩。

## 琵琶行并序

元和十年，予左遷九江郡司馬。明年秋，送客湓浦口，聞船中夜彈琵琶者，聽其音，錚錚然有京都聲；問其人，本長安倡女，嘗學琵琶於穆曹二善才。年長色衰，委身為賈人婦，遂命酒，使快彈數曲，曲罷憫默。自敘少小時歡樂事，今漂淪憔悴，轉徙於江湖間。予出官二年，恬然自安，感斯人言，是夕，始覺有遷謫意，因為長句歌以贈之。凡六百一十二言，命曰〈琵琶行〉。

潯陽江頭夜送客，楓葉荻花秋瑟瑟，主人下馬客在船，舉酒欲飲無管絃。醉不成歡慘將別，別時茫茫江浸月。忽聞水上琵琶聲，主人忘歸客不發。尋聲暗問彈者誰？琵琶聲停欲語遲。移船相近邀相見，添酒回燈重開宴，千呼萬喚始出來，猶抱琵琶半遮面。轉軸撥絃三兩聲，未成曲調先有情，絃絃掩抑聲聲思，似訴平生不得志。低眉信手續續彈，說盡心中無限事。輕攏慢撚抹復挑，初為〈霓裳〉後〈六么〉。大絃嘈嘈如急雨，小絃切切如私語；嘈嘈切切錯雜彈，大珠小珠落玉盤。間關鶯語花底滑，幽咽泉流水下灘，水泉冷澀絃凝絕，凝絕不通聲暫歇。別有幽情暗恨生，此時無聲勝有聲。銀瓶乍破水漿迸，鐵騎突出刀槍鳴。曲終收撥當心劃，四絃一聲如裂帛；東船西舫悄無言，惟見江心秋月白。

沉吟放撥插絃中，整頓衣裳起斂容。自言「本是京城女，家在蝦蟆陵下住。十三學得琵琶成，名屬教坊第一部。曲罷曾教善才伏，妝成每被秋娘妒。五陵年少爭纏頭，一曲紅綃不知數。鈿頭銀篦擊節碎，血色羅裙翻酒汙。今年歡笑復明年，秋月春風等閑度。弟走從軍阿姨死，暮去朝來顏色故，門前冷落車馬稀，老大嫁作商人婦。商人重利輕別離，前月浮梁買茶去。去來江口守空船，繞船月明江水寒，夜深忽夢少年事，夢啼妝淚紅闌干。」

我聞琵琶已歎息，又聞此語重唧唧，同是天涯淪落人，相逢何必曾相識！「我從去年辭帝京，謫居臥病潯陽城。潯陽地僻無音樂，終歲不聞絲竹聲。住近湓江地低濕，黃蘆苦竹繞宅生。其間旦暮聞何物？杜鵑啼血猿哀鳴。春江花朝秋月夜，往往取酒還獨傾。豈無山歌與村笛？嘔啞嘲哳難為聽。今夜聞君琵琶語，如聽仙

> 樂耳暫明。莫辭更坐彈一曲，為君翻作〈琵琶行〉。」感我此言良久立，卻坐促絃絃轉急，悽悽不似向前聲，滿座重聞皆掩泣。座中泣下誰最多？江州司馬青衫濕。

白居易繼〈長恨歌〉之後，在元和十一年秋，又寫下一首著名的社會故事詩——〈琵琶行〉。〈長恨歌〉是以歷史故事為題材，寫皇帝和妃子的傳奇故事；而〈琵琶行〉是以個人的遭遇、見聞為題材，寫琵琶女和白居易自己，「同是天涯淪落人」的故事。由於這兩首都是長篇的敘事詩，同為「歌」「行」體，通俗可誦，所以歷代以來，流傳極廣。我們介紹白居易的故事詩，便依創作年代的次序，先介紹了他的〈長恨歌〉，其次便是新樂府中的〈新豐折臂翁〉，最後，便得介紹〈琵琶行〉了。

根據〈琵琶行〉的序，我們可以很明確地知道，白居易寫〈琵琶行〉的時間，是在元和十一年的秋天，也就是西元八一六年，白居易四十五歲的那年。依《舊唐書・白居易傳》的記載，他在元和十年，因上疏不當，被貶為江州司馬。傳中云（《舊唐書》卷一百六十六）：

> 元和九年，授太子左贊善大夫。十年七月，盜殺宰相武元衡，居易首上疏論其冤，急請捕賊，以雪國恥。宰相以為宮官非諫職，不當先諫官言。事會有素惡居易者，掎摭居易言浮華無行，其母因看花墮井而死，而居易作〈賞花〉及〈新井詩〉，甚傷名教。執政奏貶為江

表刺史。詔出，中書舍人王涯上疏論之，言居易所犯狀跡，不宜治郡，追詔授江州司馬。

元和十年，白居易被貶為江州司馬，他也有詩，詩題為〈謫居〉：

面瘦頭斑四十四，遠謫江州為郡吏。

江州，在現在的江西省九江市。《元和郡縣志》云：「江南道江州。」注云：「州理城，古之湓口城也。潯陽縣，本漢舊縣，以在潯水之陽，故名焉。」《舊唐書・地理志》曰：「江州，隋九江郡。武德四年，置江州。天寶元年，改為潯陽郡。」所以白居易四十四歲，出為江州司馬，次年，作〈琵琶行〉，作詩的地點，在潯陽，現在的江西省九江市。

由於白居易在江州寫〈琵琶行〉，歷代在江州一帶，便增加了不少的名勝，像琵琶亭、琵琶洲等，後人便考其來歷，有的名勝與白居易有關，有的卻未盡然。按：潯陽江，便是九江市北面長江的一段。至於「琵琶亭」，為後人所增設。《太平寰宇記》上說：

江州琵琶亭，在江州西江邊。白司馬送客湓浦口，夜聞鄰州琵琶聲，問之，是長安娼女，嫁于商人，乃為作〈琵琶行〉，因名亭。

《清一統志》云：

九江府琵琶亭，在德化縣西，大江濱。唐白居易作〈琵琶行〉，後人因以名亭。

清人洪亮吉《北江詩話》卷三云：

今人以九江郡西琵琶洲，謂得名於白傅為江州司馬時，聽商婦琵琶於此，因號琵琶洲，不知非也。《水經注・江水下》，江水東逕琵琶山，南山下有琵琶灣。考其道里，正在潯陽境內，則琵琶之名久矣。

這樣看來，琵琶亭是因白居易的〈琵琶行〉而後增設的，琵琶洲是因琵琶山、琵琶灣而得名，與白居易無關。

〈琵琶行〉全詩可分為三段，白居易在序裡已說明作此詩的動機，是在元和十一年（西元八一六年）的一個秋夜，他在潯陽江頭給朋友餞行，遇到一個歌女，聽了她的琵琶聲後，對她彈琵琶的技藝和不幸的遭遇，深受感動，就寫下了這篇故事詩。在詩中的第一段，描寫她彈奏琵琶技藝的精湛與工巧。第二段，寫她訴說自己的身世，早年過的賣笑生活，後來嫁作商人婦。第三段，作者看到歌女的音樂才能、容貌風度，卻落得今日這樣的結局。於是聯想到自己的遭遇，覺得自己也有正直的品格，遠大的抱負，滿腹的學問，如今卻受到不公平的處分，被降職到江州來當司馬，心裡有說不出的滋味。便道：「同是天涯淪落人，相逢何必曾相識」，既同情歌女，又感傷自己。因此他寫這詩的用意，便在於此，不外抒寫天涯淪落之恨罷了。

至於這首詩的用韻情形，許世瑛先生曾在《淡江學報》第四期中，寫了一篇〈論長恨歌與琵琶行用韻〉，討論到這首詩的用韻。今就此詩用韻的情形，將其所用的韻腳，排列於下：

客、瑟二字為韻。船、絃二字為韻。別、月、發三字為韻。誰、遲二字為韻。見、宴、面三字為韻。聲、情二字為韻。志、事二字為韻。挑、么二字為韻。雨、語二字為韻。彈、盤、灘三

字為韻。絕、歇二字為韻。生、聲、鳴三字為韻。劃、帛、白三字為韻。（以上第一段用韻）

中、容二字為韻。女、住、部、妒、數、汙、度、故、婦、去十字為韻。寒、干二字為韻。（以上第二段用韻）

息、唧、識三字為韻。京、城、聲、生、鳴、傾、聽、明、行九字為韻。立、急、泣、濕四字為韻。（以上第三段用韻）

許世瑛先生〈論長恨歌與琵琶行用韻〉結論中說：「〈琵琶行〉或二句換韻，或四句換韻，或六句換韻，甚或多至十六句或十八句始換韻者。其中兩句換韻者，兩句末一字均為韻腳字。四句、六句、十六句、十八句換韻者，凡雙數句之末一字必為韻腳字。」

在這首詩中，用韻比較特別的是「女、住、部、妒、數、汙、度、故、婦、去」押韻在一起，其中「部」字在《廣韻》上聲姥韻，「婦」字則在上聲有韻，而其中如「住、數」是去聲遇韻，「部、汙、度、故」是去聲暮韻，於是可以知道上聲韻與去聲韻可以通押，且尤、侯兩韻中有一些字，可與遇、暮兩韻的字通押，這種現象，各家的解釋不同：錢玄同為于安瀾《漢魏六朝韻譜》作序說：

白香山之〈琵琶行〉，以「住、部、妒、數、汙、度、故、婦」為韻。以《廣韻》考之，則「妒、汙、度、故」在去聲暮韻，「住、數」在去聲遇韻，暮與遇同用，可不論，而「部」則在上聲姥韻，「婦」則在上聲有韻，似乎上去混淆，尤虞雜亂矣。然以今音讀之，則「住、部、妒、數、汙、度、故、婦」同為ㄨ韻之去聲，音至諧也。蓋唐代方音中，至少總有一處讀此八字亦是同韻部同聲調，香山即據此方音以押韻耳。他人押韻不如此，獨香山如此者，乃是他人遵守韻書，而香山根據自然也。

許世瑛先生則認為：

由〈長恨歌〉中有去聲宥韻「舊」字與上聲有韻「柳」字押韻之例證，可以測知〈琵琶行〉中，「部」、「婦」二字非因其聲母為全濁聲母，而上聲變讀去聲音，是以此條亦為上聲韻與去聲韻通押之另一例證也。

又說：

由於「婦」字（有韻）與「去」字（御韻），「住、數」等字（遇韻）「部、汙、度、故」等字（暮韻）押韻，可以測知中唐時期尤、侯兩韻中有一部分字，其韻母不變為 -ou 或 -iou，而與魚、虞、模之主要元音相同，皆為 -u，於是得以押韻矣。

由以上兩家的說明，詩中有上聲字與去聲字通押的現象，且尤、侯兩韻的某些字，可與暮、遇兩韻通押，是主要元音相同的緣故。

歷代詩話，對白居易的詩，評介的極多，今擇數則較具特色的，加以介紹：

明楊慎《升菴詩話》：「白樂天〈琵琶行〉，『楓葉荻花秋瑟瑟』，此句絕妙。楓葉紅，荻花白，映秋色碧也。瑟瑟，珍寶名，其色碧，故以瑟瑟影指碧字，讀者草草，不知其解也。」

宋劉攽《中山詩話》：「江州琵琶亭，前臨江，左枕湓浦，地尤勝絕。夏（英公）、梅（公儀）詩最佳，夏云：『年光過眼如車轂，職事羈人似馬銜；若遇琵琶應大笑，何須涕泣滿青衫？』梅云：『陶令歸來為逸賦，樂天謫宦起悲歌；有絃應被無絃笑，何況臨絃泣更多。』又有葉氏女（名桂女字月流），詩曰：『樂天當日最多情，淚滴青衫酒重傾；明月滿船無處問，不聞商女琵琶聲。』」

白居易的詩平白易曉，有「老嫗能解」的比喻，因此他的詩在當時便極流行，尤其是〈長恨歌〉、〈琵琶行〉兩篇。《全唐詩話》卷一，記載白居易死（武帝會昌六年，西元八四六年）時，宣帝以詩弔之：

白居易之死，帝以詩弔之曰：「綴玉聯珠六十年，誰教冥路作詩仙；浮雲不繫名居易，造化無為字樂天。童子解吟〈長恨〉曲，胡兒能唱〈琵琶〉篇。文章已滿行人耳，一度思卿一愴然。」

白居易死時，年七十五。

白居易也是出身於貧苦的家庭，陳直齋著有《香山年譜》，從年譜中，可窺知他的身世。因此他的詩受杜甫的影響很深。他在〈與元九書〉中說：

詩之豪者，世稱李、杜。李之作，才矣、奇矣，人不逮也；索其〈風〉、〈雅〉、比興，十無一焉。杜詩最多，可傳者千餘首。至於貫穿今古，覼縷格律，盡工盡善，又過於李焉。然撮其〈新安吏〉、〈石壕吏〉、〈潼關吏〉、〈塞蘆子〉、〈留花門〉之章，「朱門酒肉臭，路有凍死骨」之句，亦不過十三四。杜尚如此，況不逮杜者乎？

他的詩，便以反映社會，著重寫實為主，當時著名的詩人，跟白居易在一起唱和的，有張籍、元稹、劉禹錫等，他們都崇拜杜甫，創造寓意深厚而能婦孺皆曉的大眾化的文學。在這方面，白居易是最成功的一個，在當時一般人都爭誦他的詩，連雞林國（今韓國）的宰相都拿金子向唐朝的商人買白居易的詩，也可想見他的詩被人喜愛的程度。蘇東坡嘗批評元白的詩說：「元輕，白俗。」也就說明了通俗是白詩的一大特色。

白居易的弟弟白行簡，是當時著名的小說家，他們兩兄弟在唐代的文壇上，可稱為白氏一門雙璧了。

## 元稹的幾首故事詩

元稹（西元七七九—八三一年）小白居易七歲，他是河南河內（現在河南省洛陽市）人。他和白居易是最親密的朋友，兩人的文學觀點相同，詩的風格大致相似，連詩文集的名稱也相同，白居易的稱為《白氏長慶集》，元稹的稱為《元氏長慶集》。今天他們的集子，有《四部叢刊》本，白氏集為日本活字版本，元氏集為明嘉靖年間的刊本，為流傳世間最古的本子。

從元稹的集中，揀出來的故事詩，只有一首——〈連昌宮詞〉；另外元稹寫過一篇著名的傳奇小說——〈會真記〉，在〈會真記〉中附有〈會真詩〉三十韻，也可以稱為故事詩。但〈會真記〉不收錄在《元氏長慶集》中，《全唐詩》卻收有〈會真詩〉三十韻。因此，我們介紹元稹的故事詩，首先介紹他的〈會真詩〉，然後再介紹他的〈連昌宮詞〉。

〈會真詩〉附在元稹的傳奇小說〈會真記〉中，因此，這篇言情的短篇小說，便成了〈會真詩〉的本事。就好比陶淵明的〈桃花源記〉和〈桃花源詩〉，陳鴻的〈長恨歌傳〉和白居易的〈長恨歌〉，題材是相同的一則故事，而表現的文體，一是散文的，一是韻文的。由於元稹的〈會真記〉和〈會真詩〉，已創造了張生和崔鶯鶯一對才子佳人的典型人物。這則才子佳人的戀愛故事，如今已成了家傳戶曉的民間故事。今將〈會真記〉和〈會真詩〉三十韻抄錄於下：

## 會真記及會真詩三十韻

唐貞元中，有張生者，性溫茂，美丰容，內秉堅孤，非禮不可入。或朋從游宴，擾雜其間，他人皆洶洶拳拳，若將不及，張生容順而已，終不能亂。以是年二十三未嘗近女色。知者詰之，謝而言曰：「登徒子非好色者，是有淫行，余真好色者，而適不我值。何以言之，大凡物之尤者，未嘗不留連於心，是知其非忘情者也。」詰者哂之。

亡幾何，張生游於蒲。蒲之東十餘里，有僧舍，曰普救寺，張生寓焉。適有崔氏乃異派之從母。

孀婦，將歸長安，路出於蒲，亦止茲寺。崔氏婦，鄭女也。張出於鄭，緒其親，是歲，渾瑊薨於蒲，有中人丁文雅，不善於軍，軍人因喪而擾，大掠蒲人。崔氏之家，財產甚厚，多奴僕，旅寓惶駭，不知所託。先是張與蒲將之黨友善，請吏護之，遂不及於難。十餘日，廉使杜確將天子命，以統戎節，令於軍，軍由是戢。鄭厚張之德甚，因飾饌以命張，中堂宴之。復謂張曰：「姨之孤嫠未亡，提攜幼稚，不幸屬師徒大潰，實不保其身，弱子幼女，猶君之生也，豈可比常恩哉！今俾以仁兄禮奉見，冀所以報恩也。」命其子曰歡郎，可十餘歲，容甚溫美；次命女鶯鶯出拜，爾兄活爾。久之，辭疾。鄭怒曰：「張兄保爾之命，不然，爾且擄矣，能復遠嫌乎！」久之，乃至。常服悴容，不加新飾，垂鬟接黛，雙臉銷紅而已。顏色豔異，光輝動人，張驚為之禮，因坐鄭傍，以鄭之抑而見也。凝睇怨絕，若不勝其體，問其年紀，鄭曰：「今天子甲子歲之七月，終今貞元庚辰，生十七矣。」張生稍以詞導之，不對，終席而罷。

張生自是惑之，願致其情，無由得也。崔之婢曰紅娘，生私為之禮者數四，乘間遂道其衷，婢果驚沮，腆然而奔，張生悔之。

翌日婢復至，張生乃羞而謝之，不復云所求矣。婢因謂張曰：「郎之言，所不敢言，亦不敢泄。然而崔之族姻，君所詳也。何不因其德而求娶焉。」張曰：「予始自孩提，性不苟合，或時紈綺閒居，曾莫流盼，不為當年終有所蔽。昨日一席間，幾不自持，數日來行忘止，食忘飽，恐不能逾旦暮，若因媒氏而娶，納采問名，則三數月間，索我於枯魚之肆矣！爾其謂我何？」婢曰：「崔之貞慎自保，雖所尊不可以非語犯之，下人之謀，固難入矣。然而善屬文，往往沉吟章句，怨慕者久之，君試為喻情詩以亂之。不然，則無由也。」張大喜，立綴春詞二首以投之。是夕，紅娘復至，持綵箋以授張曰：「崔所命也。」題其篇曰：〈明月三五夜〉，其詞曰：「待月西廂下，迎風戶半開；拂牆花影動，疑是玉人來。」張亦微喻其旨。是夕歲二月旬有四日矣，崔之東有杏花一樹，攀援可踰，既望之夕，張因梯其樹而踰焉，達於西廂，則戶半開矣。紅娘寢於牀上，因驚之。紅娘駭曰：「郎何以至。」張因紿之曰：「崔氏之箋召我也，爾為我告之。」亡幾，紅娘復來，連曰：「至矣，至矣。」張生且喜且駭，必謂獲濟。及崔至，則端服嚴容，大數張曰：「兄之恩活我之家厚矣，是以慈母以弱子幼女見託。奈何因不令之婢，致淫逸之詞，始以護人之亂為義，而終掠亂以求之，是以亂易亂，其去幾何？誠欲寢其詞，則保人之姦，不義；明之於母，則背人之惠，不祥；將寄於婢僕，又懼不得發其真誠，是用託短章，願自陳啟，猶懼兄之見難，是用鄙靡之詞，以求其必至，非禮之動，能不愧心？特願以禮自持，毋及於亂。」言畢，翩然而逝，張自失者久之，復踰而出。

於是絕望數夕，張君臨軒獨寢，忽有人覺之，驚欻而起，則紅娘斂衾攜枕而至，撫張曰：「至矣至矣！睡何為哉！」並枕重衾而去。張生拭目危坐久之，猶疑夢寐，然而修謹以俟。俄而，紅娘捧崔氏而至，至則嬌羞融冶，力不能運支體，曩時端莊，不復同矣。

是夕旬有八日也，斜月晶熒，幽輝半牀，張生飄飄然，且疑神仙之徒，不謂從人間至矣。有頃，寺鐘鳴，天將曉，紅娘促去，崔氏嬌啼宛轉，紅娘又捧之而去，終夕無一言。張生辨色而興，自疑曰：「豈其夢邪？」及明，靚粧在臂，香在衣，淚光熒熒然，猶瑩於茵席而已。是後十餘日，杳不復至。張生賦〈會真詩〉三十韻，未畢而紅娘適至，因授之以貽崔氏。自是復容之，朝隱而出，暮隱而入，同安於曩所謂西廂，幾一月矣。

張生常詰鄭氏之情，則曰：「知不可奈何矣！」因欲就成之。亡何，張生將之長安，先以詩諭之，崔氏宛無難詞，然而愁怨之容動人矣。將行之夕，再不復可見，而張生遂西。不數月，復游於蒲，舍於崔氏者又累月。崔氏甚工刀札，善屬文，求索再三，終不可見。往往張生自以文挑之，亦不甚覩覽。大略崔之出人者，藝必窮極，而貌若不知，言則敏辨，而寡於酬對，待張之意甚厚，然未嘗以詞繼之。時愁豔幽邃，恆若不識，喜慍之容，亦罕形見。異時，獨夜操琴，愁弄悽惻，張竊聽之，求之，則終不復鼓矣。以是愈惑之。張生俄以文調及期，又當西去，當去之夕，不復自言其情，愁歎於崔氏之側，崔已陰知將訣矣。恭貌怡聲，徐謂張曰：「始亂之，終棄之，固其宜矣！愚不敢恨，必也君亂之，君終之，君之惠也，則沒身之誓，其有終矣！又何必深感於此行。然而君既不懌，無以奉寧。君常謂我善鼓琴，向時羞顏，所不能及，今且往矣，既君此誠。」因命拂琴，鼓〈霓裳羽衣序〉，不數聲，哀音怨亂，不復知其是曲也。左右皆歔欷，崔亦遽止之。投琴，泣下流漣，趨歸鄭所，遂不復至。明旦而張行。明年，文戰不勝，遂止於京。因貽書於崔，以廣其意，崔氏緘報之詞，粗載於此云：

「捧覽來問，撫愛過深，兒女之情，悲喜交集。兼惠花勝一合，口脂五寸，致耀首膏唇之飾，雖荷殊恩，誰復為容？睹物增懷，但積悲歎耳！伏承示於京中就業，進修之道，固在便安，但恨僻陋之人，永以遐棄，命也如此，知復何言？自去秋以來，常忽忽如有所失，於誼譁之下，或勉為語笑，閑宵自處，無不淚零！乃至夢寐之間，亦多敍感咽離憂之思，綢繆繾綣，暫若尋常，幽會未終，驚魂已斷。雖半衾如煖，而思之甚遙，一昨拜辭，倏逾舊歲，長安行樂之地，觸緒牽情，何幸不忘幽微，眷念亡斁，鄙薄之志，無以奉酧。至於終始之盟，則固不忒。憶昔中表相因，或同宴處，婢僕見誘，遂致私誠，兒女之心，不能自固。君子有援琴之挑，鄙人無投梭之拒。及薦寢席，義盛意深，愚細之情，永謂終託。豈期既見君子，而不能定情，致有自獻之羞，不復明侍巾櫛，沒身永恨，含歎何言。倘仁人用心，俯遂幽眇，雖死之日，猶生之年。如或達士略情，舍小從大，以先配為醜行，謂要盟之可欺，則當骨化形銷，丹誠不沒。因風委露，猶託清塵，存沒之誠，言盡於此。臨紙嗚咽，情不能申，千萬珍重，千萬珍重！玉環一枚，是兒嬰年所弄，寄充君子下體所佩。玉取其堅潤不渝，環取其終始不絕，兼亂絲一絇，文竹茶碾子一枚，此數物不足見珍，意者欲君子如玉之真，俾志如環不解。淚痕在竹，愁緒縈絲，因物達誠，永以為好耳。心邇身遐，拜會無期，幽憤所鍾，千里神合，千萬珍重。春風多厲，彊飯為佳，慎言自保，無以鄙為深念！」

張生發其書於所知，由是時人多聞之。所善楊巨源好屬詞，因為賦〈崔孃詩〉一絕云：「清潤潘郎玉不如，中庭蕙草雪銷初；風流才子多春思，腸斷蕭孃一紙書。」

河南元稹亦續生〈會真詩〉三十韻曰：

微月透簾櫳，螢光度碧空。遙天初縹緲，低樹漸葱蘢。龍吹過庭竹，鸞歌拂井桐。羅綃垂薄霧，環佩響輕風。絳節隨金母，雲心捧玉童。更深人悄悄，晨會雨濛濛。珠瑩光文履，花明隱繡櫳。寶釵行彩鳳，羅帔掩丹虹。言自瑤華浦，將朝碧帝宮。因遊李（一作洛）城北，偶向宋家東。戲調初微拒，柔情已暗通。低鬟蟬影動，迴步玉塵蒙。轉面流花雪，登牀抱綺叢。鴛鴦交頸舞，翡翠合歡籠。眉黛羞頻聚，朱脣暖更融。氣清蘭蕊馥，膚潤玉肌豐。無力慵移腕，多嬌愛斂躬。汗光珠點點，髮亂綠鬆鬆。方喜千年會，俄聞五夜窮。留連時有限，繾綣意難終。慢臉含愁態，芳詞誓素衷。贈環明運合，留結表心同。啼粉流清鏡，殘燈繞暗蟲。華光猶冉冉，旭日漸曈曈。警乘（一作乘鶩）還歸洛，吹簫亦上嵩。衣香猶染麝，枕膩尚殘紅。冪冪臨塘草，飄飄思渚蓬。素琴鳴怨鶴，清漢望歸鴻。海闊誠難度，天高不易沖。行雲無處所，蕭史在樓中。

張之友聞之者，莫不聳異之。然而張亦志絕矣。積特與張厚，因徵其詞，張曰：「大凡天之所命尤物也，不妖其身，必妖於人，使崔氏子遇合富貴，乘寵嬌，不為雲為雨，則為蛟為螭，吾不知其所變化矣。昔殷之辛，周之幽，據百萬之國，其勢甚厚，然而一女子敗之，潰其眾，屠其身，至今為天下僇笑。余之德，不足以勝妖孽，是用忍情。」於時坐者皆為深歎。

後歲餘，崔已委身於人，張亦有所娶。後乃因其夫言於崔，求以外兄見，夫語之，而崔終不為出。張怨念之誠，動於顏色，崔知之，潛賦一章，詞曰：「自從別後減容光，萬轉千迴懶下牀；不為傍人羞不起，為郎憔悴卻羞郎。」竟不之見。後數日，張生將行，又賦一章以謝絕之：「棄置今何道，當時且自親；還將舊來意，憐取眼前人。」自是絕不復知矣。

時人多許張為善補過者，予嘗於明會之中，往往及此意者，使夫知者不為，為之者不惑。貞元歲九月，執事李公垂宿於予靖安里第，語及於是，公垂卓然稱異，遂為〈鶯鶯歌〉以傳之。崔氏小名鶯鶯，公垂以命篇。

——以上依商務本吳曾祺之《舊小說・會真詩》並參校《全唐詩》本。

〈會真記〉是元稹的傳奇小說，又名〈鶯鶯傳〉。〈會真詩〉三十韻，是一首愛情的社會故事詩，穿插在該傳奇之末，當時李公垂所作〈鶯鶯歌〉，今存於董解元的〈弦索西廂〉中。由於元稹的這篇真實的愛情小說，動人心肺，因此流傳極廣，後人變化故事的情節加以改寫：為鼓子詞的，有宋趙令畤的〈商調蝶戀花〉；為諸宮調的，有金董解元的〈董西廂〉（又名〈弦索西廂〉）；為雜劇的，有元王實甫的〈西廂記〉（又稱〈北西廂〉，屬北曲）；為明清傳奇的，有明李日華的〈南西廂〉。此外還有〈翻西廂〉、〈續西廂〉、〈竟西廂〉等不下十餘種。惟〈會真記〉裡，敘張生無端與崔鶯鶯斷絕，不近人情。而後人董解元的〈董西廂〉把後半改作團圓，關漢卿的〈續西廂〉也是結尾大團圓，王實甫的〈西廂記〉以張生鶯鶯訂婚而別結束，在故事的情節上，不無有些變動，因此這項故事，更為一般人所熟悉。

唐人的傳奇，以描寫愛情的故事而流傳最廣的，要推元稹的〈會真記〉。〈會真記〉是寫出身寒微的張生，在赴京應考途中，結識了名門閨秀崔鶯鶯，然而在功名的前程下，他犧牲了愛情。加以鶯鶯是個不露才、自怨自艾的女子，在環境和性格雙重不可能結合下，奠定了這篇纏綿悱惻感人心腑的不朽悲劇。同時，也替後來的小說，創造了「才子佳人」的典型人物。

元稹創造這篇人物，不是偶然的。王性之在《傳奇辨正》中指出：〈會真記〉裡的張生，便是元稹本人。陳寅恪先生《讀鶯鶯傳》及劉開榮的《唐代小說研究》，也都認為〈會真記〉是元稹自傳式的小說。元稹把少年時的一段遭遇，委婉地寫成了傳奇。他在二十二歲時，還是個窮書生，從洛陽的家，前來長安獵取功名，在路過蒲城（今陝西省大荔縣西）時，暫住在普救寺，遇上了崔鶯鶯。既然〈會真記〉中的張生是元稹自己，那麼崔鶯鶯是什麼人呢？據〈會真記〉的描述，崔鶯鶯是張生的表妹。見〈會真記〉對人物的交代：「崔氏婦，鄭女也。張出於鄭，緒其親，乃異派之從母。」那麼在事實上，元稹是否和表妹戀愛，甚至於始亂終棄呢？末了又何以說：「大凡天之所命尤物也，不妖其身，必妖於人」呢？以致「忍情」斷絕，而當時的友輩還讚許他這樣做是「善補過者」。根據這些設想，元稹所遇到的名門閨秀崔氏，不是他的表妹。按陳著《讀鶯鶯傳》和劉著《唐代小說研究》，便說崔鶯鶯是個妓女。在唐人范攄撰的《雲谿友議》中，還指出這名妓的名字叫薛濤。在《雲谿友議》卷下說：

> 安人元相國應制科之選，歷天祿畿尉，則聞西蜀樂籍有薛濤者，能篇詠，饒詞辯，常悄悒於懷抱也。及為監察，求使劍門，以御史推鞫，難得見焉。及就拾遺，府公嚴司空綬知微之之欲，每遣薛氏往焉。臨途訣別，不敢挈行。洎登翰林，以詩寄曰：「錦江滑膩蛾眉秀，化出文君及薛濤。言語巧偷鸚鵡舌，文章分得鳳凰毛。紛紛詞客皆停筆，箇箇君侯欲夢刀。別後相思隔煙水，菖蒲花發五雲高。」

因此，有人便說鶯鶯是薛濤。薛濤，字洪度，隨父宦，流落蜀中為妓，辨慧工詩，甚為時人所愛。元稹雖也喜歡她，但不能說〈會真記〉中的鶯鶯便是薛濤。所以劉開榮《唐代小說研究》第四章便說：

> 〈鶯鶯傳〉的悲劇內容完全一樣，情節也相同（指〈鶯鶯傳〉與〈霍小玉傳〉），所不同的，就是男主角赴京，經過了一番理智的分析以後，便知道為自己的事業和前途計，不能不「忍情」而與鶯鶯絕交。從《唐史》所記載他的生平看來，他是出身於一個沒落了的貴族家庭，為了挽救這個局面起見，非得有一頭高門親事不為功，所以幡然悔過，並把往事寫成一篇小說，還在後面加上一段洋洋乎大議論說：「大凡天之所命尤物也，……是用忍情。」博得許多人對於鶯鶯的惋惜，更博得許多人對自己意識能力的欣賞與讚許。

這樣看來，〈會真記〉是元稹的自傳不成問題，張生便是元稹，而崔鶯鶯是當時的一位風塵女子，她的名字和身世，便無法考證了。在這種情形下，元稹為了自己的功名和前途，只好忍情而別，便成了千古不朽的悲劇故事。然而元稹這段感情上的內疚，使他在二十年後，依然眷戀不忘。從他的〈春曉〉中，可以看出。詩上說：

半欲天明半未明，醉聞花氣睡聞鶯；娃兒撼起鐘聲動，二十年前曉寺前。

此外，他在二十四歲任校書郎以前寫過〈狂醉〉詩：

一自柏臺為御史，二年辜負兩京春；峴亭今日顛狂醉，舞引紅娘亂打人。

這些詩，分明寫自己少年時的親身遭遇，是那樣深刻而難以忘懷。

元稹生於大曆十四年，西元七七九年，依〈會真記〉云：「貞元中，有張生者，……以是年二十三未嘗近女色。」照此推算，貞元十七年，元稹二十三歲，那時元稹尚無功名，〈會真記〉中的赴京應考，是配合的。所以〈會真記〉是貞元十七年元稹從洛陽入京所發生的事，次年，他寫下〈會真記〉，也就是元稹二十四歲的作品。元稹娶韋尚書夏卿的女兒韋叢是在德宗貞元十八年，與〈會真記〉內說：「後歲餘崔已委身於人，張亦有所娶。」剛好配合。這年，他明經及第，授祕書省校書郎，但不是進士出身，必須重謀出路，於是他力謀中制科，一面就與韋氏結婚，一面又寫〈會真記〉以事「溫卷」。

在大曆年間，凡是想在政壇居顯位，必須進士出身，其時，科舉中，有一種非常重要的習尚，便是「溫卷」。趙彥衛《雲麓漫鈔》卷八云：

> 唐世舉人，先藉當時顯人，以姓名達主司，然後投獻所業，踰數日又投，謂之溫卷。

當時的主考官，重視敘事文、議論文、詩三種文體，因此舉子所投的「行卷」，所獻的「業」，便具備了這三種文體。所以溫卷的習尚，不外是考生投一些文章給主考官，要給考官在未入試前，便有印象，以便在未試前，誰屬及第，誰列甲科，便早已有了定論。這樣看來，〈會真記〉便是元稹二十四歲時投給考官的一篇「行卷」。這篇作品中，包含一段動人的戀愛故事，文中又有崔氏致張生的一封書信，還有一些詩，其中特別註明〈會真詩〉三十韻是「河南元稹」寫的，末了還附有張生口述的一段議論：「大凡天之所命尤物也……」他這樣在一篇文章中，雜糅了各種文體，是有妙用的。後人不了解這種情形，還怪〈會真記〉太雜了，又是文，又是詩，又是論，了解溫卷的特色，就不能責怪他了。

〈會真詩〉三十韻，不外將〈會真記〉的故事，用詩歌體重敘述一遍，這裡就不必重提了。

元稹到二十八歲才體用科登第。《舊唐書》卷一百六十六〈元稹傳〉載：

> 二十八應制，舉才識，兼茂明，於體用科登第者十八人，稹為第一，元和元年（西元八〇六年）四月也，制下，除右拾遺。

元和四年，元稹三十一歲，韋氏去世，見韓愈集〈韋氏墓誌銘〉所敘。他著名的三首律詩〈遣悲懷〉，便寫於此年。

太真輒彈弦倚歌為上送酒。內中皆以上為三郎，玉奴乃太真小字也。」③二十五郎，即邠二十五郎。④岐山範薛王業，明皇之弟。⑤乃貴妃三姊，帝呼為姨。封韓虢秦國三夫人。⑥《全唐詩》注云：「天寶十三年，祿山破洛陽。」按：《舊唐書》云，天寶十四年十二月，洛陽陷。⑦肅、代、德、順、憲、穆。

元稹的〈連昌宮詞〉，與白居易的〈長恨歌〉，鄭嵎的〈津陽門詩〉，是屬於歷史故事詩，都是描寫唐玄宗和楊貴妃的故事，而成為著名的歷史故事詩。雖然他們的體式、題材相同，但各人的表現技巧和詩旨卻不相同。他們運用七言的歌行體來鋪述故事，白居易的一篇較早，內容著重於故事的渲染，利用民間的傳說入詩，富有東方民族的神奇性和浪漫色彩，報導了一則歷史上罕有的故事，諷刺的意味少，所以白居易將〈長恨歌〉歸入「感傷詩」中，而詩眼是「天長地久有時盡，此恨綿綿無絕期！」令人感傷長恨罷了。元稹的〈連昌宮詞〉，全篇借一老者的口述，道出連昌宮的盛衰，以玄宗寵幸楊貴妃的事，鋪述連昌宮中聲色之盛，遭安祿山亂後，宮內劫後的荒蕪，以前歌舞之地，今日蛇出塵埋；而詩的主題，以諷諭為主，借古諷今，諷勸宰相努力內政少用兵征討，所以〈連昌宮詞〉的詩眼，在「努力廟謀休用兵」句上。鄭嵎的〈津陽門詩〉最晚出，全篇借一旅店主人，酒後敘述他少年時，躬親天寶之世，當時他在華清宮中的外闕津陽門供職，親眼目睹宮中的行樂，窮極奢侈，到遭兵亂後，宮中的寥落。所以〈津陽門詩〉著重在史實的描述，而詩旨在「感舊」、「道承平故實」罷了，那麼這首詩的詩眼，便落在「寧勞感舊休吁嘻」句上，而對當時的在位者，做了一次委婉的諷勸而已。

從以上三首同一題材的詩，做了詩眼上的比較，便更明瞭元稹寫〈連昌宮詞〉的目的。他不僅鋪述連昌宮的盛衰，而著重在朝廷不斷的用兵，已使小民遭到兵禍的瘡痍。合乎他和白居易所提倡的平易寫實的文學，做到了「文章合為時而著，歌詩合為事而作」，才有生命，才有意義。

〈連昌宮詞〉的本事，也是以天寶末年，唐玄宗和楊貴妃的史實為依據，借住在宮邊的一個老者，口述連昌宮的盛衰史，來反映玄宗的寵幸楊貴妃，流連聲色，以及楊家的驕縱，使民間慘遭兵禍。全詩可分為三段：第一段描寫連昌宮現在雖已荒蕪，但春來桃花竹林，依然茂密。然後借宮邊的一個老翁，口述天寶時，此地曾是上皇和貴妃賞春聽歌的地方，皇族貴戚享樂的場所。第二段，依然是老翁的口述，道出天寶十四年後，宮中遭安祿山的叛兵洗劫後，宮內殘破零亂的景象，跟首段的歡樂場面，成了盛衰強烈的對比。第三段，借老翁的口述，感慨開元時代，姚崇、宋璟當宰相，愛民不事討伐的清平世難得，而責怪天寶時代的宰相李林甫、楊國忠的弄權，楊貴妃的亂國，招來兵禍，並委婉地道述當時朝廷的宰執，從事武功，下吳蜀，平淮西。結尾以老翁的願望收結——「老翁此意深望幸，努力廟謨休用兵。」而諷諭之意已明。

考元稹作〈連昌宮詞〉的時間，當在唐憲宗元和十二年（西元八一七年）後一兩年，詩中有「官軍又取淮西賊，此賊亦除天下寧」的句子，便可證明元稹的〈連昌宮詞〉完成於元和年間裴度平淮西後。平淮西是唐憲宗時的一件大事，從憲宗元和九年起淮蔡一帶（今河南、信陽、潢川、汝南），由吳元濟自領軍務，不迎敕命，還放兵燒舞陽，犯葉城。憲宗派李光顏、嚴綬督兵討吳元濟。其後吳元濟還縱兵侵掠及於東畿，憲宗派丞相裴度率李光顏、烏重胤、李文通、李愬、韓弘諸將，討淮西，直到元和十二年，才將吳元濟擒拿。韓愈曾撰〈平淮西碑〉記載此功。元和十四年，吳元濟的賊黨李師道也被斬，於是唐室藩鎮之亂，才告平息。因此元稹的〈連昌宮詞〉應該在元和十四年（西元八一九年）寫成的，較為合理。也就是元稹四十一歲的那年。

同時《舊唐書》和《新唐書》也略有記載，《舊唐書・元稹傳》云：

荊南監軍崔潭峻甚禮接稹，不以掾吏遇之，常徵其詩什諷誦之。長慶初，潭峻歸朝，出稹〈連昌宮詞〉等百餘篇奏御。穆宗大悅。問稹安在？對曰：「今為南宮散郎。」即日轉祠部郎中。

《新唐書・元稹傳》云：

元和末，召拜膳部外郎……稹之謫江陵，善監軍崔潭峻，長慶初，潭峻方親幸，以稹歌詞數十百篇奏御，帝大悅，問稹今安在？曰：「為南宮散郎。」即擢祠部郎中。

從《唐書》中可以知道元稹在憲宗元和四年任右拾遺，元和五年貶江陵府士曹參軍，後移通州（四川省達縣）司馬。所以元稹在四川時寫〈連昌宮詞〉。到穆宗長慶元年（西元八二一年），監軍崔潭峻才把他的詩百餘首，包括〈連昌宮詞〉在內，獻給穆宗。穆宗大悅，召回為祠部郎中，知制誥，俄遷中書舍人，翰林學士，長慶二年（西元八二二年），與裴度一同拜相，因兩人不相容，不久又一同罷相。

元稹的〈連昌宮詞〉收錄在《元氏長慶集．樂府》中，在集子中，他的樂府可分兩類，一類屬樂府古題的作品，一類為新樂府，這種詩是「即事名篇，無復倚傍」，為寫實之作，不再依仿舊樂府的古題來作詩。元稹曾在元和十二年寫了一篇〈樂府古題序〉，表示今後不再寫「樂府古題」了，把以前所作的古題，作為了結，便寫下〈樂府古題序〉，其中有云：

近代唯詩人杜甫〈悲陳陶〉、〈哀江頭〉、〈兵車〉、〈麗人〉等，凡所歌行，率皆即事名篇，無復倚傍。余少時，與友人白樂天（白居易）、李公垂（李紳）輩，謂是為當，遂不復擬賦古題。

而〈連昌宮詞〉，便是一首依事命題的新樂府，以連昌宮的盛衰，記玄宗天寶末年事。可知他作此詩，受杜甫的〈哀江頭〉、〈兵車行〉、〈麗人行〉和白居易的〈長恨歌〉的影響。同時也可以知道元稹與白居易李紳三人，一定做了不少的新樂府，認為只有這種「即事名篇」的新樂府，才能實現他們的文學主張。

當時一般人稱他們的詩為「元和體」，由於他們的詩，都是些白話詩，因此流傳也極廣。元稹在〈白氏長慶集序〉上說：

予始與樂天同校祕書之名，多以詩章相贈答。會予譴掾江陵，樂天猶在翰林，寄予百韻律詩及雜體，前後數十章。是後各佐江通，復相酬寄。巴蜀江楚間，洎長安中少年，遞相倣效，競作新詞，自謂元和詩。……二十年間，禁省觀寺郵侯牆壁之上無不書，王公妾婦牛童馬走之口無不道。至於繕寫模勒，衒賣於市井，或持以交酒茗者，處處皆是。其甚者，有至於盜竊名姓，苟求自售，雜亂間廁，無可奈何。予嘗於平水市中，見村校諸童，競習詩，召而問之，皆對曰：「先生教我樂天微之詩。」固亦不知予之為微之也。

元稹、白居易詩，由於通俗化、大眾化，在民間傳誦，很得大眾的支持，而他們的幾首故事詩，更是被人們所喜愛著。胡適之先生在《白話文學史》第十六章中，說明元白的詩，也受了唐人俗文學的影響。他說：

近年敦煌石室發現了無數唐人寫本的俗文學，其中有〈明妃曲〉、〈孝子董永〉、〈季布歌〉、〈維摩變文〉……等等。我們看了這些俗文學的作品，才知道元白的著名詩歌，尤其是七言的歌行，都是有意倣效民間風行的俗文學的。白居易的〈長恨歌〉，元稹的〈連昌宮詞〉，與後來的韋莊的〈秦婦吟〉，都很接近民間的故事詩。

元稹，字微之，河南（今河南省洛陽市）人。由於排行第九，友輩都喚他元九。他和白居易很要好，從貞元到太和，三十年間，經常以詩歌相互酬唱，相互傾慕。宋葛立方《韻語陽秋》卷三記載，元稹在閬州西寺，特地公開展寫白居易的詩歌；白居易更是把元稹的詩寫在屏風上，讓人觀賞。唐代詩家中，有如此敦睦的，實在不多。

宋洪邁《容齋隨筆》卷十五曾評〈連昌宮詞〉云：

> 元微之、白樂天在唐元和、長慶間齊名。其賦詠天寶時事，〈連昌宮詞〉、〈長恨歌〉皆膾炙人口，使讀之者情性蕩搖，如身生其時，親見其事，殆未易以優劣論也。然〈長恨歌〉不過述明皇追愴貴妃始末，無它激揚，不若〈連昌宮詞〉有監戒規諷之意。如云：「姚崇宋璟作相公，勸諫上皇言語切。長官清平太守好，揀選皆言由相公。開元之末姚宋死，朝廷漸漸由妃子。祿山宮裡養作兒，虢國門前鬧如市。弄權宰相不記名，依稀憶得楊與李。廟謨顛倒四海搖，五十年來作瘡痏。」其末章及「官軍討淮西」，乞「廟謨休用兵」之語。蓋元和十一二年間所作，殊得風人之旨，非〈長恨〉比云。

然該詩的寫作時間，以元和十四年為可信，前已分析過，不再重複。

元稹和白居易都是晚年得子，元稹五十一歲得道保，白居易五十八歲始得阿崔，兩人同時得嗣，更是酬唱喜溢於詩篇。

太和中，元稹經過洛陽，以詩別白居易，詩云：

> 君應怪我留連久，我欲與君辭別難；白頭徒侶漸稀少，明日恐君無此懽。

別後不久，元稹便死在湖北武昌。樂天哭著說：「我與元稹始以詩交，終以詩訣。」再讀元稹的〈感興詩〉：「屈指貞元舊朝士，幾人同見太和春。」元稹正感歎舊日的朋友零落，能同享太和的春天沒有幾人，沒想到自己也見不了幾個太和的春天，便離開了榮辱變幻的人間，他死在太和五年（西元八三一年）七月，武昌軍節度使任內，死時才五十三歲。

最後，將〈連昌宮詞〉用韻的情形錄置於下：

竹、束、簌三字為韻。泣、入、立三字為韻。翠、地、事三字為韻。六、綠、屋、宿、燭、束、逐、續、曲九字為韻。宮、中、風三字為韻。（以上第一段用韻）破、過、墮三字為韻。年、前、然三字為韻。帝、閉、廢三字為韻。竹、逐、木、綠、玉五字為韻。花、斜、衙三字為韻。樓、頭、鉤三字為韻。哭、續、屋三字為韻。（以上第二段用韻）悲、誰二字為韻。別、說、切三字為韻。豐、戎、公三字為韻。死、子、市、李、痏五字為韻。明、平、寧、耕、兵五字為韻。（以上第三段用韻）

## 鄭嵎的津陽門詩

《全唐詩》錄鄭嵎的詩，只有一首——〈津陽門詩〉。雖然僅此一首，已足以使他在文壇上享譽而不朽了。因為鄭嵎的〈津陽門詩〉是一首著名的歷史故事詩，可與〈長恨歌〉、〈連昌宮詞〉並輝映於唐代的詩壇，傳誦千古。

### 津陽門詩并序

津陽門者，華清宮之外闕，南局禁闈，北走京道。開成中，嵎常得群書，下帷於石甕僧院，而甚聞宮中陳迹焉。今年冬，自號而來，暮及山下，因解鞍謀餐，求客旅邸，而主翁年且艾，自言世事明皇，夜闌酒餘，復為嵎道承平故實。翼（宜作翌）日，於馬上輒裁刻俚叟之話，為長句七言詩，凡一千四百字，成一百韻，止以門題為之目云耳。

津陽門北臨通逵，雪風獵獵飄酒旗。泥寒款段蹶不進，疲童退問前何為？酒家顧客催解裝，案前羅列樽與卮。青錢瑣屑安足數，白醪軟美甘如飴。開壚引滿相獻酬，枯腸渴肺忘朝飢。愁憂似見出門去，漸覺春色入四肢。主翁移客挑華燈，雙肩隱膝烏帽攲。笑云鮐老不為禮，飄蕭雪鬢雙垂頤。問余何往凌寒曦，顧翁枯朽郎豈知？翁曾豪盛客不見，我自為君陳昔時。

「時平親衛號羽林，我纔十五為孤兒。射熊搏虎眾莫敵，彎弧出入隨佽飛。此時初創觀風樓①，簷高百尺堆華榱。樓南更起鬬雞殿，晨光山影相參差。其年十月移禁仗，山下櫛比羅百司。朝元閣成老君見，會昌縣以新豐移②。幽州曉進供奉馬，玉珂寶勒黃金羈③。五王扈駕夾城路，傳聲校獵渭水湄。羽林六軍各出射，籠山絡野張罝維。彤弓繡韣不知數，翻身滅沒皆蛾眉。赤鷹黃鶻雲中來④，妖狐狡兔無所依。人煩馬殆禽獸盡，百里腥膻禾黍稀。

暖山度臘東風微，宮娃賜浴長湯池⑤。刻成玉蓮噴香液，漱迴煙浪深逶迤。犀屏象薦雜羅列，錦鳧繡雁相追隨。破簪碎鈿不足拾，金溝殘溜和纓緌。上皇寬容易承事，十家三國爭光輝。繞牀呼盧恣樗博，張燈達晝相謾欺。相君侈擬縱驕橫，日從秦虢多游嬉⑥。朱衫馬前未滿足，更驅武卒羅旌旗。畫輪寶軸從天來，雲中笑語聲融怡。鳴鞭後騎何躞蹀，宮粧襟袖皆仙姿。青門紫陌多春風，風中數日殘春遺。驪駒吐沫一奮迅，路人擁篲爭珠璣。

八姨新起合歡堂，翔鶤賀燕無由窺。萬金酬工不肯去，矜能恃巧猶嗟咨⑦。四方節制傾附媚，窮奢極侈沽恩私。堂中特設夜明枕，銀燭不張光鑒帷⑧。瑤光樓⑨南皆紫禁，梨園仙宴臨花枝。迎娘歌喉玉窈窕，蠻兒舞帶金葳蕤⑩。三郎紫笛弄煙月，怨如別鶴呼羈雌。玉奴琵琶龍香撥⑪，倚歌促酒聲嬌悲。飲鹿泉邊春露晞⑫，粉梅檀杏飄朱墀。金沙洞口長生殿，玉蕊峰頭王母祠。禁庭術士多幻化，上前較勝紛相持。羅公如意奪顏色，三藏袈裟成散絲⑬。蓬萊池上望秋月，無雲萬里懸清輝。上皇夜半月中去，三十六宮愁不歸。月中祕樂天半間，丁璫玉石和塤篪。宸聰聽覽未終曲，卻到人間迷是非⑭。千秋御節在八月，會同萬國朝華夷。花萼樓南大合樂，八音九奏鸞來儀。都盧尋橦誠齷齪，公孫劍伎方神奇。馬知舞徹下牀榻，人惜曲終更〈羽衣〉⑮。

祿山此時侍御側，金雞畫障當罘罳。繡裀衣褓日屓贔，甘言狡計愈嬌癡⑯。詔令上路建甲第，樓通走馬如飛翬。大開內府恣供給，玉缶金筐銀簸箕⑰。異謀潛熾促歸去，臨軒賜帶盈十圍⑱。忠臣張公識逆狀，日日切諫上弗疑⑲。

湯成召浴果不至，潼關已溢漁陽師⑳。御街一夕無禁鼓，玉輅順動西南馳。九門回望塵坌多，六龍夜馭兵衛疲。縣官無人具軍頓，行宮徹屋屠雲螭㉑。馬嵬驛前駕不發，宰相射殺冤者誰？長眉鬒髮作凝血，空有君王潛涕洟。青泥坂上到三蜀，金堤城邊止九旂。移文泣祭昔臣墓，度曲悲歌〈秋雁辭〉㉒。

明年尚父上捷書，洗清觀闕收封畿。兩君相見望賢頓，君臣鼓舞皆歔欷㉓。宮中親呼高驃騎，潛令改葬楊貴妃。花膚雪豔不復見，空有香囊和淚滋㉔。鑾輿卻入華清宮，滿山紅實垂相思。飛霜殿前月悄悄，迎春亭下風颸颸㉕。雪衣女失玉籠在，長生鹿瘦銅牌垂。象牀塵凝罨颯被，畫檐蟲網頗梨碑㉖。碧菱花覆雲母陵，風篁雨菊低離披。真人影帳偏生草，果老藥堂空掩扉㉗。

鼎湖一日失弓劍，橋山煙草俄霏霏。空聞玉椀入金市，但見銅壺飄翠帷。開元到今踰十紀，當初事跡皆殘隳。竹花唯養棲梧鳳，水藻周游巢葉龜。會昌御宇斥內典，去留二教分黃緇。慶山汙瀦石甕毀，紅樓綠閣皆支離。奇松怪柏為樵蘇，童山智谷亡崄巇。煙中壁碎摩詰畫，雲間字失玄宗詩㉘。石魚巖底百尋井，銀牀下卷紅綆遲。當時清影蔭紅葉，一旦飛埃埋素規㉙。韓家燭臺倚林杪，千枝燦若山霞摛㉚。昔年光彩奪天月，昨日銷鎔當路岐。龍宮御榜高可惜，火焚牛挽臨崎峗。孔雀松殘赤琥珀㉛，鴛鴦瓦碎青琉璃。今我前程能幾許，徒有餘息筋力羸。逢君話此空瀧涕，卻憶歡娛無見期。」

「主翁莫泣聽我語，寧勞感舊休吁嘻。河清海宴不難覩，我皇已上昇平基。湟中土地昔湮沒，昨夜收復無瘡痍。戎王北走棄青塚，虜馬西奔空月支。兩逢堯年豈易偶，願翁頤養豐膚肌。平明酒醒便分首，今夕一樽翁莫違。」

注：①觀風樓，在宮之外東北隅，屬夾城而連上內，前臨馳道，周視山川，寶應中，魚朝恩毀之，以修章敬，今遺址尚存，唯鬪雞殿與毬場迤邐尚在。②時有詔改新豐為會昌縣，移自陰盤故城置於山下。至明年十月，老君見於朝元閣南，而於其處置降聖觀，復改新豐為昭應縣。廨宇始成，令大將軍高力士率禁樂以落之。③安祿山每進馬必殊特而極銜勒之飾。④申王有高麗赤鷹，岐王有北山黃鶻，逸翮奇姿，特異他等，上愛之，每弋獵必置於駕前，目為決勝兒。⑤宮內除供奉兩湯池，內外更有湯十六所，長湯每賜諸嬪御，其修廣與諸湯不侔，甃以文瑤寶石，中央有玉蓮捧湯泉，噴以成池，又縫綴綺繡，為鳧雁於水中，上時於其間泛鈒鏤小舟以嬉遊焉。⑥楊國忠為宰相，帶劍南節度使，常與秦虢聯轡而出，更於馬前以兩川旌節為導也。⑦虢國創一堂，價費萬金，

堂成，工人償值之外，更邀賞伎之直，復受絳羅五千段，工者嗤而不顧，虢國異之，問其由，工曰：「某生平之能殫於此矣，苟不知信，願得螻蟻蜥蜴蜂蠆之類，去其目，而投於堂中，使有隙，失一物，即不論工直也。」於是又繒綵珍貝與之，山下人至今話故事者，尚以第行呼諸姨焉。⑧虢國夜明枕，置於堂中，光燭一室，西川節度使所進，事載國史，略書之。⑨瑤光樓，即飛霜殿之北門。⑩迎娘蠻兒，乃梨園弟子之名聞者。⑪上皇善吹笛，常寶一紫玉管，貴妃妙彈琵琶，其樂器聞於人間者，有邏沙檀為槽，龍香柏為撥者，上每執酒巵，必令迎娘歌〈水調曲〉遍，而太真輒彈弦倚歌，為上送酒。內中皆以上為三郎，玉奴，乃太真小字也。⑫山城內多馴鹿，流澗號為飲鹿。有長生殿，乃齋殿也。有事於朝元閣，即御長生殿以沐浴也。⑬上頗崇羅公遠，楊妃尤信金剛三藏，上嘗幸功德院，將謁七聖殿，忽然背癢，公遠折竹枝，化作七寶如意以進，上大喜，顧謂金剛曰：「上人能致此乎？」三藏曰：「此幻術耳，僧為陛下取真物。」乃於袖中出如意七寶，炳耀而光，遠所進即時復為竹枝耳。後一日，楊妃始以二人定優劣，時禁中將創小殿，三藏乃舉一鴻梁於空中，將中公遠之首，公遠不為動容，上連命止之，公遠飛符於他處，竊三藏金襴袈裟於篋中，守者不之見，三藏怒，又咒取之，須臾而至，公遠復噀水龍符於袈裟上，散為絲縷以盡也。⑭葉法善引上入月宮時，秋已深，上苦淒寒，不能久留。歸於天半，尚聞仙樂，及上歸，且記憶其半，遂於笛中寫之。會西涼都督楊敬述進〈婆羅門曲〉，與其聲調相符，遂以月中所聞，為之散序，用敬述所進曲，作其腔，而名〈霓裳羽衣法曲〉。⑮上始以誕聖日為千秋節，每大酺會於勤政樓下，使華夷縱觀，有公孫大娘舞劍，當時號為雄妙。又設連榻，令馬舞其上，馬衣紈綺而被鈴鐸，驤首奮鬣，舉趾翹尾，變態動容，皆中音律。又令宮妓梳九騎仙髻，衣孔雀翠衣，佩七寶瓔珞，為霓裳羽衣之類，曲終，珠翠可掃。祿山亦將數匹以歸，而私習之。其後田承嗣代安有存者，一旦於廏上，聞鼓聲頓挫，其舞，廏人惡之，舉箠以擊之，其馬尚為怒未妍妙，因更奮擊，宛轉曲盡其態，廝恐，以告，承嗣以為妖，遂戮之，而舞馬自此絕矣。⑯上每坐及宴會，必令祿山坐於御座側，而以金雞障隔之，賜其箕踞，太真又以為子時襁褓戲而加之，上亦呼之祿兒。每入宮，必先拜貴妃，然後拜上，上笑而問其故，輒對曰：「臣本蕃中人，禮先拜母，後拜父，是以然也。」⑰時於親仁里南陌，為祿山建甲第，令中貴人督其事，仍謂之曰：「卿善為部署。」祿山眼孔大，勿令笑我。至於筹篚簸箕釜缶之具，咸金銀為之。今四元觀，即其故第耳。⑱祿山肥博過人，腹垂而緩帶，十五圍方周體。⑲張曲江先識其必反，逆狀數數言於上，上曰：「卿勿以王夷甫識石勒而誤疑祿山耳。」⑳其年賜柑子，使回，泣訴祿山反狀云：「臣幾不得生還。」上猶疑其言，復遣使喻云：「我為卿造一湯，待卿。」至使回，答言反狀，上然後憂疑，即寇軍至潼關矣。㉑時郊畿草擾，無御頓之備，上命徹行宮木，宰御馬以饗士卒。㉒駕至蜀，詔中貴人馳祭張曲江墓，悔不納其諫。又過劍閣，下望山川，忽憶〈水調辭〉云：「山川滿目淚沾衣，富貴榮華能幾時；不見只今汾水上，唯有年年秋雁飛。」上泫然流涕，顧問左右曰：「此誰人詩。」從臣對曰：「此李嶠詩。」復掩泣曰：「李嶠真可謂才子也。」㉓望賢宮，在咸陽之東數里，時明皇自蜀回，肅宗迎駕，上皇自致傳國璽於上，上歔欷拜受，左右皆泣曰：「不圖今日復觀兩君相見之禮。」駕將入，開遠門，上皇疑先後入門，不決，顧問從臣，不能對，高力士前曰：「上皇雖尊，皇帝主也。上皇偏門而先行，皇帝正門而入，後行。」耆老皆呼萬歲。當時皆是之。㉔時肅宗詔令改葬太真。高力士知其所瘞，在嵬坡驛西北十餘步。當時乘輿匆遽，無復備周身之具，但以紫縟裹之，及改葬之時，皆已朽壞，惟有胸前紫繡香囊中，尚得冰麝香，時以進上皇，上皇泣而佩之。㉕飛霜殿，即寢殿，而白傅〈長恨歌〉以長生殿為寢殿，殊誤矣。上皇至明年，復幸華清宮，信宿乃回，自此遂移處西內中矣。㉖太真養白鸚鵡，西國所貢，辨惠多辭，上尤愛之，字為雪衣女，上常於芙蓉園中獲白鹿，惟山人王旻識之曰：「此漢時鹿也。」上異之，令左右周視之。乃於角際雪毛中，得銅牌予刻之曰：「宜春苑中白鹿。」上由是愈愛之，移於北山，目之曰仙客。上止華清，罨颯公主嘗為上晨召聽，按〈祈水調〉，主愛起晚，遽冒珍珠被而出，及寇，至倉惶，隨駕出宮，後不知省，及上歸南內，一旦再入此宮，而當時罨颯之被，宛然而塵積矣。上尤感焉。溫泉堂碑，其石瑩徹，見人形影，宮中號為頗梨碑。㉗真人李順興，後周時修道北山神堯，皇帝受禪，真人潛告符契，至今山下有祠宇。宮中有七聖殿，自神堯至睿宗，建竇后，皆立衣袞衣繞殿，石榴樹皆太真所植，俱擁腫矣。南有功德院，其間瑤壇羽帳皆在焉。順興影堂，果老藥室亦在禁中也。㉘持國寺，本名慶山寺，德宗始改其額，寺有綠額複道，而上天后朝以禁臣，取宮中制度結構之。石甕寺，開元中以創造華清宮餘材修繕，佛殿中，玉石像皆幽州進來，與朝元閣道像同日而至，精妙無比，叩之，如磬。餘像並楊惠之手塑肢，空像皆元伽兒之制，能妙纖麗，曠古無儔，紅樓在佛殿之西巖，下臨絕壁，樓中有玄宗題詩，草八分，每一篇一體，王右丞山水兩壁，寺毀之後，皆失之矣。摩詰，乃王維之字也。㉙石魚巖下有天絲石，其形如甕，以貯飛泉，故上以石甕為寺名，寺僧於上層，飛樓中縣轆轤，敘引修竿，長二百餘尺，以汲。甕泉出於紅樓喬樹之杪，寺既毀，拆石甕，今已埋沒矣。㉚韓國為千枝燈臺高八十尺，置於山上，每至上元夜，則然之，千光奪月，凡百里之內，皆可望焉。㉛寺額睿宗在藩邸中所題也，標於危樓之上，世傳孔雀松下有赤茯苓，入土千年，則成琥珀，寺之前峰，古松老柏，洎乎嘉草，今皆樵蘇蕩除矣。

〈津陽門詩〉是鄭嵎的一首說史憶舊的歷史故事詩，它的本事，正如同〈長恨歌〉、〈連昌宮詞〉一樣，都是以天寶末的史實為題材，講述唐玄宗和楊貴妃的故事。然而〈津陽門詩〉的特色，在道述承平時的故實極詳，詩中保留了當時的史實和民間的傳說，使後人對這段歷史，社會背景，有更深刻的印象。

全詩用老翁的口述寫成的。作者借驪山下一家旅店的老主人，口述他十五歲時，在宮中擔任衛士時，目睹安祿山造反的前後經過，尤其是對當時宮闈的祕聞，知悉甚詳。由於旅店的老主人，在酒後向作者說出這段承平的故實，作者有感於此，便將它整理成史詩。當時一般人經過一次離亂之後，再得到小康的局面，於是憶舊說故的風氣很盛，正如元稹〈行宮詩〉所說的：

寥落古行宮，宮花寂寞紅；白頭宮女在，閒坐說玄宗。

這些對古今的盛衰事，雖然含有無限的感傷，但對史實的保留和民間的傳說，確是相當有價值的。因此，從這方面來看，〈津陽門詩〉的價值，又在〈長恨歌〉和〈連昌宮詞〉之上。

〈津陽門詩〉全詩可分九段：首段，記述作者經過驪山下，投宿一家旅店，旅店的老翁，為他講述天寶遺事。第二段，老翁說他十五歲在宮中任侍衛時，參加宮中校獵的景象，安祿山和五王的車騎最盛，皇族出獵的豪華場面。第三段，老翁口述玄宗寵幸楊貴妃，壽王瑁五府及貴妃三姐韓國、虢國、秦國夫人，銛、錡五家受寵賜浴和驕縱奢侈的情形。第四段，寫八姨秦國夫人（但注中卻指三姨虢國夫人造堂的事。）萬金造堂，窮奢極侈的事。接著描寫三郎（玄宗）和玉奴（楊貴妃）吹笛彈琵琶度曲，羅致道士，遊月宮，以及千秋節宴酺作樂的情景。第五段，寫安祿山狡計受寵，拜玄宗、貴妃為義父、義母的醜行。第六段，寫安祿山造反，陷潼關，直迫長安，玄宗避難入四川，貴妃賜死於馬嵬驛的事。第七段，寫官軍收復兩都，玄宗、肅宗返都，玄宗睹物憶貴妃的事。第八段，寫宮闕遭兵亂後，一切荒蕪毀壞的情景，與天寶流宴驕縱卻成對比。以上各段，皆為老翁所口述。第九段，作者安慰老翁，好好養身體，共享太平的日子。

考鄭嵎的生平，《舊唐書》、《新唐書》均未為他立傳。宋計有功撰《唐詩紀事》，在卷六十二中，收有鄭嵎的〈津陽門詩〉，對鄭氏的生平，不加介紹。《全唐詩話》亦未提及鄭嵎，因此，他的生平便無法詳考，幸好《全唐詩》中有他的小傳，上面寫道：「鄭嵎，字賓先，大中五年進士，詩一首。」按：鄭嵎，長安人，字賓先，大中五年進士及第。大中是唐宣宗的年號，大中五年，西元八五一年。在〈津陽門詩序〉上說：「開成中，嵎常得群書，下帷於石甕僧院，而甚聞宮中陳迹焉。」可知鄭嵎在開成中（西元八三六—八四〇年），在長安石甕寺下帷讀書，距離他考取進士時，有十五年之久。由於他在石甕寺讀書，並從該詩的首段，推斷他應為長安人。

考鄭嵎作〈津陽門詩〉的年代，在序中雖無註明作詩的時間，但從全詩中，可以推知鄭嵎作此詩，當在唐宣宗大中三年（西元八四九年）冬十二月。該詩序云：「今年冬，自虢而來，暮及山下，因解鞍謀餐，求客旅邸，而主翁年且艾，自言世事明皇，夜闌酒餘，復為嵎道承平故實，翼日（《全唐詩話》作翌日），於馬上輒裁刻俚叟之話，為長句七言詩。」又詩中首句云：「津陽門上臨通逵，雪風獵獵飄酒旗。」便知此詩作於寒冬之時。又何以知此詩必在大中三年所作呢？該詩末段云：「河清海宴不難覩，我皇已上昇平基。湟中土地昔湮沒，昨夜收復無瘡痍。戎王北走棄青塚，虜馬西奔空月支。兩逢堯年豈易偶，願翁頤養豐膚肌。」詩中云「我皇已上昇平基」，正是宣宗登基正三年，改元大中，因此我皇是指宣宗，名忱，憲宗之子。但最主要的證據是：「湟中土地昔湮沒，昨夜收復無瘡痍。」「兩逢堯年豈易偶。」湟中，在今青海省東北境，湟水所經，通稱湟中，又有湟中城，為小月支之地，在今西寧、張掖二縣之間。唐宣宗大中三年閏十一月，收復河湟。故推斷鄭嵎作此詩，當在大中三年十二月。

《舊唐書・宣宗本紀》：

大中三年十二月，追謚順宗曰「至德大聖大安孝皇帝」，憲宗曰「昭文彰武大聖孝皇帝」。初以河湟收復，百寮請加徽號。帝曰：「河湟收復，繼成先志，朕欲追尊祖宗，以昭功烈。」

又《資治通鑑・唐紀》六十四云：

大中三年冬十月，西川節度使杜悰奏取維州。閏十一月丁酉，宰相（令狐綯）以克復河湟，請上尊號，上曰：「憲宗常有志復河湟，以中原方用兵，未遂而崩，今乃克成先志耳。」其議加順憲二廟尊謚，以昭功烈。

詩中言「收復湟中」，「兩逢堯年」，當指宣宗大中三年杜悰收復河湟，而閏十一月憲宗、順宗加徽號事，與鄭嵎詩中所說配合，故確定此詩必作於是年。作詩的地點在長安。由於鄭嵎的生卒年月未詳，故無法推定鄭氏作此詩的歲數。

鄭嵎的〈津陽門詩〉，言及驪山華清宮等宮殿、廟宇、佛寺的名稱極多，今就詩中所及之建築物，列舉於後，亦可助後人明瞭唐室建宮室的富盛。古人撰《三輔黃圖》，後魏楊衒之撰《洛陽伽藍記》，使人略知前代建宮室之地點與裝置，讀〈津陽門詩〉，也可多了解玄宗時長安驪山一帶的宮室、寺院、門闕的坐落和名稱。今依次列於下：

津陽門：華清宮的外闕，南局禁闈，北走京道。

華清宮：在驪山上，開元十一年初置溫泉宮。天寶六年改為華清宮。驪山，在今陝西省臨潼

縣南，今名麗山，華清宮在驪山南。（見《元和志》）

觀風樓：在華清宮之外東北角上，寶應中，魚朝恩毀之，樓南有鬪雞臺毬場。陳鴻〈城東老父傳〉引謠云：「生兒不用識文字，鬪雞走馬勝讀書。」當時玄宗尚築有鬪雞臺呢！

長湯池：華清宮本名溫泉宮，宮內有蓮花湯，為貴妃之浴室。（見樂史《楊太真外傳》）宮內除供奉兩湯，內外更有湯十六所。長湯每賜諸嬪御。

瑤光樓：即飛霜殿之北門。飛霜殿，乃寢殿。

梨園：玄宗時教授伶人之所，在今長安縣西北故宮城內。當時有迎娘、蠻兒，乃梨園弟子中之名聞者。

長生殿：乃齋殿也。有事於朝元閣。《唐會要》云：「天寶元年十月造長生殿，名為集仙臺以祀神。」白居易〈長恨歌〉中「七月七日長生殿，夜半無人私語時」。玄宗與貴妃七夕私語，當在飛霜殿寢殿中為宜，不應在齋殿。故《唐詩紀事・津陽門詩》注云：「飛霜殿，即寢殿，而白傅〈長恨歌〉以長生殿，殊誤矣。」

勤政樓：玄宗每大會宴萬國使節之所。

望賢宮：在咸陽之東數里。

持國寺：本名慶山寺。德宗時始改。

石甕寺：開元中以造華清宮之餘材修繕而成的。佛殿中玉石像，皆幽州進來，與朝元閣道像同日而至，精妙無比。相傳為楊惠與元伽兒所塑之像。紅樓在西巖下臨絕壁中，樓中有玄宗題詩，草書八分體每詩一體，還有王維的兩壁山水畫。

從詩中可知鄭嵎是長安人，少年時，在驪山的石甕寺下帷讀書，因此知悉驪山上的宮闕寺廟；開成間，又常聽老一輩的，講述天寶遺事，所以他作的〈津陽門詩〉，內容的充實，勝過〈長恨歌〉和〈連昌宮詞〉。詩中有述史，也有採民間的傳說，這些史料，價值甚高，今略舉數則於下：

(1)十家三國的豪貴：詩云：「十家三國爭光輝」，所謂十家，指壽王瑁（玄宗的第十八子）的五子和楊貴妃的三個姐姐和兩個哥哥。三國，是指楊貴妃的三個姐姐，天寶七年，封大姨為韓國夫人，三姨為虢國夫人，八姨為秦國夫人。他們的驕奢富貴，民間有「男不封侯女作妃，看女卻為門上楣」的歌謠。甚至他們遊樂歸來，車騎所過，珠寶金釵落地，路人爭拾，鄭嵎用「路人擁篲爭珠璣」的句子來烘托他們的豪貴。杜甫的〈麗人行〉也說：「炙手可熱勢絕倫。」來寫楊國忠（原名釗）的得勢。《舊唐書・楊國忠傳》云：

> 貴妃姐虢國夫人，國忠與之私，於宣義里構連甲第，土木被綈繡，棟宇之盛，兩都莫比。晝會夜集，無復禮度。有時與虢國並轡入朝，揮鞭走馬以為諧謔，衢路觀之，無不駭歎。

楊國忠和堂妹虢國夫人有私染，當時人皆知曉。詩中又云：「八姨新起合歡堂」，「萬金酬工不肯去」。而萬金築堂的，應該是三姨虢國夫人。其奢侈豪貴的情形，當然要使朝廷的長吏為之側目了。

(2)玄宗與貴妃善於聲樂：唐玄宗善吹笛，楊貴妃妙彈琵琶，他們都有親暱的小名，一個喊他

——三郎，一個喊她——玉奴。皇帝和妃子的故事，已夠吸引人；加上玄宗愛好音樂，宮中設有「皇帝梨園弟子」，還羅致了一些樂人，像李龜年、馬仙期、賀懷智、迎娘、念奴、邠二十五郎等。有時玄宗興起，在月夜下，小樓中，引笛弄音；有時喝酒，叫迎娘高歌，貴妃侑酒，邊奏琵琶。這些佳話，怎能不傳誦千古呢？在〈津陽門詩〉中，便說：「三郎紫笛弄煙月，怨如別鶴呼羈雌。玉奴琵琶龍香撥，倚歌促酒聲嬌悲。」《唐詩紀事》卷六十二，該詩注云：

上皇善吹笛，常寶一紫玉管，貴妃妙彈琵琶，其樂器聞於人間者，有邏逤檀為槽，龍香柏為撥者。上每執酒卮，必令迎娘（梨園弟子之名聞者）歌〈水調曲〉遍，而太真輒彈弦倚歌，為上送酒。內中皆以上為三郎。玉奴，乃太真小字也。

這跟〈連昌宮詞〉裡所記的另一則故事，一些插曲，一樣的動人。〈連昌宮詞〉中有云：

初過寒食一百六，店舍無煙宮樹綠。夜半月高弦索鳴，賀老（賀懷智）琵琶定場屋。力士傳呼覓念奴，念奴潛伴諸郎宿。須臾覓得又連催，特敕街中許燃燭。春嬌滿眼睡紅綃，掠削雲鬟旋裝束。飛上九天歌一聲，二十五郎吹管逐。逡巡大遍〈涼州〉徹，色色〈龜茲轟錄〉續。李謩擫笛傍宮墻，偷得新翻數般曲。

記敘有一年的寒食節，明月當空，唐玄宗一時高興，讓賀老彈琵琶，滿場屋裡的人都靜靜地傾聽著。玄宗餘興未盡，又叫高力士去喚念奴來。念奴正伴情郎在紅綃帳裡睡呢，高力士怕玄宗等急了，她卻睡眼惺忪，嬌態滿臉慢慢地裝束。於是玄宗特准街上的人家點燈，民眾在宮外歡呼著，玄宗要念奴唱歌，邠二十五郎吹笛。念奴高歌，歌聲像飛上了九天，二十五郎吹著笛子和著。她唱完了〈涼州曲〉，接著又唱〈龜茲轟錄〉，一直鬧到天亮。

有一回夜裡，玄宗在上陽宮試奏自己的一首新曲。第二天，正好是元宵節，他換了便衣上街看花燈，經過酒樓，有人在吹奏自己所作的新曲，心裡感到驚奇。於是下令把酒樓上吹笛的人捉來。玄宗問他怎麼會吹那支新曲，那少年說：「我是長安善吹笛子的李謩，昨晚我在天津橋上賞月，聽得宮中傳來優美的樂聲，我便在橋上插譜記了下來，所以我會吹這支曲子。」玄宗聽了，也就笑著把他放了。

(3)唐明皇遊月宮：唐明皇遊月宮，已成民間通俗的故事。〈津陽門詩〉也收錄此民間傳說：「蓬萊池上望秋月，無雲萬里懸清輝。上皇夜半月中去，三十六宮愁不歸。月中祕樂天半間，丁璫玉石和塤篪。宸聰聽覽未終曲，卻到人間迷是非。」《唐詩紀事》便記載葉法善引明皇入月宮，當時秋已深了，月宮淒冷，明皇怕冷不能久留，回到半天，聽得仙樂。明皇回來後，便依笛寫下剛才所聽到的。不久，便遇到西涼都督楊敬述進獻〈婆羅門曲〉，那支曲子，竟和他在半天所聽到的仙樂相仿，於是便取他所記的那段為散序，以楊敬述所進的為主曲，給它一個新的歌名，叫做〈霓裳羽衣曲〉。

按：〈霓裳羽衣曲〉，本〈婆羅門曲〉，開元中，自西涼（今甘肅境）傳入，今已失傳。《新唐書・禮樂志》曰：

河西節度使楊敬忠獻〈霓裳羽衣曲〉十二遍。凡曲終必遽，唯〈霓裳羽衣曲〉將畢，引聲益緩。

又陳鴻〈長恨歌傳〉云：「進見之日，奏〈霓裳羽衣曲〉以導之。」寫楊貴妃初進宮時，所奏的曲子。而〈津陽門詩〉所記敘的，使唐明皇和楊貴妃的故事，更加的美化而富有東方的色彩了。

(4)羅公遠和金剛三藏的鬥法：唐玄宗崇尚羅公遠，楊貴妃喜歡金剛三藏。一次，玄宗到功德院，將入七聖殿，突然背上作癢，羅公遠便折竹枝化作七寶如意進給玄宗搔癢，三藏便從袖中取出真的如意給玄宗，並指羅所進的是幻術變的，一指便恢復竹枝的原形。事後，楊貴妃考驗這兩人的道術，分個高下，便在禁中搭起一座臺，讓兩人比武。三藏從空中舉一杜向羅公遠頭上劈去，玄宗連忙喝令停止比武，但羅公遠不動容，用飛符竊取三藏閣藏的金襴袈裟擋住。三藏怒，用咒語取回羅公遠手中的袈裟，羅公遠便以噀水龍符使三藏的袈裟變成絲縷。這段神奇的鬥法，〈津陽門詩〉寫道：「禁庭術士多幻化，上前較勝紛相持。羅公如意奪顏色，三藏袈裟成散絲。」民間流傳這則神奇的故事，也可以明瞭唐代佛教的盛行和民間的崇尚了。

(5)改葬楊貴妃：天寶十五年（西元六五六年），玄宗和楊貴妃逃難入四川，走到馬嵬驛（陝西興平縣西二十五里），將士饑疲譁變，並要求將貴妃正法，帝無可如何，乃令牽去，縊殺在佛堂內，置屍驛庭，召軍士入視。眾始整隊西行。到肅宗時，詔令改葬太真，高力士知道楊貴妃所埋葬的地方，在馬嵬坡驛站西北十餘步，當時因兵亂逃難，沒有準備棺木，只用紫縟裹著，草草埋葬。

到改葬時，都已朽壞，只有從貴妃胸前所帶的紫繡香囊中冰麝香還在，區別出來，加以改葬。並將貴妃生前所帶的香囊，進給太上皇，上皇睹物而涕泣。〈津陽門詩〉云：「宮中親呼高驃騎，潛令改葬楊貴妃。花膚雪豔不復見，空有香囊和淚滋。」這與《新唐書・楊貴妃傳》的記載相同：

> 妃縊祠下，瘞道側。……帝至自蜀，道過其所，使祭之。……遣中使具棺他葬。啟視，故香囊猶在，中人以獻，帝視之淒感流涕。

從以上所舉五則的史實和民間的傳說，便可了解〈津陽門詩〉在史料的保存上，功勞不小，同時，它本身又是一篇美好的故事詩，這些故事，使這篇作品平添了不少浪漫的色彩。

如果〈津陽門詩〉中鄭嵎所說的那旅邸的老翁是真的話，那麼他的年紀也不小。天寶十四年（西元七五五年）他十五歲在禁宮中當侍衛，到唐文宗開成中（西元八三六—八四〇年），也有九十五歲以上，何況鄭嵎寫這詩是在唐宣宗大中三年（西元八四九年），那麼這位旅店的老翁將有一百十歲了。他是否能活這麼大歲數，向鄭嵎講述天寶的遺事呢？這一點小毛病，鄭嵎作此詩時，可能沒有注意到。雖然如此，〈津陽門詩〉依然是一首好的故事詩，不論在題材上，寫作技巧上，都有他的特色。鄭嵎其他的著作我們再也找不到，但他這首〈津陽門詩〉，卻可以和文壇盛名的白居易所著的〈長恨歌〉，元稹所著的〈連昌宮詞〉鼎立而不朽了。

按：〈津陽門詩〉為一韻到底的詩，用「支」、「微」、「齊」、「灰」韻通押。如此長詩，而用韻卻一韻到底，也算是這首詩的特色之一。

# 杜牧的幾首故事詩

杜牧的集子《樊川文集》，在卷一中，有兩首詩可以稱得上為社會故事詩，一首是〈杜秋娘詩〉，另一首是〈張好好詩〉。由於這兩首詩都有小序說明，所以對詩中所描寫的人物，她的身世和遭遇，便可以概略的知悉了。今分別將他的兩首故事詩介紹於下：

## 杜秋娘詩并序

杜秋，金陵女也。年十五為李錡妾。後錡叛，滅籍之入宮，有寵於景陵。穆宗即位，命秋為皇子傅姆。皇子壯，封漳王。鄭注用事，誣丞相欲去己者，指王為根，王被罪廢削，秋因賜歸故里。予過金陵，感其窮且老，為之賦詩。

京江水清滑，生女白如脂。其間杜秋者（一作娘），不勞朱粉施。老濞即山鑄，後庭千雙眉。秋持玉斝醉，與唱〈金縷衣〉①。濞既白首叛，秋亦紅淚滋。
吳江落日渡，灞岸綠楊垂。聯裾見天子，盼眄獨依依。椒壁懸錦幕，鏡奩蟠蛟螭。
低鬟認新寵，窈裊復融怡。月上白璧門，桂影涼參差。金階露新重，閒捻紫簫吹。

莓苔夾城路，南苑雁初飛。紅粉羽林仗，獨賜辟邪旗。歸來煮豹胎，饜飫不能飴②。咸池昇日慶，銅雀分香悲。雷音後車遠，事往落花時。

燕禖得皇子，壯髮綠緌緌。畫堂授傅姆，天人親捧持。虎睛珠絡褓，金盤犀鎮帷。長楊射熊羆，武帳弄啞咿。漸抛竹馬劇（一作戲），稍出舞雞奇。嶄嶄整冠珮，侍宴坐瑤池。眉宇儼圖畫，神秀射朝暉。一尺桐偶人，江充知自欺。王幽茅土削，秋放故鄉歸。觚稜拂斗極，回首尚遲遲。

四朝三十載，似夢復疑非。潼關識舊吏，吏（一作毛）髮已如絲。卻喚吳江渡，舟人那得知。歸來四鄰改，茂苑草菲菲。清血濺不盡，仰天知問誰。寒衣一疋素，夜借鄰人機。

我昨金陵過，聞之為歔欷。自古皆一貫，變化安能推。夏姬滅兩國，逃作巫臣姬。西子下姑蘇，一舸逐鴟夷。織室魏豹俘，作漢太平基。誤置代籍中，兩朝尊母儀。光武紹高祖，本係生唐兒。珊瑚破高齊，作婢舂黃糜。蕭后去揚州，突厥為閼氏。子女固不定，士林亦難期。射鉤後呼父，釣翁王者師。無國要孟子，有人毀仲尼。秦因逐客令，柄歸丞相斯。安知魏齊首，見斷簀中屍。給喪蹶張輩，廊廟冠峨危。珥貂七葉貴，何妨戎虜支。蘇武卻生返，鄧通終死飢。主張既難測，翻覆亦其宜。地盡有何物？天外復何之？指何為而捉？足何為而馳？耳何為而聽？目何為而窺？己身不自曉，此外何思維？因此一尊酒，題作〈杜秋詩〉。愁來獨長詠，聊可以自怡。

注：①勸君莫惜金縷衣，勸君惜取少年時。花開堪折直須折，莫待無花空折枝。李錡長唱此辭。

②豹胎，八珍之一。

杜牧〈杜秋娘詩〉，全篇記敘杜秋一生的身世，她本金陵女子，李錡妾，錡滅籍，入宮，穆宗命為皇子傅姆，漳王廢，賜歸故里。杜牧感念她一生的遭遇淒涼，作〈杜秋娘詩〉。詩中共分五段：

第一段，記杜秋為李錡妾，有美才，後錡被誅，杜秋淚落。詩中借吳王濞叛國被誅的事，比擬李錡。《新唐書．李錡傳》指李錡任浙西觀察諸道鹽鐵轉使，榷酒槽運，錡得專之，後被誅，年已六十七。

第二段，記錡叛滅籍，杜秋入宮，見寵於景陵。景陵為憲宗的陵墓，故景陵即指憲宗。

第三段，記憲宗死，穆宗即位，杜秋授皇子傅姆，皇子後封為漳王，及太和中，漳王獲罪，國除，杜秋被放歸鄉里。

第四段，寫杜秋離京抵家鄉，感傷繁華已逝，甚至朝饑不給，借鄰家機而夜織，老年晚景堪歎。

第五段，記杜牧過金陵，感歎杜秋娘的遭遇，引古事申論一個人的榮辱不定，來安慰她。

〈杜秋娘詩〉的本事，清人馮集梧《樊川詩注》曾考證說：

> 案《舊唐書・李德裕傳》云：「德裕奉詔安排宮人杜仲陽於道觀，與之供給。仲陽者，漳王養母，王得罪，放仲陽於潤州故也。」則本牧之說也。《太平廣記》：「李錡之擒也，侍婢一人隨之，錡夜自裂衣襟，書己冤，言為張子所賣，教侍婢曰：『結之於帶，我死，汝必入內，上必問汝，汝當以是進。』及錡伏法，京城大霧三日，或聞鬼哭。憲宗又於侍婢得帛書，頗疑其冤，敕京兆府葬之。錡宗屬亟居重位，頗以尊豪自奉，聲色之選，冠絕於時。及敗亂掖庭者，曰鄭，曰杜。鄭得幸於憲宗，是生宣皇帝，實為孝明皇太后。次即杜，杜名秋，建康人也，有寵於穆宗，穆宗即位，以為皇子漳王傅姆。太和中，漳王得罪，國除，詔賜秋歸老故鄉。或云，係帛書，即杜秋也。而宮闈事祕，世莫得知。夫秋，女謁也。而能以義申錡之冤，且逮事累朝，用物殫極，及被棄於家，朝饑不給，故名士聞而傷之。」案《南部新書》所云進帛書，即謂此。第牧之云，秋有寵於景陵，而《廣記》則言有寵於穆宗，且云，逮事累朝。是亦所謂宮闈事祕者與？

杜牧的〈杜秋娘詩〉，相當於杜秋的傳，序中已略述其遭遇，初為李錡妾，後入宮，有寵於憲宗，憲宗死，穆宗命為皇子李湊（封漳王）的傅姆。太和五年，李湊被廢，杜秋因歸故里。杜牧過金陵（即今南京），感杜秋娘一生的遭遇，詠長詩以慰之。所以杜秋娘的身世，當從牧的說法，且《舊唐書・李德裕傳》中，提及杜秋即杜仲陽，可惜《舊唐書》、《新唐書》均無她的傳，故後世不能詳考她的生平。《太平廣記》為宋人李昉等所編，內中所記，多為軼聞瑣事，為小說家之筆，似不足信。

考杜牧作此詩的年代，當在懷懿太子李湊被廢漳王以後的事，漳王被廢事，在唐文宗太和五年（西元八三一年），事跡均載於新、舊《唐書》中，今取《新唐書》卷八十二〈懷懿太子湊傳〉：

懷懿太子湊，少雅裕，有尋矩。長慶元年，始王漳，與安王同封。文宗即位，疾王守澄顓，很引支黨撓國，謀盡誅之，密引宰相宋申錫使為計。守澄客鄭注伺知之，以告。乃謀先事殺申錫。……事洩，乃請下詔貶王，帝未之悟，因黜湊為巢縣公，時太和五年也。

李湊封為漳王，在長慶元年，至文宗太和五年被廢。那麼杜牧寫此詩，當在太和五年後，如以太和六年定之，也就是杜牧三十歲的那年。而杜牧著〈杜秋娘詩〉，便是一篇寫實的故事詩。

如今杜秋娘的一曲〈金縷衣〉猶傳誦於世，詞曰：

勸君莫惜金縷衣，勸君惜取少年時。花開堪折直須折，莫待無花空折枝。

案：此詩《全唐詩》視為無名氏作，《樂府詩集》作李錡作，後人列為杜秋娘作。

讀她的詩，想望其人，定是個敏慧的女子，難怪唐人羅隱〈金陵思古詩〉中說：「杜秋在時花解語，杜秋死後花更繁。」讀杜牧的〈杜秋娘詩〉，你也會為她的身世，晚年困頓的遭遇而感傷。

## 張好好詩并序

牧太和三年，佐故吏部沈公江西幕。好好年十三，始以善歌來樂籍中。後一歲，公移鎮宣城，復置好好於宣城籍中。後二歲，為沈著作述師以雙鬟納之。後二歲，於洛陽東城，重覩好好，感舊傷懷，故題詩贈之。

君為豫章姝，十三纔有餘。翠茁鳳生尾，丹葉蓮含跗。高閣倚天半，章江聯碧虛。此地試君唱，特使華筵鋪，主人（一作公）顧四座，始訝來踟躕。吳娃起引贊，低徊映長裾。雙鬟可高下，纔過青羅襦。盼盼乍垂袖，一聲雛鳳呼。繁弦迸關紐，塞管裂圓蘆。眾音不能逐，裊裊穿雲衢。主人（一作公）再三歎，謂言天下殊。贈之天馬錦，副以水犀梳。龍沙看秋浪，明月遊朱（一作東）湖。自此每相見，三日已為疎。玉質隨月滿，豔態逐春舒。絳脣漸輕巧，雲步轉虛徐。旌旆忽東下，笙歌隨舳艫。霜凋謝樓樹，沙暖句溪蒲。身外任塵土，鐏前極歡娛。飄然集仙客，諷賦欺相如。聘之碧瑤珮，載以紫雲車。洞閉水聲遠，月高蟾影孤。爾來未幾歲，散盡高陽徒。洛城重相見，婥婥為當壚。怪我苦何事，少年垂白鬚。朋遊今在否？落拓更能無。門館慟哭後，水雲秋景初。斜日掛衰柳，涼風生座隅。灑盡滿襟淚，短歌聊一書。

杜牧〈張好好詩〉寫豫章（今江西省南昌市）歌女張好好的遭遇，就好比劉禹錫的〈泰娘歌〉一樣，是一首故事詩。

詩中記述張好好，豫章人，年十三，駐唱於吏部尚書右丞沈傳師家，次年，沈傳師出為江西觀察使，不久，徙宣州（安徽宣城），張好好也隨往。太和元年，沈傳師卒。太和二年，張好好十六歲，沈述師收她為婢女。太和四年，杜牧在洛陽酒店，遇到張好好，她已是當罏賣酒的女子。杜牧感傷她的落拓，作〈張好好詩〉送給她。杜牧寫此詩，不外對人生的際遇變幻不定，見張好好的遭遇，加以「感舊傷懷」吧！

考杜牧作此詩，當在唐文宗太和四年（西元八三〇年）的秋天，杜牧正二十八歲。〈張好好詩序〉云：「牧太和三年，佐故吏部沈公江西幕。」足見太和三年，沈公已故。杜牧於太和二年，始進士及第，時年二十六。《樊川文集》卷十二〈與浙西盧大夫書〉可以為佐證，書中云：

某年二十六，由校書郎入沈公幕府，自應舉得官，凡半歲間。

所以杜牧在太和二年中進士第，三年，以「校書郎入沈公幕府」，與〈張好好詩序〉所說的吻合。《舊唐書》卷一百四十七〈杜佑傳〉後有杜牧的傳，《新唐書》卷一百六十六〈杜牧傳〉云：

牧，字牧之，善屬文，第進士，復舉賢良方正。沈傳師表為江西團練府巡官。

恐《新唐書》所載有誤，因杜牧中進士第，而沈傳師已卒，何以沈氏能舉薦杜牧為江西團練府的巡官呢？

考沈傳師卒於太和元年，享年五十九，新、舊《唐書》都有傳，沈傳師是唐小說家沈既濟的兒子，《舊唐書・沈傳師傳》云：

沈傳師，字子言，吳人。父既濟。……太和元年卒，年五十九，贈吏部尚書。

又《新唐書・沈傳師傳》云：

傳師，字子言。……寶歷二年，入拜尚書右丞，復出江西觀察使，徙宣州。……入為吏部侍郎，卒年五十九，贈尚書。

恐《新唐書》所載，沈傳師於寶歷二年（西元八二六年）徙宣州，與〈張好好詩序〉所說的：「後一歲，公移鎮宣城，復置好好於宣城籍中。」當為這時，而傳師已五十八歲，好好才十四歲。次年，傳師卒。張好好不久便為沈著作述師收為婢女。

今將杜牧的詩，與《唐書》所記，列表說明沈傳師、張好好、杜牧三人的關係：

| 年代 | 西元 | 沈傳師 | 張好好 | 杜牧 |
|---|---|---|---|---|
| 敬宗寶歷元年 | 八二五 | 五十七歲任御史大夫。 | 十三歲，以善歌入沈傳師家。 | 二十三歲 |
| 寶歷二年 | 八二六 | 五十八歲為尚書右丞，出江西觀察使，徙宣州。 | 十四歲。詩序云：「後一歲，公移鎮宣城，復置好好於宣城籍中。」 | 二十四歲 |
| 文宗太和元年 | 八二七 | 五十九歲，入為吏部 | 十五歲 | 二十五歲 |

| | | | | |
|---|---|---|---|---|
| | | 侍郎，卒贈尚書。 | | |
| 太和二年 | 八二八 | | 十六歲。詩序云：「為沈著作述師以雙鬟納之。」 | 二十六歲，進士及第，後舉賢良方正。 |
| 太和三年 | 八二九 | | 十七歲 | 二十七歲，由校書郎入沈公幕府，詩序云：「太和三年，佐故吏部沈公江西幕。」始聞張好好事，或早已聞之。 |
| 太和四年 | 八三〇 | | 十八歲，在洛陽東城當罏賣酒。詩序云：「後二歲，於洛陽東城，重覩好好。」 | 二十八歲，見好好於洛陽。是年秋，賦詩以贈之。 |

杜牧於太和四年，由淮南節度府書記，調入京為監察御史，《新唐書．杜牧傳》云：

第進士，復舉賢良方正，沈傳師表為江西團練府巡官，又為牛僧孺淮南節度府掌書記，擢監察御史。

在洛陽設有分司，所以杜牧在洛陽會見張好好，而作〈張好好詩〉。同時，在《樊川文集》中，另有短詩，題作〈贈沈學士張歌人〉：

拖袖事當年，郎教唱客前。斷時輕裂玉，收處遠繰煙。孤直緪雲定，光明滴水圓。泥（去聲）情遲急管，流恨咽長弦。吳苑春風起，河橋酒旆懸。憑君更一醉，家在杜陵邊。

這首也是為張好好而感發的詩，作為對照。

杜牧兩首故事詩的用韻，都是一韻到底的。〈杜秋娘詩〉用「支」、「脂」、「之」、「微」韻通押；〈張好好詩〉用「魚」、「虞」、「模」韻通押。

杜牧（西元八〇三—八五二年），字牧之，京兆萬年（今陝西長安附近）人。他和李賀一樣，是一個風流倜儻的才子。他們的詩風也近似，都喜歡以華麗香豔的詞藻，描繪浪漫的愛情故事。因此在他的集子中，有不少的本事詩。像〈題桃花夫人廟〉，注云：「即息夫人。」宋人許顗的《彥周詩話》便說：

> 杜牧之〈題桃花夫人廟〉詩云：「細腰宮裡露桃新，脈脈無言度幾春；畢竟息亡緣底事，可憐金谷墮樓人。」僕謂此詩為二十八字史論。

杜牧取春秋時息侯夫人的故事，加以論述，楚文王滅息，擄息夫人（名未詳，姓媯亦稱息媯。）以歸，生堵敖及成王，一直沒跟丈夫講過話，文王問她原因，她說：「我是個女人，而事二夫，縱不能死，又有什麼話好說呢？」杜牧便說：「脈脈無言度幾春」，並借金谷園石崇的愛妾，因不願離開石崇到孫秀那邊去，跳樓而死為比喻。

杜牧為人雖風流不羈，可是他的政治生活卻是嚴肅剛直的。他的祖父是著名的史家杜佑，所以可以說他系出名門。他二十六歲進士及第後，開始做江西團練府的巡官，不久又為牛僧孺的淮南節度府書記，後遷為監察御史，史館修撰，膳部員外郎等職。這時候，各地的藩鎮均驕縱一時，不循法度，有尾大不掉之勢。杜牧看了這種情形，作〈罪言〉一文，痛斥朝廷措置失策，頗為當時的宰相所賞識。他做了幾任刺史以後，遷為司勳員外郎，又改吏部，然而他卻寧願求得湖州刺史一職。

據說在十四年前，杜牧曾往湖州遊歷，在那裡愛上了一位不到二十歲的年輕小姐，相約十年後杜牧來任郡守時再相見。不想十四年後，杜牧果真做了湖州刺史，卻不幸那位年輕的小姐，這時候已經兒女成群了。於是杜牧寫了一首〈歎花詩〉自傷道：

自恨尋芳到已遲，昔年曾見未開時；如今風擺花狼藉，綠葉成蔭子滿枝。

隔了一年，杜牧遷為中書舍人，遂一病不起，自知將死，自撰墓銘一篇，卒時年五十歲，著有《樊川文集》二十卷傳世。今有商務《四部叢刊》本，清馮集梧的注。後人為了拿他和杜甫區別起見，稱他為「小杜」。

## 韋莊的秦婦吟

〈秦婦吟〉是一首長達一千三百八十六字的敘事詩，由於詩中報導一則完整的故事，所以也是一首寫實的社會故事詩。

該詩在清光緒二十五年（西元一八九九年），在甘肅省的鳴沙山敦煌石室再度被人發現，經近人王國維、羅振玉、陳寅恪、張蔭麟諸先生的考證，確定為五代韋莊早年的作品。

韋莊的《浣花集》，由他的弟弟韋藹所編，不收此詩。今依前人的考證，已證實為韋莊的作品，並說明當時此詩何以不收入《浣花集》的原因，因為這一首報導黃巢之亂的史詩，確實寫得很好，便再度被世人所喜愛而傳誦著。

今據北京大學《國學季刊》第一卷第四號，刊載王國維的考證〈韋莊的秦婦吟〉一文，抄錄於下：

## 秦婦吟

中和癸卯春三月，洛陽城外花如雪。東西南北路人絕，綠楊悄悄香塵滅。路旁忽見如花人，獨向綠楊陰下歇。鳳側鸞欹鬢腳斜，紅攢黛斂眉心折。借問「女郎何處來？」含嚬欲語聲先咽。迴頭斂袂謝行人：「喪亂漂淪何堪說？三年陷賊留秦地，依稀記得秦中事。君能為妾解金鞍，妾亦與君停玉趾。

「前年庚子臘月五，正閉金籠教鸚鵡；斜開鸞鏡嬾梳頭，閑凭雕闌慵不語。忽看門外起紅塵，已見街中擂金鼓。居人走出半倉惶，朝士歸來尚疑誤。是時西面官軍入，擬向潼關為警急。皆言博野自相持，盡道賊軍來未及。須臾主父乘奔至，下馬入門痴似醉。適逢紫蓋去蒙塵，已見白衣來迎地。

「扶羸攜幼競相呼，上屋緣牆不知次。南鄰走入北鄰藏，東鄰走向西鄰避。北鄰諸婦咸相湊，戶外奔騰如走獸。轟轟崐崐（一作崛崛）乾坤動，萬馬雷聲從地涌。火迸金星上九天，十二天街煙烘炯。日輪西下寒光白，上帝無言空脈脈。陰雲暈氣（一作起）若重圍，官（一作宦）者流星（一作星流）如血色。紫氣潛隨帝座移，妖光暗射臺星拆。家家流血如泉沸，處處冤聲聲動地。舞伎歌姬盡暗損（一作捐），嬰兒稚女皆生棄。

「東鄰有女眉新畫，傾國傾城不知價。長戈擁得上戎車，迴首香閨淚盈把。旋抽金線學縫旗，扶上雕鞍教走馬。有時馬上見良人，不敢迴眸空淚下。

「西鄰有女真仙子，一寸橫波剪秋水。粧成只對鏡中春，年幼不知門外事。一夫跳躍上金階，斜袒半肩欲相恥。牽衣不肯出朱門，紅粉香脂刀下死。

「南鄰有女不記姓，昨日良媒新納聘。瑠璃簾外不聞聲，翡翠樓間空見影。（維案：「外不聞聲，翡翠樓」七字，原鈔脫去，據倫敦一殘本補。）忽看庭際刀刃鳴，身首支（維案：支當作分）離在俄頃（一作傾）。仰天掩面哭一聲，女弟女兄同入井。

「北鄰少婦行相促，旋推（一作衍）雲鬟拭眉綠。已聞擊托壞高門，不覺攀緣上重屋。須臾四面火光來，欲下危梯梯又摧。煙中大叫猶求救，梁上懸屍已作灰。「妾身幸得全刀鋸，不敢踟躕久迴顧。旋梳蟬鬢逐軍行，強展蛾眉出門去。舊里從茲不得歸，六親自此無尋處！

「一從陷賊經三載，終日驚憂心膽碎。夜臥千重劍戟圍，朝飧一味人肝膾（一作鱠）。鴛幃縱入豈成歡，寶貨雖多非所愛。蓬頭面垢猶眉赤，幾轉橫波看不得。衣裳顛倒語言異，面上誇功彫作字。柏臺多士盡狐精，蘭省諸郎皆鼠魅。還將短髮戴髮簪，不脫朝衣纏繡被。翻持象笏作三公，倒佩金魚為兩史。朝聞奏對入朝堂，暮見喧呼來酒市。

「一朝五鼓人驚起，叫嘯喧爭如竊議：『夜來探馬入皇（一作黃）城，昨日官軍收赤水。』赤水去城一百里，朝若來（一作發）兮暮應至。兇徒馬上暗吞聲，女伴閨中潛失喜。皆言冤憤此是（維案：是當作時）銷，必謂妖徒今日死。逡巡走馬傳聲急，又道軍前全陣入。大彭小彭（維案：彭倫敦殘本作臺）相顧憂，二郎四郎抱鞍泣。汎汎數日無消息，必謂軍前已銜璧。簸旗掉劍卻來歸，又道官軍悉敗績。

「四面從茲多厄束，一斗黃金一升粟。尚讓營中食木皮，黃巢機上封人肉。東南斷絕無糧道，溝壑漸平人漸少。六軍門外倚殭屍，七架營中填餓殍。長安寂寂金（一作今）何有？廢市荒街麥苗秀。採樵斫盡杏園花，修寨株（一作誅）殘御溝柳。

華軒繡穀（一作穀。維案：當作轂）皆銷散，甲第朱門無一半。含元殿上狐兔行，花萼樓前荊棘滿。昔時繁盛皆埋沒，舉目悽涼無故物。內庫燒為錦繡灰，天街踏盡公卿骨。

「來時曉出城東陌，城外風煙如塞色。路旁時見遊奕軍，坡下寂無迎送客。霸陵東望人煙絕，樹鎖驪山金翠滅。大道俱城（一作但成）棘子林，行人夜宿長（一作墻）匡月。明朝曉至三峰路，百萬人家無一戶。破落田園但有蒿，摧殘竹樹皆無主。

「路傍試問金天神，金天無語愁於人。廟中古栢有殘枿，殿上金爐生暗塵：『一從狂寇陷中圍（維案：圍當作國），天地晦冥風雨黑。案前神水呪不成，壁上陰兵驅不得。閑日徒歆奠饗恩，危時不助神通力。我今愧恧拙為神，且向山中深避匿。寰中簫管不曾聞，筵上犧牲無處覓。旋教魘鬼傍鄉村，誅剝生靈過朝夕。』妾聞此語愁更愁，天遣時災非自由。神在山中猶避難，何須責望東諸侯！

「前年又出楊震關，舉頭雲際見荊山。如此地府到人間，頓覺時清天地閑。陝州主帥忠且貞，不動干戈惟守城。蒲州主帥能戢兵，千里晏然無戈（維案：戈當作鼓）聲。朝攜寶貨無人問，夜插金釵惟獨行。

「明朝又過新安東，路上乞漿逢一翁。蒼蒼面帶苔蘚色，隱隱身藏蓬荻（維案：

菽當作荻）中。問翁：『本是何鄉曲？底事寒天霜露宿？』老翁蹔起欲陳詞，卻坐支頤仰天哭。『鄉園本貫（一作管）東畿縣，歲歲耕桑臨近甸。歲種桑（一作良）田二百堰（一作廛），年輸戶稅三千萬。小姑慣織褐絁袍，中婦能炊紅黍飯。千間倉兮萬絲箱，黃巢過後猶殘半。自從洛下屯師旅，日夜巡兵入村塢。匝（一作匣）中秋水拔青蛇，旗上高風吹白虎。入門下馬若旋風，罄室傾囊如卷土。家財既盡骨肉離，今日垂（維案：垂當作殘）年一身苦。一身苦兮何足嗟，山中更有千萬家。朝飢山草尋蓬子，夜宿霜中臥菽（一作荻）花！』

「妾聞此父傷心語，竟日闌干淚如雨。出門惟見亂梟鳴，更欲東奔何處所。仍聞汴（一作洛下）路舟車絕，又道彭門自相殺。野色徒銷戰士魂，河津半是冤人血。適聞有客金陵至，見說江南風景（一作夙影）異。自從大寇犯中原，戎馬不曾生死（一作四）鄙。誅鋤（一作除）窃盜若神功，惠愛生靈如赤子。城壕固護教金湯，賦稅如雲送軍壘。如何四海盡滔滔，堪然一境平如甎（維案：甎，當是砥字之訛，古砥字每書作砥）。避難徒為闕下人，懷安卻羨江南鬼。願君舉棹東復東，詠此長歌獻相公。」

## 唐寫本韋莊秦婦吟殘詩跋

此詩前後殘闕，無篇題及撰人姓名，亦英倫博物館所藏，狩野博士所錄。案《北夢瑣言》：「蜀相韋莊應舉時，遇黃寇犯闕，著〈秦婦吟〉一篇，云『內庫燒為錦繡灰，天街踏盡公卿骨。』」此詩中有此二，則為韋莊〈秦婦吟〉審矣。《瑣言》又云：「爾後公卿多垂訝，莊乃諱之。時人號為秦婦吟秀才。他日撰〈家戒〉內，不許垂〈秦婦吟〉障子。以此止謗，亦無及也。」云云。是莊貴後諱言此詩，故弟藹編《浣花集》不以入集，遂不傳於世。然此詩當時製為幛子，則風行一時可知。伯希和教授巴黎國民圖書館《敦煌書目》亦有〈秦婦吟〉。下署「右補闕韋莊」。彼本有前題，殆較此為完善歟？

——轉錄《觀堂集林》卷十七

## 韋莊秦婦吟跋二

余曩考日本狩野博士所錄倫敦博物館殘本，據《北夢瑣言》定為韋莊〈秦婦吟〉。後閱巴黎國民圖書館《敦煌書目》，有〈秦婦吟〉一卷，署「右補闕韋莊」撰，因移書伯希和教授，屬為寫寄。甲子正月，教授手錄巴黎所藏天復五年張龜寫本以至，復以倫敦別藏梁貞明五年安友盛寫本校之，二本並首尾完具，凡千三百八十六字。

其首云：「中和癸卯春三月，」則此詩乃中和三年所作。其末云：「適聞有客金陵至，見說江南風景異，」又云：「願君舉棹東復東，詠此長歌獻相公，」則此詩乃上江南某帥者。考是時周寶以鎮海軍節度使同平章事鎮潤州，則相公蓋周寶也。莊遇黃寇之亂，初居洛中，旅居江南。《浣花集》四有〈江上逢史館李學士詩〉云：「關河自此為征壘，城闕於今陷戰鼙，」自注云：「時巢寇未平，」則中和三年三月，莊已由洛渡江。其後有〈陪金陵府相中堂夜宴詩〉，〈觀浙西府相畋游詩〉，又有〈官莊詩〉，自注云：「江南富民悉以犯酒沒家產，因以詩諷之，浙帥遂改酒法，不入財產，」是莊曾為周寶客。此詩當即其初至江南贄寶之作矣。此時莊尚未第，其署「右補闕」者，乃莊在唐所終之官。考莊自巢亂後，自洛而吳，而越，而贛，而楚，至景福二年癸丑始還京應舉，其〈投寄舊知詩〉所謂「萬里有家留百越，十年無路到三秦」者也。是年下第。至次年乾寧改元，始成進士。其入蜀之歲，則弟藹作〈浣花集序〉云：「庚申（光化三年）夏，以中諫□□□□，辛酉（天復元年）春，應聘為蜀奏記，」而《浣花集》（十）有〈過樊州舊居詩〉，自注云，「時在華州駕前奉使入蜀作。」考昭宗以乾寧三年丙辰七月幸華州，至光化元年戊午八月始還京師，則莊奉使入蜀，當在丙丁戊三年中。而《唐書・隱逸・陸龜蒙傳》云：「光化中韋莊表龜蒙及孟郊等十人皆贈右補闕」（《北夢瑣言》記此事在光化元年），即莊使蜀後仍自還朝。至庚申乃復入蜀，辛酉始委質王氏，則庚申之中諫（唐人呼拾遺補闕二官為中諫，見《北夢瑣言》八），乃其在唐所終之官也。《瑣言》載右補闕韋莊為〈陸龜蒙誄文〉與此詩結銜，均以其最後一官稱之。而此詩書於天復五年，宜其書此官也。

甲子二月

韋莊的〈秦婦吟〉是敦煌石室藏書中的一種。清光緒二十五年（西元一八九九年）的初夏，甘肅鳴沙山敦煌千佛洞的藏經洞被發見了。藏經洞中藏書總數量，大約有兩萬個卷子，此外還有一些畫幡之類的東西。一百多年來，敦煌石室藏書遭受了種種的變化，至今分散在世界各大圖書館中，收藏最多的是倫敦的不列顛博物院，巴黎的國家圖書館和中國的北平圖書館。其他如日本、蘇聯以及各國私人手裡還有一些，不過數量不如上述三處的多。英、法兩國下手最早，掠奪去的是精品，等到我國去收拾殘餘，已是剩下些糟粕了。今韋莊〈秦婦吟〉的手抄本，約有五種：

第一種，倫敦不列顛博物院所藏，首尾不全，詩題已佚的殘本。

第二種，倫敦不列顛博物院別藏梁貞明五年安友盛寫本。

第三種，倫敦不列顛博物院別藏的草紙粗寫本。

第四種，巴黎國家圖書館所藏，詩題下有「右補闕韋莊」一行的手抄本。

第五種，巴黎國家圖書館別藏，天復五年張龜寫本。

敦煌所發現的〈秦婦吟〉卷子，都是唐或五代人的手寫本。王國維先生所據以考證的只有兩種本子，即上述的第二種安友盛寫本和第五種張龜寫本。他考證該詩為韋莊在唐時，任「右補闕」的官職所作的，時間是詩中的首句「中和癸卯春三月」所說的，也就是唐僖宗中和三年的春天，西元八八三年。那年正是李克用破黃巢，收復長安。韋莊撰此詩的地點，在江南。

關於〈秦婦吟〉的本事，是記載晚唐黃巢之亂的史詩。黃巢據京師自廣明元年（西元八八〇年）十二月起，至中和三年四月止，凡三年。詩中有「三年陷賊留秦地，依稀記得秦中事」句，可知為實錄的詩。《唐書・僖宗本紀》載：

> 廣明元年十二月，黃巢陷京師。中和元年四月，涇原節度使程宗楚，朔方軍節度使唐弘夫，及黃巢戰於咸陽，敗之。壬午，巢遯於灞上。丁亥，復入京師，弘夫宗楚死之。中和二年三月壬申，李克用及黃巢戰於零口，敗之。四月甲辰，又敗之於渭橋。丙午，復京師。

韋莊於唐僖宗廣明元年，為應舉的原故，也被困在長安，因此能親眼看到黃巢之亂的情形，他離長安，經陝州，至洛陽。在洛陽住了些時，遂於中和三年（西元八八三年）春避亂到江南來。這時他約三十三歲，而寫下了〈秦婦吟〉。

〈秦婦吟〉是借一個秦中婦女，陷匪三年，後來逃到洛陽來，口述一些黃巢之亂，驚人駭聞的史實。全詩可分十六段，除首段前八句略述洛陽花開，便點出路旁的一個秦婦來，以下便是秦婦口述黃巢陷長安後情景。所以這首詩的特色，便是借秦婦的口，報導黃巢罪行的一首故事詩。

韋莊的生平，新、舊《唐書》沒有為他立傳，在《五代史》、《新五代史》也不列傳。《全唐詩》的小傳上說：

韋莊，字端己，杜陵人。見素之後，疏曠不拘小節。乾寧元年（西元八九四年）第進士，授校書郎轉補闕。李詢為兩川宣諭和協使，辟為判官。以中原多故，潛欲依王建，建辟為掌書記，尋召為起居舍人，建表留之，後相建為平章事。

韋莊本是長安杜陵人。十歲時，他的家，由長安搬到白居易的家鄉下邽居住，因仰慕香山的詩風，使他日後的詩詞，深受白描、平易詩風的影響。韋莊窮困半輩子，命運坎坷，三十歲那年入京應試，不幸遇到黃巢攻入長安，使他與弟妹失散，第二年，幸好在離亂中，得與弟妹重逢，雖沒考到進士，亦算不幸中的大幸，於是便帶著家人離開長安，來到洛陽。

他在這幾年中，親遭兵荒離亂的苦楚，困窮的他嘗盡人間的辛酸，也親眼看到戰亂中，生民的塗炭，骨肉的分離，以及婦女的慘遭蹂躪，難民的轉死溝壑，多少高官富翁，淪為窮漢，華屋亭榭，變為焦土，那些新貴們的佚樂，厚臉事仇的嘴臉，使他感觸不已。於是他借一個陷匪三年逃亡出來的秦婦，口述黃巢之亂的罪行，寫下了〈秦婦吟〉。這篇血淚之作，同杜甫的〈三吏〉、〈三別〉，白居易的新樂府相較，也不遜色。這篇作品，被時人傳誦一時，當時的人，因而稱他為

「秦婦吟秀才」。清沈雄撰《古今詞話》引《樂府紀聞》云：

韋莊，字端己，著〈秦婦吟〉，稱為秦婦吟秀才。舉乾寧進士，以才名寓蜀，蜀主建羈縻之，奪其姬之善詞翰者入宮，因作〈謁金門〉，「空相憶，無計得傳消息」云。後相蜀，有《浣花集》。

五代時孫光憲《北夢瑣言》記載更詳：

蜀相韋莊應舉時，遇黃巢犯闕，著〈秦婦吟〉一篇。云：「內庫燒為錦繡灰，天街踏盡公卿骨。」爾後公卿頗多垂訝，莊乃諱之。時人號為秦婦吟秀才。他日撰〈家戒〉內，不許垂〈秦婦吟〉障子，以此止謗，亦無及也。

王國維先生便據此考〈秦婦吟〉為韋莊所著，並說明〈秦婦吟〉雖極流行當時，而不收入《浣花集》的原因。

韋莊在乾寧元年進士及第，已四十四歲了，不久，出任校書郎，奉命入四川，遷為右補闕，在四川，投入王建幕下，為掌書記。遇朱溫篡唐，韋莊便勸王建稱帝，是為前蜀，自己也做了蜀國的宰相，所以前蜀的開國制度，多是韋莊所籌劃的。加以西蜀富庶，詞人結集，所以他晚年的作品，也流於浪漫綺麗。

他也以詞名家，但沒有詞集，有人拿他的詩集《浣花集》來稱他的詞，叫做浣花詞。他的詞，散見在《花間》、《尊前》諸集，及《全唐詩》後所附收的詞中，今日所能讀到的，約有五十餘首。

在他著名的五首貫連的〈菩薩蠻〉裡，有「洛陽城裡春光好，洛陽才子他鄉老」的句子，他以「洛陽才子」自許，以才高如此，的確也當之無愧。晚年，以耽於禪門，性行儉嗇，《朝野僉載補遺》云：「數米而炊，秤薪而爨，炙少一臠而覺之。」大概是出生孤寒離亂之間，養成的習性吧。他死在前蜀高祖王建武成三年（西元九〇九年），約五十九歲。

# 結論

隋唐五代（西元五八九—九五九年），從六世紀末到十世紀中葉，是我國詩歌輝煌的世紀，其間凡三百七十年，共得故事詩二十六首。

隋代有薛道衡〈昭君辭〉故事詩一首，還是採樂府舊題寫王昭君的故事。唐代是詩的黃金時代，有故事詩二十四首，以杜甫和白居易的作品最多，他們採用新樂府，寫他們自己一代的生活，有戰爭的，有愛情的，有自傳式的，也有歷史的；他們利用多方面的題材，來反映時代意識，尤其是唐玄宗開元盛世，進入天寶末年的動亂，使他們的生活起了重大的轉變，於是有的便訴說民間的疾苦，有的便報導李三郎（唐玄宗）和楊玉環（楊貴妃）的故事，給故事詩帶來更動人的題材。五代的故事詩，也只有一首——韋莊的〈秦婦吟〉，這首詩寫作的時間，在唐代中和年間，反映了唐末黃巢之亂的社會情形，拿「內庫燒為錦繡灰，天街踏盡公卿骨」和「朱門酒肉臭，路有凍死骨」的現象對照，時代的背景更為不同了，由於君臣的逸樂奢侈，老百姓的流離，轉死溝壑，最後走上公卿的失位喪身，唐代的滅亡，已有很明顯的跡象。所以唐詩的鼎盛，也給故事詩帶來不少的作品。

這一期的詩人，大都放棄樂府舊題的擬作，而大膽地嘗試「新樂府」的創作。在形式上，他們採用七言的歌行體，來代替過去的五言詩，仿照「變文」中的歌行方式來說故事，給故事詩開啟了一條新的道路。

變文本來是唐朝寺院中盛行的俗講，佛教徒利用種種題材來向民間的群眾講唱，宣傳教義。其今從敦煌的變文，可知道這類俗講文學，取材的廣泛，有佛經，有民間傳說，也有歷史故事。其敷衍佛經故事的，如講唱舍利弗降六師外道的〈降魔變〉，文殊向維摩詰居士問病的〈維摩變〉便是。敷衍民間傳說和歷史故事的，如秋胡、伍子胥、王陵、季布、昭君等，也都是一般人所喜歡聽的。唐代的詩人，便依照變文中的歌行體來寫故事詩，因此唐人的故事詩，依然跟民間的俗文學結合在一起。

在內容上，他們也配合「新樂府」的精神，做到「篇篇無空文，皆歌生民病」的原則。故事詩每篇都含有一則本事，唐人的故事詩，題材多半來自於社會的變亂。例如安史之亂、黃巢之亂，給詩人的印象太深刻了。杜甫的故事詩，多半是寫安史之亂的真實故事。韋莊的〈秦婦吟〉，便是報導黃巢之亂的真實故事。唐玄宗和楊貴妃的故事，更是這期詩人寫故事詩的焦點所在，白居易的〈長恨歌〉較早，接著元稹的〈連昌宮詞〉，鄭嵎的〈津陽門詩〉，均是不可多得的歷史故事詩。其次，報導個人的遭遇和見聞的，像杜甫的〈自京赴奉先詠懷五百字〉，白居易的〈琵琶行〉，顧況的〈棄婦詞〉，劉禹錫的〈杜秋娘詩〉、〈張好好詩〉便是。所以這期的故事詩，大半是寫實，有一則真實的本事可尋。

每一期的故事詩中，多少總創造出一些被人們所樂於稱道的人物，也就是詩中的主角，不管是歷史的人物，或是作者精心塑造的人物，這些便永遠活在人們的心目中。像唐人所創造的，有東海的勇婦、長干里的少婦、楊貴妃、泰娘、折臂翁、琵琶女、崔鶯鶯、杜秋娘、張好好等。在愛情的描寫上，他們不再局限於羅敷、胡姬、秋胡妻、焦仲卿妻等女子專貞的美德上，唐人已擴大了描寫人物的範圍，進而著重她們一生的遭遇，以及社會背景的反映，像張生和崔鶯鶯的故事，描寫唐代的士子追求功名的幻滅而捨棄愛情，甚至寫妾與妓朝紅暮落的遭遇，像杜秋、泰娘、張好好、琵琶女，也都反映了唐朝的真實社會，一般的富商和士大夫蓄妓和追求聲色的風氣。

從這二十六首故事詩中，可以考知下列數項事實：

一、從杜甫史詩的創作，到白居易、元稹輩新樂府的完成，給唐詩的領域，開拓下新的園地。

二、唐詩中近體詩是可唱的，樂府舊題，本來也是可唱的；而長篇的故事詩，只是適於諷誦的文字詩。

三、唐以前的故事詩，多半是民間詩人的作品，不易考出作者的姓名來；唐以後的故事詩，大半是文人所作，創作的時代、社會背景，容易尋得。

四、唐朝七言詩的興盛，已普遍被詩人所使用；在這期的故事詩中，多屬於七言的歌行體，可見七言詩便於鋪敘故實。

五、唐人的故事詩，依然與民間的俗文學結合；尤其受變文的影響更深。

六、這期重要的故事詩，要算杜甫的〈三吏〉、〈三別〉，白居易的〈長恨歌〉、〈琵琶行〉，元稹的〈連昌宮詞〉，鄭嵎的〈津陽門詩〉和韋莊的〈秦婦吟〉諸篇。

# 第七章　宋遼金元的故事詩

宋的建立，由趙匡胤取得後周的兵權，利用陳橋兵變，而自立為帝，建國號曰宋，改元建隆（西元九六〇年），仍都汴京（現在的開封）。到欽宗靖康二年（西元一一二七年），金兵入汴京，擄走徽、欽二帝，北宋亡。繼之，徽宗之子趙構，在江南建立宋室，建元建炎（西元一一二七年），都臨安（現在的杭州），與金對立，偏安江左，是為南宋。直傳到恭帝德祐二年（西元一二七六年），元相伯顏，率兵攻陷臨安，擄去恭帝，南宋亡。其間，北宋時有西夏、遼的對峙，南宋時有金的對峙，史家稱這段為宋遼金時期。

元兵入主中原，忽必烈在開平即位，定都燕京（今北京），改國號元，為元世祖。傳至元順帝至元二十七年（西元一三六七年），朱元璋驅除元兵，元朝亡。

從宋的建立，到元的滅亡，由十世紀中葉至十四世紀中葉，我把這四世紀的故事詩，合在一起介紹，並視為一個時期。由於遼、金、元為胡人所建立的帝國，對漢人的文化不甚重視，因此

文學的發展，不如其他各代之盛，故事詩的創作，自然也最少了。在這期中，北宋文物比南宋較盛，所以南宋的故事詩也少。這樣一來，此四百年間的故事詩，多產生在北宋。

同時，由於詩盛於唐，宋繼唐五代之後，詩的餘風猶在，宋人詩的作品依然不少。但近體詩的興盛，使得長篇鋪陳故事的故事詩，無形中已大為減少，所以在宋遼金元諸代中去尋找故事詩，在數量上便無法像其他各期那麼多了。加以宋朝的文人，努力於詞的創作，元朝的文人，努力於曲的創作，在這種情形下，故事詩的產量，自然不及上期的多了。

我從清人呂留良、吳之振、吳爾堯所編的《宋詩鈔》，清人管庭芬、蔣光煦所編的《宋詩鈔補》，以及清人顧嗣立所編的《元詩選》中，去尋找他們所寫的故事詩，共有下列數首：

宋王安石〈明妃曲〉二首、蘇軾〈芙蓉城詩〉、元方回〈木綿怨〉。

## 王安石的明妃曲

王安石的〈明妃曲〉二首，都屬於歷史故事詩，收在《臨川文集》卷四中，其詩如下：

### 明妃曲（之一）

明妃初出漢宮時，淚濕春風鬢腳垂。低徊顧影無顏色，尚得君王不自持。歸來卻怪丹青手，入眼平生幾曾有。意態由來畫不成，當時枉殺毛延壽。一去心知更不歸，可憐著盡漢宮衣。寄聲欲問塞南事，只有年年鴻雁飛。家人萬里傳消息，好在氈城莫相憶。君不見，咫尺長門閉阿嬌，人生失意無南北。

## 明妃曲（之二）

明妃初嫁與胡兒，氈車百兩皆胡姬。含情欲說獨無處，傳與琵琶心自知。黃金桿撥春風手，彈看飛鴻勸胡酒。漢宮侍女暗垂淚，沙上行人卻回首。漢恩自淺胡自深，人生樂在相知心，可憐青塚已蕪沒，尚有哀絃留至今。

古來作〈明妃曲〉的很多，而王安石的〈明妃曲〉，除鋪述故事外，著重在對比的文彩上，表現完美的作品。第一首的詩眼，落在「意態由來畫不成」和「人生失意無南北」。第二首的詩眼，落在「漢恩自淺胡自深，人生樂在相知心」上。便是道出前人所未道的。

這兩首詩對比成文，如失寵和承恩的對比：

失寵：「明妃初出漢宮時，淚濕春風鬢腳垂。」

承恩：「黃金桿撥春風手，彈看飛鴻勸胡酒。」

出漢宮而失寵，入胡域而承恩。再如在南與北的對比：

在南：「低徊顧影無顏色，……入眼平生幾曾有。」

在北：「一去心知更不歸，……只有年年鴻雁飛。」

在南時，得不到君王的寵幸，在北時，百輛胡姬，卻以琵琶傳心勸酒，獨自承恩，所以才能「漢恩自淺胡自深，人生樂在相知心」。但在漢宮時失意，在塞北思家，故有「人生失意無南北」。再如今日和昔日之比：

昔日：「意態由來畫不成。」

今日：「尚有哀絃留至今。」

昔日的畫工，不能畫出明妃的意態，今日的琵琶，卻還遺留著當時明妃的思想情感呢！

王安石把握了畫工畫不出明妃的意態，而明妃的琵琶哀音卻能流傳到今日，寫成了兩首〈明妃曲〉，而歐陽脩讀了王安石的詩，也心動手癢，便和了他兩首，歐陽脩的〈明妃曲〉也著重在畫工和琵琶遺恨上，但不如王安石的妥切，對比生姿。因此儘管歐陽脩酒後放言，誰都寫不出這種好詩，但古今公論猶在，獨掌難遮天。

由於〈明妃曲〉的題辭，王昭君的史實，以及歷代詩人所作的〈昭君詞〉之類的史詩，曾在〈石崇的王昭君詩〉一文考證過，故此不贅。

王安石的〈明妃曲〉所犯的缺點，也是和歐陽脩的一樣：認為王昭君自彈琵琶；毛延壽畫像失真。前面已考辨清楚，無需重述。

王安石是歐陽脩的學生，曾追隨歐陽脩致力於散文的寫作，作品斐然，成為古文八大家之一。王安石在宋代政壇上，有特異的表現，使後人對他並不感到陌生。同樣地，他在詩文上優異的成就，也贏得了廣大讀者對他的喜愛。儘管他的新政失敗了，甚而到南宋時，還有同情「嘉祐黨」的文人，寫了一篇〈拗相公〉來詆毀他，但後人並不因此而減損對他的崇敬和讚譽。

如果拿「文如其人」，來說明王安石的為人文章，那是再恰當不過了。與他接觸過的人，都會感到他那倔強的個性、驚人的思考力和組織力，後人從他拗折峭深的詩文中，也可以領略到他特出的性格。所以當曾鞏把他介紹給歐陽脩的時候，歐陽脩立刻察覺他有兼人的才器，並擢選他為進士上第。宋葛立方《韻語陽秋》卷十八云：

> 王介甫、蘇子瞻，皆為歐陽文忠公所收，公一見二人，便知其他日不在人下。贈介甫詩云：「老去自憐心尚在，後來誰與子爭先。」子瞻登乙科，以書謝歐公，歐公語梅聖俞曰：「老夫當避此人放出一頭地。」當是時，二人俱未有聲，而公知之於未遇之時如此，所以為一世文宗也。

從歐陽脩贈給王安石的詩句，就不難想像歐陽脩憐才的苦心、王安石年輕的活力，那時正是王安石二十二歲的年紀，他比曾鞏小兩歲。

王安石，字介甫（西元一〇二一－一〇八六年），撫州臨川人。他在宋神宗時，曾兩度拜相，一次是在他四十九歲到五十四歲，另一次是在他五十五歲到五十六歲時。由於他的新政，引起劇烈的黨爭。甚而因政見的不同，他與歐陽脩不合，但他對歐陽脩的崇敬依然，並不因有歧見而忘了前日汲引鼓勵之恩。

王安石深愛唐杜甫、韓愈、宋歐陽脩的詩，他的詩，也接近上述諸家的風格：不以外表豔麗奪人為長，而以樸質造意見勝。在他的詩中，喜歡用「綠」字，像「北山輸綠漲橫波」「俯窺憐綠淨，小立佇幽香。」「地偏綠底綠，人老為誰紅？」「一水護田將綠遶」「春風又綠江南岸」，這些綠意，令人目爽。

罷相後，他退隱到金陵，在這退隱的十年中，他的詩，造意高妙，流露出閒適平淡的境界。在後世的詩話中，最樂稱道他的〈北山詩〉有「細數落花因坐久，緩尋芳草得歸遲」的句子。〈茅簷詩〉有「一水護田將綠遶，兩山排闥送青來」的句子，措辭謹嚴，造境精妙極了。他的絕句，在北宋詩家中，幾乎無人可以和他比倫。試讀他的〈南浦〉：

南浦隨花去，迴舟路已迷。暗香無覓處，日落畫橋西。

這種自然閒適之態，比起他早年的「濃綠萬枝紅一點，動人春色不盡多」，那種直道胸中事的作品，要純淨多了。

王安石著有《臨川先生文集》一百卷，編有《唐百家詩選》。

## 蘇軾的芙蓉城詩

蘇軾的〈芙蓉城詩〉，是一首遊仙的神話故事詩，詩中記敘王子高與仙人周瑤英遊仙居芙蓉城的故事。這些雖屬於遊仙的事，畢竟代表了先民對樂土的覓求和嚮往，訴說出他們的心願，也成了古人生活中，不可或缺的一部分。由於道家、佛教的思想，有出世飄逸之想，給我國的文壇帶來了玄思、深峻的遊仙文學。東坡的〈芙蓉城詩〉，便是屬於這類的作品。今錄原詩於下：

### 芙蓉城詩并序

世傳王迥子高與仙人周瑤英遊芙蓉城。元豐三年三月，余始識子高，問之信然，乃作此詩，極其情而歸之正，亦變風止乎禮義之意也。

芙蓉城中花冥冥，誰其主者石與丁①。珠簾玉案翡翠屏，雲舒霞卷千娉停。中有一人長眉青，炯如微雲淡疎星。往來三世空鍊形，竟坐誤讀《黃庭經》。天門夜開飛爽靈，無復白日乘雲軿。俗緣天劫磨不盡，翠被冷落淒餘馨。因過緱山朝帝庭，夜聞笙簫弭節聽。飄然而來誰使令，皎如明月入牕櫺。忽然而去不可執，寒衾虛幌風泠泠。

仙宮洞房本不扃，夢中同躡鳳皇翎。徑度萬里如奔霆，玉樓浮空聳亭亭。天書雲篆誰所銘，遶樓飛步高竛竮。仙風鏘然韻流鈴，蘧蘧形開始酒醒。芳卿寄謝空丁寧，一朝覆水不反缾，羅巾別淚空熒熒。

春風花開秋葉零，世間羅綺紛羶腥。此生流浪隨滄溟，偶然相值兩浮萍。願君收視觀《三庭》，勿與佳穀生螟螟。從渠一念三千齡，下作人間尹與邢②。

注：①石指石曼卿；丁指丁度，皆宋人。②尹指尹喜，又稱伊惜；邢指邢和璞。

芙蓉城，在古代輿地的書籍中，找不到它的實處，因為它是人們心目中仙人居住的地方。宋人流傳芙蓉城的故事，便有三種不同的記載：

一、記載石曼卿死後成仙，主掌芙蓉城的故事。石曼卿是歐陽脩的詩友，石死後成為鬼仙，見歐陽脩《六一詩話》：

石曼卿自少以詩酒豪放自得，其氣貌偉然，詩格奇峭。又工於書，筆畫遒勁，體兼顏柳，為世所珍。余家嘗得南唐後主澄心堂紙，曼卿為余以此紙書其〈籌筆驛詩〉，詩，曼卿平生所自愛者，至今藏之，號為三絕，真余家寶也。曼卿卒後，其故人有見之者云：「恍惚如夢中，言我今為鬼仙也。所主芙蓉城，欲呼故人往遊不得，忿然騎一素騾，去如飛。」

二、記載宋丁度的故事。丁度素儉約，一日，有人見他擁美女在路上走，原來是到芙蓉城去；不久，便聽到丁度去世的消息。見宋人葉夢得《石林燕記》：

慶曆中，有朝士將曉赴朝，見美女三十餘人，靚妝麗服，兩兩並馬而行，丁度按轡於其後，朝士驚曰：「丁素儉約，何姬之眾耶？」有一人行最後，朝士問曰：「觀文將宅眷何往？」曰：「非也，諸女御迎芙蓉館主耳。」俄聞丁卒。

三、記載宋人王子高的故事。王子高被仙女周瑤英帶往芙蓉城遊仙境，並晤見另一仙女芳卿。見胡微之《芙蓉城傳》，其中略云：

王迥子高，初遇一女，自言周太尉女，冥契當侍巾幘；自此倏忽來去。一夕，夢周道服而至，謂王曰：「我居幽僻，君能一往否？」王喜而從之，過一嶺，至一殿亭，殿上卷簾，有美丈夫，朝服憑几，少頃簾下，周與王登東廂之樓，梁上題曰：「碧雲」，王未及下，一女郎登，年可十五，容色嬌媚，亦周之比；周謂王曰：「此芳卿也。」夢之明日，周來，王語以夢，問何地，周曰：「芙蓉城也。」王問芳卿何姓，曰：「與我同。」

其後，趙彥衛《雲麓漫鈔》亦云：

王子高舊有周瓊姬事，胡微之為作傳，東坡復作〈芙蓉城詩〉實其事。

今讀蘇軾的〈芙蓉城詩〉，可知他以王子高的故事為主，並插入石曼卿、丁度的事，作成此詩，在他的詩序上已說明白：「世傳王迥子高與仙人周瑤英遊芙蓉城。元豐三年三月，余始識子高，問之信然，乃作此詩，極其情而歸之正，亦變風止乎禮義之意也。」由於東坡在元豐初，認識王子高，並問他遊仙的事，子高也承認確有其事。東坡認為王子高與仙女交往，純情無邪，因作詩記此事，亦可視為「變風」，無傷大雅。

東坡的〈芙蓉城詩〉，便是記載王子高與仙女遊芙蓉城靈異的故事，詩中著重仙境的描述，全詩可分四段：

第一段，相傳石曼卿、丁度都住在芙蓉城，城中花開，雲霞千彩，珠碧交映。而寫王子高道貌仙骨，鍊形讀經修道的事。

第二段，記敘有一日天門洞開，仙女來訪王子高。

第三段，便記敘王子高偕仙女，往遊仙宮，並見仙女的同伴芳卿。臨別不捨分離之情。

第四段，勸王子高讀《三庭》道家書，不要因色慾而戕賊身心，好比蝗螟賊害佳穀一樣，要他學老子出關時所遇到的尹喜和邢和璞，在人間修道，已歷三千年。合乎詩序中所說的「極其情而歸之正，亦變風止乎禮義之意也」。

蘇軾作〈芙蓉城詩〉，據宋王十朋《集注分類東坡先生詩》本子，該詩序中云：「元豐三年三月」所作。然據傅藻所編《東坡紀年錄》，認該詩為元豐元年三月所作。《紀年錄》云：

元豐元年戊午，先生四十三歲，公在徐州，三月始識王子高，作〈芙蓉城詩〉。

按：該詩的寫作時間，當從《東坡紀年錄》的記載，作於元豐元年（西元一〇七八年）三月，地點在徐州（今江蘇省銅山縣），時東坡四十三歲。

東坡好佛老，在他的詩集中，有關仙道、釋老、寺觀、佛塔之類的詩，數量不少，如〈贈梁道人〉、〈玉帶施元長老〉二首，〈次韻定慧欽長老見寄〉八首，〈留題仙都觀〉、〈北寺悟空禪師塔〉，都能看出他受佛老思想的影響。他經常遊覽各地的伽藍寺觀，與方外之士相接，放跡山林勝地，呼嘯吟詩，作品中流露豪爽之情，對佛老仙道的傳說和理論，也能由衷愛好。如：

〈留別蹇道士拱辰〉：「屢接方外士，早知俗緣輕。」

〈北寺悟空禪師塔〉：「已將世界等微塵，空裡浮花夢裡身。」

〈吳子野絕粒不睡〉：「憐君解比人間夢，許我來逃醉後禪。」

因此他寫仙城〈芙蓉城詩〉，真可說是駕輕就熟了。

蘇軾（西元一〇三六－一一〇一年），字子瞻，四川眉山人，元豐二年（西元一〇七九年）十二月貶為黃州（湖北省黃岡縣）團練副使，元豐三年二月到黃州，暇日，常與田父野老，相從溪山間，築室於東坡，自號東坡居士。故「東坡」是取黃州的地名為號的。洪邁《容齋三筆・東坡慕樂天》云：

蘇公責居黃州，始自稱東坡居士，詳考其意，蓋專慕白樂天。而然白公有〈東坡種花〉二詩云：「持錢買花樹，城東坡上栽。」又云：「東坡春向暮，樹木今何如？」又有〈步東坡詩〉云：「朝上東坡步，夕上東坡步；東坡何所愛，愛此新成樹。」……皆為忠州刺史時所作也。蘇公在黃，正與白公忠州相似。因憶蘇詩，如〈贈寫真李道士〉云：「他時要指集賢人，知是香山老居士。」〈贈善相程傑〉云：「我似樂天君記取，華顛賞遍洛陽春。」……則公之所以景仰者，不止一再言之，非東坡之名偶爾暗合也。

蘇軾景仰白居易，洪邁說得對，所以蘇軾的詩，一再提到樂天，也長於寫七言歌行。晚年，蘇軾景慕陶淵明，又寫了不少的和陶詩，如〈和時運〉四首、〈和勸農〉六首、〈和歸田園居〉三首、〈和移居〉二首、〈和飲酒〉五首、〈和桃花源詩〉等。宋魏慶之《詩人玉屑・東坡論淵明詩》云：

東坡云：古之詩人有擬古之作矣，未有追和古人者也；追和古人，則始於東坡。吾於詩人無所甚好，獨好淵明之詩；淵明作詩不多，然其詩質而實綺，癯而實腴，自曹、劉、鮑、謝、李、杜諸人，皆莫及也。

蘇東坡可稱為全能作家，詩、詞、古文、書、畫、琴、碁，樣樣精，樣樣好，是我國文壇上罕見的奇才。《宋史・蘇軾傳》曾記載他自己所說的：

嘗自謂作文，如行雲流水，初無定質，但常行於所當行，止於所不可不止，雖嬉笑怒罵之辭，皆可書而誦之。

與父洵，弟轍，號稱三蘇。東坡喜延納文士，所以當時黃庭堅、秦觀、張耒、晁補之，稱蘇門四學士；再加上陳師道、李廌，稱蘇門六君子，影響之大，可視百世文宗。

# 方回的木綿怨

元代方回，有詩集《桐江集》傳世，其中有歷史故事詩一首——〈木綿怨〉，今錄原詩如下：

## 木綿怨并序

故亡國權臣，乙亥南竄，猶攜所謂王生沈生者自隨，他不止是，此二生者，天下絕色也。漳州城南木綿菴既殂，二生入烏衣樞使家。丙子，謝北行。其年十月，天臺破，清河萬戶得之，挾以俱北。庚辰正月，張卒。久乃南還，謂慣事貴人，巧伎藝，拙女功，仍願粥為人妾。或競闚垂涎，惟健者是歸。故寫之古樂府，以為世戒焉。

湖山一笑乾坤破，欺孤弱寡成遷播。不念六宮將北行，太師雙擁嬋娟臥。甬東香豔到漳南，爭看並蔕芙蓉過。天兵及頸幸全屍，想見駢肩淚珠墮。木綿花下痛猶新，已向誰家踏舞茵。長頭未及死肉冷，折齒遽專妝面春。赤城戰場夜避火，萬里又隨燕塞塵。肉食酪漿更苟活，不慚金谷墜樓人。

萬戶郎君遄卒死，卻自金臺還故里。嗟爾薄命兩佳人，三為人妾亦可已。巧畫娥眉拙針線，空自纖纖長十指。後堂執樂換小名，更事少年貴公子。憶昔軍中入相時，潛搜密邏漁妖姬。民間妻女凜不保，何啻如花三五枝。曲江近前少陵恐，今日總孕他人兒。賤獲淫婢何所知，但為權臣深惜之。

〈木綿怨〉是一首譏諷南宋權臣賈似道，以及他的寵姬王、沈二女的詩。詩中著重鋪敘二女的遭遇。德祐元年，賈被刺殺在漳州城南木綿菴南，二女便流落到謝家。德祐二年，宋亡。二女又入清河萬戶侯張家，最後又鬻身為人妾，遭此數易，紅顏薄命，似堪怨歎，因取「木綿怨」來命題。

全詩可分四段，故事的大意是這樣：

第一段，記敘元兵南下，南宋佞臣賈似道欺君，使宋室疆土日蹙，都城播遷，他不念皇室宮妃被元人擄去，卻自擁二嬌南來漳州。後被鄭虎臣刺殺在漳州城南木綿菴內，二女嘗也為賈的死傷感。

第二段，記敘王、沈二女不久入謝家賣笑，宋亡，又轉入清河萬戶侯張家，隨張北上，二女忝不知恥，比起晉石崇的妾綠珠，能不慚愧嗎？

第三段，記敘張某不久去世，二女由京返回吳故里，感歎自己命薄，已三度為人妾，但她們不會女紅，只好再賣身為妾，竟然有不少豪貴，爭相購得。

第四段，感歎兵亂，民間婦女難以保身，何況淫賤如花的二女，更不待說了，結語以「但為權臣深惜之」句為諷，勸世人以此為戒，以應詩題。

方回寫〈木綿怨〉，是依史實的，詩中所提及的史事和人物，多有所隱曲，因此詩中的人物，真實姓名，不易查考。今僅就考得者，列敘於下：

詩中所指「權臣」、「太師」，便是南宋佞臣賈似道。元兵南下時，他擁王、沈二嬙，流寓漳州。乙亥歲，即宋恭帝德祐元年（西元一二七五年），賈似道在漳州城南木綿菴內，被會稽縣尉鄭虎臣所殺。《宋史・姦臣傳》記此事：

> 福王與芮素恨似道，募有能殺似道者，使送之貶所有。縣尉鄭虎臣欣然請行，似道時侍妾尚數十人，虎臣悉屏去，奪其寶玉，徹轎蓋，暴行秋日中，令舁轎夫唱杭州歌謔之。每名斥似道，辱之備至。似道至古寺中，壁有吳潛南行所題字，虎臣呼似道曰：「賈團練，吳丞相何以至此？」似道慚不能對。嶸叟應麟奏似道家畜乘輿服御物有反狀，乞斬之。詔遣鞠問，未至。八月，似道至漳州木綿菴，虎臣屢諷之自殺，不聽。曰：「太皇許我不死，有詔即死。」虎臣曰：「吾為天下殺，似道雖死何憾？」拉殺之。

賈似道，臺州人，因其姊入宮，有寵於理宗，曾任右丞相。度宗咸淳元年，結納謝太后，被封為魏國公，尊為太師，權貴一時，後兵敗，降為高州團練。恭帝德祐元年八月，被會稽縣尉鄭虎臣刺殺於漳州城南木綿菴中，《宋史‧姦臣傳》有他的傳。

賈似道死後，他的寵姬王、沈二女，便為烏衣樞使謝某所羅致，帶離漳州，到臨安。該詩序上說：「漳州城南木綿菴既殂，二生入烏衣樞使家。丙子，謝北行。」今檢《宋史》，南宋末，姓謝的任樞使，只有謝堂，任樞密使，亦曾至漳州，然《宋史》未曾為謝堂立傳，故烏衣樞使，是否為謝堂，尚待考。烏衣，在南京，故謝安的舊里。

德祐二年，丙子歲（西元一二七六年），元將伯顏攻入臨安，恭帝被虜，時王、沈二女，便入清河萬戶張某家。元至元十七年，庚辰歲（西元一二八〇年），張某卒。檢《元史》、《新元史》，清河萬戶張某為誰，亦未能確定，按宋降將而入元者，被元人封為萬戶的，有二十人。《新元史‧張榮傳》云：

以宋降將呂文煥入朝，勅召蒙古，漢人萬戶，凡二十人。

又清河屬揚州路。由於方回為元初的隱士，不願將該人的姓名直說，後人探求便難確定了，故張某為誰，尚待考。

清河萬戶卒後，王、沈二人，離開燕京，回到自己的家鄉甬東，即甬江之東，由於二女慣事貴人，不善針繡紡織，便再賣身為人妾。

又木綿菴，是漳州城南的一座菴名，由於該處遍植木綿樹而得名。明楊慎《升菴詩話》云：

唐李商隱詩，木綿花暖鷓鴣飛。又王叡詩，紙錢飛出木綿花。南中木綿樹，大如抱，花紅似山茶而蕊黃，花片極厚，非江南所藝者。張勃《吳錄》云：「交趾安定縣有木綿樹，實如酒杯，口有綿，可作布。」按此即今之斑枝花，雲南阿迷州有之，嶺南尤多。註：廣洋有〈斑枝花曲〉。

方回，字萬里，號虛谷，徽州歙縣人。生於宋理宗寶慶三年（西元一二二七年）。宋景定三年（西元一二六二年）進士，累官知嚴州。元兵至，迎降，為建德路總管。尋去官，徜徉杭歙間，以老虛谷，稱紫陽居士。傲睨自高，不修邊幅。賈似道敗，嘗上十可斬之疏，晚而歸元，終以不用。〈木綿怨〉為方回罷官後所作，其自序《桐江續集》云：「予自桐江休官閑居，萬事廢忘，獨於讀書作詩，未之或輟，是時年已六十餘矣。」〈木綿怨〉為方回六十餘歲時的作品。方回著有《桐江集》、《瀛奎律髓》、《文選顏鮑謝詩評》等書。卒年未可確定，他有〈春半久雨走筆〉二首，自注云：「回二十學詩，今七十六矣。」因此方回的卒年，當在元成宗大德七年（西元一三〇三年）以後，他的詩，學白居易和黃庭堅的風格。

## 結論

宋遼金元時代，詩遠不及隋唐五代時之盛，何況遼金元為胡人統治中原，對詩歌一道，更是疏遠；加以宋元文人，放情於詞和曲的創作，詩已不是此時文壇的主流，所以這期的故事詩，在數量上，自然也就少得多了。

整個宋代，只有歐陽脩、王安石、蘇軾、黃庭堅、陸游這幾人對詩詞兩方面都是能手，其他像柳永、晏幾道、秦觀、辛棄疾、吳文英、蔣捷等只是詞人，不能寫詩。宋嚴羽《滄浪詩話》，論宋詩體，凡七人：

有東坡（蘇軾）體、山谷（黃庭堅）體、后山（陳師道）體，后山本學杜，其語似之者但數篇，他或似而不全，又其他則本其自體耳。王荊公（王安石）體，公絕句最高，其得意處，高出蘇黃陳之上，而與唐人尚隔一關。邵康節（邵雍）體。陳簡齋（陳與義）體，陳去非與義也，亦江西之派而小異。

宋代詩家流派雖多，但長篇鋪敘故實的故事詩，卻並不多。

兩宋的故事詩，只有三首。王安石寫了兩首〈明妃曲〉，另蘇軾寫了一首〈芙蓉城詩〉。王安石用樂府古題，講述王昭君的故事，賦予些新意。歐陽脩見王安石的〈明妃曲〉清新雋永，便也賦兩首〈明妃曲〉來和他。這些採樂府古題和舊有的題材來寫詩，不及用現實的故事做題材來得生動。

王安石的〈明妃曲〉，著重毛延壽畫王昭君的像失真事加以渲染。其實，他們都受《西京雜記》的記載所影響，《西京雜記》是梁吳均所撰，而託名漢劉歆所著，因此梁以後的詩人，凡是寫昭君詩，都喜歡把毛延壽的事介入。甚至，元人馬致遠的〈漢宮秋〉雜劇，把故事演變得更離奇，還說王昭君因不願賄賂毛延壽，毛延壽便故意將她的像畫壞，使她被置於冷宮，後漢元帝聽得琵琶聲，才發現王昭君的美，封為明妃，毛因此懼罪而入匈奴，匈奴王看到毛所獻美人圖王昭君，便出兵攻漢，王昭君因不願入匈奴而投河死，匈奴王不願胡漢二國結怨，便殺毛延壽以祭王昭君。這種離奇的情節，與正史不合。

其次，蘇軾的〈芙蓉城詩〉，用民間流傳的神仙故事來入詩，所以這首故事詩道述一些神話，也很能引人入勝。

元代，詩家也不少，從清顧嗣立編《元詩選》收有百家詩，元好問為金代的一大家，入元不仕，〈論詩〉三十首，被世人所重，可惜未能留下一首故事詩。元初方回倡為詩有一祖三宗之說：一祖是杜甫，三宗是黃庭堅、陳師道、陳與義，有《桐江集》傳世。集中〈木綿怨〉一首，可稱為故事詩，記敘南宋末賈似道弄權禍國，被刺於漳州木綿菴中，留下愛姬王、沈二人。詩中雖寫王、沈二女的流落，數易為人妾，但詩意似在諷賈似道，國難方殷，還擁姬妾以自樂。像這些反映社會現象的詩篇，可以補正史的不足。

元初，宋朝遺老反映滄桑之痛的詩篇不少，只是些絕句短歌而已，不能成故事詩。汪元量的〈醉歌〉：

呂將軍在守襄陽，十載襄陽鐵脊梁。望斷援兵無信息，聲聲罵殺賈平章（指賈似道）。

又一首：

伯顏丞相呂將軍，收了江南不殺人。昨日太皇請茶飯，滿朝朱紫盡降臣。

這類白描的小詩，也能流露亡國之悲，而盡諷喻之責了。

元代以異族入主中原，待漢人頗為刻酷。由於漢人不滿蒙古人的虐待，在元曲中充滿了愛國的和反抗異族的情緒。不再用詩來表達，因此元朝的故事詩少。胡侍《真珠船》說：

元曲中如《中原音韻》、《陽春白雪》、《太平樂府》、《天機餘錦》等集，〈范張雞黍〉、〈王粲登樓〉、……〈蘇子瞻貶黃州〉等傳奇，率皆音調悠揚，氣魄雄壯，後有作者鮮能與京。蓋當時臺省元臣、郡邑正官，及雄要之職，中州人多不得為之，每抑沉下僚，志不得伸。如關漢卿乃太醫院尹，馬致遠行省務官，宮大用鈞臺山長，鄭德輝杭州路史，張小山首領官，其他屈在簿書，老於布素者尚多有之。於是以其有用之才，而一寓之於聲歌之末，以抒其拂鬱感慨之懷，所謂不得其平而鳴焉者也。

散曲在元代猶如詞在北宋，文人的注意力在詞曲上，詩的發展，便退居文壇的次位，不居主流，所以宋遼金元時代故事詩不多，這是主要的原因。

# 第八章　明清的故事詩

朱元璋崛起於濠泗，驅逐元室，定都金陵（今南京市），是謂明太祖，建元洪武（西元一三六八年）。再傳至成祖，永樂元年，遷都北京。傳至熹宗，客氏與魏忠賢亂政，國事大壞，到思宗時，清兵壓境，流寇張獻忠李自成作亂，崇禎十七年（西元一六四四年），李自成破北京，思宗自殺，明亡。

明思宗既死，明將吳三桂迎愛新覺羅福臨入關，破李自成，代明稱帝，建國號清，是為清世祖。數傳至高宗，以驕奢荒淫，國勢陵夷，道光、咸豐以後，西方帝國主義侵入。宣統三年，辛亥（西元一九一一年）革命爆發，清亡。

從十四世紀中葉到二十世紀初葉，我將明清二代合為一個時期。這期間的詩歌，除了詩家個人的集子傳世外，清人朱彝尊編了一部明人的詩總集——《明詩綜》。近人徐世昌在民國十八年編了一部清人的詩總集——《晚晴簃詩匯》，即《清詩匯》。這兩部詩總集，籠括了明清兩代詩人的

作品。

朱彝尊在《明詩綜・序》上說，從洪武到崇禎間，上自帝后公卿，下及文人黎庶、婦女僧尼，均有詩，入選的三千四百餘家，也可稱完備了。《明詩綜》這書，比起錢謙益的《列朝詩集》，選詩的方式要公允平正得多。紀昀《四庫全書總目》在朱編是書提要中，便將朱錢二氏的書，作個比較：

大抵二百七十年中，主盟者（指文壇主盟者）遞相盛衰，偏袒者互相左右，諸家選本，亦遂皆堅持畛域，各尊所聞，至錢謙益《列朝詩集》出，以記醜言僞之才，濟以黨同伐異之見，逞其恩怨，顛倒是非，黑白混淆，無復公論，彝尊因眾情之弗協，乃編纂一書，以糾其謬。每人皆略敘始末，不橫牽他事，巧肆譏彈，里貫之下，各備載諸家評論，而以所作《靜志居詩話》分附於後。

徐世昌編清人詩為《晚晴簃詩匯》，凡二百卷，除帝王的創作外，廣搜詩人的作品，遍及閨秀、釋道、女冠、屬國等階層人士的詩，在目錄上載道：

九朝御製詩二百四十九首外，凡六千一百五十九家，詩二萬七千四百二十首。

詩總集的缺點，選詩不能盡錄一家的作品，只能揀選數篇作為代表，但能說明一代詩風的趨向。明代詩壇，紀昀《四庫全書總目》在《明詩綜》下，約略提及，他說：

明之詩派，始終三變。洪武開國之初，人心渾朴，一洗元季之綺靡，作者各抒所長，無門戶異同之見。永樂以迄宏治，沿三楊臺閣之體，務以舂和雅，歌詠太平；其弊也冗沓膚廓，萬喙一音，形模徒具，興象不存。是以正德嘉靖隆慶之間，李夢陽何景明等，崛起於前；李攀龍王世貞等，奮發於後，以復古之說，遞相唱和，導天下無讀唐以後書，天下響應，文體一新，七子之名，遂竟奪長沙之壇坫。漸久而摹擬剽竊，百弊俱生，厭故趨新，別開蹊徑。萬曆以後，公安倡纖詭之音，竟陵標幽冷之趣。幺弦側調，嘈囋爭鳴，佻巧蕩乎人心，哀思關乎國運，而明社亦於是乎屋矣。

今據此，將明詩分為四個階段：

(1)明初的詩：明代開國文士為宋濂、劉基二人，但最能代表明初的詩家，要推高啟。啟與楊基、張羽、徐賁並稱「吳中四傑」。又與王行、徐賁、高遜志、唐肅、宋克、余堯臣、張羽、呂敏、陳則，同居北郭，號稱「北郭十友」。但其他諸人，在詩的造詣上，不能跟高啟相抗衡。

(2)永樂後三楊臺閣體的詩：從永樂到成化末年，八十多年，詩文雍容平易，有承平之風。其中詩人有楊士奇、楊榮、楊溥，號稱「三楊」，他們歷事成祖、仁宗、宣宗、英宗四朝，故有「臺閣體」之稱，文人都仿效他們的詩風。

(3)弘治到萬曆前後七子的詩：弘治、正德間，以李夢陽、何景明為首的前七子，提倡「文必秦漢，詩必盛唐」的主張，造成竄點抄襲古人的文風。其後嘉靖、萬曆間，又有李攀龍、王世貞等後七子的繼起。其實，前後七子的詩，是三楊的餘風。

(4)晚明竟陵體的詩：晚明三袁（袁宗道、袁宏道、袁中道），都是公安人，文主抒寫性靈，當時在詩歌上也造成清新幽僻的風尚，便是竟陵人鍾惺、譚元春兩詩人的作品，使詩風一變，是謂「竟陵體」。

清代詩壇，大致也可分為四個階段：

(1)清初的詩：以錢謙益、吳偉業的詩為大家，兩人都是明代的遺臣，其後清代的詩人，無出其左者。

(2)康熙年間的詩：康熙間，清詩面目一新，王士禎（漁洋）倡神韻說，他如施閏章、朱彝尊等，也可稱是寫詩的能手。

(3)乾嘉體的詩：乾隆、嘉慶間，詩家眾多，有「乾嘉體」的名目。著名的詩人，有袁枚、沈德潛、蔣士銓、趙翼、黃景仁等。於是袁枚倡性靈說，沈德潛倡格調說。袁枚與蔣士銓、趙翼有「乾隆三大家」的美稱，然只是當時一代之盛，比起古人，仍略遜一籌。

(4)同光體的詩：同治、光緒年間，莊棫、譚獻諸人工於詩，尤以黃遵憲、王闓運、楊圻三人為最稱著。

明代的詩歌中，故事詩不多，只得兩首；清代的詩歌中，有宗唐宗宋的，也有宗漢魏六朝的，門徑較寬，各體互陳，故事詩較多，共得四首。

一般詩選的集子，故事詩多不入選，如《明詩綜》，高啟的〈西臺慟哭詩〉便不選，朱由檢的

〈賜秦良玉詩〉，也只選其中一絕句，不及全篇。《晚晴簃詩匯》中，王闓運的〈圓明園宮詞〉也不入選，楊圻的詩，不入該集。楊圻有《江山萬里樓詩詞鈔》傳世，他的作品，可謂清代的詩壇後勁了。

我寫明清的故事詩，發現明清的故事詩，已不局限於個人的情感，而是表現民族的情感，對於國運的興替，國家的動亂，借歷史的事實，抒發出慷慨的情愫，這些民族意識濃烈的詩，既是悲歌，又是壯烈的史詩。這兩代故事詩的篇目如下：

明高啟〈西臺慟哭詩〉、朱由檢〈賜秦良玉詩〉、清吳偉業〈圓圓曲〉、鄭燮〈孤兒行〉、王闓運〈圓明園宮詞〉、楊圻〈檀青引〉。

## 高啟的西臺慟哭詩

高啟，明初一代詩家，詩才高逸，與楊基、張羽、徐賁並稱「吳中四傑」。有詩集《大全集》傳世。集中有一首記敘謝翱在西臺弔祭文天祥的故事，這是一篇驚天地、泣鬼神的故事詩，詩題作〈西臺慟哭詩〉，原詩如下：

### 西臺慟哭詩

峨峨子陵臺①，其下大江奔。何人此登高？慟哭白日昏。哀哉宋遺臣，舊客丞相門。丞相既死節，有身恥空存②。北望萬里天，再拜奠酒尊。陰雲暮飛來，恍如載忠魂。所哭豈窮途，中抱千古冤。上悲宗周③殞，下念國士恩。淒涼當世事，感慨平生言。空山誰知哀，惟有猴與猿。豈不畏眾驚，聲發不忍吞。人言天有耳，此哭寧不聞？願因長風還，吹此血淚痕。往隱燕山隅，一灑宿草根。田橫④去已遠，茲道不復論。作歌悼往事，庶使薄俗敦。

注：①西臺，又名子陵臺，東漢高士嚴光釣臺的遺跡，嚴光字子陵，臺在浙江桐廬縣富春山。②丞相指文天祥。遺臣指謝翱等。③宗周指周室的京都，此指南宋的京都臨安。④田橫，秦末狄人，為齊王，漢王召降，田橫自殺，居島中五百餘人聞橫死，亦皆自殺殉節。

這是一首歷史故事詩，詩中的本事，是依據南宋遺臣謝翱〈登西臺慟哭記〉來的，記敘謝翱哭弔文天祥的故事。文天祥是南宋抗元的民族英雄，他在德祐二年（西元一二七六年）出任右丞相，謝翱也在這年從軍，為文天祥咨議參軍。文天祥殉國（西元一二八二年）後，謝翱曾在姑蘇哭弔過他一次，又在越臺（即越王臺，在會稽稷山）哭弔過他一次。而謝翱在西臺哭弔文天祥，已是第三次，時間是在元至元二十八年（西元一二九一年），謝翱已四十三歲。他的慟哭，是為亡國、亡友的悲思而慟哭的，有如箕子過殷墟而作〈麥秀〉歌，感人至深。

高啟的〈西臺慟哭詩〉，大意是說：「高尚的西臺下，江水奔流，是誰在登臺傷弔？使白日也因此昏暗。他們是宋朝文山丞相門下的舊客，文山已殉國，他們雖身存，但意志不屈。文山死在燕京，他們在南方向北設奠祭弔，陰雲蔽天，彷彿忠魂來歸。他們不是為自己的窮困而悲哭，他們悲哭國家的淪亡，哀思故友的恩情。人世的悽愴，他們只慨歎早先的話未能實現；空山中有誰知道他們的哀傷？只有山中的猿猴哀啼聲悲。難道他們不怕元人知道？只是悲從中來壓抑不住呀！人都說天有耳，難道沒聽到哭聲嗎？但願長風吹乾血淚，他們隱居山林，每次想起國恨，便不覺淚下，連草根也沾濕了。」末了作者對此事加以評述，他說：「田橫的事，距今已遠，他們的做法不必再去評論；我寫這首歌的用意，不外傷悼往事，同時，借這事或許可以激發人心，使澆薄的世俗因此敦厚。」今將南宋遺臣謝翱的〈登西臺慟哭記〉，從明程敏政編的《宋遺民錄》卷三中錄出如下：

始故人唐宰相魯公，開府南服；余以布衣從戎。明年，別公章水湄。後明年，公以事過張睢陽及顏杲卿所嘗往來處，悲歌慷慨。卒不負其言，而從之遊。今其詩具在，可考也。余恨死無以藉手見公，而獨記別時語。每一動念，即於夢中尋之。或山水池榭，雲嵐草木，與所別處及其時適相類，則徘徊顧盼，悲不敢泣。又後三年，過姑蘇；姑蘇，公初開府舊治也；望夫差之臺，而始哭公焉。又後四年，而哭之越臺。又後五年，及今，而哭於子陵之臺。

先是一日，與友人甲、乙若丙，約越宿而集。午雨未止，買榜江涘。登岸，謁子陵祠，憩祠旁僧舍，毀垣枯甃，如入墟墓。還與榜人治祭具。須臾，雨止，登西臺，設主於荒亭隅，再拜跪伏，祝畢，號而慟者三，復再拜起。又念余弱冠時，往來必謁拜祠下；其始至也，侍先君焉。今余且老，江山人物，睠焉若失。復東望，泣拜不已。有雲從西南來，渰浥浡鬱，氣薄林木，若相助以悲者！乃以竹如意擊石，作〈楚歌〉招之，曰：「魂朝往兮何極？暮歸來兮關水黑！化為朱鳥兮有咮焉食？」歌闋，竹石俱碎，於是相向感喟。

復登東臺，撫蒼石。還憩於榜中，榜人始驚余哭，云：「適有邏舟之過也，盍移諸？」遂移榜中流，舉酒相屬，各為詩以寄所思。薄暮，雪作風凜，不可留。登岸，宿乙家。夜復賦詩懷古。明日，益風雪，別甲於江；余與丙獨歸，行三十里，又越宿乃至。其後，甲以書及別詩來，言：「是日風帆怒駛，逾久而後濟。既濟，疑有神陰相，以著茲遊之偉！」余曰：「嗚呼！阮步兵死，空山無哭聲且千年矣！若神之助，固不可知；然茲遊亦良偉。其為文詞，因以達意，亦誠可悲已！」余嘗欲倣太史公，著〈季漢月表〉，如秦、楚之際。今人不有知余心，後之人必有知余者。於此宜得書，故紀之，以附季漢事後。時先君登臺後二十六年也。先君諱某，字某，登臺之歲在乙丑云。

翺此記當在元至元二十八年（西元一二九一年），距文天祥死後，已有九年之久。西臺，東漢高士嚴光釣臺的遺跡。子陵，是嚴光的字，所以西臺又稱子陵臺。嚴光跟漢光武帝同學；帝即位，除諫議大夫，不就，歸隱今之浙江桐廬縣富春山，垂釣江邊。後人名其垂釣的地方為釣臺，有東西兩臺。西臺，即謝翱哭弔文天祥的地方。

謝翱的生平，後人為他作傳的，有任士林、胡翰、宋濂所作的〈謝翱傳〉，方鳳作的〈謝君皐羽行狀〉。他生於宋理宗淳祐九年（西元一二四九年），福建長溪（今霞浦）人，後遷往浦城。字皐羽，自號晞髮子。度宗咸淳初，試進士不第，落魄福建漳、泉二州，端宗景炎元年（西元一二七六年），從軍，為文天祥咨議參軍。宋亡，文公被執以死，翱悲不能禁，隻身行遊蘇浙山水間，所至往往唏噓流涕。後隱居在浦陽（浙江浦江）及睦州（浙江桐廬），白雲邨，與隱者方鳳、吳思齊晝夜吟詩不休。後移家西湖濱。元成宗元貞元年（西元一二九五年），以肺疾卒，年四十七，著有《晞髮集》、《天地間集》、《浦陽先民傳》、《浙東西遊記》等書。他的父親名鑰。

清代陸世廉著有〈西臺記〉雜劇，演述文天祥、張世傑、謝翱等愛國的故事，可見凡是忠勇的義行，永遠被後人所傳誦、所敬仰。

高啟（西元一三三六－一三七四年），字季迪，長洲人。元末，避張士誠之亂，遁居淞江的青邱，自號青邱子。洪武初，召修《元史》，授翰林院編修官。復命教授諸王。三年秋，帝召他，入對，擢啟戶部右侍郎，啟自陳年少不敢當重任，乃見許。啟嘗賦詩有所諷刺，帝嗛之，及歸居吳淞江的青邱，教書自給。知府魏觀禮待他甚厚。後魏觀因改修府治，遭讒謫，帝見啟所作〈上梁文〉，因發怒，腰斬於市，年三十九。所著有《吹臺集》、《鳳臺集》、《婁江吟稿》、《姑蘇雜詠》，啟自定為《缶鳴集》。景泰初，徐庸合編為《大全集》，共收詩一千七百餘首。《明史》卷二百八十五有他的傳。

## 朱由檢的賜秦良玉詩

朱由檢這名字，沒有幾人曉得，如果說明朝的最後一個皇帝——崇禎皇就是他，那麼一般人也都知曉了。他賜給臣子秦良玉的詩有四首絕句，這四首是相連的。像元稹的〈遣悲懷〉，是三首相連的律詩，韋莊的〈菩薩蠻〉，是五闋相連的詞一樣。《明詩綜》收有他的其中一首，今將他的四首〈賜秦良玉詩〉合在一起，也視為是一首歷史故事詩。

### 賜秦良玉詩

學就西川八陣圖，鴛鴦袖裡握兵符。古來巾幗甘心受，何必將軍是丈夫。
蜀錦征袍手製成，桃花馬上請長纓。世間多少奇男子，誰肯沙場萬里行。
露宿餐風誓不辭，飲將鮮血帶胭脂。北來高唱勤王曲，不是昭君出塞時。
憑將箕帚靖皇都，一派歡聲動地呼。試看他年麟閣上，丹青先畫美人圖。

秦良玉的故事，與沈雲英守城，費宮人刺虎，都是明朝末年，女子獻身衛國的動人故事，她們已被世人崇敬為巾幗英雄，不讓木蘭專美於前。

《明史》卷二百七十，《皇明通紀直解》卷十六，《續表忠記》卷四，都收有秦良玉的傳，她的生平大約如下：

秦良玉，明石砫宣撫使馬千乘的妻子，四川忠州人（今四川省忠縣），有膽智，善騎射，兼通詞翰。萬曆三十七年（西元一六〇九年），千乘征播州，良玉扮男裝，別統精銳，裹糧自隨。平賊有功。其後，千乘被部民所訟，死在獄中，良玉遂代領其眾。以討奢崇明有功，授都督僉事，為總兵官。

崇禎三年，秦良玉奉詔勤王，收復永平四城，崇禎皇賦四詩以表彰她的功勳。《明史・秦良玉傳》云：

> 崇禎三年，永平四城失守，良玉與翼明奉詔勤王，出家財濟餉，復四城。崇禎皇優詔褒美，召見平臺，賜良玉綵幣、羊酒，賦四詩旌其功。

其後，張獻忠入四川，秦良玉率其部眾，拒賊，由於眾寡懸殊，良玉退守石砫（四川涪陵縣東與湖北恩施縣接界處），流寇也不敢入其境。《明史・秦良玉傳》云：

> 崇禎十七年春，獻忠犯夔州，全蜀盡陷，良玉馳援，眾寡不敵，潰敗，乃慷慨語其眾曰：「吾兄弟二人（指邦屏、民屏）皆死王事，吾以一孱婦，蒙國恩二十年，今不幸至此，其

仰。

敢以餘年事逆賊哉?」悉召所部,約曰:「有從賊者族無赦。」乃分守四境,賊遍招土司,獨無敢至石砫者。後獻忠死,良玉竟以壽終。

秦良玉的一生,可謂忠義全備,以一女子,有此功業操守,無怪乎英名永垂於青史,為後人所景仰。

按:崇禎皇撰〈賜秦良玉詩〉,應在崇禎三年(西元一六三〇年)五月,《明史・秦良玉傳》中已載此事,又《明史・莊烈帝本紀》云:

五月,大清兵東歸,永平、遷安、遵化相繼復。

所以秦良玉受崇禎皇的褒揚受賜,應在此時。

朱由檢寫此詩賜給秦良玉,不外旌褒忠臣的功勳,何況秦良玉是個女子。此詩的大意:

第一首,稱揚她學諸葛亮的八陣圖,繼她丈夫的兵權,統領部屬,古來的巾幗英雄都願意為國守土,何必一定丈夫是將軍才肯做呢?

第二首,記敘她自製征袍,女子請纓報國,壯志可嘉,不讓男子專美。於是以「世間多少奇男子,誰肯沙場萬里行」的句子,來褒美她,朝野人士,都認為她當之無愧。

第三首,記敘她軍旅生活,以一女子能號召眾士勤王,豈是昭君出塞所能比擬。

第四首,褒揚她的武功,靖寧皇都,受萬民的崇仰。漢宣帝時畫功臣的圖像在麒麟閣上,那麼秦良玉的像,也將掛在麒麟閣上,永世為人瞻仰。

崇禎皇的詩，褒揚秦良玉的功業，至今仍傳世，而她的忠君衛國的故事，更是留名青史。

朱由檢作此詩，才十九歲，到他縊死煤山，才三十三歲。朱由檢是個好皇帝，可惜當時的局勢太壞，光有一個好帝王，仍轉移不了整個的頹勢，最後仍然走上身死國亡的道路，實在可歎！

《明詩綜》引王世德的話說：

> 四川石砫土司女帥秦良玉，帥師勤王，召見賜綵幣、羊酒、銀牌、御製四詩旌之。帝即位，春秋方十七，魏璫竊國柄，積威震天下，乃不動聲色翦除之，其才豈中主所可及，而畏天災，遵祖訓，勤經筵，崇節儉，察吏治，求民瘼，種種聖德，朝野共聞。使得才堪辦賊之臣為之輔，君臣一德，將相同心，則太平何難致？乃不幸有君無臣，卒致身殉社稷，悲夫！

朱由檢，明光宗的第五子，天啟七年（西元一六二七年），以信王入踐位，次年改元崇禎。用人惟己，立賢無方，萬機餘暇，灑墨為行草書，嘗自書「視民如傷，望道未見」八字於便殿。詩不多作，然長牋小扇，往往流傳人間，其最傳者，只有賜秦良玉、楊嗣昌五首絕句。在位十七年，李自成陷北京，自縊殉國。陸次雲《費宮人傳》曾記此事：

> 甲申三月十九日，李自成破都城，王承恩走報帝，帝與后泣別，宮中之人皆環泣，后自縊。袁貴妃亦自縊，帝拔劍刃所御嬪妃數人，召公主（長女，長平公主）至曰：「爾年十五矣，何不幸生我家！」左手掩面，右手揮刃，斷左臂未死，手慄而止。隨與承恩至南宮，登萬歲山（即煤山）之壽皇亭，自縊。帝居中，而承恩右，承恩且從容拜命，而相隨於鼎湖（指

皇帝）也。

崇禎十七年（西元一六四四年）三月，崇禎死，明亡，四月，清兵入山海關，破李自成，五月入京，以帝禮改葬，謚曰莊烈愍皇帝，廟號思宗。帝陵曰思陵，在鹿馬山上。

## 吳偉業的圓圓曲

吳偉業詩才豔發，閱歷興亡，多情善感，欲以詩歌記載故國史實，與杜甫、元好問均有詩史之稱。他的著作《梅村家藏稿》中，有〈圓圓曲〉一首，是極為著名的歷史故事詩。

### 圓圓曲

鼎湖當日棄人間，破敵收京下玉關。慟哭六軍俱縞素，衝冠一怒為紅顏。紅顏流落非吾戀，逆賊天亡自荒讌。電掃黃巾定黑山，哭罷君親再相見。

相見初經田竇家，侯門歌舞出如花。許將戚里箜篌伎，等取將軍油壁車。

家本姑蘇浣花里，圓圓小字嬌羅綺。夢向夫差苑裡遊，宮娥擁入君王起。前身合是採蓮人，門前一片橫塘水。

橫塘雙槳去如飛，何處豪家強載歸？此際豈知非薄命？此時只有淚沾衣。薰天意氣連宮掖，明眸皓齒無人惜。奪歸永巷閉良家，教就新聲傾坐客。

坐客飛觴紅日暮，一曲哀絃向誰訴？白皙通侯最少年，揀取花枝屢迴顧。早攜嬌鳥出樊籠，待得銀河幾時渡。恨殺軍書抵死催，苦留後約將人誤。

相約恩深相見難，一朝蟻賊滿長安。可憐思婦樓頭柳，誤作天邊粉絮看。徧索綠珠圍內第，強乎絳樹出雕欄。若非壯士全師勝，爭得蛾眉匹馬還？

蛾眉馬上傳呼進，雲鬟不整驚魂定。蠟炬迎來在戰場，啼妝滿面殘紅印。專征簫鼓向秦川，金牛道上車千乘。斜谷雲深起畫樓，散關月落開妝鏡。

傳來消息滿江鄉，烏桕紅經十度霜。教曲妓師憐尚在，浣紗女伴憶同行。舊巢共是銜泥燕，飛上枝頭變鳳凰。長向尊前悲老大，有人夫婿擅侯王。當時只受聲名累，貴戚名家競延致。一斛明珠萬斛愁，關山漂泊腰支細。錯怨狂風颺落花，無邊春色來天地。嘗聞傾國與傾城，翻使周郎受重名。妻子豈應關大計，英雄無奈是多情。全家白骨成灰土，一代紅妝照汗青。

君不見，館娃初起鴛鴦宿，越女如花看不足。香徑塵生烏自啼，屧廊人去苔空綠。換羽移宮萬里愁，珠歌翠舞古〈梁州〉。為君別唱〈吳宮曲〉，漢水東南日夜流。

吳偉業撰〈圓圓曲〉，記敘陳圓圓的出身和遭遇，目的卻在諷刺吳三桂為圓圓的緣故，喜怒乖戾，無所不至，引吳王寵西施事，以致失國，寄慨深遠，然詩意婉曲，故詩成而傳誦一時。這是一首寫實的故事詩，採歌行體來鋪陳故事。全詩可分為九段：

第一段，記敘流寇李自成陷北京，明崇禎帝縊死煤山。明將吳三桂聞愛妾陳圓圓被李自成部屬劉宗敏擄去，大怒，遂引清兵入關破李自成，於是吳三桂復得圓圓。

第二段，倒敘吳三桂初見圓圓在周奎家，他們一見傾心，周奎也答允將圓圓許嫁給三桂，只等吳家花車來迎接。

第三段，記敘陳圓圓的出身，本籍姑蘇（蘇州）人，嬌麗明豔，彷彿是西施的再生。

第四段，描寫周奎奪取圓圓，本擬將她薦給崇禎帝，豈知崇禎帝憂勤國事，無情聲色，命遣還周家。

第五段，記敘吳三桂在周家晤見圓圓的情景，並約日後成親。

第六段，記敘李自成入長安（此指北京），擄去圓圓，要不是吳三桂引清兵擊敗李自成，美人怎能騎馬回來？

第七段，記敘烽火佳人，吳三桂倍加愛惜。

第八段，記圓圓後還鄉的情景，早年只因花明雪豔長得美，被貴戚名豪爭相羅致，如今三桂全家被殺，卻贏得一代紅顏，被世人傳為佳話。

第九段，借吳王夫差寵西施而亡國事，以諷吳三桂。作者有感於此，並說明富貴無常，像「漢水東南日夜流」做收結。

〈圓圓曲〉的本事，在詩中大致已加以鋪述，今據《明史・流賊傳》，清鈕琇《觚賸》，清陳其年《婦人集》，以及清人陸次雲《圓圓傳》考述陳圓圓的生平。

陳圓圓，明末蘇州（今江蘇省吳縣）名妓，本姓邢，幼從養母姓為陳，名沅，字畹芳。年十八，明豔照人。外戚嘉定伯周奎以重金購得圓圓，因使后進之，欲以稱帝意。然崇禎帝憂勞國事，無心聲色，命遣還周邸。《觚賸・圓圓》云：

> 有名妓陳圓圓者，……年十八，隸籍梨園，每一登場，花明雪豔，獨出冠時，觀者魂斷。……外戚周嘉定伯以營葬歸蘇，將求色藝兼絕之女，由母后進之，以紓宵旰憂，且分西宮之寵，因出重貲購圓圓，載之以北，納於椒庭。一日侍后側，上見之，問所從來，后對左

右供御，鮮同里順意者，茲女吳人，且嫻崑伎，令侍櫛盥耳。上制於田妃，復念國事不甚顧，遂命遣還。故圓圓仍入周邸。

崇禎十七年（西元一六四四年）春，吳三桂以總兵出鎮山海關，周奎設宴餞行，出家樂佐酒。三桂與圓圓，一見傾心，出千金為聘。時邊報急，未及娶而東行，奎便送圓圓居三桂父襄所。是年三月十九日，李自成陷北京，崇禎自縊於煤山，京居巨室，均遭洗劫。於是圓圓為賊將劉宗敏掠去。三桂得報大怒，遂引清兵入關，破李自成，復得圓圓，《明史・流賊傳・李自成傳》：

山海關總兵吳三桂兵起，乃謀歸陝西。初三桂奉詔入援，至山海關，京師陷，猶豫不進。自成劫其父襄，作書招之，三桂欲降，至灤州，聞愛姬陳沅被劉宗敏掠去，憤甚，疾歸山海，襲破賊將。自成怒，親部賊十餘萬，執吳襄於軍，東攻山海關，以別將從一片石越關外，三桂懼，乞降於我大清。

鈕琇《觚賸・圓圓》中，記述更詳：

闖擁重兵挾襄以招其子，許以通侯之賞，家人潛至帳前約降。忽問陳娘何在？使不能隱，以籍入告，延陵（三桂為延陵將軍）大怒，……隨天旅（指清兵）西下，殄賊過半，賊憤襄殺之，懸其首於竿。襄家三十八口，俱遭慘屠。蓋延陵已有正室，亦遭害。而圓圓翻以籍入無恙。闖棄京出走，十八營解散，各委其輜重婦女於途。延陵追度故關，至山西，晝夜不息，尚未知圓圓之存亡也。其部將已於都城搜訪得之，飛騎傳送，延陵方駐師絳州，將渡河，聞之大喜。遂於玉帳結五綵樓，備翟茀之服，從以香輦，列旌旂簫鼓三十里，親往迎迓。

後圓圓隨三桂過秦入滇，三桂受封為平西王，將正以妃位，力辭。晚年為女道士以終。然陸次雲所撰之《圓圓傳》，畢竟是小說，多所緣飾，謂圓圓入宮在甲申年，為田貴妃所進，不知田妃卒於甲申前二年，見《明史・后妃傳》。又謂圓圓見幸於自成，與《明史・流賊傳》稱「自成不好酒色」牴牾，殆出小說家附會，不足信據。

吳偉業寫〈圓圓曲〉的時間，在明崇禎十七年。時吳氏為三十六歲。依《梅村家藏稿・梅村先生年譜》：

大清順治元年甲申（明崇禎十七年，西元一六四四年），三十六歲。三月，流寇陷京師，莊烈帝崩於萬壽山。先生里居，聞信號，痛欲自縊，為家人所覺，朱太淑人抱持泣曰：「兒死，其如老人何？」乃已。山海關總兵吳三桂，奉詔入援，聞燕京陷，猶豫不進。自成執其父襄，令作書招之，許以通侯之賞，三桂欲降。至灤州，聞其妾陳沅，為賊所掠，大憤，急歸山海關，乞降於我大清。有〈圓圓曲〉。詩中有「衝冠一怒為紅顏」句，三桂賚重幣求去此詩，先生弗許。

可知〈圓圓曲〉流傳當時，吳三桂曾送重金給吳偉業，要求除去此詩，吳偉業不肯，從這裡也可看出吳偉業的操守，令人敬佩，不失為「史詩」的筆。鈕琇《觚賸》和陸次雲的《圓圓傳》均晚出，他們見陳圓圓的事跡可記，讀吳梅村的〈圓圓曲〉佳妙，因此始作〈圓圓〉和《圓圓傳》，故文中均提及梅村的詩。陸次雲《圓圓傳》中，亦讚梅村。《圓圓傳》云：

陸次雲曰：語云，無徵不信，圓圓之說，有徵乎？曰：有。徵諸吳梅村祭酒偉業之詩矣。梅村效〈琵琶〉、〈長恨〉體，作〈圓圓曲〉以刺三桂曰：「衝冠一怒為紅顏」，蓋實錄也。三桂齎重幣，求去此詩，吳勿許，當其盛時，祭酒能顯斥其非，卻其賄遺而不顧，於甲寅之亂（指吳三桂反，在康熙十三年，西元一六七四年），似早有以見其微者。嗚呼，梅村非詩史之董狐也哉？

其後吳三桂於康熙十二年（西元一六七三年），在雲南叛變。康熙十三年，耿精忠、鄭經等助吳三桂。康熙十七年，吳三桂稱周帝，尋死。圓圓卻為女道士。鈕琇《觚賸》云：

陳姑，幼從陳姓，本出於邢。至是府中皆稱邢太太。居久之，延陵潛蓄異謀，邢窺其微，以齒暮，請為女道士，霞帔星冠，日以藥罏經卷自隨。……今上之癸丑歲（康熙十二年），延陵造逆。丁巳（康熙十六年，按吳三桂當卒於十七年，此誤記）病歿。戊午（康熙十七年）滇南平。籍其家，舞衫歌扇，穉蕙嬌鶯，聯艫接軫俱入禁掖，邢之名氏，獨不見於籍，其玄機之禪化耶？

〈圓圓曲〉中，吳偉業說她還鄉，其實陳圓圓後隨三桂入滇，年老，為女道士，三桂叛，尋卒，清平滇後，三桂的家屬財產滅籍入禁宮，因圓圓已為女道士，不在籍中，故又免於難。

吳梅村除〈圓圓曲〉外，尚有〈永和宮詞〉，亦屬史詩，是他三十四歲時作的，記敘明田貴妃的事。〈聽女道士卞玉京彈琴歌〉，也是一首長詩，在《梅村詩話》中提及卞玉京善畫蘭，能書，好作小詩，讚她「明慧絕倫，書法逼真，黃庭琴亦妙得指法」。所以吳梅村撰〈聽女道士卞玉京彈琴歌〉及〈西江月〉、〈醉春風〉等詞，以記其事。

清查為仁《蓮坡詩話》讚吳偉業的幾首詩，如〈永和宮詞〉、〈蕭史青門曲〉、〈圓圓曲〉等，可視為史詩。查氏說：

> 吳梅村祭酒〈病中詩〉云：「忍死偷生廿載餘，而今罪孽怎消除；受恩欠債須填補，縱比鴻毛也不如。」其言亦哀矣。梅村最工歌行，若〈永和宮詞〉、〈蕭史青門曲〉、〈圓圓曲〉等篇，皆可方駕元白。圓圓者，吳下女伶，陳姓，轉入田皇親家，吳三桂見而悅之，及破闖賊，取之去，吳之舉兵，為圓圓也。既為平西王夫人，寵貴無比，後為正妃所妬，辭宮入道。吳逆敗，不知所終。梅村詩云：「全家白骨成灰土，一代紅顏照汗青。」又云：「取兵遼海哥舒翰，得婦江南謝阿蠻。」譏諷甚當。

吳偉業（西元一六〇九—一六七一年），字駿公，號梅村，太倉人。崇禎四年進士及第，年二十三。歷官翰林院編修，南京國子監司業。明亡，隱居。順治十年，被迫入都，官國子祭酒。十四年，丁母憂，歸江蘇太倉故里，遂不復出。詩才豔發，著有《梅村家藏稿》（見商務《四部叢刊》初編）。清人錢謙益評其詩曰：「捧持大集，坐臥吟嘯，如度大海，久而得其津涉。」沈德潛評其

嬌兒著紫裘，孤兒著破衣。嬌兒騎馬出，孤兒倚門扉。舉頭望之，掩淚來歸。

晝食廚下，夜臥薪草房。豪奴麗僕，食餘棄骨；孤兒拾齧，並遺膳湯羹。食罷濯盤浴釜，諸奴樹下臥涼。

老僕不分，涕泣罵諸奴：「骨輕肉重，乃敢凌幼主，高賤軀！」阿叔阿姆聞知，閉房悄坐，氣不得蘇，然終不念煢煢孤。
老僕攜紙錢，出哭孤兒父母。頭觸墳樹，淚滴墳土：「當初一塊肉，羅綺包裹，今日受煎苦！」墓樹蕭蕭，夕陽黃瘦，西風夜雨。

〈孤兒行〉，是漢樂府古題，與〈婦病行〉同為寫社會情形的平民文學，由於題材真實動人，自漢以後，詩人多仿照舊題而作詩。〈孤兒行〉是屬於〈清商曲〉中的〈瑟調曲〉，從民間採進的樂歌，是可以唱的，但後人的仿作，便失去其音樂性，只可以諷誦，不能施以管弦。依《樂府詩集》載，〈瑟調曲〉所用的樂器，有笙、笛、筑、琴、瑟、箏、琵琶等七種。

詩題為「孤兒行」，它是採歌行體來鋪敘孤兒的故事的。孤兒早喪父母，寄養在親人的家中，已堪哀憐。然世間孤兒，往往遭親人的憎恨和虐待；因此詩人目睹此情，發為詩歌以諷，既可抒心中的憂怨，又可以諷教之效，勸世人莫欺孤兒，發揮同情恤孤的慈愛心。

鄭燮仿照樂府古題作〈孤兒行〉，也是雜言的，保留漢樂府古樸的風格。詩中的內容，鋪敘孤兒依叔叔嬸嬸為生，竟遭其虐待。首先描寫嫂嫂臨終時，將孤兒託與阿叔叔母，其下，便採用對比的筆法描寫，孤兒的堂兄弟穿錦食膏粱，安坐而食騎馬；孤兒卻衣襤褸食殘羹，汲水割草養馬。甚至孤兒與叔家的奴僕對比，晝食廚下，夜臥薪，食眾人所剩的湯菜，食罷洗碗刷鍋而奴僕卻樹下臥涼，叔家的虐待孤侄，對比之下已見，末了描寫老僕睹此情形，也不平，責備諸僕，叔嬸聞知，也充耳不聞。於是老僕攜紙錢，哭訴於孤兒的父母墳前，哀苦之情，已極感人。

徐世昌《晚晴簃詩匯》引阮元評板橋云：「板橋以歲饑，為民請賑，忤大吏，罷歸。其詩云：『長官好善民已愁，況以不善司民牧。』真至言也。濰縣人感其政，至今寶其書畫，多有效其體者。詩不拘體格，興至則成，頗近香山放翁。」鄭燮的詩、書、畫，號稱三絕，詩多胎息於古詩，多見性情，用情率真有味，尤其是他的道情十首，更為豪健澹遠。

鄭燮（西元一六九三—一七六五年），字克柔，號板橋，江蘇興化人。家貧，早失父母，由乳母教養成立，性格豪爽，仰慕徐文長的為人，放言高論，譏評人物，有狂士之名。乾隆元年始成進士，年已四十四，授官山東范縣知縣，調知濰縣，遇饑饉，因請賑而忤上吏，稱病乞休，歸隱揚州，賣書畫以度日。曾有〈寄弟四言詩〉云：

學詩不成，去而學寫。不成，去而學畫。日賣百錢，以學寫代耕稼。實救困貧，託名風雅。免謁當途，乞求官舍。座有清風，門無車馬。

又自訂〈筆榜〉云：

大幅六兩，中幅四兩，小幅二兩。書條對聯合一兩。扇子斗方五錢。凡送禮食物，總不如白銀為妙。公之所送未必弟之所好也。送現銀則中心喜樂，書畫皆佳。禮物既屆，糾纏賒欠，尤為賴帳。年老神倦，不能陪諸君子作無益語言也。

又有詩云：

畫竹多於買竹錢，紙高六尺價三千；任渠話舊論交接，只當秋風過耳邊。

賣書畫以維生，然坦白率真，可見他的生活情趣的一斑。

板橋出身貧寒，富於同情心，在詩中也流露出他對貧苦者的同情，如他的〈逃荒行〉、〈還家行〉，都是在濰縣時所作，記實的詩。由於他也是孤兒，對孤兒是倍加同情，他除了上述的〈孤兒行〉外，尚有〈撫孤行〉，詩云：

十年夫歿扃書簏，歲歲曝書抱書哭。縹緗破裂方錦紋，玉軸牙籤斷湘竹。孀婦義不賣藏書，況有孤雛是遺腹。四壁塗鴉嗔不止，十日索墨五日紙。學俸無錢愧塾師，線腳鍼頭勞十指。鐙昏焰短空房黑，兒讀無多母長織。敗葉走地風沙沙，檢點兒眠聽曉鴉。

寫孤兒寡婦，亦堪人嗟歎。

板橋長於詩，書畫亦自成一格，尤善畫竹。卒於乾隆三十年，年七十三。

# 王闓運的圓明園宮詞

王闓運《湘綺樓詩集》，有歷史故事詩一首：〈圓明園宮詞〉。王氏寫這首詩，在同治十年（西元一八七一年），去英法聯軍之役，距圓明園被焚燬（西元一八六〇年），已有十一年之久。當時朝廷君臣，已有重修圓明園的提議，王氏作此詩，在感傷舊園的零落，諷諭朝廷無勤王之兵，致使三園突遭兵災，詞意高遠，摛辭富麗，如唐元稹的〈連昌宮詞〉、鄭嵎的〈津陽門詩〉，旨在諷諭與傷舊罷了。今從《湘綺樓詩集》卷八，抄錄原詩如下：

## 圓明園宮詞

宜春苑中螢火飛，建章長樂柳十圍。離宮從來奉游豫，皇居那復在郊圻？舊池澄綠流燕薊，洗馬高粱游牧地。北藩本鎮故元都，西山自擁興王氣。九衢塵起暗連天，辰極星移北斗邊。溝洫填汙成斥鹵，宮廷暎帶覷泉原。渟泓稍見丹陵沜，陂陀先起暢春園。暢春風光秀南苑，蜺旌鳳蓋長游宴。地靈不惜罄山湖，天題更創圓明殿。

圓明始賜在潛龍，因回邸第作郊宮。十八籬門隨曲澗，七楹正殿倚喬松。軒堂四十皆依水，山石參差盡亞風。甘泉避暑因留蹕，長楊扈從且弢弓。純皇纘業當全盛，江海無波待游幸。行所留連賞四園，畫師寫放開雙境。誰道江南風景佳，移天縮地在君懷。當時只擬成靈囿，小費何曾數露臺。殷勤母佚箴驕念，豈意元皇失恭儉。秋獮俄聞罷木蘭，妖氛暗已傳離坎。

吏治陵遲民困痡，長鯨跋浪海波枯。始驚計吏憂財賦，欲賣行宮助轉輸。沉吟五十年前事，厝火薪邊然已至。揭竿敢欲犯阿房，探丸早見誅文吏。此時先帝見憂危，詔選三臣出視師。宣室無人侍前席，郊壇有恨哭遺黎。年年輦路看春草，處處傷心對花鳥。玉女投壺強笑歌，金杯擲酒連昏曉。四時景物愛郊居，玄冬入內望春初。嫋嫋四春隨鳳輦，沉沉五夜遞銅魚。內裝頗學崔家髻，諷諫頻除姜后珥。玉路旋悲車轂鳴，金鑾莫問殘鐙事。

鼎湖弓劍恨空還，郊壘風煙一炬間。玉泉悲咽昆明塞，惟有銅犀守荊棘。青芝岫裡狐夜啼，繡漪橋下魚空泣。何人老監福園門，曾綴朝班奉至尊。昔日喧闐厭朝貴，於今寂寞喜游人。游人朝貴殊喧寂，偶來無復金閨客。賢良門閉有殘甎，光明殿燬尋頹壁。文宗新構清輝堂，為近前湖納曉光。妖夢林神辭二品，佛城舍衛散諸方。湖中蒲稗依依長，階前蒿艾蕭蕭響。枯樹重抽盜作薪，游鱗暫躍驚逢網。別有開雲鏤月臺，太平三聖昔同來。寧知亂竹侵苔出，不見春花泣露開。平湖西去軒亭在，題壁銀鉤連到璺。金梯步步度蓮花，綠窗處處留羸黛。當時倉卒動鈴駝，守宮上直餘嬪娥。蘆笳短吹隨秋月，豆粥長飢望熱河。上東門開胡雛過，正有王公班道左。敵兵未爇雍門萩，牧童已見驪山火。應憐蓬島一孤臣，欲持高絜比靈均。丞相避兵生取節，徒人拒寇死當門。即今福海冤如海，誰信神洲尚有神。百年成毀何忽促，四海荒殘如在目。丹城紫禁猶可歸，豈聞江燕巢林木。

廢宇傾基君好看，艱危始識中興難。已懲御史言修復，休遣中官織錦紈。錦紈枉竭江南賦，鴛文龍爪新還故。總饒結綵大宮門，何如舊日西湖路。西湖地薄比郇瑕，武清暫住已傾家。惟應魚稻資民利，莫教鸎柳鬥宮花。詞臣詎解論都賦，挽輅難移幸雒車。相如徒有〈上林〉頌，不遇良時空自嗟。

清代圓明三園，包括圓明、長春、萬春三園，並以福海為中心，毗連成一個品字形的園林，總稱為圓明園。位於北京城西二十里的地方，暢春園尚在外。北京西北一帶，群山連亙，太行迤邐東來，其下陂陀起伏，流泉映帶，西山前，有玉泉山，玉泉出此，匯流而入昆明湖，山光水色，形成建造園林的好地方。於是歷代建都在北京的帝王，喜愛在此建造園林離宮，作為狩獵遊憩、尋歡作樂的場所。

清代自康熙皇帝起，便在丹陵泋的地方，建立暢春園。雍正時，在暢春園的北邊，利用明代廢宮遺址，修建圓明園，園成，雍正皇帝還寫了一篇〈圓明園記〉以記盛：

圓明園在暢春園之北，朕藩邸所居賜園也。在昔皇考聖祖仁皇帝聽政餘暇，遊憩於丹陵泋之涘，飲泉水而甘，爰就明戚廢墅，命縮其址，築暢春園，熙春盛暑，時臨幸焉。朕以扈蹕，拜賜一區，林淑清淑，陂波渟泓，因高就深，傍山依水，相度地宜，構結亭榭，取天然之趣，省工役之煩，檻花提樹，不灌溉而滋榮。巢鳥池魚，樂飛潛而自集。蓋以其地形爽塏，土壤豐嘉，百彙易以蕃昌，宅居於茲安吉也。園既成，仰荷慈恩，賜以園額曰：圓明。

吳振棫《養吉齋叢錄》，也約略記載圓明園的規模，他說：

圓明園去都城四十里（按僅二十里），在暢春園北，世宗龍潛時賜園也。今（指咸豐年間）殿內所揭圓明園三字，為聖祖書賜。雍正初建設軒墀，分列諸署，三年詔以是園為春夏秋臨御聽政之所。出入賢良門額為世宗御筆，門內為正大光明殿，殿後為圓明園殿，再後為奉三無私極，北為九州清晏，後臨巨湖，所謂後湖也。……園之東有東池，雍正間命名福海。

可知雍正時，規模尚不大。後經乾隆皇帝大大的擴建，六十年間，仿江南西湖之景於園中，並於圓明園的東邊，擴建長春、萬春兩園，統稱為圓明三園，難怪西人稱此園為「萬園之園」。陳文波

《圓明園殘蹟考》云：

當乾隆全盛時代，六十年中，日日有修飾之事，圖史珍玩，充牣其中，行幸所經，寫其風景，歸而作之，若西湖蘇堤麯院之類，無不仿建。……壁窗多嵌紙絹，皆乾隆時名手所書，進宮中閣道，皆磨甎平砌，迤而漸高，一無階級，行步易蹉，而園之窗多屋小，望望相通，脂粉之痕，存於壁紙。湘綺翁所謂「金梯步步度蓮花，綠窗處處留嬴黛」，蓋紀實也。

咸豐年間，圓明三園的堂、殿、亭、樓、軒、廟、寺、齋、館、閣、門、院、村、園，不下一百多處，富盛極了。據劉鳳翰《圓明園興亡史》所載，共一百四十五處，其最著者，有圓明園四十景：

正大光明，天然圖畫，勤政親賢，九州清晏，鏤月開雲，碧桐書院，慈雲普護，上下天光，萬方安和，杏花春館，坦坦蕩蕩，茹古涵今，長春仙館，武陵春色，山高水長，月地雲居，鴻慈永祐，彙芳書院，日天琳宇，澹泊寧靜，映水蘭香，水木明瑟，魚躍鳶飛，濂溪樂處，多稼如雲，北遠山村，方壺勝境，西峰秀色，四宜書屋，澡身浴德，平湖秋月，蓬島瑤臺，麯院風荷，接秀山房，別有洞天，琴鳴鏡夾，涵虛朗鑒，廓然大公，坐石臨流，洞天深處。

英法聯軍之役，從咸豐六年九月二十六日（西元一八五六年十月二十四日）英艦攻黃埔礮臺，至咸豐八年五月十七日（西元一八五八年六月二十七日），簽定了「天津條約」。其後，戰事再起，咸豐九年五月二十五日（西元一八五九年六月二十六日），英國公使率艦北上，準備入京，逕攻大沽礮臺，守軍還擊，大敗而去。咸豐十年五月八日（西元一八六〇年六月二十六日），英法聯軍二萬，大舉來犯，由北塘上岸，大沽、天津均陷，揮軍進北京，八月二十二日（十月六日），圓明園陷落，英法軍入搶掠，我國無數珍寶，慘遭夷人搶掠，英使額爾金並下令焚燬圓明園，大火三日，成為瓦礫。英軍焚燬圓明園仍未滿足，於九月六日（十月十九日），焚掠三山：萬壽山、玉泉山、香山等建築物，毀滅了世界上獨一無二的名園，而且搶走中國歷代所珍藏下來的歷史文物。英法的暴行，使人類極珍貴的文物遭受浩劫。

清文宗咸豐十年，英法聯軍陷天津，文宗率后妃避難熱河木蘭，八月二十二日（十月六日），御園遭英法聯軍的搶掠和焚燬，此經康熙、雍正、乾隆、嘉慶、道光諸帝王積極營建的巨園，遭此兵燹後，便無法修復。此後該園仍為禁園。同治十年，王闓運在北京，遊近郊，感御園的荒寂，念故國的多艱，因賦〈圓明園宮詞〉長詩一首。《湘綺樓日記》亦記載此事，今摘其數則，可知王湘綺作此詩的時間和動機：

「同治十年六月九日，午過圓通觀，與潘工部郭邢曹談良久。至曉岱宅，與翰仙同訪逸山，不遇，過壽山，與其從子秩城談數語。翰仙還，余訪夏竹軒不遇，過小舲伯屏處，壽山心畬亦來賓客。」

「十二日，夜作詩未成。」

「十三日，晴涼，作〈圓明園詩〉成。」

「廿一日，為價藩錄〈圓明詞〉，並作注數千言。」

「廿四日，叔鴻送文來，〈圓明園詩序〉也，文甚古秀，筆有逸致，夜為點定之。」

可知〈圓明園宮詞〉是王氏在同治十年六月十二、十三兩日寫成的，並有注數千言，今僅見集中之詩，注文已不傳。

王闓運〈圓明園宮詞〉，全詩可分六段：第一段借漢宮發題，並明離宮為帝王遊豫之所，康熙時，始在丹陵沜築暢春園，其後，不惜填山築湖，更搬圓明園。第二段，記敘圓明園為帝王避暑之郊宮，內有四十景，並仿照西湖諸景，築於圓明園內。該園本為「靈囿」作為秋獮校閱的場所，「豈意元皇失恭儉」，致使國運坎離。第三段，感歎國內民生凋弊，外寇頻仍，更恨無勤王之師，然離宮鬢影珠光雜沓，皇心憂慮。第四段，寫圓明園突遭掠焚，往日君王朝貴妃鬢嗔闐之所，如今殘甎頹壁，唯見春花泣露，亂竹侵苔，瘡痍猶在，一片荒蕪景象。第五段，追敘咸豐十載，文宗避難熱河，夷兵入侵御園，內務大臣文豐投福海死節，而經百年修築的御園，焚燬於一旦，至今荒殘猶在。第六段，說明「艱危始識中興艱」，宜以民生為計，「莫教鸚柳鬥宮花」，故不宜修復御園，末引司馬相如撰〈上林賦〉事，勸帝王愛惜民力，勿從事畋獵以收結。

王闓運詩用辭古雅，含意深遠，不易窺其詞意所在，李慈銘曾指其作品，支離蕪塞，詞語費解。蓋王氏詩力追漢魏，詩格出於選詩，是他的缺點，也是他的優點。今摘李慈銘《越縵堂日記》十一冊，對王氏的批評：

遺書前刻楚人王闓運所為傳，意求奇崛，而事跡全不分明，支離蕪僿，亦多費解。此人盛竊時譽，脣吻激揚，好持長短，雖較趙之謙稍知讀書，詩文亦較通順，而大言詭行，輕險自炫，亦近日江湖佹客一輩中物也，日出冰消，終歸朽腐，姑記吾言，以驗後來而已。

《越縵堂日記》對王闓運的批評，似嫌偏激，指他「盛竊時譽」，「日出冰消，終歸朽腐」，但今人仍盛道闓運之言行著作，足證李氏之言有失公允。

同治十年，王闓運四十歲，他從同治三年冬，作〈思歸引〉後，便退隱湖南，築室長沙，命所居為湘綺樓。同治十年，他在北京，曾與會稽李慈銘、瑞安孫詒讓等相晤，在龍樹寺宴飲，《湘綺樓日記》於是年五月初一，曾經記載這項集會。

王闓運（西元一八三二—一九一六年），初名開運，取「天開文運」的意思。後改名闓運，字王秋，又字王父，湖南湘潭人。他所住的樓叫做湘綺樓，因此號湘綺。

他是個詩人，也是個名士，十九歲中舉，便有「月落夢無痕」的句子，為時人所激賞。與湖南名士龍皞臣、鄧彌之等結「蘭林詩社」，才名漸著。他的詩，模擬選詩，淵雅古奧，有漢魏六朝人的風格，但〈圓明園宮詞〉，很明顯受元稹〈連昌宮詞〉、鄭嵎〈津陽門詩〉的影響，記宮廷的盛衰，感國運的式微，勸君臣朝士勵精圖治，不要追逐聲色宮室之樂，故詞富意遠，委婉成篇。

早年，他入尚書肅順幕府，洪楊事起，投依曾國藩，未被重視，未幾歸隱，以教學終身。後主掌四川尊經書院，長沙校經書院，衡山船山書院，江西大學堂講席。入民國，曾一度領史館職，不久歸鄉里。民國五年卒，年八十五。著有《湘軍志》、《湘綺樓日記》、《王湘綺先生全集》、《八代詩選》等書。

最後，附〈圓明園宮詞〉的用韻：

飛、闈、圻三字為韻。薊、地、氣三字為韻。天、邊、原、園四字為韻。苑、宴、殿三字為韻。（以上第一段用韻）

龍、宮、松、風、弓五字為韻。盛、幸、境三字為韻。佳、懷、臺三字為韻。念、儉、坎三字為韻。（以上第二段用韻）

痡、枯、輸三字為韻。事、至、吏三字為韻。危、師、黎三字為韻。草、鳥、曉三字為韻。居、初、魚三字為韻。髻、珥、事三字為韻。（以上第三段用韻）

還、間二字為韻。塞、棘、泣三字為韻。門、尊、人三字為韻。寂、客、壁三字為韻。堂、光、方、響、網五字為韻。臺、來、開三字為韻。在、壑、黛三字為韻。（以上第四段用韻）

駝、娥、河三字為韻。左、火二字為韻。臣、均、門、神四字為韻。促、目、木三字為韻。（以上第五段用韻）

看、艱、紈三字為韻。賦、故、路三字為韻。瑕、家、花、車、嗟五字為韻。（以上第六段用韻）

# 楊圻的檀青引

楊圻，字雲史，二十三歲作〈檀青引〉，記敘宮中樂工蔣檀青一生的歷史故事詩。早年，蔣檀青在宮中，承侍文宗，為咸豐間梨園樂部第一人，英法聯軍侵華，北京圓明園被毀後，蔣檀青便流落民間。作者遇蔣氏於廣陵，後又遇之於青溪花舫，談及往年君臣之情，感人甚深。作者悲歎檀青的遭遇，跟唐時李龜年的命運一樣，因作〈檀青引〉以歌其事，歌成，即傳誦一時。現錄全文如下：

## 檀青引并序

蔣檀青，京師人，其先越產也。善彈箏吹笛，工南北曲，文宗時樂部推第一，長安名士宴賓客，非檀青在座則不歡。初高宗建圓明園於京師西北，園景宏麗，時海宇晏安，庫帑充牣，高臺深池，極游觀之樂，歲以首夏幸園，冬初還宮，歷仁宗宣宗以為例：文宗時，梨園尤盛，設昇平署以貯樂工，內務府掌之，設南府，命樂工教內監之秀穎者習歌舞，當夫棠梨春晚，梧檲秋末，萬幾之暇，輒召兩部奏新曲，檀青發喉，則天顏懌霽，賞賚過諸伶。文宗中葉，粵匪據金陵，捻匪擾皖豫，英法齟齬，與戰不利，東南多事，海內騷然，上抑鬱不樂，稍近聲色，總管圓明園事務大臣文豐方寵盛，承旨遣人送江浙美女以進，更廣治臺沼以居之，諸姬皆漢人，殊色善歌舞。咸豐十年七月，英法聯軍犯天津，勝保與戰敗績，敵長驅入北京，時秋暑方盛，上方與諸美人避暑福海，蕩木蘭之舟，歌涼風之曲，聞變，於八月八日倉猝率后妃皇長子巡幸木蘭，詔恭親王留守京師。奸民李某，導聯軍劫圓明園，珠玉珍寶盡出，三朝御府希世之物，不知紀極掠殆盡，擇其尤者以奉英法軍，縱火焚宮殿，火三日不息，諸美人不知所終；文豐北向再拜投福海死之，從者郎員數人。恭親王既議和於禮部，事定，檀青乃赴行在，明年七月，文宗皇帝崩於避暑山莊行殿，梓宮奉安，返京師，嘗於暮春入園，帝所居山高水長、朗吟閣、環碧亭、無邊風月閣、聽鶯館、無盡意軒、麗矚軒、影湖樓及諸美人院，赭壁參差不可指辨，惟福海潺潺，鳥啼花落而已，慟哭出，不忍再往；從人遊江南，江淮間亂，無所業，檀青抱箏沿門賣曲為活，迄穆宗中葉，湘淮軍克金陵，平捻匪，東南定，再見中興，而檀青貧，終不得返京師，京師方重靡靡之音，無工崑曲者，於是諸伶中亦無有知檀青姓氏者矣。朝廷稍稍聞圓明園之燬，禍由李某，下獄窮治誅之，籍其產以賜文豐家屬焉。後三十餘年，東吳楊雲史年二十一，游廣陵，宴客平山堂，江山春暮，花絮際天，乃命絲竹，以佐詩酒，座上遇檀青，知余之自京師來也，清歌一聲，彈箏一曲，白髮哀吭，淚隨聲下，問所哀？為余述宮中事甚悉：言咸豐九年三月某夕，牡丹堂牡丹盛開，月出，上勅諸美人侍夜宴，置酒賞花於鏤月開雲之臺，春寒未解，以紫貂薦地，寶炬千百，珠翠瑟瑟，靚妝如雲，召演明皇沉香亭故事數折，花月之下，春光如醉，歌聲遏雲，不能自已，上顧諸美人嗟賞，賜伽楠牟尼碧玉帶鉤各一事，西洋文錦兩襲，內官引余跪花陰謝恩，春露滴雲鬢，舞衣猶未脫也。由今思之，四十餘年矣，每念先皇恩，如隔世事，因歎曰：從此以往，無復此樂矣。言已欷歔，余亦愀然，時光緒乙未四月也。今歲秋復見之青溪花舫，哀音愴愴益老矣。嘗讀少陵〈逢李龜年〉詩，於流離之況，寄家國之恨，余悲檀青之與龜年同一流落也，乃為傳而長歌之。丁酉冬十月識於京師。

江都三月看瓊花，寶馬香輪十萬家。一代興亡天寶曲，幾分春色玉鉤斜。玉鉤斜畔春色去，滿川煙草飛花絮。都是尋常百姓家，欲問迷樓誰知處？高臺置酒兩溟溟，賀老彈詞不忍聽。二十五絃無限恨，白頭猶見蔣檀青。雕欄風暖凝絲竹，筵上驚聞朝元曲。其時雨腳帶春潮，江南江北千山綠。朱絃斷續怨滄桑，望帝春心暗斷腸。欲說先皇先墜淚，千言萬語總心傷。坐客相看共嗚咽，金徽彈罷愁難絕。

同時傷春事不同，飄零身世何堪說：

「家在京師海岱門，少年往事不堪論。旗亭舊日多名士，北海當年侍至尊。太行北盡仙園起，靈臺漂渺五雲裡。年年豹尾幸離宮，百官扈從六宮徙。萬戶千門魚鑰開，柳煙深茂見蓬萊。妝樓明鏡雲中落，別殿笙歌畫裡來。祖宗旰食勤朝政，百年文物乾坤定。萬方鐘鼓與民同，九重樂事怡天聽。

「建康殺氣下江東，百二關河戰火紅。猿鶴山中啼夜月，漁樵江上哭秋風。軍書旁午入青鎖，從此先皇近醇酒。花萼樓前春晝長，芙蓉帳裡清宵久。三山清月照瑤臺，夾道珠燈擁夜來。一曲吳歌調鳳琯，後庭玉樹報花開。臨春結綺新承寵，玉骨輕盈珍珠重。避風寧教妒尹邢，當筵未許憐張孔。太液春寒召管絃，官家小宴杏花天。昭陽宮裡春如海，五鼓初傳燕子箋。鞓紅照睡繁華重，絕代佳人花扶擁。南府新聲妒野狐，昇平獨賜龜年俸。夜半青娥掃落花，深宮月色照羊車。庸知銅雀春深事，留與詞人賦館娃。

「當時海內勤王事，慨慷誓師有曾李。未見江頭捷騎來，忽聞海畔夷歌起。避暑溫泉夜氣清，宮花露冷月華明。驚心一曲長生殿，直是漁陽鼙鼓聲。延秋門外黃昏路，城闕生塵妃嬪去。穆王從此不重來，馬上天顏頻回顧。來朝胡騎繞宮牆，凝碧池頭踞御牀。昨夜採蓮新製曲，月明多處舞衣涼。太白睒睒欃槍吐，雲房水殿都淒楚。咸陽不見阿房宮，可憐一炬成焦土。和戎留守有賢王，八駿西行入大荒。金粟堆空啼杜宇，蒼梧雲冷泣英皇。居庸日落離宮暮，北望幽州空烟樹。初聞哀詔在沙邱，已報新君歸靈武。

「鼎湖龍靜使人愁，福海悠悠春水流。山蝶亂飛芳樹外，野鶯啼滿殿西頭。梨園寂寞閉烟雨，百草千花愁無主。漢家仙掌下民間，秦宮寶鏡知何處？玉泉山下少人行，瓊島春陰水木清。獨有漁翁斜月裡，隔牆吹笛到天明。繁華事散堪悲慟，玉輦清游憶陪從。明年重過德功坊，梨花落盡柳如夢。小臣掩面過宮門，犬馬難忘故主恩。檀板紅牙今落魄，尋常風月最銷魂。

「十年血戰動天地，金陵再見真王氣。南部烟花北地人，天涯那免傷心淚。武帝旌旗滿九州，湘淮諸將盡封侯。兩宮日月扶雙輦，萬國車書拜五洲。獨有開元伶人老，飄泊秦淮鬢霜早。夜夢簾間唱謝恩，玉階叩首依宮草。糊口江淮四十年，清明寒食飛花天。春江酒店青山路，一曲〈霓裳〉賣一錢。君問飄零感君意，含情彈出宮中事。亂後相逢話太平，咸豐舊恨今猶記。憐爾依稀事兩朝，千秋萬歲恨迢迢。至今烟月千門鎖，天上人間兩寂寥。」

清光緒二十三年（西元一八九七年），楊雲史作〈檀青引〉，即傳誦一時，與〈長恨歌〉、〈連昌宮詞〉齊名，敘述君臣之情，感人至深，可作咸豐皇帝外傳看。詩前有序，可作蔣檀青傳看，也就是本詩的本事。

全詩可分為六段，採用口述體，用蔣檀青口述咸豐間以歌樂侍寵，咸豐十年，英法聯軍焚御園，檀青流落江淮間，晚景堪哀，是一首寫實的故事詩，雖記樂工檀青的遭遇，卻記敘清廷的興衰與文宗的故事。

第一段，記敘作者在江南遇見蔣檀青，他在四十年前，是御園裡的樂工，如今垂老，身世飄零，令人哀歎。

第二段，蔣檀青口述自己是北京海岱門人，當年在北海奉侍咸豐帝，圓明園內發笙歌，他的歌藝，受到君臣的讚賞。

第三段，檀青口述金陵雖遭洪秀全太平軍之亂，但咸豐皇帝仍然與慈禧后，在三山尋歡作樂，遊園賞春，他以歌藝承恩，獨受寵賜。

第四段，詩中借唐玄宗事以比喻。追述咸豐十年，英法聯軍入侵，咸豐帝避走熱河，圓明三園遭搶掠與焚燬，京都由恭親王全權處理，與英法聯軍和談，前後訂定了「天津條約」、「北京條約」。

第五段，口述咸豐帝經此打擊，次年，便在熱河行營駕崩，才三十一歲。於是「梨園寂寞閉烟雨，百草千花愁無主」，宮中遭此慘變，園燬帝崩，只好離開御園，落魄江湖。

第六段，口述湘淮諸將用命，平定太平軍、捻匪，於是同治帝奉承慈安、慈禧兩太后，享中興之樂，而檀青自己卻「飄泊秦淮鬢霜早」，他在江淮一帶賣唱，四十年間，咸豐、同治二帝先後去世，依稀能記兩朝舊事，猶未忘當年在圓明園受賜謝恩的事，只平添懷舊與感傷罷了。

楊雲史的〈檀青引〉和王闓運的〈圓明園宮詞〉，同樣是記敘清廷興衰，御園被燬的事，好比白居易的〈長恨歌〉，元稹的〈連昌宮詞〉，鄭嵎的〈津陽門詩〉，都是屬於記載宮廷盛衰的歷史故事詩。

北京圓明三園：圓明園、長春園、萬春園。三山：萬壽山、玉泉山、香山。這一帶園林宮殿的建立，清代始於康熙帝，經雍正、乾隆二帝的積極興建，已成為聞名中外的「萬園之園」了。咸豐十年，英法聯軍的暴行，焚燬圓明園及三山一帶的建築物，並掠走我國歷代宮廷所珍藏的文物珍寶。據劉鳳翰《圓明園興亡史》所錄內務府大臣寶鋆的奏摺，以及恭親王的奏報，可知北京三園三山遭英法聯軍破壞的實情，讀之亦令人悲憤。內務府大臣寶鋆的原摺稱：

戶部右侍郎寶鋆奏：八月初八日，皇上鑾輿起程後，總管內務府大臣文豊、明善，遵旨照料圓明園，奴才當即進城，籌畫撥解行在餉需，辦理防守等事，詎意八月二十一日，夷匪逼進京城，九門戒嚴，奴才隨同總統巡守大臣等，晝夜在城防護，二十二日夜間，遙見西北火光燭天，奴才不勝驚駭，惟時當深夜，恐其乘勢攻城，不敢開門往探，至二十二日酉刻，夷匪闖入圓明園，奴才聞信之下，曷勝憤恨，旋於二十五日，夷匪由園退回，當即委派司員前往探聽，隨據稟稱，園內殿座，焚燒數處，常嬪業經因驚溘逝，總管內務府大臣文豐，投入福海殉難等語，至總管內務府大臣明善，及管理園庭司員等，均尚不知下落，現仍派員查訪。

寶鋆又奏：查現在總管內務府大臣，在京僅奴才一人，而圓明園夷匪既已退回，園內一切，皆須清理，奴才一人，實難兼顧，惟有懇乞皇上簡放一二員，分任其事，以照料一切。

咸豐在熱河行宮，深感內憂外患，京都失守，御園被劫，在極端悲憤下，硃批道：

現在明善，已由行在回園矣，所請毋庸再議，汝係內務府大臣，非他人可比，即使不能在園料理，出城一往，有何不可，乃竟置之不顧，尚有人心耶？

不料，英法聯軍又洗劫三山。奏摺如下：

戶部右侍郎寶鋆奏：八月二十五日，夷匪退回，奴才委員前往查探，業將圓明園被焚情形，先行奏聞。茲於二十八日，據清漪園郎中文明稟稱，八月二十二日，該員挑挖引河在廣源閘，見有官兵南退，於是日酉刻，趕緊回園，傳知值班官役等妥為看守，二十三日，夷人二百餘名，並土匪不計其數，闖入清漪園東宮門，將各殿陳設搶掠，大件多有傷損，小件盡行搶去，並本處印信一併遺失，二十四日夷人陸續闖入靜明園宮門，將各殿陳設搶掠，大件傷損，小件多經搶去，靜宜園，夷人並未前往，各殿陳設照舊封鎖，此三園大概情形，先行具稟，俟將失去陳設清查，再行稟聞。……

九月五日，英軍大規模焚園，恭親王等奏報稱：

恭親王等又奏：再臣等於初四日亥刻，接到暎夷照會，聲稱被獲夷兵，凌虐過嚴，欲拆毀圓明園等處宮殿，當即連夜札調恆祺來寓，令其前往阻止。乃初五日辰刻，該卿來後，正在諄屬商辦間，即見西北一帶，煙焰忽熾，旋接探報，夷人帶有馬步數千名，前赴海淀一帶，將圓明園三山等處宮殿焚燒，臣等登高瞭望，見火光至今未息，痛心慘目，所不忍言，該夷到後，以大隊分紮各要隘，探報無法前進，其焚燬確有幾處，容俟查明，再行詳細具奏。據恆祺面稟，該夷云，藉此洩憤，如派兵攔阻，必於城內宮殿拆毀，以逞其毒等語，……目睹情形，痛哭無以自容。

咸豐帝閱此奏摺後，悲憤以致咯血，並在奏摺上硃批：「覽奏曷勝憤怒」。可見他當時的心情是如何地沉痛了。由於內憂外患未息，使他病倒，咸豐十一年七月十七日（西元一八六一年八月二十三日），他便死在熱河行營，年僅三十一歲。真可謂「痛音容之永渺，傷御園之瓦礫」了。

圓明園是慈禧邀恩承寵的地方，她和咸豐帝結合，在咸豐五年（西元一八五五年），當時她才二十二歲，在園裡好多地方，都留有她的風流韻事，後來她寡居深宮，也才二十八歲，想起過去在天地一家春與咸豐帝初見的情景，有「一家春前見，一向偎人顫」的句子，不免要辛酸淚下。

楊雲史作〈檀青引〉，才二十三歲，詩文豔發，才氣橫溢。他寫〈檀青引〉的原因，是他在二十一歲時遊揚州，那年春天，在平山堂宴客，並請樂工操樂佐酒，才認識了蔣檀青，由蔣檀青口述他少年時在圓明園奏樂受寵事，御園被毀後，他便離宮流落江淮，已有三十多年。其後，楊雲史在光緒二十三年（西元一八九七年），在南京青溪畫舫中，又遇到蔣檀青，這時蔣氏已是「哀音愴愴益老」了。楊雲史想起杜甫曾寫過〈江南逢李龜年〉詩：

岐王宅裡尋常見，崔九堂前幾度聞；正是江南好風景，落花時節又逢君。

而蔣檀青的遭遇，正和唐玄宗時的樂工李龜年相似，楊雲史有感，便作〈檀青引〉和〈檀青傳〉。他說：「今歲秋復見之青溪花舫，哀音愴愴益老矣。嘗讀少陵〈逢李龜年〉詩，於流離之況，寄家國之恨，余悲檀青之與龜年同一流落也，乃為傳而長歌之。丁酉冬十月識於京師。」因此，楊氏寫此詩的地點是在北京，時間是光緒二十三年丁酉歲的冬天，十月的時候，作者的年齡才二十三歲。楊氏，東吳人。

〈檀青引〉的用韻，每四句押同一韻，押韻的方式類似絕句，第三句不用韻，一、二、四句用韻。今將該詩為韻的字排比於下：

花、家、斜三字為韻。去、絮、處三字為韻。溟、聽、青三字為韻。竹、曲、綠三字為韻。桑、陽、傷三字為韻。咽、絕、說三字為韻。（以上第一段用韻）

門、論、尊三字為韻。起、裡、徙三字為韻。開、萊、來三字為韻。政、定、聽三字為韻。（以上第二段用韻）

東、紅、風三字為韻。鎖、酒、久三字為韻。臺、來、開三字為韻。寵、重、孔三字為韻。絃、天、箋三字為韻。重、擁、俸三字為韻。花、車、娃三字為韻。（以上第三段用韻）

事、李、起三字為韻。清、明、聲三字為韻。路、去、顧三字為韻。牆、牀、涼三字為韻。吐、楚、土三字為韻。王、荒、皇三字為韻。暮、樹、武三字為韻。（以上第四段用韻）

愁、流、頭三字為韻。雨、主、處三字為韻。行、清、明三字為韻。慟、從、夢三字為韻。門、恩、魂三字為韻。（以上第五段用韻）

地、氣、淚三字為韻。州、侯、洲三字為韻。老、早、草三字為韻。年、天、錢三字為韻。意、事、記三字為韻。朝、迢、寥三字為韻。（以上第六段用韻）

楊雲史，名圻，譜名朝慶，更名鑑瑩，後又更名圻，字雲史，一字野王。江蘇省吳縣人。生於清光緒元年（西元一八七五年），年二十一，以秀才為詹事府主簿，年二十三，作〈檀青引〉及〈檀青傳〉，即被傳誦一時。張野秋曾評此詩云：

煌煌巨製，包羅一代掌故，可作咸豐外傳，讀〈長恨歌〉、〈永和宮詞〉，並此鼎足而三，稱之詩史，洵無媿色。時作者年方弱冠，以此詩早享盛名，比事屬詞，音節哀怨，一代興衰，安可無此名篇？

年二十七為戶部郎中，調外任英國南洋領事，直到辛亥革命爆發，清亡，才棄職回到自己的家鄉，民國後，入吳佩孚幕為僚屬，民國十四年，始將他的詩詞整理付印，共收詩一千四百五十二首，詞二百二十三首。名曰：《江山萬里樓詩詞鈔》，這時，他已五十一歲。〈檀青引〉便在該詩鈔的卷首，易實甫評此詩云：

> 白太傅作〈長恨歌〉敘玄宗之倦勤，為帝王之炯戒，有變風變雅之遺意。其自述詩云：「一篇〈長恨〉有風情，十首〈秦吟〉近正聲。」蓋隱然以可興可觀自命，非夸言也。清自文宗荒政，海內擾亂，顛沛播越，宗社幾墟，同光之衰，實基於此。作者夙有澄清之志，而目擊時艱，撫今悼昔，歎息痛恨，乃藉檀青一事，以見其意，婉而多諷，與香山有同志焉。

## 結論

明清兩代，共有五百四十四年，其間詩壇的風氣，雖不及唐宋之盛，但作者和作品的數量，卻為數不少，從《明詩綜》和《晚晴簃詩匯》兩部詩總集中，可略見一斑。

我寫明清故事詩只有六首。除鄭燮的〈孤兒行〉是樂歌的故事詩外。其餘的五篇，都是歷史的故事詩，它們的本事，都可以在史料中，探尋出原委來。這些感人的故事，經詩人的彩筆加以渲染，使故事更加的美好而動人。今將六首詩考證所得，分述於後：

高啟的〈西臺慟哭詩〉，是根據南宋的遺臣謝翱所作的〈登西臺慟哭記〉而來的。他作這首詩，是在元朝，親眼看到蒙古人歧視漢人，於是想起忠臣孽子的故事，鋪述謝翱在西臺慟哭文天祥的史實，來吟詠內心的憤慨。希望借此歌，能使澆薄的世俗變得敦厚，而隱約中，已流露出亡國的悲痛。在悲痛中，思念忠臣的難得。

明朱由檢就是明代最後的一個皇帝，他的〈賜秦良玉詩〉，表彰了忠臣捍衛國土的功勳，況且秦良玉還是個女子，所以在詩中有「世間多少奇男子，誰肯沙場萬里行」的美譽和慨歎。在《明史》上有秦良玉的傳，她的忠勇，與北朝時的木蘭，同時代的沈雲英，已成為歷史上的巾幗英雄。崇禎皇表彰秦良玉是在崇禎三年，那麼這首詩，也作於此時。〈賜秦良玉詩〉是由四首絕句合成的，嚴格說，它當屬於本事詩，詩中亦具故事詩的雛型。由於這是一首表彰女子忠勇的史詩，又是出於勤國憂民的崇禎皇的手筆，便不忍捨棄，把它收入故事詩中。可惜崇禎有心治國，卻遭時運未濟，肱股之臣不生，又將奈何？使我想起孟子〈謂戴不勝章〉的寓言，一國中只有一個善士薛居州，「王誰與為善？」以致崇禎十七年，使自己走上自縊殉國的道路，帝王的下場如此，怎不使人浩歎！

吳偉業的〈圓圓曲〉，是諷刺明將吳三桂為愛妾陳圓圓的被擄，而開關引清兵入主中原的史詩。當時吳三桂因該詩中有「衝冠一怒為紅顏」的句子，要求吳偉業不要把這首詩傳世，作者不為威武所屈，富貴所淫，吳梅村的人格，已值得讚頌。何況這首故事詩寫得那麼好，可與〈長恨歌〉媲美而無遜色。《明史・流賊傳》只約略提及陳圓圓的事，由於梅村的此詩，使陳圓圓的故事，變成了家傳戶曉的故事。甚至清人的小說筆記，大加渲染，如鈕琇的《觚賸》、陳其年的《婦人集》、陸次雲的《圓圓傳》、王朝的《甲申朝事小紀》，都記述陳圓圓的故事。吳偉業寫此詩的用意，不是為「一代紅妝照汗青」而作，而是為了「全家白骨成灰土」作為殷鑑，所以詩的末了引西施亡吳的故事做收結，諷諭已明。

鄭燮的〈孤兒行〉，是採用樂府古題來寫孤兒的故事，由於鄭燮本身也是個孤兒，所以他對孤兒的遭遇，大表同情。世間不幸的事太多，勞苦自歌，或許能使世間變得更美好些。鄭燮的這首故事詩，便是由於惻隱之心所感發的，他把孤兒受虐待的事實，在詩歌中揭露出來，使世人在良心中，又一次受到震盪。

王闓運的〈圓明園宮詞〉和楊圻的〈檀青引〉，都是記敘咸豐時圓明園被焚燬的事，王氏的詩，是感慨朝廷無勤王的軍隊，致使兵不血刃，而御園遭搶掠與焚燬；楊氏的詩，是借御園的樂工蔣檀青的流落，反映清廷的沒落、御園的遭掠和焚燬，這是血淚的史詩，我國的文物，在這次英法聯軍的搶劫和破壞下，不知損失多少。今人諷誦這兩首詩，依然可以想見帝王朝貴的尋歡逐樂，珠光杯影，以及御園遭焚燒的片片火燄，使人感到國勢積弱，外寇凌辱，史例斑斑，能不以此為警惕嗎？王、楊二人，都活到民國，同見過民國的陽光和春天，他們是清末一代的才子，一個是湖南湘潭人，一個是江蘇吳縣人，詩集也是什麼「樓」的，一個是《湘綺樓詩集》，一個是《江山萬里樓詩詞鈔》。

# 後記

我寫我國歷代的故事詩，共用了兩年的時間，第一年，完成「兩漢魏晉南北朝」的部分，第二年，完成「隋唐五代宋遼金元明清」的部分，如今合攏起來，便成了一部「中國歷代故事詩」。這篇論文的完成，前後獲得五十五、五十六年度國家長期發展科學委員會的補助，始能草具規模，謹此誌謝。

由於歷代的詩集，浩如煙海，尤其唐以後的，局於個人的見聞，在這幾年的蒐集中，不免有遺珠的地方。況且我國歷代故事詩的考證、論述，前人沒做過縱的探討，這篇論述，只是處女地的墾拓，粗疏遺漏之處，在所難免。今後如有新的發現，當陸續補入，使我國的故事詩，有更完整的面目。最後尚祈博雅君子，不吝指正。

# 參考書目舉要

## 詩總集及部分詩選集

《詩經》 毛亨傳 漢鄭玄箋 唐孔穎達正義

《文選》 梁蕭統編 唐李善注

《玉臺新詠》 梁徐陵編 清吳兆宜箋注 清紀舒容考異

《古文苑》 宋章樵注

《樂府詩集》 宋郭茂倩編

《古樂府》 元左克明編

《古詩紀》 明馮惟訥編

《樂府正義》 清朱乾撰

《古詩源》 清沈德潛撰

《八代詩選》 清王闓運編

《漢魏樂府風箋》 近人黃節撰

《樂府詩集導讀》 今人王運熙、王國安撰

《樂府詩鑒賞辭典》 李春祥主編

《全漢三國晉南北朝詩》 近人丁福保編

《全唐詩》 清康熙敕編

《宋詩鈔》 清吳之振編

《元詩選》 清顧嗣立編

《明詩綜》 清朱彝尊編

《清詩匯》（即《晚晴簃詩匯》） 近人徐世昌編

《唐百家詩選》 宋王安石編

《古詩賞析》 清張玉穀撰

《唐詩集解》 近人許文雨集解

《樂府詩箋》　近人聞一多箋
《樂府詩粹箋》　今人潘重規撰

## 別集及單篇箋校

《靖節先生集》　清陶澍編
《箋注陶淵明集》　宋李公煥箋
《輞川集》　唐王維著
《分類補注李太白詩》　元楊齊賢集注　蕭士斌補注
《分門集注杜工部詩》　宋王原叔等集注
《華陽集》　唐顧況著
《劉夢得文集》　唐劉禹錫著
《白氏長慶集》　唐白居易著
《元氏長慶集》　唐元稹著
《樊川文集》　唐杜牧著
《臨川文集》　宋王安石著
《集注分類東坡先生詩》　宋王十朋集注

---

《六朝樂府與民歌》今人王運熙撰
《樂府古辭考》今人陸侃如撰

---

《桐江集》　元方回著
《宋遺民錄》　明程敏政編
《梅村家藏稿》　清吳偉業著
《湘綺樓詩集》　清王闓運著
《江山萬里樓詩詞鈔》　近人楊圻著
《古詩十九首集釋》　近人隋梅森輯
〈孔雀東南飛考證〉　今人陸侃如撰
〈孔雀東南飛與木蘭詩在中國文學史的地位〉　今人顧敦鍒撰
《孔雀東南飛箋校》　今人顧敦鍒撰
《木蘭詩箋校》　今人顧敦鍒撰
〈蔡琰悲憤詩考證〉　今人戴君仁撰

## 詩話、筆記

《歷代詩話》 清何文煥編
《續歷代詩話》 近人丁福保編
《清詩話》 近人丁福保編
《詩人玉屑》 宋魏慶之撰
《唐詩紀事》 宋計有功撰
《詩話總龜》 宋阮閱撰
《宋詩紀事》 清厲鶚撰
《苕溪漁隱叢話》 宋胡仔撰
《隨園詩話》 清袁枚撰
《竹垞詩話》 清朱彝尊撰
《雜事祕辛》 漢人
《西京雜記》 舊題漢劉歆撰
《列女傳》 漢劉向撰
《荊楚歲時記》 漢宗懍撰
《世說新語》 南朝宋劉義慶撰
《酉陽雜俎》 唐段成式撰
《容齋隨筆》 宋洪邁撰
《困學紀聞》 宋王應麟撰
《夢溪筆談》 宋沈括撰
《舊小說》 今人吳曾祺編
《歷代小說筆記選》 今人江畬經編

## 類　書

《藝文類聚》 唐歐陽詢等編
《文苑英華》 宋李昉等編
《太平御覽》 宋李昉等編

## 正史、史料及文學史

《二十五史》
《古今注》　晉崔豹撰
《漢朝服裝圖樣資料》　今人張未元編
《中國社會史料叢鈔》　今人瞿宣穎編
《圓明園興亡史》　近人劉鳳翰撰
《中國之美文及其歷史》　近人梁啟超撰
〈秦漢時期的中國文化〉　今人勞榦撰
《古詩紀補正敘例》　今人逯欽立撰
《漢詩別錄》　今人逯欽立撰
《五言詩發生時期的討論》　今人徐中舒撰
《中國歌謠》　今人朱自清撰
《白話文學史》　今人胡適撰
《漢魏六朝樂府文學史》　今人蕭滌非撰
《中國詩史》　今人陸侃如、馮沅君撰
《中國俗文學史》　今人鄭振鐸撰
《中國文學史》　今人胡雲翼撰
《中國文學發展史》　今人劉大杰撰

## 韻書、輿地

《廣韻》　宋陳彭年等撰
《南北朝詩人用韻考》　今人王力撰
〈論孔雀東南飛用韻〉　今人許世瑛撰
〈論長恨歌與琵琶行用韻〉　今人許世瑛撰
《小方壺齋輿地叢鈔》　清王錫祺編
《讀史方輿紀要》　清顧祖禹編
《湖南通志》　清李翰章編
《湖北通志》
《江南通志》